晚年中短篇小说 1982—1992

路翎全集 第十一卷

本集获复旦大学"985工程"三期整体推进人文社会科学研究项目和上海文化发展基金会资助出版,为国家社科基金项目(22BZW134)中期成果

1983年路翎与家人摄于北京中山公园

1983年3月迁居虎坊桥寓所后留影

1987年路翎夫妇与女儿们摄于陶然亭公园

目　录

拌粪 …………………………………………… 003
钢琴学生 ……………………………………… 010
雨伞 …………………………………………… 015
袁秀英、袁秀兰姊妹 ………………………… 017
告别 …………………………………………… 056
一袋面粉 ……………………………………… 058
海 ……………………………………………… 065
画廊前 ………………………………………… 067
横笛街粮店 …………………………………… 078
米老鼠手帕 …………………………………… 191
表 ……………………………………………… 236

本卷作品中《拌粪》《钢琴学生》《雨伞》《海》《画廊前》原已收入《路翎晚年作品集》（东方出版中心1998年），据以排印，并据原刊校订；《横笛街粮店》曾收入片段，此据手搞誊抄排印；《袁秀英、袁秀兰姐妹》《告别》《米老鼠手帕》《表》亦据手稿抄印；《一袋面粉》据某报校样稿（上有路翎手写修改）排印。

拌　粪

　　天气很热,穿着监牢犯衣服的李顺光在拌着粪——将黄土、煤灰拌在粪里。这一天,劳动改造大队的值勤号朱毕祥让他一个人到这黄土坡上的棚子里来拌粪。

　　朱毕祥是一个判了二十年刑的刁猾的罪犯,由于李顺光是个被陷害的中学语文教师,并且不大理会朱毕祥,所以朱毕祥总想趁着当值勤号的时候整治整治李顺光。前天,他分配李顺光去拉车,暗中里把车子装得重一些;昨天他又让李顺光去铡草,希望锋利的铡刀铡破他的手。可李顺光却顺顺当当地把这两项活都干下来了,这使朱毕祥很恼火。今天,他便分配李顺光来拌粪——这活儿不仅脏,而且容易得传染病。

　　李顺光虽然身体不大强壮,但干活总是不吭不响,尽自己的能力去干好它。劳动大队长、高个子的李应来了。

　　"这堆粪有三十来挑吧?"李应边问边在门槛上坐了下来。

　　"有这么些吧。"

　　"好拌不?"

　　"还可以。"李顺光看得出来,李应知道他是被陷害的,内心里是同情自己的。

　　"你不用拌得那么仔细,差不多就行了。来,让我试试!"李应说着走过来,拿起铲子,弯腰拌起粪来,没多大工夫,他的背心就被汗湿透了。李应停下铲子,从裤兜里掏出一盒烟,抽出一支点着了。他想给李顺光一支,但犹豫了一下,还是没有这样做。

　　一支烟很快就抽完了。

　　"怎么样?我们来比赛一下,每人干五分钟,看谁干得多?"

李应笑着说。

李顺光呆了一下,屈从地说:"好吧。"

"我小时候干过一些农活,我们东北那个地方冷啊,冬天沤粪得戴棉手闷子。你是浙江人吧?浙江我没去过,只到过上海。"李应一边说着,一边铲着粪,快干完时,他有意铲了半铲粪撒在李顺光干的那一堆上。

两人各干了五分钟,李顺光干的那堆略微多些。

"我败了。哈!你转铲子的动作挺不错,行!"

李顺光有些腼腆,笑了一笑,拿过铲子,也扬了半铲粪在李应那一堆上,说:"这样就好看了。"

"对了,这样就好看了。"李应重复了一句,忧郁地看了看李顺光,拎起衣服走了。

刚才,朱毕祥看见李应走进李顺光干活的棚子里去了,便知道大队长一定是又去照顾李顺光了,因此心中窝了一肚子火,给黄贵益装车时,便使劲装得重重的,黄贵益拉不动,就同他吵闹起来了。

李应走了过来,朱毕祥殷勤地笑着,一边叫着"大队长",一边上前打招呼。李应没理他,拿起铲子,"哧哧哧",把车上的泥土铲下来四五下,说:"装多了,不好走,你朱毕祥下次不许再坑人!"说完,转身走了。

黄贵益卸完土,便推着空车到李顺光的棚子里去拉粪。他内心里同情李顺光,今天很想自己谋拌粪这件活计,因为他体力强、会干,拌粪这活又有一个人干活的自在。

"喵,干了不少了,有两下子呀。"改悔犯黄贵益说着放下车,在门槛上坐了下来。

李顺光没有作声。这时休息的钟声响了,他沉闷地靠着墙坐了下来,叹了一口气。

"你这人太老实,朱毕祥那小子有意捉弄你,你却不作声不分辩,刚才大队长来了,你怎么不跟他说呢?这活又脏又累还容易得传染病,来,咱俩换换,你去铲土,我来拌粪!"黄贵益很有些打抱不平地说。

"不用,还是我自己干吧。"李顺光声音不高,但很硬气。

"你这人倒够意思。去年,我一连欺侮你三次,三次你都忍让了。我叫你去搥化肥,你把手搥破了却没有作声。后来我有一次搥破了手,你倒来帮我包扎,帮助了我的改悔。"

"改悔可不是光在嘴上说说就行了的,没那么容易。像你那样的犯罪、抢劫,是反真理、反人民的。"李顺光本来想把话说得亲热些,可说出来的话却是冷冰冰、硬梆梆的,一副严肃的腔调。

"那是那是……"黄贵益很有些尴尬,"你是判了十五年吧,比我还多三年,够冤枉的。"

"我们这些反革命当然要受到惩罚。"李顺光敷衍着说,然后就不作声了。他向坡下望去,很多推泥土的小车子散乱地停在那里,西边大片的水田里,插秧的犯人们也在休息。太阳很毒、很亮,李顺光的心里很苦、很辣,从上高中的时候起,他就立志要奋斗、要入党,可他奋斗的结局是什么呢?反革命!他万万没想到,也万万想不通。

"我以前是个教师,教中学的,你知道……教育学生好好学习,热爱祖国——可惜反了革命了,"李顺光嗫嚅着说。"我们都要向人民改悔,彻底改悔!"

"好了好了,不谈了,和你这种书呆子谈不好。"

钟声响了起来,休息结束了。黄贵益开始往车子上装粪,一边装,一边气哼哼地说着:"我看你是个正派人,想来帮你忙的,也算我的一点改悔、一分侠义。可你这人,不跟咱们交心。"

下午,朱毕祥让犯人中一个叫做刘武的,来"帮助"李顺光一起拌粪。

"这活计你一个人干不行,你是个笨虫,没见过像你这样倒粪的,哼!"刘武一来,就摆出一副居高临下的架式。"你是个中学教员吧,每个月拿的钱不少吧,怎么也混到这里来了?是不是冤枉了你呀?你看你,铲子又拿歪了。"刘武把李顺光拌好的粪又铲了许多扔回去,说是统统不合格,像这样干,值勤号没法向大队长交账。

李顺光十分气恼。他在这种环境里已经过了好几年了,他同一些心肠歹毒、不肯改悔的罪犯始终有矛盾,他们经常利用各种机会和借口捉弄他、欺侮他,而他多数时候是采取宽容、忍让、不作声、不回击的态度。但是今天,他却气恼了。

"你捣乱,搞破坏,你倒的粪未必比我强!"

"怎么不强?哪一点不比你强!你看你,连铲子都不会拿,还是要你的笔杆子去吧,可别在这里埋没了人才。"刘武从李顺光手里夺过铲子,翻转了几下,做了几个倒粪的动作。

"你拿得不对,拿斜歪了,应该这样!"李顺光从刘武手里夺回铲子,也比划了几个倒粪的动作。

一把铲子,两人我夺过来,你夺过去,越吵越凶,屋子里的空气也越来越紧张。李顺光看着眼前这个身材高大、脸色很凶的罪犯,不禁有些寒栗,并思忖着万一打起架来他应该躲到哪个墙角去。

"住手!刘武,你不要跑到这里来欺侮人!"一个人突然大声喊道。进来的人叫王富,是受大队长李应的指派,来帮李顺光干活的。

王富也是受了陷害的,因此很同情李顺光。他身体结实,又能干,所以经常当值勤号,每到这时,他总分配李顺光去干一些轻活,轮到他分饭菜,也总是给李顺光多分一些,为了这,朱毕祥和刘武十分不满。

"你刘武想欺侮人是不行的,"王富说,"这么着,你刘武铲三下,李顺光也铲三下,看谁干得好,我来评判!"

两人各铲了三下子,李顺光比刘武铲得还整齐。

刘武火了:"那我跟你王富比赛!"

"行啊。"

王富正预备拿铲子,刘武突然朝他扑来,一下子就把王富压在墙角里了。李顺光冲上来拉架,吃了刘武重重的一拳。

"李顺光,你躲开,打着你了!"王富叫着。

"没关系,我们不怕他,找大队长讲理去!"李顺光也叫着,刘武又转身向李顺光扑过来,把他压倒在地上了。友好的王富伸出粗壮的胳膊,把刘武推开了。

刘武脱掉上衣,从地上拿起一把铲子,拉开一副打架的架式。赤膊上涂着泥灰的王富也很灵敏地拾起另一把铲子。两个人的眼里都喷着火,僵持着、对视着。王富虽然心里气得不行,但他努力克制着自己,他下决心要遵守大队的规章,好好劳动,好好改悔的。他嚷起来了:"我不和你打,我是公社劳模、是党员,我要好好改悔!我有女人,有儿子,我还年轻,我要好好改悔,早点回家。你们为什么这么欺侮人啊!"他的眼睛里浮上了一层泪水,激昂地吼叫着。

朱毕祥走进来了。刘武好像一下子有了靠山,他扔下铲子,冲着朱毕祥嚷了起来:"他们打我,两个打一个,我好心来帮他干活,教他使铲子……"他说着说着似乎受了很大的委屈,眼里也有了一点眼泪了。

"你是值勤号,你分派我来的,我不对吗,我不对吗?"刘武动情地干嚎起来。

朱毕祥似乎也受了感动,拿起一把铲子,在手里转着。

刘武似乎更有了理了,继续哭嚎着:"你王富是庄户人,干过活,可李顺光是什么东西?老九、臭老九!他干过活么,他会干活么,我教他使铲子不对么?"他又要冲着李顺光冲去,被朱毕祥拦住了。

闻声赶来看热闹的黄贵益"哼"了一声,他也曾经为了干活的事与朱毕祥、刘武打过架。

李顺光继续拌起粪来,不理会他们的吵闹。

"你使铲子的方法就是不对嘛,"这一回轮到朱毕祥出马了,他先在两个手心里吐了一点唾沫,然后拿起一把铲子,"应该是这样的使法。王富他会,这我没话说,你再看看黄贵益,他的铲子也有进步,可你不同,你不会,就得听我教给你。"朱毕祥知道李顺光常常在夜里痛苦地叹息,他要再给李顺光心上增加一些痛苦。

"你们怎么不作声?"朱毕祥问。

"看你表演使铲子哪。"黄贵益说,"我也来教教你,铲子该这样使,这样使!"说着,他冲过去粗暴地从朱毕祥手里夺过铲子,和他扭打在一起。刘武趁势也冲着李顺光扑了过去。小棚子里粪土飞扬,打得乱作一团。

"是我先动手的,到大队长那里我也不赖账,气死人了!"黄贵益突然松开朱毕祥,"停止,不打了!打架是犯规章的,等下我们到大队长那里说理去,我要用行动争取彻底改悔!"

"我也不打了,不犯规章,彻底改悔!"刘武也喊叫着松开手,他已经占了很大的便宜,把李顺光的衣服撕烂了。

李应大队长听到这里的哭喊吵闹声,也赶来了。几个人七嘴八舌地抢着向他告状,他听了一会儿,不耐烦地挥挥手说:"先干活,拌完了粪再说。"

粪很快地拌完了,没有车子,朱毕祥便建议用筐挑,他从工具棚里取来了箩筐和扁担。朱毕祥是想借机报复李顺光,因为李顺光不大会挑。他把一副坏了绳子的挑子分给李顺光,并偷偷对刘武使了个眼色。

"你少挑一些吧。"王富说。

"不,这些行。"李顺光说着又往自己的箩筐里加了一铲粪,挑起来向坡下走去。他毕竟体力差些,落在后面了,他奋力跑了几步,两只沉甸甸的箩筐晃荡起来,绳子终于断了,他也翻倒了,脚也碰破了。

"啊哈!"刘武幸灾乐祸地笑起来。

"你这个人,铲子不会使,挑子也不会挑么?你稳着些走嘛!"朱毕祥又得了理似地数落起来。

王富赶忙放下挑子,跑了回来,"怎么了?这绳子怎么断了?噢,这绳子都散了股了,本来就是要断的。"他动手帮李顺光把绳子结好,李顺光重新挑起箩筐,摇摇晃晃地向前走去。

"哈,像你这样挑法,还要摔跤的,你得一步一步稳稳当当地走,就像我这样子,还是来跟我学学吧。"朱毕祥讥讽着。

"学什么,你给他的那副箩筐,绳子本来就是要断的。"王富气愤地说。

"你看你看,那不是,他又要摔跤了。"

李顺光脚下绊了一块石头,他顺势向前跑了几步,冲到粪堆旁,终于又摔倒了。

朱毕祥和刘武又怪声怪气地笑起来。

高个子的李应走过来了,"要不是亲眼看见,真不知道朱毕祥、刘武你们这么歹毒,自己不肯改悔,还总要欺侮别人。"他的声音不高,可是挺有威慑力量,朱毕祥和刘武被突然出现的大队长吓坏了。

"你们两个人的双簧戏演得不坏,等下到大队部来再演给我看。朱毕祥,你的值勤号解除了,由王富当值勤号。"

"啊,哦,是。"王富说。

李顺光放好自己的空挑子,又返回来挑起王富放在地上的那副挑子。王富很感动,喊着要李顺光放下,但是李顺光已经挑了起来,往粪场走去了。他这一次走得很稳。

"王富,你当值勤号,"大队长李应愉快地重复说了一遍,"晚上开个会检讨工作。"

"是。"王富高声答应着。"继续挑挑子!"他欢快地喊了一声。

继续挑挑子,李顺光挑得顺当多了,肩膀肿了起来,他也不觉得,他稳当地、有弹力地跨着步子。黄昏的太阳照耀着他,他排在这一队人中间。

1982初稿,1984.9整理

(原载《中国》文学双月刊1985年第2期,收入《路翎晚年作品集》)

钢琴学生

公共汽车上挤上来一个男孩。这男孩很顽强地注视着周围。他有着紧张的神情,脸上并不显露什么恐慌。这是夏天,这男孩穿着背心和短裤;他身体很结实,像一个弹子似的饱含着力量。汽车开动了。他注视着往后移动的杨树。汽车和都市生活的运转使他的心欢跃。男孩买了票。

"你走几站路呢?到哪一站呢?你几岁了?你的大人呢?"女售票员说,"你是一个人?你叫我如何帮助你呢?你知道路吗?"

"他是一个人上来的。"一个戴眼镜的年轻姑娘佩服地说,"你几岁了,哪里去?"

又有一个中年乘客较仔细地问男孩。男孩看看周围。他说,他叫李国强,六岁,在幼儿园,到私人钢琴教师家学钢琴去,走两站……

"走两站你有什么困难没有呢?"豪放的女售票员在给一个乘客买了票之后又说,"你的爸爸妈妈要挨批评的。你坐两站不会坐过吗?"

"不会。"李国强说,他说他跟着父亲或母亲坐过好多次了,知道街名地点。

"你一定是有点怕的。你幼儿园的不会过街。"女售票员说。

"不怕。"

"那你很顽强。你说说站名看?"

男孩又注意着窗外,没有回答。

"你的父母该受批评。"一个乘客说。

"我的爸爸妈妈事忙,"男孩辩护说,"妈妈送货,上晚班,是工人；爸爸今天要出公差去修真空管。我自己……去。"

"你学钢琴会弹了？"那戴眼镜的年轻姑娘热烈地问。

"会！"男孩大声说，又仰起头来看看对方，"功课难，但是老师好。"

"你弹哪种课本，到练习的中班没有？"

"现在儿童很多会几手，他们弹得挺好的。"那个中年、有些胖的乘客说。

"你是用功的小孩。"女售票员说，"人要用功。人要百折不挠地奋斗。但是你怎样上车的？你还没回答我你到站地点。"

男孩说了地点，女售票员便叫起来了："那你错了，你糟糕。"

"你错了，你，小朋友，小钢琴学生。"中年乘客说。

"那你怎样办呢？"戴眼镜的女学生不安地说，又注意地、佩服地看看男孩，"我顶欢喜你了。"她想了想说，"那你怎样办呢？"这温柔的女学生在忧虑了一阵之后又看了一看男孩，脸上闪耀出了坚决的神色；她因为赶着去看她的生病的姑母。但她终于决定了，"我送你去吧。"

"那太好了。"女售票员说。

人们说话的瞬间男孩显出一种惊骇，呆看了一下人们，踏了两下脚便想冲向车门，似乎想夺门而出。但他又站住了，继续听人们说话，再显出了一种顽强。

"你送他去，那就成了。"中年乘客说，看着女学生拉住了小孩的手，而小孩也紧握着她，便高兴了。"你学音乐，对钢琴有了感情，真是不错的儿童，"他说，"你怪顽强的，但是你的父母仍旧应该受批评。他们望子成龙太冒险了。"

"不过现在许多父母也锻炼独生子女，"女售票员说，"很谢谢你这位女同志，"她说，"小孩一上车我就想是我的责任了。他说要过一个街口。你，钢琴小学生，你假设怎样过你说的那小街口呢？"

男孩望着她。

"顽强的小孩，90年代的人物，你定是未来的音乐家。"女售票员说,"我说闲话多了要违反规章了,即此打住。"她又说。

那个有些好说话的中年男乘客又说:"你幼儿园的学弹钢琴而不怕个人爬车赶两站路,你真是有精神。你欢喜音乐吗?我看你是有才能的。你说欢喜弹吗?"这乘客对小孩显出慈祥,同时充满欢喜,还拿手做了弹琴的动作。

"欢喜。"男孩说。他从女学生手里抽出了手,也做了一个双手按琴的动作。

男儿童李国强又注意到车窗外闪过去的树木,和有大的红色广告牌的三层楼房。他的心爱着都市,耳边响起钢琴有力的震动声。这声音一瞬间充满他的心。他便想到有些白发的女钢琴教师。她有时也严厉,说音乐是宏伟的事业。并且想到女教师门前的两棵大的树,一棵是杨树,一棵妈妈说是楝树,这两棵树也在他的想象的音乐声中震荡,这是他前往的目标。他慎重地看看中年乘客。看他又做弹琴的动作,便说:"谢谢伯伯。"

同时女学生又抓住了他的手。

汽车因车辆拥挤而慢行,在十字路口又停车。

"你贵姓,你见义勇为挺好。"男乘客说。

"这么说就不好意思了。"女学生害羞起来,说她叫李云,是外语专科的进修班学生。

"我问的可能有点冒失了。"男乘客说,"你是教书的?"他仍旧问,"因为我看你很好……实在的,问得不礼貌了,但是觉得你很好。"

"那没有什么的,"李云说,有些脸红,"这是没有什么的。许多人都互相帮助,这是普通的。"

"这很对。我叫黄芜。我是一个厨师。"男乘客说,"你小孩叫什么名字?我都忘了。你不会过那街口吧?现在有阿姨带你过街口了。"

男孩便咬着嘴唇,沉默着。

"男孩过街口,"一个瘦长戴扑帽的青年不满地说。显然人们的热情给了他鼓励。"父母也有责任的。现在一些父母出风头,要是我,不出这风头。我是讲实际的,这男孩学钢琴成功,将来也拿三百四百吧?"

"那不是那么说的。"沉思了一下,进修班学生李云说。

"怎么不是呢,三四百元总有。社会上,钱是重要的。"

"我也是这么说。"和男青年一起的一位女青年说。

"我们不这么说。"一个青年男子,把手里拿着的皮包放在膝上,说。

"那我们是这么说的。"戴扑帽瘦长的男青年不满地说。

"不争论。"和男青年一起的擦粉的女青年说,"我们说这年代实际是这样的。"

"不是这样的。"拿皮包的男子说。

"你会过街口吗?"戴着扑帽的男青年骄傲地说,"怕是你的父母为名为利,让你将来上台光宗耀祖吧?你能学得会吗?"

"不这样的。"进修班女学生李云说,"你们这是顶不对的,人们奔向理想,你们却是俗……俗气,不符合人们的理想。"

"是这么说的吗!"那戴扑帽的青年突然咆哮起来,说。

"是这么说的。"

"骂我们?爷们不出虚风头,不想上晚报受表扬!"

寂静着。进修班的女学生李云有些委屈,看看他们,但随即做了一个骄傲的动作,甩了一下头发,捏紧男儿童的手,表示她要带儿童找到那钢琴教师家;表示她要牵着她喜欢的男孩走过闹市街头,闹市的深处有未来的萌芽,有激动的钢琴声。

一个有些白发的老妇女走了过来,抚摸男孩的头,说:"祝你学琴成功!"

戴扑帽的青年和他的女伴便不再做声了。

"你会过街口?"老妇女说。

男孩沉默着,他想象着自己谨慎地四面看着走过街口,奔进小的、洁静的胡同……他用这想象来反对他的那个青年和他的女伴。

车又开行,女售票员又大声说话了:"车现在快到了,你,未来钢琴家……下一站……下一站……你小男孩的钢琴站。"

那个戴扑帽的青年又做了一个不满的表情。那中年的,叫黄芜的乘客也做了一个不满他们的表情。

"到站了。"女售票员说。

钢琴学生李国强的眼睛闪烁而李云姑娘的眼睛明亮。全车厢的人都注意到这个情节了,人们脸上挂着微笑。他们仿佛听见了男孩在钢琴前弹出的有力的、响亮的、悠扬的声音。李云牵着男孩李国强下车了,女售票员说:"再会。"黄芜站起来一下招着手。……车子又开动了,从车窗里,人们看见窈窕的、敏捷的李云牵着结实的、穿着背心和短裤的男孩李国强在人行道上往前面的汽车站牌飞快地奔跑着。在奔跑中李云的头发飘扬起来,而男孩晃动身体,一只手牵着李云,一只手在空气中划动,两条赤裸着的腿很快地闪动着。

1986.8.17

(原载《人民文学》1987年第1—2期合刊,收入《路翎晚年作品集》)

雨　伞

雨天，陈佳美替她的爷爷送回借的雨伞去。

爷爷是老工程师，在自选商店买东西遇着了大雨，售货员姑娘对他说："您住在哪里？您老爷子就拿把雨伞去吧。"他说不要，往雨里走了。但是商店里那位穿黄衬衣，头发上卡着红卡子的女售货员追上了他，一定要给他雨伞。现在爷爷就叫陈佳美送回雨伞。

小胖子陈佳美初小二年级，八岁。她耐心地听完爷爷详细地描绘那位阿姨的模样。这是一把花绸的、折叠的雨伞，她自己则撑着家里的绿的塑料布伞。

胡同里，陈佳美看见一个姑娘扶着一个生病的老大娘在雨中走着，她们没有雨伞，老大娘头上顶着姑娘脱下的上衣。陈佳美看看便站下了，想到她们是很困难的，而爷爷刚得到穿黄衣的姑娘的帮助。同时她觉得自己是有用和有为的。

"姥姥怎么没有雨伞？你们去医院吗，我有雨伞。"

那扶着生病老人的，有着焦急和忧愁的表情的姑娘看着她。

"不妨碍你吗，小姑娘？"那忧愁的姑娘问道。

"没关系。"陈佳美说。

姑娘接过了雨伞，却令陈佳美为难了，往自选商店去要晚一会，又要重新淋湿了穿黄衣的阿姨的雨伞。她决定不撑伞，送她们到医院再跑回来。

"你怎么不撑伞？"那忧愁的姑娘问她。陈佳美对那姑娘说："我身体好，不怕淋雨。"并决心不说雨伞是别人的，要不是那姑娘就不会用她的雨伞了。

"你这小姑娘,真是……"看见陈佳美在雨地里淋着,那姑娘又想把伞还给她。

陈佳美很快地逃到路边去了。

医院门前,母女俩非常感谢她,和她亲切地道别。她怕时间耽误久了,便摆摆手跑向了街对面的一条胡同。

但她路不熟。打开了自己的绿布伞,在雨中急跑,找寻通往自选商店的路。拐了几个弯仍然未见到自选商店,她着急了,便在雨中停住脚步。"要冷静,老师和爷爷都说过,冷静下来就不慌乱了。"陈佳美想。她仔细地观察了街道,终于选定往北走。穿过了一条斜长的小胡同,终于看见了红色门的自选商店。

"阿姨。"陈佳美向正在计算机上算账的穿黄衬衣的女售货员喊了一声,并向她鞠了一躬说:"您的雨伞吧,爷爷说一定要好好谢谢您。"

"也谢谢你啦。"售货员热情地说。

"我是向您学习的小孩。"陈佳美说完,她们俩都甜甜地笑了。

(原载成都《精神文明报》1987年2月11日,收入《路翎晚年作品集》)

袁秀英、袁秀兰姊妹

袁秀兰渴望着小学毕业以后进入中学,可是在将要毕业的时候她的决心却有了动摇。

她的姐姐袁秀英身体长得结实,性情也粗犷和豪放,小学毕业的时候决定不再升学,当家庭的劳动力,让妹妹袁秀兰将来升中学;她们的过去年代拉板车的种较多的玉蜀黍地的父亲和有些高血压病的母亲也正是这样想法。但是袁秀兰在小学将要毕业的时候改变了主张。

她们的父亲袁贵民旧时是公社的生产副大队长,农村改革为农户的"承包责任制"以后,因为仍旧忙着协助邻人,忙着帮助乡村里发达起来的副业的输出,没有很富裕起来——只是一般的收入上涨的中等。他对于不能两个女儿都升中学有一定的忧郁。袁秀兰没有什么表示,大女儿袁秀英却对这不以为意;她比妹妹大两岁,因为小时起在"文化大革命"的后半段的社会的坎坷和剩余的惊悸中长大,因为从小时候起带妹妹和保护妹妹,便也显得大多了;小学她也是按年龄计算进得很迟,虽然妹妹入学也过了几年学龄。袁秀兰在姐姐的支持下,往升学作计算,家庭渐宽裕,渐渐地在心中结构她的图画,有着甜蜜的心情。她因此很用功。她的父亲袁贵民曾经要她,袁秀兰,向她的姐姐做了三鞠躬。袁秀兰便红着脸向姐姐做了三鞠躬;姐姐袁秀英也还了三个鞠躬。年龄不大但聪明的袁秀兰用做乡政府经办的样产刺绣得来的钱在她的母亲的津贴下买了一口小猪养着,预备做未来的学费,她也替姐姐做了几件针线的劳动,其中一件是补衬衣,一件是缝鞋子。因为她年轻,自小时起家庭有些优待,又因为她爱读书还爱画图画,晚间学校归来常慢慢地画着,她一年来十分平静,对这件事没有什么太多的表示;可是在毕业快到,接近秋收的时候,她却发表意见说,她想留在家中当劳动力,而小学毕业已经两年的袁秀英温一温旧功课去升学。

她知道她的姐姐也是功课很好的。她从姐姐袁秀英的同学王小霞那里知道,小学里有两个教师很惋惜她的姐姐不能升学;其次,外表上看不出什么,她也不知道,王小霞说,她的姐姐在毕业时曾在学校里课堂里一个人坐着哭了一场。那一场哭得较久。教师惋惜她不升学,而她在和王小霞的通讯里一直流露着她对升学的渴望与羡慕,还偷着又用一下功,有着一种自己也朦胧的欲望,用王小霞的语言说,是"暗中在渴想着",和"糊里糊涂地渴想着",王小霞还说,因为经济改革以来农村各样发展了,开始建立乡村企业了,农村的"行进"很强吧,所以袁秀英更是对升学有着向往。王小霞带着讽刺这样说,还又说到袁秀英是小学毕业的高才[材]生。王小霞说,袁秀英的内心的矛盾在家人面前没有暴露,但她是注视着通往十几里外的大村镇的住宿中学的大路的,注视着去到的同学们,而且和亲密的王小霞做着表达这种内心冲突和渴望的通讯,这种通讯一直继续到现在,到她,袁秀兰将要小学毕业,而凝望着往住宿中学去的已经在这两年种满杨树的大路。王小霞还给袁秀兰看了袁秀英的一封信,里面有:"站在杨树下,似乎听到几十里外的学校里震动灵魂的上课钟声。"袁秀兰想起来姐姐是在路边有时有一种遥望似的,便觉得很窘迫,而对于暗中曾有过一定的数量的想自己升学而姐姐因为是亲爱的姐姐可以让步的私心觉得惭愧。现代化进展的年代,时代有灿烂的光芒,吸引着渴望知识的年青人的心灵。

袁秀兰回到家里,便偷着翻看姐姐的东西,偷钥匙打开姐姐的小簏箱,翻到姐姐时常使用的写满了字的笔记本和她曾不以为意地看到一眼的初中教科书。

袁秀兰便增加做一些家事。隔了一些天,这附近的相隔半里的村庄也要盖起初中的房屋来了。乡政府给予了原公社的两间仓库的房子,再预备盖若干间,和建立操场,购买上下课敲击的铜钟;这件事引起了人们心灵上的往现代化去的波动。乡长魏豪志对这件事很积极,袁秀兰的父亲袁贵民也积极,和魏豪志一样参加运砖头,拌土,而且爬上架子砌墙,——乡长还是保持着过去许多年的作风,到现场上劳动,虽然这是有些耽搁了其他事而有时引起不满的。袁秀英也爬上架子学着砌砖头,这样,内心有激动的袁秀兰也去了。袁秀兰还看见,她的姐姐在路边上向来到工地的未来的中学校长朱志禾鞠了一个躬,这时她想到,姐姐,照顾家庭,孝顺父亲,也欢喜田地里的劳动,所以不升学了,这也是似乎是对的,但是,姐姐功课似乎比她好,有升学的渴望,她,袁秀兰,为什么不让给让姐姐升学;她觉得很歉疚,便发生了一点异样,坐在那里呆想,而拿一张纸用一枝铅笔在那里画起大的杨树和通往大村镇的路来了。她似乎这一瞬间成长了一些。

因为有人看她画,她便忿忿地撕了而踟蹰到村口来,碰见了王小霞,她没有说两句话便走了。王小霞追踪着她,因为她从家中牵出了四只羊。这中午快到时牧羊有些特别。王小霞询问她们的家事,(王小霞已经干涉这好些天了)。袁秀兰说她正是仍旧说,要多管家事。她听了王小霞说了姐姐的情形之后,一直想让姐姐升学。王小霞便说,还是应该让袁秀英在家劳动,因为人们都知道袁秀英是村里的著名的劳动力,而袁秀兰不行。不过接着王小霞又俏皮而叹息地再提到,袁秀英在离开小学的时候,曾经哭过。

"说的正是这。"袁秀兰说,气愤地从衣袋里掏出一张纸看一看又撕去了,那上面画着一棵杨树,树干挂着一口学校上课的钟。钟的周围还画着几条放射线,表示钟被敲出的声音或钟在发光。

"你看你,小翘嘴皮姑娘。"王小霞说。

"我说我正是翘嘴皮姑娘,而你是仙女,搔了人痒便跑。我心中痛与痒,想在家中劳动。将来国家有很多的发展,我姐姐算术好,历史也记得皇帝名字和祖国发明家名字,她温温功课还能够考学校,年龄不大几岁。你替我跟我姐姐说好不好?我在家种地当劳动力,也养猪,放羊,喂牛,我会养猪。我还欢喜盖房子,种菜。"

王小霞做了一个讽刺的表情又有点严肃。她是俏皮的姑娘,在小学里曾打人一下便跑,希望挑起热闹;在过去公社开会的时候她也打人一下便跑,也希望挑起热闹。她也打那时的公社书记魏志豪一下和袁秀兰的父亲袁贵民一下便跑,引起喊叫,——便有"小霞打我"这句话在几年之间被当作比喻而流行着。小学初小里"小霞打我"的喊声一直流传,成为比喻漫延到现年代的乡政府的人们里面,这喊叫,表示热闹,生活的欢欣,和一些对对方的意见与撞击。王小霞小时候还随时有些纸折的猴子,面团人人,流球,野果子皮,牛皮筋,小玩具,吸引一群男女孩的打闹;王小霞长大了起来,继续有着别人时常缺乏的,例如花种子,绘画和剪纸花的样品,附近市镇企业出品的国家饼干,引起生活的欢欣。

"你帮我的忙跟我姐姐说,我送你三张红蜡纸好不好?"袁秀兰对王小霞说。

王小霞便想着什么,打了一下袁秀兰的肩膀。

"我就著名了,上了通报:小霞打我,便是时代象征,魏豪志开一条推到老松树的水渠了。你那回高兴他老魏的争论着,我这回要推到我家的老榆木头树姐姐,……"袁秀兰老成地说,在她的一只较大的羊身上坐了一下又警觉地站起来。

魏豪志恰好这时候来到。

"议论我挨'小霞打我'。"魏豪志说。

袁秀兰便又在她的那头较大的羊身上坐了一下,然后又骑了一下,看着魏豪志。她活跃但是又有些窘迫,便又从羊身上跨了下来,叹了一口气。

魏豪志老头子这些日子注意到袁秀兰早晨上学前去到田地里做一定的劳动。有时候黎明还没有到来,有时候迟些,在啃着窝窝头,带着书包。她的红色花的布的衣服在早晨汗湿了。魏豪志注意着这件事情,袁秀兰显然是想让她的姐姐去升学,魏豪志曾经看见不大爱说话的,善良的,耐劳的袁贵民追到田地里来喊他的二女儿,要她回家去。前两日黎明前这种情形又发生了一次,袁秀兰是推着独轮车出来的。袁秀兰起来在姐姐耳边说了什么,要姐姐起来,趁早晨温习书,她连钢笔都摆好了;后来姐姐袁秀英起来了在发着火,不理她,她便忿恨起来,拿着书包推着独轮车跑出来了。袁贵民在田地里喊着她,可是她却沉闷着,沉默着,继续从面杆子上搬断着,摘着玉蜀黍,放在身边的手推的小车上。魏豪志这一日是追着袁秀兰来到田地里的。他关心着袁贵民家的事情;他是黎明前看见袁秀兰推着车子背着书包出来的。虽然是秋收了,可是离开田地里人们开始劳动的时间也还有一段距离。天空里还有着夜深的痕迹和繁密的星,落下去的月亮则有些黯淡。魏豪志来到田地里注意到袁贵民已经发觉他的二女儿,从小路追到田地里来了。魏豪志听见袁贵民要女儿回去,两人发生了争执,而袁贵民说袁秀英在家里哭了。不大爱说话的旧时的生产副大队长袁贵民在玉蜀黍的浓密的枝叶间站着,袁秀兰则发出很响的声音来折落着玉蜀黍。袁贵民每隔一定的时间,每沉默一阵在玉蜀黍被劈落的清脆的声音里说一句话。他的话似乎是有节拍的。他劝他的二女儿回去,他说事情"好商量",他看让姐姐读书也还是可以,又说"不过也还是不行"。从他的谈话的样子魏豪志看出来他有为难以及他很爱着二女儿,魏豪志想,本来这种情形也不必要二女儿回家去的。魏豪志觉得,这个个性很硬,当副大队长的时候在地里斥责一个顽劣的青年,将这顽劣者硬嘴骂成改悔者,因这而获得声誉的袁贵民在这二女儿面前显得有些软弱。魏豪志这时候想起了,前两天这以前顽劣的青年还在袁贵民的协助下修好了乡政府的一辆板车。魏豪志听着袁贵民在玉蜀黍的在星光下的发亮的叶子间的一句一顿挫的和二女儿协商的声音,注意到他除了要二女儿回去以外也说着一定的教诲的话,觉得有一种内心的激动。

魏豪志当年,旧社会的时代,曾和袁贵民一道在大城市济南和胶东拉板车,袁贵民吃苦耐劳,而且还很精悍。这黎明之前,周围是渐黑暗的农村。山东平原静默着,魏豪志看见他的老朋友,患难之交在家事烦恼之间流露出来的做父亲的渴望后代成长和幸福的感情和心灵。魏豪志想着他和袁贵民于当年青年时代拉着板车行进——这时回地里的家庭的情节在进行着。

"回去咯,你读书。"袁贵民说。

有玉蜀黍被袁秀兰的有力而活跃的手掰落在小手推车里的声音。

"你读书,姐姐也为你。"袁贵民又说。

这一次是玉蜀黍被劈落的声音。

"回去吧。"袁贵民又说。

"不。"袁秀兰说。

"父母的话要听,家庭要协调。"袁贵民说。

又是玉蜀黍被折落的声音,落在手推车里的声音还很重。沉默着。

"天上飞的鸟也吃地上的食,顾它的巢,还有地上的事务。"

"我正是顾家的。"

"我是说要团结。我说得不清楚了。"袁贵民的有点讽刺的善良的声音说,"天上的鸟飞,地上的羊群马群,也是一致行动的,家庭是这样的。"

"你不管。"袁秀兰说。

"家庭协调也是为国家,祖国。"袁贵民有些性急地说,"也是这样的你爱说的。这农村经济改革了,也是这样的,是协调的繁荣。"

"你第一句就说错了。"又折落着玉蜀黍的袁秀兰说,"你又要说到普遍富强,农林副牧渔了。"

"但是我总是道理。"沉默了一下袁贵民说。

"你又替人修车杠去了,去接麦种去了,"袁秀兰说,"当然这没有什么,我说是家中劳动力缺乏。"

"那正是你要知道。"袁贵民说。沉默了一下,他说:"听父母的话。"

又沉默了下来。袁贵民的说的意思不很清楚的第一句话:天上的飞鸟也吃地上的食,是魏豪志熟悉的,是有着内心的激动的。在旧时代青年时拉板车时,袁贵民常说这一句,那时候他们也初形成自己的人生观,务事实,埋头于拉板车,而不乱"跳行业"。后来他们都增加觉得,"自己的巢"还要大一些,国家和共同命运的人民。袁贵民对女儿说这句话有意思不很清楚,但这时他显然感慨地回忆到青年时,觉得那时候自己有一度是狭隘的,他觉得因为激动而说了这不很清楚的话,但这话也有着意义,所以在说着"繁荣的协调"的时候有着一种内心的震动,充满着感情。

"我是说农林副牧渔的。我们家的农林副牧渔是,你要读书。"他说。

后来袁贵民便走了。魏豪志看了看有些顽固地在继续用变动着的几种手的姿势,折落,劈落,击落,掰落着玉蜀黍的袁秀兰,便叹息了一声。

"各时候都有农林副牧渔,协调,经济改革,以粮为纲的。"他大声说。

他以为小学快毕业生要吃一惊,但是袁秀兰看看他,似乎早知道他在这里似的。魏豪志也走了,袁秀兰碰到一个难以折下来的玉蜀黍,便用拳头击着,搬起田地上的一块石头来捶着;发出很大的声音。

这种情形继续了一些天了。前一些天,中学建筑着房屋,含混在后的袁贵民教女儿袁秀英又教袁秀兰。就在工地里,魏豪志老头子也听见袁秀兰说了一句,她要当家庭的劳动力——她觉得父亲教她不认真。魏豪志乡长便看见袁贵民的面孔有些紧张。袁贵民是趋向着这决定的。但是他一生为人公平、正直,常在家中田地,用他的简单的几句话教育儿女。这种情形使学了良好的家教的袁秀兰这时候心动起来,在这件事上觉得不公平。

她觉得父亲有偏差了，她对不起姐姐了；她已成年了。

就在魏豪志在村口碰见王小霞和袁秀兰的这一日的早晨，也还是黎明还没有到来，魏豪志又看见袁秀兰"出车"了，装备了自己家里的大车和驾着黄牛。这一日是星期日。魏豪志起得早，也好奇地追了出来；他对这事情有着一种感动，对自己和袁贵民的往昔的痛苦的，正直的拉板车的生活和这些年的生活进展有着激动，而且渴望着后辈成年。魏豪志想到，他和袁贵民在风雨和极炎热，或冷酷的大雪里在大都市里谋求着青年时代的生活。家乡有荒旱，而自己的父母投奔到来；国民党光耀武兵行凶，而人民解放战争刚刚开始，他们处在懵懂的情形中。他现在看见当年被国民党军打得腿都负伤的袁贵民的两个女儿成年，自己的子女也成材了，他如同关心着自己的子女一般关心着袁秀兰姊妹的命运，并且因为袁贵民和袁秀英姊妹的母亲相恋很久，却因为人事情形和一定年间的贫困而结婚迟，生育了后人很宝贵，和因为农村的富裕，需要人才，而更是注意着。他在下沉的，黄色的，大的月亮下跟着走出了村庄，看见仍旧是穿着红色花的黄色的衣服的袁秀兰将车子停在路边，已经在地里折落和掰断玉蜀黍了，他听见发出窸窣的和响亮的声音。他对袁秀兰的红花的黄色衣服有着注意，因为这衣服是和他的小女儿的同时做的，是一种相似的活动；因为袁秀兰的母亲以后又继续给袁秀兰做了两件一样的。（因为这原故，这两年人们时常看见红花的黄色的细布衣的，俊秀的袁秀兰。）魏豪志老头子月光下来到田地边上，这次便看见在袁贵民的家事里扮演着一定的角色的王小霞从田地的另一边钻到袁秀兰的身边，沉默地动手收获起玉蜀黍来了。王小霞继续从玉蜀黍秆子上取下玉蜀黍，袁秀兰便将装满了的篓子扛起来走到田地边倒到车子里去。王小霞和袁秀兰在谈着话，魏豪志大概听清楚是这样：王小霞昨日从住宿的中学回来，到袁秀兰姊妹那里去了，和她们一起拌着猪食，谈论着姊妹之间的问题，她有一次站在袁秀兰方面，后来也还是站在袁秀英方面，主张袁秀英当家中的劳动力。但是王小霞说，袁秀英曾经说过,假若她读中学,她将来便在农业技术站学些科学,自然小学毕业也能学;袁秀英有这种爱好科学的情况,王小霞说,是她有时会来赞成她当家中劳动力的原因,也是袁秀英在小学毕业时哭一场的原因。王小霞说,袁秀英想努力升学是因为想到自己是旧时代的板车工人之家的子女,自然,决定留在家中当劳动力,也是有着这一历史因素的关系;事情是复杂的,袁秀英有她的理想,小时候她便将板车的绳子挂在肩膀上拉动一下车辆,想象旧时代的板车工人的劳动与生活。王小霞说,大半是因为她看见袁秀兰也有一次认真地将绳子挂在肩上拉一下板车,袁秀英便决定自己在家中当劳动力,她看见妹妹也是不忘旧的。她还看妹妹也是爱好科学的。自然,不这样,她也会在家中当劳动力,因为她同情父母,特别同情父亲和母亲恋爱了,因为土地改革后一个乡秘书的不正派的反对和因为后来遭遇到的自然灾害有些穷,便结婚很迟,而且,袁秀兰父亲袁贵民还有拘束的思想,觉得自己不配有些文化而有副业和种地能力的,长得还漂亮的母亲。王小霞说,这一点是她不容易从村里的姑姨母们探听到的。她们不肯告诉后辈。王小霞聪明地说,她认为同情袁秀英的好办法是赞成她当家中劳动力,赞成她的内心,也同情她想因为现代化的进展而升学,但是王小霞说,"农林副牧渔以粮为纲"的"专家"魏豪志说的,在家劳动,也是努力现代化,也对。王小霞说到这里,看见袁秀兰沉思着发痴,便打了她一下,要她听着她。王小霞又说,袁秀英也愿为妹妹而奋斗,因为袁秀兰用功,聪明,将来想学医,也学农业科学,"有着心灵的痛苦"的袁秀英——王小霞说——便很满意。

  魏豪志乡长在这玉蜀黍的田埂上,黎明之前:听见袁秀兰回答说,她还是想让于她的姐姐,因为姐姐有功课好的基础,奋斗几年便奋斗出来了,于家庭于社会都有更多的利益,她则是个人想在劳动中锻炼,她甚至说,她再过几年升学不迟。后来魏豪志便听见玉蜀黍叶子折叠起来很响的声音,和很猛地掰落玉米、玉蜀黍的声音。袁秀兰说,不要再提了,声音忧郁而有着愤懑,有一点眼泪,王小霞便说,"好",于是有了两人拍一下巴掌的很响的声音。魏豪志在黎明的微光中看见,两只手很快地、极熟悉地互相拍了一下——两只发白的手在黎明的微光中闪耀了一下。

魏豪志有欢喜看见这种的快乐的心情。

"我想办法借给你的钱,帮你们借到,你养几口小猪……"王小霞说,"总之你们一起升学好吗?"

"这是家中劳力的问题,不是钱。"袁秀兰说。

"我也同时想到了。"王小霞说。

"你说我那次,是小的时候挂绳子拉一下车你看见了。"袁秀兰说,"我那时也想着我们家旧时。也不,我那时是挨了母亲打了几个巴掌。我觉悟了,现在再想到巴掌觉悟了,做家中的劳动力,也建设祖国现代化,学科学。"

发生着在折落玉蜀黍的劈啪的响声中的对话。

"我想起那几个巴掌了,在家中当劳动力,是我母亲对我叫吼过几次的,我曾在做早操立正的时候想,读书是往现代化,而劳动,只要革新,也是现代化。我的姐姐秀英,有几次去拉那旧纪念物板车,是因为我母亲给她的巴掌多些,对她叫吼,在家中当劳动力,要多些。我母亲因为副业不振兴人确实穷,后阶段也穷,打我姐姐的巴掌多些。"

后来的谈话是在折断玉蜀黍的响亮声音和倒了玉蜀黍到车子里的沉闷的声音中有节拍地进行的。

"我有一个时候最恨那何副乡长的农林副牧渔必须每家平均兼顾了,说我们家没有'渔'。"袁秀兰说。

"说我们家也没有鱼,而种树多。"王小霞说。

"我姐姐后来光去捕捉鱼。"袁秀兰说。

"平衡发展我动员你,而不是那副乡长的官僚,我说你要读书而你增加用功,你姐姐干家中责任劳动力。"

袁秀兰沉默着。

"我们从轩辕黄帝活到现在了。"王小霞说,她的意思是,要努力前进,也不怕官僚。

"我们从轩辕黄帝活到现在了。"袁秀兰又猛烈地折落玉蜀黍,说,"所以我心灵里有着忧伤,太阳照见自己的顽皮的儿时的影子,我学龄迟年龄也不小了,我想,我要努力当家中的劳动力。"

"你说。"王小霞注意地说。

"我们从轩辕黄帝活到现在了,"袁秀兰又说,声音里有着一种灼热,她仿佛年龄大了一些,"我心灵里还有当代的我们农民儿女的事业。"

"你是有一种家传的,但是你有空想。"王小霞说。

"我听见姐姐与母亲的谈话。"袁秀兰又用力地,声音响亮地折断玉蜀黍说,"母亲说的,从轩辕黄帝活到现在了,要做人,母亲又说,她要有农民儿女的事业。"

"她说她从前在街边等你父亲,一回是大槐树下,我听姑姨妈们吹嘘知道,那时她有孔夫子的三从四德,又说,农民儿女的事业,有一点壮国威山河,而相对照,她还赠金给你父亲,那时一百元。街坊一时都纷纷传为美谈。"

"你说的真是。"袁秀兰说。

"姑姨妈们说,你母亲是贤德,我们山乡烟雨旷燎,有男女的火辣的心脏。"王小霞又严肃地说。

发出了折落玉蜀黍的大声,便沉默便笼罩着了。魏豪志的内心便激动——黎明也渐渐地到来。在一丛树的朦胧的影子后面,是大片成熟的麦田,连接着往右去是棉田。平原在黑暗中寂静着,麦田和棉田中间,有闪光的、在黎明的微光中呈显着秀丽的水面的池塘,而在这玉蜀黍地相联的大片瓜田,和接着又是玉蜀黍地的后面,村庄的黑暗的影子蹲踞着;半里宽的麦田的对面,也有着黑暗着的村庄的房屋,里面最后的一盏灯火在黎明到来前熄灭了。那里便是新建筑学校房屋的地点了。在棉田的较远的后面,这时有列车在通过,发出响声,——那后面是黑色的,有严峻的嵯岈的山峦的、长条的山脉。在魏豪志们所站的玉蜀黍田的另一面,高速公路通过而种植着在黎明中十分愉快的杨树,弯曲的小河在公路那边通过着平原,而远远的地方,有较高的、沉思着似的山峰。这旷野,田野有着俊美与雄伟;月亮沉没,星光渐暗,黎明开始到来;啼叫着初醒的鸟雀,凉的风,吹着长条的、宽的、稠密的玉蜀黍的叶子。魏豪志因后代人的有着热烈的展开的心灵的谈话和勤勉的黎明前的劳动,而心情激动。

"你们这掰了不少玉米了。"魏豪志说,假装是刚来到这里,——老头子还有一点羞怯。"我看还是秀兰你姐姐在家当劳力吧,你们的家事。"他对袁秀兰说,"你王小霞一早晨出来相助秀兰,你是很好,这天很早。"魏豪志忍不住直爽地、严肃地赞美说,看看周围的田地与平原,黎明的光线中也显出了一两条麦田中的白色的土路,"这天很早,你们就到田地里来了。"魏豪志用他的胸膛的宏亮的声音说,"……我们的乡,这平原旷野,在希望的田野上。"他继续以他的严肃的、坦白的、心脏律动的声音说,看看田野和平原,似乎,不是这雄伟的平原,他便不这样说,"我们仰仗你们后辈人积极,我于这快乐的富裕之年说,仰仗你们,增产,城乡商品运输,企业建设,还有是,进一步灭掉还有的哩——贫穷,再,坏人。你们知道,我说给你们青年了。"

魏豪志的庄严使两个姑娘沉默着。但是王小霞不多的时间便吹响了衔在嘴里的玉蜀黍的叶子做的哨子——发出尖锐的声音。

魏豪志看看她,觉得感动。

"那边,学校盖起来,便动土盖棉鞋厂的企业了,还有一个是新的气象天文基地,也要来一个矿藏厂,还有一个是果子酱工厂。"

"听说也有雉肉。"袁秀兰说。

"对了。"魏豪志说,看着年青人扛起了装满了玉蜀黍的篓子将玉蜀黍倒在车子里又将篓子拿回来,便用力地扶着一棵玉蜀黍摇晃一下,摘下了一个玉蜀黍,又用力地将它摔在篓子里而走掉了。他的用力使年青人们看了看他。他因这平原里的壮志而激动,还因为他说好出来立刻回家修理院子里的机器站的收割机,迟了他的女人便要责难他了而有些不安;他的女人替他承诺许多事,虽然吵过几句总也是转回因为和平,但总是要和他争吵。

这接着便是中午的时候魏豪志老头子,——十分强壮的老头,在这中午的时候又看见了她们。固执的袁秀兰这时还继续想王小霞帮助她让姐姐去读书,她已经在想象自己是家中的主要的劳动力了,但是另一面,她也仍然想读书,这异端的情形有时还有点重,所以她一定的坚持之后又沉思着,有着心中几乎是痛苦的煎迫。

魏豪志看着袁秀兰从家中赶出来的四只羊。这四只羊在不安地嚎叫着。这四只羊的情况表明两姊妹争执谁当家中劳动力的情况有着激动性,这是星期日,虽然袁秀兰平日星期也做些家务和农业劳动,主要的,午饭前牧羊很窘迫,而羊这时候有吵闹,袁秀兰是收获和赶着车运送玉蜀黍很久,中午抢时间牧羊的。王小霞是上午协助了她一阵又来了,现在是袁秀兰的姐姐袁秀英在收获和运送着玉蜀黍。袁秀兰今日有自豪,因为她好久没有驾车,驾车很少。正在这时候袁秀英从村外驾着满载的车进了这条街道了,袁秀兰便和她喊叫她牧了羊就到田地里去。袁秀英穿着白色的单衣,强壮,面孔发红,在车上喊叫。她停下了玉蜀黍车。喊叫了几句才放低了声音。她的谈话也表现了家中的争执,袁秀兰的抗议使父母觉得为难,还因此痛苦。两姊妹已经产生了不少的争执。袁秀英责备妹妹不应昨日抢着给牛铡草而不温习功课,不应抢着拌猪食使她为难,不应闹小孩脾气,前日还抢着给羊剪的羊毛。当然这是好事,可是家庭也有个"纲",袁秀兰很恶地争执使她为难,以至于她觉得自己是有错了。她说,她也有动摇一下,想让袁秀兰了,因为这在村中也有人赞美,她也想读书,但是,她是不让的。她又想了一下说,她是不让的。

"你太小孩脾气了。"袁秀英说,面孔发红,白色的单布衣有被汗浸湿,——太阳很灿烂地照耀着;她的声音也有所缓和,她有点懊悔刚才"有人赞美"这一句说激烈了,便想着自己有没有私心,但是她却又说,"你在家里各样都闹翻了闹这件事,所以你这放羊也是一种宣扬。你这放羊是唱的苏武牧羊十九年节不辱,你回去回去。"她说,但觉察到自己的违反自己的愿望,便严肃地沉默了,跳下车来;因为内心的生活的复杂的热望的冲击,好久不能改变自己的严峻的,有些狠恶的表情,虽然她不满意自己这样。她又说袁秀兰下午可以不上田地里去,在家温功课,预备自考,脸上有一点激动的笑;从她的热烈的心思,发生出和缓的感情来,但是严峻的表情仍旧又出现在她的脸上了,因为她想到袁秀兰是执拗的。她笑了一笑,看看魏豪志,转变为很温和地,带着忍耐地说话劝袁秀兰让步,而且指出这午前羊很吵闹,但随即,因为袁秀兰脸上的不满的表情,她又转为激烈和严肃了。

"你听我的吧。"她的眼睛又明亮,闪烁着发出快乐的,豪放的光芒,从严肃转为温和的,温柔似的表情,回头看看拉车的牛,便走向袁秀兰,但是袁秀兰又做了一个讽刺的微笑的表情,而且向她举起双手,好像要推开她。强壮的、奔放的、执掌着权力的,快乐的袁秀英便也站住,那一只想要抚摸一下妹妹的肩膀的手也收回了,而且又有了一种激烈的表情,两人之间便呈显着一种冲突的,似乎要打架的形势。

"我说你这中午不用放羊,你是苏武牧羊进行悲剧,我不在乎你的。"袁秀英说。

"我不在乎你的。"袁秀兰说。

"魏乡长王小霞你们看对不对,各家有各家的经济改革体制农林副牧渔,"袁秀英说,"我们家是肩起黑暗的闸门,放他到宽阔光明,鲁迅老人说的。对不起,她真的为我们肩闸门啦,其实我有我的想法。"袁秀英说,眼睛里闪耀着一点复杂感情的眼泪,"你不要去拼搏文化走向现代化呀,我学医学随便你,我不要拼搏我家的纲目走向新境地呀,新境地不也是好呀。"她说,带着一种友爱的、长者的慈爱的口气,声音有些战栗,"你这样能行呀?"她说,又立刻变得严肃,转为冷静。她的活泼的大的眼睛闪耀着,她又举起一只手来想做什么动作,她的妹妹便迅速地退了一点，做一种防御，又像要打架了。她便叉着腰，"你魏大伯看我们这样说对吧。"她说。

"这事我来说两句，"魏豪志说，看看中午的太阳，"我本想今日中午到仓库里去看看两种品种玉米棒子摆放的位置，还有三辆车要修，还有收割机修了还缺一个样子配一配，还有运输处的化学肥料。……"

"你说多了。"王小霞说。

"那你小霞打我——我年岁老了噜哕了。"因为激动，魏豪志说，"我说，秀兰读书了。两样一样建国，要我说，便是我和你们的父亲青年时一块拉车，这你们知道的，你们家史，"他说，因为激动，因为高兴袁秀英刚才的气势；田地里的能手，十八岁的姑娘成长，便往一只羊身上坐下去，幻想这是石头又想到这是羊，又想到羊的亲热想要坐，又想说到羊是不合适坐的，便站了起来，身体摇晃，而本来骚闹的羊蹦跳了一下。"当代潮流进展有□□与困难，说到这车，你们家父亲反潮流，一辆破板子旧车钉了修了又使用，那还是几十年前在济南拉过的，人说已经破烂了，改现代派了，他反潮流，但我不这样看。那是那一辆车。这一辆车他又增加护板，你知道现时有阔绰青年随便摔，但我主张节省和合规章使用。我今日看你们争执他有责任，你们是让美，我表扬，但我也说说，你们成年，你们还有两个哥哥去世了，比你们大两岁。"

"知道。"袁秀英说。

"知道我就不多说了。开国以后一些年，我们山东有的村也还是穷困，是医不起而医疗设备也没有，这所以秀兰你妈说你去学医。这是教诲意义。这是你们的家史，不过这事驴头不对马嘴，我这里说的那辆车，"他有些羞怯似地说了。"我老魏跟你们家关系深，你们那哥哥死时一岁多，你母亲生病不能起来，勉强跟到山坡，我是去帮忙的，就也驾着那辆旧车，这也不完全驴头不对马嘴。这在你们父母情重，你们哥哥是很逗人喜的小孩。你们父亲不爱多说话，我来说几句，"魏豪志热烈地说，看看太阳;年老,强健的魏豪志这时候心中有灼热的感情,他的容易开放的心灵又开放了,"中午歇息,说两分钟。羊吵闹,中午羊有着,没有关系,"他说,看了看骚闹着的羊,袁秀兰在推动一只蹦跳的羊。"有一回那个大雨,山东省又涝了。怕涝怕旱,农民心是相紧的,就盼望好境地还有科学,那年我是和你父亲碰在一起,我那次是被地霸打伤,那个大的雨……你父亲便用拉那辆车赚来的钱给我医病;又一回也是那大的雨,听说海水上岸了,你们的父亲病了,我拉我那破车给他去找医生,也有一回他拉车送我去看病,我就不说那么大的雨了,是天热怕干旱。那么大的雨呀,"魏豪志热烈地,带着教训的,喜爱的感情说,踢了一下王小霞牵着的吼叫着的羊,"盖浇下来你眼睛睁不开,鼻子呼喘不出,大雨浇下,水淹到膝,那一次还是逆向,板车踽踽而行。大雨劈下,像你劈落玉米棒子花花响。"

"又不是冰雹。"王小霞说。

"比喻,人家魏乡长比喻。"一个笑着,欢喜着的老大娘说。

"那个风,那时在胶东海洋吹来的风,把那些穷困户的茅草棚给掀掉了,穷困人在那个时代呀,有一年天旱,那个毒太阳呀,毒热没有水分,我们下苦力的,那时你们父亲仍旧拉车,我是在烟台码头当码头工人,那毒热的夏天灰尘呛喉咙,晕倒在地上而那些国民党反动派在行凶。而心腔里面连着别人欺压也十分荒旱,如同水灾的心腔里连着别人欺压有水涝灭顶,心肌梗塞,我说到理论上去了。"魏豪志说,看了一下在他的膝边撞动着的那只大的,一只角很弯而且很长的羊。"理论是农民首先在心脏梗塞时恨那旧时的社会,其次还最怕水灾与旱灾,现在的年代我就也恨那些反对提倡科学与开辟水库水渠的。这是要社会制度的。我再说那个大太阳毒,和那个大雨灌浇啊……这放回到纲目上来,而不是驴头不对马嘴,王小霞你看对吧。"他说,因为两姊妹的竞争当家庭劳动力而有着感想,因为她们的成长而想说到过去的历史,因为她们的良好的品质像她们的父母而觉得愉快,因为不满意有些人们说他欢喜说道理和"驴头不对马嘴"的话而有着愤慨也觉得自己可能有一定的缺点而有着一种谦虚,因为心中发生着他的豪杰的情绪而精神强壮,他有着一种有深邃性的激动,他的腮上的强硬的肌肉在徐徐地搐动着。他看看太阳,又看看表,便说:"我说了你们家史就拿起你们家领导权。你王小霞爱听我说的么?你王小霞拿不起这领导权吧。我说,这件事情上,你秀兰将来就多谢姐姐及和姐姐团结就是了,我观察你的秉性是这样,这就决定了。我说,"他用坚定的声音说,"你袁秀兰去读书。"

"这顶好了,也有理论。"王小霞说。这时候一只羊跑了,王小霞迅速抢了回来,并且用脚踢,然后悬空地坐在羊身上——羊移动了,王小霞又站起来,"请说家庭的理论吧。"

"不会说了,"老头子说,也试着在一只羊身上悬空地碰触到一点羊的背脊坐下来——不愿意刚才差一点跌倒的错误。但是那只羊走到墙边去了。不知为什么,也由于恭敬,袁秀兰将一只较柔顺的羊牵给他,他便愉快,慈祥地笑着,也带着讽刺的神情悬空地,碰触到羊背脊地坐了一下;他和袁秀兰都记得,在袁秀兰很小的时候,他曾经踮着脚半悬空地坐在一只大羊身上抽烟,而袁秀兰惊奇地呆看着。他记得其实他那时正因为江青四人贼帮破坏副业,乡亲们的收入减少而很痛苦。

"要是反对你呢?"袁秀兰认真地问。

"那我就不高兴。"魏豪志的严肃的声音说。

"走啦。"袁秀英叫,跳上车子。

袁秀兰便把那只大的,一只角特别弯曲着的羊挂到墙边,踮着脚坐在羊身上,抱着手臂。

"走啦。"她也叫着。

"你叫什么?"袁秀英问。

"我叫我将来当学术专家!"袁秀兰说,有点脸红。

袁秀英驾车离去,而这时一辆运汽油的拖拉机发出很大的响声驶进村庄的这条黄土街,喷着烟,魏豪志便和戴着大草帽的青年的拖拉机手招呼,跳上拖拉机站在边上往前去了。王小霞走了,袁秀兰便赶着羊到田地边上,向在田地边上休息着的她的父亲要了一个馒头吃,到地里去摘玉蜀黍了。她想到她要去中学,中学的钟声很响地响着,她很幸福,但她又想着她要当家中的劳动力,觉得在地里劳动着心脏和肢体都热烈地膨胀起来,也很幸运。于是她有苦恼。她于是幸福而且同时痛苦;充满希望、热情,而且同时失望,冷静;热烈地爱着玉蜀黍地而且同时对它冷淡;觉得自己年轻,不知道很多事而且同时觉得老成和知道痛苦的天灾人祸;——欢喜自己的田地,周围的平原而且同时对它不满意,不满意自己。她带着一个篓子,严肃、沉默地劳动着,显示着一种成年、成长。沉思很深,折断玉蜀黍的声音有时很轻,有着弹簧性的,敏捷的声音。她很快地在玉蜀黍的田地里的间隔间移动着,而袁贵民看着她。驾着车,面孔发红的袁秀英也来到了,沉默地,沉思地在玉蜀黍的田地间带着一个篓子工作起来。袁贵民开始拔除玉蜀黍秆子了。他猛烈地工作,心中有着他的欢喜(这年代较富裕了。)和在"时代的分水浪"中间的烦恼,——这是他的语言;他自己这样称呼这种烦恼。要往现代化、经济改革和建设的往前的年代去做一个新型的农民,虽然六十多岁了,但仍旧健壮是可以办到的,但是从自己的另一些方面看来,却似乎可能变成一个落后的农民了。让两个女儿都到中学去,是他的心中的愿望,他的女人似乎也没有什么意见,她也能劳动,奋斗几年,"时代的分水浪"中他的家中会有两个经济建设的人才。其次,让大女儿去,小女儿在家锻炼劳动,是他的妻子忽然摆出的主张,大女儿年龄十八了,但是知道建设的时代的"冲动力"——袁贵民这样想。让二女儿去,二女儿也表现了有"农民女儿"的冲动力,这仍旧是他女人和他的主张。在有些苦恼的内心冲突中,他的女人秦玉翠又提出两人都不去,在家建"有气势"的田亩,也提倡科学;但他的女人又有了些守旧,说多用些劳力无妨,不务太多的新,过旧时人的生活。他奋勇地说服,他的妻子也将这一点否定了。他似乎也有了女子可以不读书的旧式农民观念。但仍然是怎样决定,是"时代精神的分水浪"了。袁贵民和心思也深沉的秦玉翠都又认为,让大女儿不求学,而现代化与文化前进着,是他们内心的歉疚,做母亲的于是守旧和注重家庭实际中又有着这一点歉疚。他们还觉得,这于将来的女儿的婚姻也会有委屈。这就是做父亲的袁贵民这时候,他内心里所谓"顶天立地"面临的问题了。

他猛力地掀倒和扳倒玉蜀黍秆子,而抱到田地边去。看见他流汗,脱了衣服,身体有些瘦,而且面孔红涨,大女儿袁秀英便来抢着抱玉蜀黍秆子了。但是他驱逐了她。

"爸爸你逞能。"袁秀英说。

"你爸爸不要逞能。"袁秀兰走过来,也说。

"要是逞能逞坏了身体,怎样呢?"袁秀英说,"你一次少抱一点。"她说,便去分开一些堆被袁贵民堆在一起的玉蜀黍秆子。袁秀兰也去分开了两堆。

这以后,袁贵民扪了脸上的汗,到两姊妹摘玉蜀黍的空隔里来了。他犹豫了一定的时间,在两姊妹旁边摘了一些玉蜀黍,看不出来他是想说什么,他又走掉了。然后他过来了,又摘着玉蜀黍,又从袁秀英的一边绕到袁秀兰的一边来摘,沉默着。"时代的分水浪"的感觉在他心里掀起来了。

"在我的家中时代的分水浪很大,落后或是赶上经济建设国家的基本。"他想,"分水的浪是两个女儿掀起来,而我如果不务新,不放女儿求学,便不是现代的农民。"

同时,在女儿袁秀英的头脑里,也进行着一种思想。

"时代的冲击来到我们家,分水岭分叉航道是袁秀兰不愿去读书引起我恨她。那么我去吧。我们假设两个人在家劳动也要努力知识,跟上政治要维持不做落后的农民。"

"我是愿意落后下来都可以的,其实不一定,"袁秀兰想着,"我不去读书了。"

终于袁贵民问,她们两姊妹的情形是怎样了;她们到底谁去读书——他由于忿恨这样问。他又说,他和他们的母亲仍旧决定袁秀兰升中学,他忽然还激烈地说了一句:"以至大学。"

袁秀兰冷淡地说,她留在家中。

"那么我去读书吧。"袁秀英愤怒地说。沉默了一下她又说:"我去读书了,在外服务了,也还是家中会是一个落后的农户。"

"何以见得呢?"袁贵民说。

"我会改善的。"袁秀兰矛盾着,痛苦地说,"学习政治也跟上经济建设的。"她有些在姐姐的愤激的否认的话中受到挫折,有点失望,但她有着她的对家庭的感情和展望,她愿望做家中的劳动力也有其真实性,她说了之后便觉得这也可以的,沉默着,在忠厚和善良的有点苦恼的感情中沉思着。"我赶上国家建设的,学科学。"

"你真是这样,那我就去了。"袁秀英看看他,说,"我去了,中学毕业我想到祖国探矿部门去。"

"那当然的。"袁秀兰说。

"我去到探矿部门,还可以去到水文部门,我很恨水灾,我又去到农业科学部门,我种植树木。"

沉默着,有摘断玉蜀黍的声音。

"我还想学了养渔业回来。"袁秀英又说。

袁秀兰沉默着,摘着玉蜀黍,心中有着一种克服苦恼的激情的斗争,她想姐姐是真的,她想她也可以在落后些的情况里当农民,假若没有办法的话——陪伴着父母。她下决心地想了一想,她也可以改善,而不落后的,便有些满意了。

"你不回答呀。"袁贵民说,"姐姐说了你说呢?"袁贵民说。

"我说我上学去,升中学,升大学!"袁秀兰压制着她心中的嫉妒的苦恼,愤怒地说:"家庭一体,我供应姐姐也行的,为什么她供应我。国家一体,人们说。社会一体,我也不会当守旧的敲锣户。农村里不可以政治进步呀。"

她便显得沉静。她扛走了装满了玉蜀黍的篓子又回来。她心中确实这样想;她被姐姐的话冲击到不安的异样的情形里去,但她心里又有着一种异常的然而也平常的内心的力量,她觉得这也正是她应承担的任务。她很快地便习惯这种异化的状况,而觉得变动生活的位置了,魏豪志的谈家史的话也对她有着影响。

"你是真是这样想?"袁贵民说。

"是这样。"袁秀兰沉默地说。她突然走到一边,跳动身体,便用两手在地面上倒立了一下——她表示她这样说是真实的。

袁贵民有"时代的风浪"的感觉,袁秀兰的动作使他有些激动。袁贵民觉得袁秀兰在他所想的"时代的风浪"里表示得好,通过了"考验"。他对于二女儿的回答又有些意外,他觉得自己似乎一直有点不公平,便也忽然有些倾向于大女儿去读书了。但他还是偏向二女儿的。

"你也这样想?"他又问他觉得有了变化和异样的大女儿说。

"是这样。"袁秀英脸色有些苍白地说,呆看了一下刚才用手倒立的,又继续摘着玉蜀黍的袁秀兰。

"那也好吧。"袁贵民说,心里冲突着,想改正他的一直有些偏向二女儿,便这样说了;他觉得,"时代的风浪"中,他应该公平。"那就秀英也可以吧。"他说,"或许,两人一起吧。"他又补充着说。

他摘了几颗玉蜀黍便激动地点燃了他的烟杆抽着。

"时代的风浪,现代化有这条路,两人上学,也有一人上学,……"他用沉闷的声音说,"我也想改善,适应新的建设发达农村开发的时代,改变我们的家庭,说服母亲的一些滞后。"他激烈地说。

"你年纪大了,不那么容易。"袁秀英说。

"不见得,你秀兰看呢?"

"我说能改善的。我们粮食棉花种得可以,也可以增加种菜。"袁秀兰说,并且想着,她已是一个终生的农民了。她心中有些紧缩然而又有着雄壮的气概。她于是说了种哪些菜,和使用多少化学肥料;种棉花要使用机器站的拖拉机,——袁贵民每年用牛耕种得多些。她比姐姐进取些。她带着愉快的声音说着菜蔬的名字,袁秀英便知道在小学里她这些课成绩不错。她注意到妹妹也有的奋斗，献身精神。

"我看你算了。"袁秀英面色有些苍白地说。她在虚构的言论中有些激动，自己也有些这种倾向了。她真也似乎埋怨过自己是为妹妹而劳碌。但她从这种冲激又回到原来的位置去了。她觉得是有人要这样努力和那样努力的，而她是姐姐。她高兴自己在冲击中不倒。

"我们家现代化的建设的分航道就是这样，要当进取的农民，这也是妹妹的意思。你读书吧，我在家，自然是这样。假若成绩好，我助你读大学。我就不倒竖一个头朝下说了。"她说。

袁秀兰内心有着甜美，但也有着失望。

"我在家。"她说。

"不争了。"袁贵民说，在玉蜀黍的间隔中，碰响长的宽的叶子而走动着，徘徊着，高兴这个"时代分水"的家事的这样的结论。但接着想到他想让两人都读书的愿望，又有些歉疚了。他又对袁秀英歉疚了。但在歉疚中他又想，也还有另一点也是可以的：两人都不升学，农村里有需要，也可以进取。但他不想取这个了。

苦恼地沉默了一下，他又徘徊起来；他因事后发生的思想有一点苦恼。

"待我们再宽裕起来，我想再给你秀英待遇吧，你也许读……"他说，觉得有点虚伪，便停止了。

"算了吧，爸爸。"袁秀英说。

袁贵民便又徘徊了两步。

"我总之是这样的。"老头子说。"我们家也还生态平衡。"他便去做别的事情去了。有邻人找他帮助修短的白墙。

两姊妹在田地里劳动。因为秋天的晴朗，因为乡镇的政策、国家的政策良好，因为今年的玉蜀黍的收获不错，因为家庭的协调和父亲的坦白，欢快地工作着。她们也收拾玉蜀黍秆子装着车子，袁秀英把那辆旧的，魏豪志谈到的车子也驾出来了，借来了一匹马。车子刚换了一个轮子。袁秀英和袁秀兰便一趟又一趟地驾着两辆车子在田地间的路上和村庄里去着,表示着这乡村和这家庭里这年间的旺盛。因为头脑里还有着魏豪志谈到的旧时代的极大的雨和酷热的太阳和人们的欺侮和拉车前行的苦力的形象,因为旧的比她们年龄大的车子使她们增加了乡土的感情,——袁秀兰也驾了两趟旧车——她们便工作得更为精神旺盛。

下午很深沉了,袁秀英和袁秀兰休息的时候,未来的这几个村庄的新的中学的校长朱志禾扶着他的半旧的机器脚踏车在田地边上走着,后来便放倒车子来到田地里了。机器脚踏车是黄色,不久之前在高速公路上发出一阵震颤的声音,后来便被推着,它是下决心奋斗的被派任进行着筹办新的初中的朱志禾在县城里买的旧货;因为他的家在城里,而现在学校没有建筑好,将来虽然可以住在学校里,也还是家庭一时难以从县城里搬来。他是来看建筑中的学校房屋,同时来了解一下未来的一些学生的情况和他们的家庭的。未来的校长朱志禾是一个说话声音很响的中年的干部,由于很多年教书,由于情绪里有一种事业的奋激,说话的声音有着拖长的尾音和一些颤抖的音调。他和农民们说,这里修了高速公路了,党的三中全会以来这里很发展了;他然后才说刚才骑车下坡时速度快,几乎撞着横在路中间的一块木头了,他也就想想又转回去努力搬开了不知谁随便遗弃在那里的那段木头。他又说中央的文件有继续发展农村,建设学校和医疗卫生事业——连着商品经济的活跃,渐发展的交通网和乡村企业。他说农民要转到新的境界里去。他的腿因为半旧的机器脚踏车中途熄火,踏机器焦灼而撞破,在搬动路上的木头的时候机器又熄火,踏机器时动作激烈,又碰触了一下,——人们刚才听见公路上的一阵震动的声音——他的激烈表示出他有着猛烈的性格。王小霞又来到田地里,说给他找药去,但是他却怕麻烦,一定不要。好许多人走了过来,人们尊敬正在建立的未来的中学的校长和想知道学校的情形。在王小霞的介绍下,他便和人们握手,和妇女也握手,亲热地,稳重地称呼着大爷、大哥、大婶、大娘、同志和"你好"——是对后辈的。他在县城里教育局工作,是外省人,曾经到附近大乡镇王小霞的住宿中学去过一次;惊异着这中年人的朴实的王小霞对他有深刻的印象,所以也就认识他了。然而,现在向人们介绍,她也是临时勇敢地问了他情形的:他在县城是不是教书,在哪里工作。她又看了他几眼,注意到他的诚恳和他的比一些教师出众,不蛮横。但他的拖长的讲话的尾音使她犹豫了一下,是否也有凶狠。王小霞判断不是这样,而且因为心中发生的对他的朴实的热情比这思虑要强得多,所以便快乐地介绍着,而且,热情地介绍说,他,这头发有些干枯但很整齐的未来的校长是很热诚的,"顶和蔼的","顶耐心的","顶爱护学生的"。她想她的介绍是正确的。她又照一般的情形,介绍说,他是"来发展教育事业的"。王小霞在短促的热情的时间里给几十个人介绍了朱志禾,初中女学生王小霞也就觉得表现了他的谦虚和善良的朱志禾是她所认为的那样了,于是干练而得意;而显然的,朱志禾也很高兴这姑娘,她敏捷,聪明,不紊乱地给他介绍了村里的人们,促进了亲热的空气。王小霞对村里的人们每一个都熟悉姓名和称呼得很清楚。她的母亲是乡政府的女秘书干部。

  人们有一种对教育事业的热烈,这村庄又呈显出教育被增加开发的处女地的一定温暖的情况,王小霞也在她的热烈中。

  "朱志禾未来校长是很爱我们村里的寒民的,"王小霞说,因说了寒民两个字而有着一点看不出来的窘迫,"我是说,是我们村里知识和文化的寒民,我们祖国祖土祖野乡村的农民在现代化的征途上,愿望着再开发知识和文化,"俊美的王小霞在激昂中严肃地,很有力量地说,辩护着因为想谦虚而说差错了的"寒民"两个字——她觉得是这样。她使大家静默了。驾空车来到的袁秀英袁秀兰姊妹也停车在她的旁边。"我们乡亲们,我们一辈一辈的人愿望文化,现时候更多地进展了,中央指示进一步地发展教育事业,我们的文化上的贫寒的民,不会在今天还不赞成教育的,在共产党领导下,李先念、邓小平、陈云诸人领导着向现代化前进的时候。乡亲们,是这样的,你们中间有的人也会觉悟这个的。"她鼓着勇气说,用着一定尖锐的声音说,"热心教育事业,执行祖国的任务的朱校长来到,"她转身向朱志禾说,满意人们的热烈的温和的静默,愉快于自己的成功,——她也因免除了她所尊敬的朱志禾的窘迫而快乐。"我代表村庄谢谢了。这村庄那边建筑的学校,我们村是有一些年的盼望的。"她说,又说了一些人名,有一些青年和少年便笑着。

热烈的袁秀英便跳下车来,说她也谢谢建学校,未来校长的来到,他们家也有一个学生,而王小霞的说话很好。

王小霞便也向她致谢地点点头。但是后来便羞怯地打了一下袁秀英的肩膀。

"小霞打我。"袁秀英说,并且想到和妹妹的争执中她自身的有些凶起来的缺点。

"小霞打我们!"一个青年妇女,牵着一个好奇的严肃的男孩,亲切地说,"说我们寒蠢民文化。"

王小霞看着人们,也看了看朱志禾脸上的笑容,她轻轻地叹了一口气,满意于她刚才的内心的冲激,说了多量的话,获得成功。她觉得这是她的人生的惊险,冒失,刚才心中窘迫,——开头说了"寒民",愈说愈多而内心窘迫,但她的沉着敏捷挽救了她。这种内心的原因使她刚才打了袁秀英一下,但她仍然在快乐于"人生的成功"的时候想着刚才的惊险与缺点。

"你朱老师说我说得对吗?"她问。

在朱志禾热情地回答说"顶对"之后,她便有点幸福地退往一边。后来,由于激动,由于想回到平常状况,由于想掩饰自己的激动,便又活泼地打了也从车上下来的袁秀兰一下。

"小霞打我。"袁秀兰说。

朱志禾看看他们。他在田埂上坐下来了。他是从外地来到本地一些年了;因为"文化大革命"的时候他被林彪四人帮关押了一些年,吃着混灰搅在一起的伙食,身体有些坏,但是却不大看得出来。他小时候也曾到这里住在亲戚家,他纪念这县城里他读过几天的小学。他纪念着一个于他有影响的小学的辛苦的女教师；这女教师在刚解放之年，诚恳和热烈地教书，虽然生活还很简陋，却欢欣着新的时代，他从这得到他的启蒙。这女教师他听说后来病逝了。他再来到这乡土，女教师的面容在他心中闪烁着。他热衷于教育事业的发展。

"这里譬如是我的故乡，我也有半个乡籍，我想为教育事业做些事，坐，坐。"他说，看着亲切的乡人们。他想没有办法表达他的感情，他便直接地说出来；但他又担心所说的会被理解为一般的流行话，这样便反而不如王小霞，所以他的声音有加重了颤抖的尾音，有点轻微的脸红；"我想了解各位乡亲明年中学生就学的情形，便是俺这村这几村要上初中的学生有哪些，现在富裕了，不要舍不得钱。"他说，笑了一笑，又有点轻微脸红，因为开头忘记了说本地腔和土俗话；在说了"俺"字以后，他轻松些了，他心中便颤动着对这片田野，平原的亲密的、深刻的感情。

有些人散去，但田地里又过来了一些男女。王小霞又替他介绍着，有的便自己报了姓名，人们感动于中年的校长的朴实，便有几个向他替子女报名。到大的市集去读中学要住宿，所以有几个是小学毕业了一两年的，也有一家是不知两个子女哪一个升学好，发生着争执，请朱志禾判断的；也有一家是让男孩升学而女孩不满，发生着争执的。两个争执他都让家庭顾到青年的劳动力的情形，和功课，自愿的情形。王小霞也对朱志禾说了袁贵民家的情况。

"你们都好，"未来的校长朱志禾大声地说，"那么，你们这里谁是袁秀兰？"

"我的二女儿。"袁贵民说，便喊来了已经走到田地间去的袁秀兰。

"俺都知道了，"朱志禾用着本地的土俗的语言说，显得有精神，高兴着秀丽，聪明，而有些忠厚的袁秀兰。

袁秀兰便说了她的意见。她说，魏豪志已经说过了，她有些服从，也服从父亲的意见，但是，到这时她仍然不甘心。她一说起来便显露了不甘心,发生了一种灼热的情绪,好像被触犯似的有些顽固,说她仍旧要替换姐姐在家的决定。她的激情起来之后她又想到这时当着庄严的未来的校长说的,应该十分庄重,便又有些后悔;想到还是自己读书了。升学的前程又在她的心中闪耀着,譬如将来当护士,或学成当医生,而穿着白衣服行走在忙碌的医院里的形象在她心中闪耀着。这种内心的冲突在她心里进行着,终于她说,姐姐既然为了她,她也还是自己读书了,不提意见了。但她走开去,在太阳下站了一下,又想到姐姐在玉蜀黍地里说的似乎是真情的想要将来求学有为的话,觉得姐姐是助她长大的,觉得自己是私心,便又走了回来,说她仍然要当家中的劳动力。

"我是服从意见的,我读书,我姐姐在家当劳动力,"袁秀兰说,"不过我不愿,我还是想我的姐姐读书。"

"家长的意见不是很好么。真的么?"

"既是校长问,便说实话,"袁秀兰说,"我想我姐姐念书。"她说,这一次又说得坚决,看了看周围的田地;秋天的太阳照耀在附近的杨树,小河,麦田,大片的待收获的丰富的棉田和黛色的山峦上——小的河流闪着光弯弯曲曲地流着。在这简单的凝视里,她的少年姑娘的心灵有着一种重的跳动,感觉到人们生息过来的土地,历史上的故事,于是心中便震动着要在棉田和麦田,玉蜀黍地里操劳的豪杰的感情,——一种有着雄伟的力量的感情起来了;在这富饶的田野里劳动,生息,排除掉自己的幼稚,成年而且做科学的、现代的农村建设。这种感情持续着、渗透着,袁秀兰便不愿小学毕业离开农业了,她的心中闪耀着的新建的学校里的新的铜钟的敲响声便似乎不再吸引她了。

这是这个姑娘的一种成长。稚气的痕迹似乎消失了,有着新的状态,她望望田野,坚决地,有着深刻的激动地说了简单的话之后,便沉思地站在朱志禾面前。袁贵民便看着她的这二女儿。

朱志禾被袁秀兰的气概感动着,他也看了看周围的田野,杨树和远处的山峦；在他的头脑里，颤动着过去的许多人的影子，人们的走向好的生活的愿望。在他的胸腔里，也鼓动着从事国家的事业的雄伟的感情；他热衷于教育，同时也从袁秀兰感到从事农业劳动的气势。

"农村是有宽阔的前景的，将来还有在企业里工作，……农业人口也会减少。你看，你读书么？"朱志禾说。

袁秀兰沉默着。

"不读了。"袁秀兰继续坚决地说。

"你读的。"袁贵民不满地说。"有好几家这样。"

"不是魏乡长也向你跟四只羊说过了么？"王小霞走过来说。

"不要理她，神经病，朱校长。"袁秀英走过来，说。她有着特别的激动，因为妹妹的争夺和决心，"神经病"，使她觉得心痛了。她一直觉得她自己是应该为妹妹努力的。中午和妹妹冲突时她想，她似乎也有点落后，守家的，后退的状况；她到这下午一直觉得自己似乎仍旧有着这点，但看见妹妹的坚决，她便从新的一点认为她要继续尽家庭的责任。这时候，妹妹的坚决使她再又亲近，她看见妹妹懂事，成年，她便感到她的奋斗的意义，并且深刻地充满着对于乡土和建设的感情。这也是父亲所说的时代进展的"分水的航道"了，家庭要驶往新的前程去。

"你神经病！是没有意义的。"袁秀英对着袁秀兰说，"你要读书去！你要读书用功，而将你的人生观建立在劳动、勤劳、节俭、求文化、务实际，为现代化，为祖国……登学术的峰刃，为祖国！"袁秀英训诫地说。

"读中学就谈学术的峰刃啦。"一个邻人说。"也有读完初中也回来种地不读高中的。"

"我们家是她读了就读了。家中也不需要两个劳动力。也有可能臭丫头登学术的什么峰刃，谁知道呢，"袁秀英豪放地说，"不是说你不对，是说她心中渐渐地长着一颗心，我们心中也渐渐地长结实一颗心，这家乡的田野的建设，我袁秀英要努力的！而你，要读书，用功，永远勤劳，有崇高的理想和人类的高尚情操。崇高的理想就是我们的希望的团系有地母的心脏跳跃,中华民族的搏击的志愿,上飞于蓝空,下探勘到地底。我说,"袁秀英带着她的粗犷大声说,"你袁秀兰听清楚了没有?"

袁秀兰看着她。

"你不要在理想面前当笨蛋,不敢攻关攻入理想。你的画上画的一个学校的钟,你要实行你的志愿,听钟声敲响,你要学好物理、数学、化学,不是说一家家庭做人,而且,也说这,也说炎黄的子孙。"

袁秀兰沉默着,显出一种柔顺,但不久,这矛盾多的袁秀兰又显出一点执拗。

"你听了我的话了吗?"袁秀英说,预备往她的大车去。

"有意见的。"袁秀兰说,"我也听见地母的心跳,要我种地又干家事发达的,我读初中完了回来换你,不过那时你年龄又大了。"

"你不对。"袁秀英生气蓬勃地说,沉思着而静默了。她又啸吼了一声:"你不对,我种田地,我培养你这统统都想过了。"在这时候走出来一个矮个子的,快乐,善良的叫钱益勤的老头,说,他听见这些话很是感动于青年人的心脏强壮。他摘了两根草,说,按家庭的习例,斗一根草,一人一根,谁的草断了谁在家中劳动。

两人便赞成,于是很快地斗草。袁秀兰的草断了。有小姑娘在一旁尖叫。但是袁秀英便高声叫着:"不算!"袁秀兰便也不做声了。而那老头皱着眼睛看了两人一定的时间,说,按照规矩,说不算的成立,因为人的心脏的真实声音胜于两根草的偶成性。老头忽然说,风雨飘零的旧年代,夫妇,姐妹,朋友,人间关系有两根草的偶成性,但是心灵心脏的声音总是有着的,而不信实的那一关的人们,才是两根草的偶成性。现在更不是这样了。按照袁秀英姐妹家的情况,老头说,两姐妹轮流读初中轮流回家种地。姐姐先读,姐姐不肯,妹妹也耽搁了学龄,而妹妹先读,姐姐便年龄大了。这事情也就不说偶成性,而说劳动的需要和姐姐的心脏心灵的真实的声音。

王小霞站在这钱益勤老头的旁边呆痴地听着。

"不懂你这种揭穿。"王小霞有点严肃地说,但仍然打了老头的肩膀一下。

"王小霞打我,便表示我是群众里冒尖的,可以到乡长那里县长那里吃块糕了。"老头子说。王小霞的父亲是县里的一个有成绩的处长。

"那么,我上学,我让姐姐在家中劳动了。"袁秀兰严肃地对未来的可亲的校长朱志禾说,并且向姐姐鞠了一个躬。

"去你的吧。"袁秀英说,她预备爬上车去,但也匆忙地还了一个鞠躬。

"我这里介绍过这小旺子的家的事,"老头子钱益勤说,"请校长一件特别的,校长和他舅舅掰手,因为他舅舅不准男孩去,而女儿结婚,女婿入赘,家庭父母愿男孩去。"

朱志禾注意到那有些胖的舅舅是有些凶恶。人们说,这舅舅还想男孩每隔一日到他那里去做听训诫的,较重的劳动,因为他曾若干年前借给他母亲的几斗玉蜀黍;男孩应该报恩,乡长魏豪志,袁贵民,和袁贵民的朋友钱益勤也没有能将这件事说服,这舅舅认为由做姐的还他玉蜀黍都不行;但是在很多人的谴责下,这叫做孙世光的舅舅有些胆怯了。他今天说,民间习例,舅舅有不很讲理的,他也有些反对这一个县办中学;他要和未来的校长朱志禾掰一下手,朱志禾胜了,他便没有意见,不阻拦他的外甥去上学。

"我们是不客气的。"孙世光说,显出一种骄傲和气势;他也不满谦虚的,朴实的,在他看来是"旁若无人"的未来的校长:朱志禾不征求他的意见。"你办学校,你征求学生,不问我们有些意见。"他说。

"俺是异常的抱歉了。"朱志禾说,"现在也可以补问问你的见解,还来得及——真是抱歉了。"想到应该谦虚的未来的校长说,"掰手是不好的。"他说。

"掰手。"孙世光说,"这事情干脆,是我也让步一分,败了没话说,小旺子就上学,不大的事。"孙世光的声音很大,并且他也摆开了架势。

朱志禾想拒绝。但是人们赞成着掰手,说可以掰手,看样子校长的力气也不小;而孙世光欢喜激斗,要使他知道有敌手。

孙世光在人们的赞成掰手中有一种微笑,他有一种甜美的心情,并且,这骄傲的人也似乎显得和善了。

但是乡人们也有反对这种的。朱志禾则不肯掰手。但是有一个妇女大声地叫了,说,这事情只有这样办,这些人的心灵是粗蠢的,你不制胜他,就缺少办法。这种叫声有一定的力量。

"他的心魂是粗蠢的,他还反现代化。"这妇女高声地,有气概地叫着。

"那就也不掰了,我们的心魂是粗蠢的,问题也不解决。"孙世光说,收回他的姿势,显出一种感伤,但那时立刻又凶狠地说:"掰不掰?"

那妇女又鼓动着。

"你反对什么呢?"朱志禾说。

"我反对外甥读书。"孙世光说。

"我赞成小旺子读书。"年轻的,穿着灰布衣服的,身材很挺直的妇女柳青英又说。

"我赞成小旺子读书。"校长说,便做了一个姿势。看来是需要掰手了,而谨慎的校长朱志禾也是有着一种勇猛的精神的,他有些激动,而且心中发生了怒气,他想,他也是有着一个粗犷的灵魂的。他的腿部颤动一下站稳了,人们感到一种斗争的气氛,而那穿灰衣的,身材挺拔的强硬的年青妇女便喊好。他站稳了便伸手过去,而孙世光便也站稳,颤动着腿,弯腰,伸出手来。他充满着对于周围的收获着的玉蜀黍,站着讽刺地笑着的王小霞和袁秀英姐妹,和一些人的愤恨,这些人是日常反对他的,——他也看了一看个子矮小的老人钱益勤和穿灰衣的青年妇女柳青英,而叫了一声。

"我是一个粗蠢的心魂。"他叫着。"我还认为女孩不必读书,像这袁秀兰袁秀英姐妹。"

"俺也是一个粗蠢的心魂。"校长朱志禾也说着,似乎是谦虚,又似乎是讽刺,然而声音很豪放。

"你挖苦我,我才是一个粗蠢的心魂,你是高级高雅,办学风雅。"孙世光说,"那么我就说,我是一个高雅的心魂。"他说,"国运政策未必好,大锅饭未必不高雅些,现在你们有农村富裕动太多的钱不够雅,县里办学校操切,办企业也操切。农村不必太多现代化。"

"那你不对!"朱志禾说。

"那我还是粗蠢的灵魂——我其实也说钱是好的。"孙世光笑着说:"你不为钱呐?"

"我是一个粗蠢的灵魂,来!"朱志禾做了一个果决的动作,说。

孙世光便用力地拍响朱志禾的手掌,两人便掰手了。以前这一带办民办的小学要掰手,现在好多了,现在,朱志禾为他没有见到过的小旺子的上学而掰手了,他想象着他是一个很善良的青年。

孙世光咬着牙齿扭动着身体,面孔开始涨红;朱志禾也咬着牙齿,脸色开始有些苍白。掰手进行着,相当的时间相持着,人们开始惋惜地喊叫,因为校长的手被压下去一点了,但也有叫"孙世光加油!"的,孙世光面孔更涨红,咬响着牙齿,但是腰部紧张地扭动着的朱志禾校长又将孙世光的手压回去,持平了。接着,在王小霞和袁秀英姐妹的尖锐的叫喊声中,朱志禾压倒了孙世光的手,迅速地将他压往下成垂直的了。

"败了。"孙世光有些豪放地说。

"那你就不能反对小旺子了,立了契约的。"青年妇女柳青英说。"你也要收回女孩不读书的言论。"

孙世光笑了笑预备走,但是又看着王小霞和袁秀英姐妹。他有些恨袁秀英姐妹刚才尖锐的喊声;王小霞是平常就吵闹的,他觉得今天袁秀英姐妹异样,有着嚣张。

于是他说,他看见刚才的斗草了,不说女孩该不该上学,他是认为,袁秀英上学要好些的;他不满意袁秀兰,因为袁秀兰曾经和他冲突,主张小旺子上学。他说,统统都得推翻的,袁秀兰上学是依赖姐姐,让姐姐吃亏,"心眼很坏"的;而袁秀英是"假仁假义","心眼"也不见得好。他的攻击有着猛烈,而且也有点效,袁秀兰又忧郁不安了。袁秀兰的沉闷使得袁秀英激怒了,然而孙世光刁顽,他继续攻击,说是必须制胜他,他才停止言论上的攻击。袁秀英想要制止他的言论,免得妹妹伤心和反悔,发生吵闹家庭不宁,便提出来愿和他孙世光掰手,谁胜了放弃立场,——假若袁秀英胜了,孙世光还放弃中伤的言论。这样便成立了。但是袁秀英又放弃了掰手。孙世光说也可以斗"哲理"问答,袁秀英便赞成了。

人们便听着哲理问题。孙世光便显得很文雅。他问,"人生在世的意义是什么。"又问,"钱财是到底有无意义。"又问,"天地是怎样初伊始。"袁秀英都没有回答,沉默着,她的心有些紊乱了,她觉得这没有什么意义,她烦恼着。

"答呀。"孙世光说。"掰手也行。"

"没有和你啰嗦的了,这没有丝毫的意义,你也不能刺激我违反我的准则,我们家依着国策的分水现代化的航道,我们家要抗衡你!我在家当劳动力,没有你挑拨的,学校也没有政府不办新的,中学里的新买的铜钟将为我们大家敲响——你这种是愚昧幽暗黑暗的心灵,大路上的旧时代的尸首,新时代滋生的势利,你说高雅你还是副业能手,愉快的买卖者。"

"你骂我啦。"孙世光说。

"体制改革不好,商品经济不好,开放不好,经济活跃不好,教育卫生不好,照你说的!"王小霞说。

"但是你妹妹还没有发言。"

"我发言论你反对村里的渔业。"袁秀兰说,"你也不让我们放羊走过你家门前。"

"人生在世的意义是世世代代的劳动者听着地心里面呼唤

我们的声音而建设;钱财是劳动之所得,现代建设经济流通,而天地之初伊始是不说开天辟地,而说正直的劳动者挺立于天地之操作生产工具,县长说的。"袁秀英激烈,愤慨地说,她充满气概,要将孙世光击败。"你是一个粗蠢的心魂。"她说。

"我是一个粗蠢的心魂!"在人们的攻击下,孙世光叫着,便走掉了。

人们沉默着,袁秀兰又显出她的忧郁,坐在一块石头上。她受了孙世光的攻击,似乎也因为姐姐的说话的气概,她又发生了她的内心的痛苦,她的剩余的稚气了的情况继续着了。她想说什么又停止。她终于没有说什么。她的心灵翻腾着对于土地上的劳动的恋情,她摆脱她的稚气,又觉得自己成熟了,受着这对于土地上的恋情的吸引,理解它的正义;但她抑制着,仍然又想着学校里的钟声,它的意义也渐渐地伟大起来,——她内心激动,终于没有说什么。钱益勤老头和朱志禾校长都看着她。她有一种温柔,沉静的表情。袁秀英的脸上有着一点苍白的激动的神情,也看着她。

"难服侍的妹妹。"袁秀英大声说。

袁秀兰沉默着,显得有些歉疚。

"再斗一根草吧。"老头子钱益勤说。

"你老头就不来这一套吧。"柳青英说。

"来吧。"老头坚持着说。

"好吧。"袁秀英说。袁秀兰也就站起来了。老头子又摘草,有一根草是校长替摘的。两人"斗争"——老头子喊:"一二三,拉。"袁秀英的草断了。

"他袁姐姐,有气度,能干的姐姐当家中劳动力。"老头说。

"那就算了。"袁秀兰想了一想,笑着说。

"老头也是一种坏人!"王小霞打了钱益勤的肩膀一下,说。

"小霞打我!"老头子说。

但是冲突似乎仍旧继续着。黄昏前下雨了,凉爽的,相当大的秋雨,田野和平原,村庄被覆盖在雨的帷幕中,快要收割完的玉蜀黍地在雨中袒露着愉快的,上面播散着凌乱的叶子和玉蜀黍秸的黑色的土地。袁贵民父女三人和其他的人们一样做着赤诚的劳动,袁秀英姊妹驾着车披着雨布在田野上奔驰着。后来袁秀英驾着拖拉机手张豆子姑娘借给她的拖拉机了,她自己的车则给了她的父亲袁贵民了。袁秀英的拖拉机的拖车上堆着比以前各时候都堆得高的玉蜀黍和玉蜀黍秸,驰上了回到村庄里去的泥土路。雨降落着,田野和村庄有繁荣的景象;袁秀英姊妹的乡土不少野兔和小的刺猬,它们在雨中跳过小的溪流和沟渠,淋得很湿的竹雉也出现在麦田边,而几丈高的老的槐树顶上面停歇着飞下来避雨的,一只大的老鹰。小河欢快地迅速地流向棉田和麦田,而附近的村庄里气象站的风向标在雨中立于灰色的屋顶上;树丛的旁边,新建的中学的红色的建筑的屋顶显现了出来。袁秀兰驾着她家的那一辆旧的车子回到田地里,迅速地收拾着田地里的剩余;她的敏捷,有力的劳动呈现着效率,这敏捷、有力、熟稔的劳动还似乎是今日最初出现在她的身上,她的温和的沉默也很深沉。但是她的黄牛在雨中蹦跳,而旧的,在过去济南城和胶东诚实奋斗过的老车子显然换了一个轮子,这已经是若干次了,但它的另一个也是换、修了很多次的轮子突然发出粗涩的声音松弛了,接着相当重地摇晃起来了。袁秀兰猛力鞭打黄牛,希望黄牛快速拖到家,但是她随即觉悟这样是不冷静,与她以前的幼稚区别不大,便让黄牛慢走。于是,黄牛在她的叫喊和轻的,变得有经验的鞭子下也忍耐地走着——变了性情,似乎是觉得了自己的效率,快速地但安详地走着。车辆上载着的玉蜀黍秸也堆得很高,而且是用两条绳子捆着的,有点摇晃;坏了的车轮发出粗涩的,难听的声音,远远地引起雨中的人们的一定的注视。但是袁秀兰细心、安静,并且变得沉着——她又下车来揾着车轮,决定就这样奋斗到家,披着她的雨布在雨中,在黄牛的旁边走着。

前面发出人们在雨中的笑声和叫声,袁秀英驾着拖拉机在雨中驰过斜度不大的小的木板桥而经过一个很麻烦的坑洼了。

又有一辆收割机和一辆骡子拖的板车经过了。袁秀英的拖拉机停了一下,似乎是机器发生了故障,但终于猛力地冲击着向前去了。这时发出了机器脚踏车的响声;未来的中学校长朱志禾驾着他的机器脚踏车在雨中行驰着,预备回乡里去,向袁秀兰驰来;袁秀兰便觉得亲敬,但仍然有着一点隐藏着的羞涩。看见他没有雨衣,便拦住他,把自己的雨布给他。发生了争执;学着土腔说话的朱志禾一定不要,说自己习惯了,但袁秀兰一定给他。她十分坚决,他只好接受了,但是看了一看她的车子的坏了的车轮。

"我这车轮很糟糕了。"袁秀兰说。

"你是没有办法到家的。"什么时候,撑着一把雨伞来到路边的孙世光带着浓厚的兴趣,有些愉快地说。

袁秀兰看看他,赶着牛车前进;坏了的车轮发出粗糙的、难听的大声,车子颠簸着。

"你是没有办法到家的。"孙世光撑着伞,追着走了几步,似乎是忧虑地说。

"能的。"推着停了机器的机器脚踏车的朱志禾说。

"但是你是没法到的。她没法到的。"又跟着走了两步,孙世光愤慨地说。

"能的吧。"朱志禾说,"你走,我替你看着轮子,现在歪得不多。"

"但是是没法过那发财桥的。"孙世光又带着愤慨说,他不满意朱志禾的热情——在雨中撑着他的雨伞。

现在袁秀兰赶着稳重的黄牛驾着车辆,一声不响,和似乎感觉到它的使命的黄牛一样稳重,将车子赶近发财桥了。未来的校长朱志禾解下雨布,重新披到袁秀兰身上去了。雨又大起来。

"怎么叫发财桥呢?"朱志禾问,架起了他的机器脚踏车。

"是土改时叫发家桥,四人帮时叫红卫兵桥,现在又叫发财桥,魏乡长改的。"孙世光说。"她是没法过这发财桥的。"他又说。

雨淋着，袁秀兰和她的黄牛拉着的车上桥了。

"车轮是要掉的。赫。"孙世光意义不明地说，似乎因为这时袁秀兰和黄牛都十分的信，坚持，他便也不愿车辆翻倒。

"不会的。小心！"未来的校长说，"俺助你扶着。"于是袁秀兰扶着黄牛，朱志禾上前去扶着车身，他几乎把车子要抬起来，车辆发出粗涩的大声而车子摇摇晃晃地到了桥顶了。

"你的车轮仍旧是危险的。"孙世光带着愤慨又带着一点嘲笑说，"三中全会的春风，以粮为纲，又发展副业，县的指示是各家的车辆要修好，这是政策。"……

车辆在大雨中下桥了。朱志禾扶着车身，而袁秀兰牵着黄牛，车辆继续发出粗重的大声之后转为较安静的声音，袁秀兰的黄牛拖的装满玉蜀黍和玉蜀黍秸的车子下了桥了。

"你这个坑洼过不去的。"孙世光撑着雨伞在桥上看着，说，然后走了过来，又说："不行的。"他带着一种轻蔑的神情，说。

"行的。"朱志禾说。

雨继续下着，朱志禾又抬起车身，袁秀兰赶着黄牛，但是车轮发出粗重的响声令袁秀兰和朱志禾十分心痛地落在坑洼里了。

"再来！"静默了一下朱志禾说。

"抬不起来的，哈。"孙世光轻声、兴奋、谨慎地说，但接着用较大的声音判断说："不行的。过不了这发财桥，哈。"

"你这话里有不合适的意义。"校长朱志禾说。

孙世光便笑了一下，沉默着。

这时奔来了袁秀英。她披着雨布，流汗，头发有些凌乱，后面跟着撑美丽红雨伞的王小霞。

"秀兰妹，对不起你！"袁秀英用充满着精力的大声说，这声音里含着的亲切的感情，使朱志禾看了人们和黄牛一眼。显然袁秀英觉得自己疏忽了这辆车的轮子了；朱志禾又观察到，显然袁秀英关心着妹妹在这个谁在家中当劳动力的纠纷中有受到人们的言论的委屈的可能，而有着不安。

袁秀英的手臂相当有力量，王小霞丢了雨伞也来帮忙，和朱志禾一起把车辆抬起来了。黄牛拖着车在袁秀兰的拖拉、控制下前进了两步，车子出了坑洼。

"这车轮，哈！"孙世光说，但是车辆在朱志禾和袁秀英的帮助下前进了；当车辆发出粗糙的响声，显得情况危险的时候，他们便推着和抬着一下车身，也抬一下车轮。

"怕还是很难到达的。"孙世光判断说。

"到达的。"袁秀英肯定地说。

村子里又出来了一个青年，代替了袁秀英，用有力的手臂帮着抬着和推着轮子把车子驾进村去了。雨继续下着，孙世光转着雨伞在呆看着，而朱志禾又披着雨布过来了。王小霞送他过来了。

"谢谢老师。"王小霞在村口的大声说，"袁秀英要我说，秀兰也说，谢谢老师，春天到来了，"活泼、欢喜的、生机旺盛的王小霞撑着红的雨伞在雨中说，"新办的学校钟响的时候，冬天过去春耕的时候，祖国的现代的炊烟更高升于我们山东平原，工业开发，经济建设，农村搞活，农林副牧渔，袁秀英在家当劳动力，农业也重要，总之，那时候，她们袁秀英姐妹谢谢老师，袁秀兰的新的课本的香气是从前辈的奋斗来的，我们农民的儿女勤劳……"王小霞说。

朱志禾听着。他觉得他听见的王小霞坦然地说着的是她的心灵里的声音，也是人们的心灵里的声音，是这土地的深处有着共鸣的声音。聪明而严肃的王小霞很单纯地说出来，他觉得一种庄严。

"你说得好极了。"朱志禾说。

朱志禾的黄色的机器脚踏车喷着油烟远驰了，但他的车子忽然在驰过高速公路的一排密集的杨树的时候又慢了下来，他停下，向王小霞招手。雨中，撑着红绸雨伞的王小霞也举手。而撑着蓝色布伞的孙世光在路边两边注意地看着。但他走到一棵大树下站着去了。

"再会，老师！"王小霞的高亢的声音喊着。

朱志禾也喊着，喊了两声。声音从他的胸膛里发出来，震动着那一排杨树和两边的雨中的麦田；声音很大，充满着活力，在雨中似乎产生了宏大的反响，雨声一瞬间似乎更大了。朱志禾驾着他的机器脚踏车远去了。

1982年秋

1987年5月整理

（据手稿抄印。20×20规格稿纸，共72页，全篇为路翎手迹。）

告　别

　　刘真纯初中毕业被录取为装甲兵部队兵士,他快乐后有了愁闷,问家人和同学,教师的意见,当装甲兵于他适宜不适宜。他是自愿报名的,崇敬前辈的军人;但这时有些迟疑了,想到求学深造也是他的愿望。其次,在家庭中时常见到父母也是他的感情,而军队的生活比一般更劳苦些。

　　他默默的沉思,有一餐饭没有吃下。

　　他遇到小学时的男教师。他和教师黄阅民来到街边公园里,向他问这件事情。

　　"我觉得一个人要争取自己的前程,考虑到国家社会,我心中的忧闷求问老师。"

　　他的小学时的教师沉默地听着,内心激动和严肃。他激动于自己所培养的社会人才的前程,设想着年轻人的心灵,想到庄严的人生理想;他教小学十几年了,这时内心感慨而灼热起来,便批评年轻人,说他听到了年轻人的心灵的有冲突,但仍然是积极的声音。

　　"你听见我的心灵的声音?"刘真纯问。

　　"我听见你的矛盾的思想,但你在矛盾中心灵仍旧倾向于祖国的庄严事宜,我觉得很好,我从你的心感觉到祖国的荣誉与威严重要,我听见年轻的血液,你的心灵鼓舞你说,去吧,不必迟疑,"带有英雄的情绪的黄阅民说,声音里响起了鼓舞,变得很是愉快。但停留一下他又温和地问:"你母亲她舍得你去?"他想到安慰年轻人的迟疑。

　　"你判断我的心灵里是有迟疑,而不是一时思想里的。我说心灵里面。"刘真纯说。

"你是一时思想里的,我觉得你的心灵里是积极的,有着闪耀的黄金,像我们小学时常说。"

"你再告诉我。"刘真纯诚恳地问。他学教员的热情性格。

"我听见你心灵的声音,走向理想的心灵的声音,我真羡慕你有这机会。"教员说。

"我是这样的,我心里深处也是你说的这样的。"刘真纯说。

"你的家长,放心你去吧,"黄阅民又沉思了一下说,他的心中又起来了一定的激动,"当然,我觉得你去自然是艰苦些,但是是好的。"

"你听见我的心灵的深音?"

"我听见。"

"我觉得我自己也是这样的,我的迟疑使我有些羞了。"

"我听见你的积极的声音。"

刘真纯便回家来,他的小学教师黄阅民便送他回来,和他谈着一同走进院子。

"我想扫扫全院子的地向家人和邻居告别,"刘真纯说。

"我也来问你母亲家人好,这里还有一把扫帚,我想参加扫这院子表示向你告别,我送你到奋斗的、有为的所在去。"

两人便在下午的夏日的院子里扫起地来。

1987.6.25

(据手稿抄录。原稿纸 20×20 规格,共 3 页。)

一袋面粉

运送面粉到粮店的汽车在靠近粮店转弯的时候从车厢里摔落了一袋面粉。雨落着,地面潮湿,老头子刘究学跑向这袋面粉,将它拖往一家店铺的屋檐下,放在干燥的地面上,喊叫着面粉车的司机和车上的工人,但人们正忙,车子在粮店前停下便抢着卸面粉,没有注意到他。在这袋面粉摔落的时候,车上有一个工人注意到而看了一下。似乎那个工人忘却了这袋面粉,似乎他正因为刘究学老头子在看守面粉,又因为工作极紧张的缘故,忘却了这袋面粉。

"你们这一袋面粉呀。"老头子向着墙角伸头,喊着。他最初喊着的时候有一个工人漠然地回头,现在人们却没有再注意了。粮食店面前的忙碌引起老年人的内心的感动,这时代的忙碌带着兴奋,而旧时代这一类的地方是人们受劫难的处所,老头子刘究学便想把面粉抱起来送过去;在一种激动下他扑在面粉袋上抱着,衣服染上面粉了,但是面粉袋动了一下又从他手臂中掉下。他内心说:"我不老,我六十七,我扛过重的行李。"老头子青年到壮年时在旧时代的轮船公司任售票人员,曾经一度管理搬行李的工作,谋生计也积极、热诚,他便有时也扛一下行李。但是现在他虽然发生了热情和又升起来了他身上的,老年人特有的时代的激动,却扛不起面粉。他因而失望起来。他也是出来买粮食的。这时他又发现他的皮夹丢在家里忘记带出来了。

"你帮忙喊一喊粮店的人员好不好!"老头子刘究学向附近的、闲空下来的一个个体户的裁缝说。但是这个体户裁缝却抱着手臂看着,冷淡地说,他不管这些事情。

这个体户裁缝李英踱着步,嘴角有些痉挛。

"我也可以替你看,但是我的时间很宝贵。你可以不必管这种闲事。"他说。"他们给你钱吗,不给的。他们的工资现在都不低。"

"你帮助着喊一下,或看一看不行?"刘究学又说。

"你给我钱吗,不给吧。"个体户李英说。"你是否给我钱呢?"他带着认真说。

老头子刘究学正在激动于新的时代的良好,所以这蓄着长发的青年便引起了他的愤怒。——他因为热情几乎忘了有他们这种人存在了。

"这社会从事着……就这种作风,谈钱吗?"老头说。

青年人无礼地、冷淡地看着他。

"为什么不呢!"

"唉,"老头子说,"我忘记了这时代还有你们这□以为都是那种。"他指着街上。"你说你要钱吗?"

"不要?"李英抱着手臂,说。"要。"他又说,"□样啦,街上那种,也是要钱的,正是金钱的时代!"

"我说是有思想之心的时代"。刘究学红着脸说。

"金钱的时代"。青年傲慢地说。

"思想之心的时代。"老头说。

"金钱"。

"思想之心。"老头忿忿地说。

"金钱。我是要钱的。"青年人李英认真地,自负地说。

"那我付你钱吧,多少?"

"五分。一角。"

老头子觉得自己说付钱也有些失策,但他急着回去拿皮夹。他又向粮食店那里喊了两声,却仍旧没有人答应。青年李英踱步到墙角,冷淡地看着,喊了一声:"有人吗,面粉。"意义不明白,似乎他也是试试有没有人注意到;没有人答应,便呆看着老人,仍旧很是冷淡。

"我付你一角。"老人愤怒地、带着一点讽刺、慷慨地说,便从上衣衣袋里拿出仅有的两个五分镍币来,"你看好,招呼他们。"他说,便交出镍币,又问了青年的姓名,撑着伞在雨中预备走开去。个体户青年李英冷淡地接住镍币,不满老头问姓名,看了老头一眼;老头子感觉到他的世界观这时候是金钱,和赚得金钱是骄傲,同时是自觉有能力而发生的狭隘,而陷入人间的冷淡。老头子看见这青年接他的钱的时候嘴里有点轻蔑的抽搐。老头子刘究学忽然一阵风一样地往回跑,因为他想起了他没有带买面粉的钱和也记不清他的皮夹是否在家中,担心皮夹失落了。他奔跑着一面研究这青年。他所经历的旧时代是充满势利,但新时代也有这种他几乎忘了;但他觉得到底现在有思想的人多着了,刚才他和青年的辩论并不错,所以仍旧是愉快的。他研究这有着人间的冷淡,社会的无思想势利的青年现在还是有着顽强的。他跑过林荫路,小胡同,拆了旧房子预备建筑楼房工程的堆满瓦砾和机件的场地。老头子爱新的时代,所以有一种见解,即酷爱金钱的、骄傲的青年很有些可恶。他还想到,有了这种青年,社会有腐蚀的酸素,而家庭也会是痛苦的。他撑着伞急忙跑进家中的院子,他的妻子、年老的妇人在忙碌,问他为什么这么匆忙。他便说找皮夹,钱和粮票,又说有一袋面粉,而且因觉得那青年不很可靠发生痛恨,便说他很恨有一些人不好,眼睛里全是钱。在炒菜的老太婆年也老了,听不清楚他急忙说的话,但不满他的激动,便骂他是疯子,说老是这么急急忙忙;说没有这么急的必要,说这时代的社会,面粉是不会丢掉的。但老头找到了皮夹子之后说,他也这样看,但今天看靠不住了,社会革命到现在,遗留下来的恶劣有滋长,他今天进一步注意到了,有一些人象阴暗的虫一样聚扰来了。老头对于他觉得忽略的青年李英的这种情况迅速之间便在愤慨里想得很多,继续激昂。老太婆看他激动便怕他闯祸吵架而抓住了他,坚决不放他去了,酿成了冲突。老太婆李家庆叫喊着不准他去,他叫喊着后来又诉说、恳求着说他要去;他改变了说法,他说他并没有和人吵架,又是遇到一个青年辩论了两句;他还说谎说那青年被他说服了。他告诉老太婆说:他说服一个青年,现在时代是有思想的了。但老太婆又大叫着,脾气很大,不理他,他便妥协,坐下来了一下。但又站起来拿着伞要跑,老太婆李家庆便有些顽固,抵触,阻拦着他。

"你不要去,等女儿回来!"她叫着。

"但是我要去!"老头说。

"你跟什么人又冲突了,什么有思想的时代,你老是和人吵架!我告诉你,你要听着,要凡事耐心地、和平理想地讲!"她叫着。

刘究学便高兴对老太婆让步了,说他也正是这样。

"你也正是这样?你这是我不信的,我不放心,你说辩论一个青年。"老太婆李家庆说。

"正是这样的,我跟一个青年说这话,他是一个朴素的青年。"

"你说有思想的时代!你分明说一些阴暗的虫一样的青年。"

"我难道会说错吗!我是说思想!"老头子着急地吼叫着。

"你不要吼叫好不好?你也正是这样吗?"李家庆老太婆呆看着发怒、急躁的老头刘究学一阵,开始有些怜恤老头。便又忽然和善地说,走过来替老头整理衣领;老头刘究学变得忍耐、平静,老太婆李家庆便高兴了。"你不也是日常很理性的。我刚才也有不对,你是顶好的。你说的不会错吧,现在面粉是不会丢的。那是一个纯朴的青年人。"老太婆李家庆替老头刘究学整理衣领,她又耐心地、慢慢地看着,要他站好以便她好整理,他便屏息站着,但仍旧十分焦急;他想起来他的买面粉的口袋丢在那袋面粉旁边,他又想起那袋面粉是他的责任,可能被雨打湿,便对李家庆说衣领是很合适的,于是带着伪装的安详的表情,急急地走了。他出了院子奔过砖瓦场,奔进小胡同。因为年老,他有些喘气,觉得自己笨,但还欣赏着自己的两腿有力,因为刚才与妻子李家庆的冲突和李家庆的热情,他又有着内心的鼓舞和愉快。他奔跑着,撑着雨伞,雨在伞顶上嘶叫着,奔入林荫道,便到了大街的转角了。

年轻的个体户裁缝现在正和另一个个体户裁缝谈话,面粉仍然在那里。

"你把面粉丢了,这么久才来是不对的。粮店那边也不管。"李英说。

"我委托你的呀,真是抱歉了。"刘究学说,想到那一角钱。

"我对你有意见,你的口袋也丢在这里叫人看着。我是替你看的吗?"李英说。

"那也是的,我对你也说一点意见:你未免有点!"老头刘究学因回家往返过程中的思想而激动地说。他心中正在愤恨着这青年——他对老太婆说是"朴素的青年"。"你这青年真是!"他说。"我说这仍旧是有思想的时代"。

"我这青年怎样哪?我说仍旧是金钱的时代,每人都迷金钱。"

"我仍然要和你说的。"刘究学失望,有些痛苦,忍耐地说。"你是错的:我分明说是有思想的时代。不能对这样的社会冷淡。"

"我替你看了面粉了。"李英说,面孔很不好看,显然他想到那一角钱。"还有一个口袋,差一点叫人捡走,你这酸老头!"

"你是错误的!你这种青年,你是一种瓦砾堆,你是阻碍社会前进的酸素,照你这样就是社会的冷淡,人间的无情,人性的缺乏,不高明。现在这么好的社会!"老头刘究学发怒了,说。

"好的社会,好的社会是我们的技能,我们建设的,你是无能之辈。你骂我哪!"李英凶恶地说。

"我建设的,我们!"老头说,"我在轮船公司后在药厂几十年的工作,当然,我说的也许过分了,但是我们建设的,不是你。也许是你,我也许过火了,但是你现在这样不对的。"

"我们!"李英说。

"不要吵!"李英的个体户的朋友说,"我叫钱芒光。社会是老先生这些人建设的。"笑着有礼地说。

"那我倒不好意思了。我对你也说,我也许有过份,但是我仍旧说,有思想的许多人建设的!"他又对李英说。

"不见得,我们!"李英说。

"我。"老头说。

"我们。"李英说。他觉得是这样。

"我给了你一角钱的。"老头揭发说。

"那够? 我正在向你要增加! 你还要拿来呢。"李英说,表示出来他不怕揭发这个。于是老头刘究学便痛苦而愤怒,在李英的刺激和索取下,他便又拿出了两角钱,而李英却也收下了。但是,看看他的朋友钱芒光,他便只收下了一角。

"你这么拿钱也不必要了。"钱芒光说。

"必要的。"李英骄傲地说。

"你丢我们同行的脸了,"钱芒光说。"我们是俗人。"同样蓄着长头发的青年钱芒光对刘究学老头说,他显出一种叫老头子觉得愉快的温和的友谊——老头子老了,又懊悔自己不听老太婆李家庆的话,刚才发了脾气,他害怕这一个蓄长头发的青年也欺侮他。"我说,你老人家不要见气,社会也算我们一起建设的,一起,老大伯你吃梨子吧。"觉得自己说得不够恭敬了,心中发生了对老人的礼貌,他便从衣袋里掏出一个梨子来,说。刘究学拒绝了,他也犹豫了一下,便自己机械地咬了一口。"我说,他李英是这种人,有缺点的,人皆有缺点。老伯不要生气,这一角钱我出了给李英。"

他拿回李英手中的钱交还给刘究学,而自己拿出一角钱来。但是骄傲的李英仍然要两角,老头便掏钱,而钱芒光便又拿出了一角,但李英不要他的,推开了他的手,钱芒光这时候突然震怒了,脸色有些苍白。他觉得李英不给他情面。

"哥儿们你不义气。"他嘴唇有些颤抖,说。

李英暴怒地喊叫了一声,捶着桌子,钱芒光也喊了一声,捶桌子。

"我觉得老伯是对的!"他说,这时候显出他的慷慨。

李英便有些颤抖着,沉默了。

"老伯,我们俗气的青年向高风亮节的老伯投诚了。"钱芒光说,"我来送这袋面粉去。我也是哥儿们义气。"他又看看李英,说。

雨继续落着。这时粮食店前的汽车已经卸空了面粉,很凌乱的人群中,那个看见面粉掉落的工人想起了这袋面粉,便过来拿了。但是蓄着长头发的,有些强壮的,原来看来和这面粉的关系也十分淡漠的钱芒光愉快地笑着,扛起了面粉。

1987、7、4

〔据某报校样稿(上有路翎手写修改)排印。校样稿共3页。〕

海

百货店里歌声悠扬。

考取大学的女青年张健买一个电子琴玩具送给弟弟,因为弟弟张力祥是在她考大学温功课的时候帮助她做好家里的扫地、买物件的事情的;还和阿姨一起去换液化气,免除了她的烦劳。

张健挑选电子琴。她会弹琴,试着声音。她嫌有一个琴声音尖锐了,而有一个声音钝些,有一个似乎不平衡;因为想买得合适,所以很精细,但后来又觉得过分精细了,麻烦了售货员,有点羞涩。但是售货员王任芬说,没有关系。

张健试着琴,弹着,并且唱歌。

她唱了几个歌的几段,弹着琴,并且想到从此告别母校中学和中学的小图书馆,而到大学工程系了;她也赞美国家现时的这精致的小电子琴出品,虽然有的不够精良,内心激动,试琴的歌声就有些高升。售货员王任芬耐心地看她选红色蓝色的琴,而且被她所吸引;她也会弹,便弹着试试,而且也唱起来,喉咙有着婉转的感情——第二次唱起来的声音高些,是跟着张健唱的流行的歌颂海洋水兵的歌曲。她有一个关系好的堂房哥哥在海军。唱得这样婉转,是似乎关切着海洋。她也声音悠扬,内心振作而愉快,引起了一些人的愉快的注意。店铺里便充满了愉快的新鲜的有些特殊的空气。"我有些选择多了,我怕是这样的;就那第一个红的吧。"张健说。

"选择是没有关系的,您看吧。"

"那就是那蓝色的吧,因为蓝色是海洋。"

"那好吧。"王任芬带着一种柔情说。

"我来试试。"内心灼热着,因而麻烦的顾客张健说。弹着琴,又开始唱,——有关海洋的歌使她胸中更加怀着激情震荡。她唱歌声音也婉转、多情,而且又高升,水兵的堂房妹妹跟着哼声,声音也渐高起来。歌声使人想到蓝色的大海。

"我真不好意思了。"想着大海的,考取了大学的张健说。她的话指她觉得她挑选得过分了,这是她对王任芬说的,也指她和王任芬一起唱歌,这是对人们说的。

"没有关系。"王任芬说。"我真也是的。"她又说,这后一句话指她也声音高地唱歌。

他们两人都笑着,内心里涌起了友谊。

因为友谊的激动的荡漾,张健又弹了两下琴,再又增加唱了几句歌颂海洋和水兵的歌;售货员王任芬也用她的婉转的、谦虚的声音跟着唱了一句。

"那我就买这个琴了。"张健说。

她的弟弟抬着头看着,叉着腰,有一种英雄的感情。

"那就买这个了。"他也说。

(原载《北京晚报》1987 年 8 月 23 日,收入《路翎晚年作品集》)

画廊前

王源珍出门的时候,想着她的七岁的儿子黄兰被同学老师们取名黄狼的情况。黄兰的小学一年级的情况不良,在学校里打架,打镍币,打碎玻璃,撞倒桌椅。今日她想,她应该去学校里看看了。王源珍想,她和她的丈夫一直认为儿子聪明,家庭里于是教育不够。男孩生下来粗鲁,他的父亲就替他取名黄兰,带点女孩的式样,然而他是黄狼,像狼一般。

王源珍是温和的、沉静的妇女,在工业部门当绘图员,丈夫黄祥是医生,他们的家庭,人们说是美满的。

王源珍到小学去的路上,发现自己许多错误,首先是不教育子女,其次是也缺乏教育的方法,星期日到公园去玩一趟就算是尽到责任了。夫妇两人头脑里全想着自己的事情,有时候脾气不好的父亲打儿子,有时候温和的王源珍因此和丈夫争执,便也有迁就丈夫,也妥协地打一下孩子,变得不温和。黄兰在学校里打镍币,功课下降了。这次的月考,有一门功课快要不及格了。

王源珍在街头走着,穿过自行车密集的街道,挤过行人,她今日为儿子办事情,心中炽热起来,想着孩子,便进入孩子的世界。她看见街上人们愉快地带着儿童,推着儿童车辆,便觉得许多人都似乎比她强,觉得孩子可爱。前辈的事业为了未来,她的绘图工作得到先进的嘉奖,她也参加建设着这个社会,有一种甜蜜,然而却像刮着风似地,他们夫妇俩每日只去到和只想到工作场所,缺乏另一种甜蜜。以致于可爱的黄兰变成黄狼了。儿童是需要理解的,然而她时常在职业的风暴里不是一个心灵炽热的母亲了。

王源珍走过了大街的一个街边的画廊。她急急地走过,但是看到玻璃橱里展览的是少年的绘画,注意了起来。她看见大的图画纸上画的青蛙和燕子很不错,鲜艳的颜色,线条尚幼稚,但是很刺激和吸引人。她少年的时候爱好绘画,有两次成绩好,而且现在是绘图员。她心情愉快,瞥见儿童的世界。又看见一幅画着战士和军队的坦克的,一幅画着虾和螃蟹的,又看见一幅画着少年的游戏场,一幅画着大的花和挺直的大的白菜,觉得受这所画的挺直的、有俊俏的线条的白菜的吸引,接着便看见一幅画着一个女孩和一个男孩在空中飞着,燕子和老鹰飞在旁边,一同飞过山和长城。她注意着进入儿童的世界,便看见她的儿子黄兰的名字了,而且下面还写着,男,七岁,一年级。她又去看前面不远的一幅画着飞机和坐在里面的飞行员的,这幅也是黄兰。她觉得所画的飞机有飞翔的、豪杰的线条。她便进入她的孩子的心灵,进入了另外的世界,她的心脏正像一个慈爱的,感觉到自己有缺点的母亲一般地跳跃着,并且想到自己的少年时。这是一个区域的三个小学的初小学生的绘画展览。她再从头看着,她的儿子黄兰的被选了两幅。她又仔细地贪婪地看着儿子的绘画,觉得幼稚的线条里有着美感、气概,而且,在涂颜色和表示暗影的地方很认真,表现了这时代人们增多着的深思和热烈,也表现了一种成熟。她觉得自己是有沉思和热烈的。她觉得现在虽然注意到儿子了,却可又一时间很失望,没有注意到和关心儿子的聪明、用功的一面,她正在思考着,看见在另一端她的丈夫黄祥穿的绸衬衫被风吹着在看着画。她想喊他又观察着他,她不知道他是为什么到这里来的,这时她正在想他的脾气暴躁,不关心儿子。他也是想到学校里去看男孩子的,他同样想到儿子的成绩不好与自己的责任,不过他心中的温和不强烈,他是想去学校里当着教师责备儿子的,甚至于打他几下手心,这便是他看着儿子的绘画有些皱眉的原因。绘画触动了他心中的温和,然而他想儿童是要严厉地管教的,而且绘画没有什么意思。他不像王源珍,他有些认为他责骂几句便是教育,并且坚守自己的性格、行为、社会业绩,是对儿童的示范。

王源珍走过去,问他怎么到来了,看儿子的绘画如何。她想说到孩子的心灵和他的这一方面的用功,对丈夫这时有着不满。

"这没有什么意义,这孩子。"他说。

"但是我看你是不对的。"王源珍失望地争辩说,"我们太不注意孩子了。"

"我是要到学校里去责骂他的。"

"你不必这么踟蹰,你可以不去。我去的。你关心到自然很好。"因为想着儿童的优点而有对丈夫不满的王源珍说。

"这绘画没有什么意义。"黄祥暴躁地说,"当然也有意义。要鼓励正功课。他功课落了,我是要责备的。"

"但我觉得绘画于孩子的心灵有利。"王源珍有些痛苦地说,"我适从你很久了,今天我的心里有一种想法,你很暴躁自满。"

"我不是的。"黄祥不安地说。

"你看孩子的画多有意思,是我们教育不好。"

"我仍旧说没有太多的意义。我要责备的。"黄祥又骄傲地说,"他们老师只注意这些,便差了。"

"我却是爱好绘画的。"王源珍带着她少有的坚决说,她有些痛苦了,在这画廊前特别感觉到和丈夫的分歧,更不满他的打孩子。"我对你这样是不满的。"她脸色苍白地说。

黄祥医生便沉默了,有些谨慎的脸色。不太发怒的、生性温和而适从他的王源珍的发怒,有一定的深刻的力量。黄祥便觉得自己是家庭里的暴君不好,觉得她有坚决的性格,像她大学毕业时的表现的。她因为沿路而来想着孩子,看着别人对儿童友谊,而有着深深的自责了,使黄祥退让了下来。

"我觉得你是不应该的,"她带着一种严重性认真地说,"你怎么在岗位上渐渐地老大了呢。"

温和的王源珍显出一种严厉。黄祥便内心有着悚动,再注意她,觉得她像一个刚毕业的、有锋利的刀刃的大学女学生似的,他心中便有些羞惭了。但他仍然想维持自己的尊严,看着她。

"并不那样理解。"他说。

"怎么不那样理解呢?"她说。

他又被她的强硬袭击了,但他仍然有矜持的脸色。

"我说的是我的见解。"

"但是孩子心灵有痛苦,从这些画知道我似有压抑他,他也有优点,我心里难过。"

"那也是的。但是你不一定对。"

"我对的。"王源珍说,一瞬间变得苍白而严厉。

黄祥便沉默着。

"你要尊重这些绘画,不然我也不客气。"王源珍说。

王源珍的这次的坚决很强烈,对黄祥有着震撼的作用。他便也觉得自己是有不妥了。但她不理会他的温和的、有些妥协的脸色,严厉地要走了。黄祥便带着恳求喊她。

"我不知道。"她说,"我看黄兰去。"

"不生气了,我觉得黄兰的绘画好,好不好呢,"黄祥说,"的确也可以说很好,有笔力,有想象力……"

王源珍减少了冷淡地看了他一眼。

"仍旧没有多大的意义,这是我内心的错误想法,不说了好不好呢?"黄祥在王源珍减少冷淡的时候开始说,但是他的腔调和表情一出现,王源珍便又变得严厉,所以他便带着混乱,以致腔调有些嘶哑了。

"我要走了。我一直适从你。"王源珍说。

"我现在说这些绘画,儿子的这两张是有意义的,有想象力。"黄祥的有点破碎的声音说。

"还有呢?"

"有笔力。"

"市侩!"

"我们一直很好的。"黄祥说,十分的痛苦。"我说这绘画也是一种巨作,将来的巨人……这的确是这样。……不要生气了,我的确说绘画很好,有线条也有布局,主要的,有审美和现代生活的气势,有想象力。"

"还有呢!也许没有那么多吧!"

"不要在这里争执。我一定会解说清楚这绘画的,你看,我来,"胆小的黄祥说,变得温和地笑着,"我是有许多缺点了,我来将这两幅画临摹下来,像临摹秦朝出土的一样,你看,笔记本……"

王源珍沉默地看着他,黄祥医生败了,显出了一种单纯。他便擦火柴点烟,又连烟也摔掉了;拿出他的钢笔,在他的褐色封面的医学会肝脏炎学会纪念的笔记本里开始临摹儿子黄兰的绘画了。

"是有笔力的。好,不说笔力说气派……飞机的位置画得不错。"他说,在笔记本的一页上画着圆圈、方形、三角,虚点的符号,注明着字样。

王源珍最初不满他画符号,但后来也赞成了。觉得他画符号还认真,觉得他这个男人毕竟是也有着可亲和善良,便认真地看他画第二页纸。她说,长城上空中飞的男孩女孩,要注明比例,要和燕子、老鹰的比例很合适。要有空中的透视。于是黄祥便注明比例,也在笔记纸上认真地写了"空中透视"四个大字。

这时候来了一个年老的妇女和一个少年,少年拿着照相机。老年妇女殷杏梅是带孩子来照相的,她的小孙女的画录取在画廊里了。她很愉快地看着画廊里的她家儿童的画。她显出一种善良的谦虚,她请王源珍帮她看看她的后脑上的头发髻子散了没有,便有些自嘲地笑着,挺起了胸膛,由她的孩子替她在那一幅幅她的小孙女的画着花朵和两棵挺拔的大大的白菜的蜡笔彩色幼稚画前照相。

"你们是来看画廊的,有你们的孩子的画,我猜是这样的。"殷杏梅老人说,"你们评论我的小孙女的这画还好吗,我看你们很愉快。"她说。不过王源珍除了愉快以外又仍然有着她的儿子的有一门成绩下降的忧虑。"你们说还好吧。"

"挺不错啦。"黄祥说,"我都愿意记在我的笔记本上。"

"我老了,快 80 了,在悲伤的日子说是死了得了,但是这次是心情愉快。你们会照相吧,请你们帮忙,我这孩子不行。"

黄祥便说会,他的照相技术是很好的。

"你跟我们照,我们再跟你们照,也照你们儿童的画,我可以负责地寄给你,我们是不同时代的人了,但是也是同时代,我们经历了漫长的阴暗的时代和过去的艰难年月。"她说,从她脸上的善良和谦虚里面,便显出一种有些刚愎的、严峻的,有着深思的修养的线条,这种线条几乎是突然地浮现出来。"你们是教员吧?"

王源珍告诉她,她是工业局的绘图员,于是她便带着认真的关心看着王源珍的儿子黄兰的画。

"你年轻的妈妈温和!温婉春华,含花的春华,你的儿子黄兰的画,和我的孙女儿的画一样有功力,性情逗人喜爱。"

老人家看了看一排画,有兴致地高兴着后辈,便开始照相;王源珍温和地和黄祥一起推却着,但老太婆殷杏梅有一种强硬,和显出来更多的豪放,拖着王源珍。她的身上有一种有威势的、不由分辩的、逗人的力量,王源珍和有着固执的黄祥,都服从了。王源珍十分的不安,觉得烦扰了老人了,她有些惊奇地注意着这穿着宽敞的夏季的深色绸衬衫的老人身上的吸引力,而从她的孩子的文雅与沉默,看得出来,他们是个不一般的人家。

这时候走来一个有些胖的,头发很整齐,有威势的,衣服比较华美的中年妇女。她名叫李菁,是一定等级的干部,和她一起的是一个青年,也背着照相机。

"我家小冬我说是要获得成绩的,我早说了,"她看了看画廊中的一幅画,是画汽车和手臂张得很开地指挥交通的民警的,"我的教育方法是不错的。他的画,会不好?"她看看人们,笑着点点头,说,对人们含着一点友谊、热情,一瞬间又带着一种冷淡。"他没有不好?我说他会有成绩的,要是我教育他更多,会更好的,"她对着她一起的青年说,"这你是清楚你的弟弟的。不过他画了汽车了,我告诉他,要画骑马的人,"她向老人殷杏梅又向医生说,"他画了汽车、民警了,当然这也一样,我说长大了好为人民服务,要骑上马,可他画了汽车了。"

"汽车也一样。"黄祥带着热烈说,"也许孩子也有画骑马的,现在选了这一幅。"

"你说这样。"李菁说,看看殷杏梅老人又迅速地看了一眼王源珍,对她的没有什么表情,不交际,显得似乎有所不满。"当然画汽车也一样,有它的合理、儿童的升华的理想,你看是吧?"她向她的大儿子说。

那青年有些奢侈的样子,戴着很好的丝的圆帽子,衬衫的衣领上,佩着一根红的领条;显得有点窘迫地笑了笑,回答说是这样的。

"你站好,诸位请让开,"她说,"我们这里照相了。"

"这是我们小冬的画。"女干部李菁发现老人没有注意她儿子的画,便指着画向殷杏梅老人点点头,亲切地笑了一笑说,"我是有点愁他画不好的,有一个邻居告诉我了,大学毕业结婚生小孩以来,我是最注重子女的教育,这个大的就是的。这绘画不是他的老师,而是我的成绩,他们老师不太管学生,只有一小半功劳。"

"你这不一定对了。"殷杏梅冷淡地反对说。

"那是吗?"她有些失望地说,但是她又说,"我急急地跑来,心中有我的愉快,我还要进一步地教育他,我要说我急急地跑来,你应当是知道我的愉快的。我听见这画廊里有我的儿子的画我就叫我大儿子跟我跑。"受了人们的态度严肃的批评,但又抑制不住对自己的儿子的亲切,李菁便补着说她的急切情绪,也继续了一下对人们的友谊。"我还是要进一步地教育他,传授给他现代生活的理想,这些当老师的,他们只有一定的技能,思想水平不高,无能,非得家长我抓才是全面。我的小冬没有画骑马的人,我是有遗憾,画马有精神的冶炼。唉,我是几十年的老干部了,年龄不小了,今天小冬的这种成绩也好吧!老人家,你反对我吗?"她说,看看老人又看看王源珍和黄祥。

"也是的。"老人殷杏梅有些窘迫地,然而直爽地说,慈祥的笑容里有着一点愤怒的闪烁,"我们都是几十年的老干部了。革命的历史的道路。"

"你笑我呐。"李菁说,注意地看了看老人。"我为我的儿子们是费了心思的,他们是未来的国家的栋梁,"她带着威风的腔调说,反对老人有些忿怒的笑,"你老人家,你们这两位,这里有你们孩子的画吧!也带了照相机。"

王源珍夫妇笑着,没有说什么,但老人殷杏梅却有些激动地告诉她,那鲜花和白菜,是她孙女儿的画。

"画得也很好,虽然画的白菜简单了些。"李菁仍然用有腔调的声音说,"我们是生活在好的时代了,你的孙女儿,"她冷淡地又看了一下殷杏梅的孙女儿画的白菜,在冷淡中又有了一点欢乐的热烈的腔调,说,"和我的儿子一样好。你们两位,可曾看过我儿子的画?"她干练,热情闪烁地说。并且又有着一种诚恳。

"聪明的小孩。"王源珍看了画,勉强地说,"顶好的,画着汽车和民警。"她说,并不是想表示对李菁的不满,而是觉得忧郁和复杂的心情,因为自己的儿子有一种功课快要陷落,快 60 分了。

"我们小孩,儿子,是顶聪明的,我的爱人也是主张良性的教育。唉,我的儿子顶聪明的,你一见到会知道,顶可爱的。你这位觉得我的儿子的画怎样呢?"带着对王源珍的复杂的态度的不满,她向黄祥说。

"我们那儿子是顽皮的,似狼,十分可恶,要揍,"医生回答说,似乎在为自己辩护,"我觉得你的儿子的画好极了,聪明,聪明。"

"他是聪明的。你是这样觉得么?"她又问王源珍。

"我说是的,我赞同他说的就是了。"王源珍温和地,仍然带着她的忧虑的忍耐,不满地看看黄祥。李菁便又看看她。

"我要看你的子女的画呢,"李菁带着显著的不满说。黄祥这时便指给她,她看了,但似乎也没有看,"聪明的小孩。"她说。

"唉,我的小孩顽皮,整天打镍币,有一门功课差了。"王源珍苦恼地笑着说。

"那你的小孩便不好了。真的,不是每一个小孩都很好的。"

"那是的。"王源珍带着明显的不满说,"你的小孩聪明。"她急忙想掩饰她的不满说。

"我的小孩是那样的。"李菁骄傲地说。

"那是的,是聪明的。"黄祥热烈地说。

"你黄祥替我拿着手帕。"王源珍冷淡地说,脸有些红,没有什么理由地让黄祥拿着手帕。

"每一个小孩都是聪明的。"她带着自己的小孩有一门功课差,觉得自己不够负责的复杂的情绪说。

"那是的。"李菁怀疑地、不满地看看她说。

"我真有点对不起的噜苏了,我们现在照相了。"她便向她的儿子说。

李菁便照相了。她的妆饰漂亮的儿子吹了一下准备好的照相机;便弯下腰来对准着。李菁靠近着画廊的中段的玻璃,靠近她的儿子的画,背着手站着。后来又研究着,看看温和、表情复杂的王源珍,而叉着腰站着。因为这缘故,因为想表现这里的小斗争的意义,她叉着腰照相了。"这样的姿势好不好?也好。"她说,她的大儿子也显出一种愉快,腰弯得更低,将照相机对准着她。"我的儿子,我教育他是全面的,他不是整天打镍币的。"她说,虽然她的儿子也是整天打弹子而使她有时伤心的。"我的儿子有一定的天才,这小家伙。"

她又看看忧郁的王源珍夫妇和殷杏梅,用一只手整理着头发。

"你也是老干部?"她对殷杏梅说。

"说孩子是天才,"老人有些窘迫似地,但严肃地说,"是不完全妥当的,她这位为儿子顽皮而忧愁,倒是好些。但不必忧愁。儿童总顽皮。我的小孙女,倒不打架闹事,可是发疯一般地热衷于航空模型,那一天摔伤了腿,是跛着回来的。"

"老师是管不好的,老师只有一定的技能,教育要靠我们。"

李菁说。

"我说我的孩子成绩差一些,有了缺点,我是很心痛的,我们夫妇教育不好,他又顽皮,但我说他在学校里也还用功,他的绘画成绩还好了。"王源珍有些愤懑和委屈地说,"我不认为你这样的态度是对的。"她又责备她的丈夫说。

"那你的小孩可能是并不强的,"李菁叉着腰照相,说,"你注意,预备好。"她对她的儿子说,"我的儿子也顽皮打弹子,但是他可爱。"她说。

"我们那孩子也可爱的。"黄祥医生看看李菁,安慰他的妻子说。

"对了,我们孩子,也可爱的。"王源珍热烈地看看他,说,使他沉默了。

但李菁不回答黄祥和王源珍了,她继续摆着姿势照相。好久没有准备好姿势,她又两手放在背后,终于还是两手叉着腰。她的儿子已照了一张了,她要他再照一张。

"老师是尽责任的。"老人望着李菁说,"家长要管些,你们一辈子忙,孩子画的画可爱,也是对的。"老人殷杏梅又向王源珍夫妇说:"我看得出来你这位的忧伤。你这位,我以为是不对的。"她又对李菁说。

但李菁骄傲地昂着头不理她,又叉着腰,这次将手掌放后面,要他的儿子再照——连同着她小儿子的绘画。

殷杏梅老人有着忿怒。她也站在她的小孙女的绘画前,要她的少年的孩子替她照。文雅、沉默的少年便又照着。她又站在王源珍和黄祥的儿子的绘画前,让黄祥替她再照一张。她有点激动,做着一种姿势,看来因为激动两腿垂直站着,而两手放在胸前,挺着胸,有一种斗争的样子,后来改为两腿分开而两手放在背后了,显出安详的样子。

"我们是负责的国家干部,对儿童负责的。"李菁说,昂着头做着她的姿势,让她的儿子再照一张。

"我们也是这样说,"黄祥医生要想使他的妻子满意,不满地说。"请问你是哪一层次的干部?"

"我是司局级。"李菁说。

"我们也是这样说。"殷杏梅老人说,有一种严厉的腔调。"我在延安的时候是在党校当干事、秘书的,这是不少的年代了,那年代林伯渠主席欢喜两腿分开安详的姿势照相。我到石家庄的年代,进北京的年代是当过一阵财政部门的干部,"老人殷杏梅又用着收敛了严厉的,有些激动、灼热的,也有着平静的声音说,"我原来也在教育部门待过。我不愿你说教师都是只有一点技能。我离休了。我也是司局级吧,比较高一点。你这位,你有点让人忧愁了。"

李菁看看她。

"我看有点像。"她挺了一下胸说,她便对她的儿子用严厉的大声说,"再照一张,我稍息站着,再斜面一点,对着我们后辈的画。我是当权的。"她回答老人说。"我叫人忧愁了。"

"我也再照一张。"殷杏梅也带着严厉对孩子说,"我也是还要照一张的。我总之是表示我的意见,我也会叫你忧愁的。"

"我说我是当权的。"她说。

"我也是当权的。"殷杏梅说。

"我们也照一张。"黄祥医生缓和地说。有些担心吵架,但看见他的妻子王源珍的忧愁愤怒的面孔,便在殷杏梅老人照过之后从她的孩子手里拿过照相机来,殷勤地把老人拉到他的妻子的身边,弯下腰来用照相机对准两人,"我说,我们家黄狼,画得是不错的。我也是不满有一种当权的。"

"我们再照一张。"李菁说。

"我们还来一张。"黄祥医生又看看妻子,带着点顽强说。

殷杏梅老人对着照相机有些威严地淡淡地笑着,闭着嘴唇,而王源珍有着她的忧郁的笑。

李菁家的和殷杏梅家的两个照相机同时轻微、迅速地响着。

(原载《文汇月刊》1987年第9期,收入《路翎晚年作品集》)

横笛街粮店

横笛街粮店的女经理赵容安很温和而仔细,来购买粮食的张彬这一次很感谢她。张彬大学刚毕业和结婚,头脑里热衷于许多思想;他在匆忙中忘记拿走放在柜台上的他的五元钱,痴想着他的爱国的、动人的思想,走到大门口了,赵容安热心地追上了他。

"你这位朋友,"赵容安带着一点嘲笑说,她三十几岁了,大学毕业,有些文雅地戴着近视眼镜。"你这位朋友,喂,朋友,"她又再热烈地喊,"你思想不集中,喊你好些句了,你在想着什么事情,你的五元钱不要啦。"

"谢谢了。"张彬羞涩、不安,说,"我没有想着什么。"他看看赵容安,他知道赵容安的简单的历史。赵容安的勤劳、诚恳中的和粮店的环境不调和的她保留着的女大学生的文雅,她的端庄和秀丽,总之,她的特殊性,引起在当代的生活中头脑灼热着的张彬的注意;他有爱国和热烈的、爱遐想和幻想的心,头脑里起来的思想扩展开来,他便对赵容安有着激动的想象了。有水平的女大学生落在这小的粮店里,也容易引起感想,而张彬的头脑里有着较强的热烈的,他便在他的爱国心里想着她是崇高,纯洁,坦白,值得异常敬慕的了,自然,这些也是对的,但仍旧是,他十分激动和有些夸张,想象着她是仙女一般了,他的心里,在她的身上堆了很多的形容词。现在他便为赵容安的关心和他觉得的她的坦白,和她的有着深刻性格的亲切所感动,而想着她的性格比他感觉到的还要丰富些,而内心兴奋着;但他十分羞涩于别人揭发了他的爱好思索,办事疏忽的缺点,也似乎对赵容安有所不满,脸有些轻微地发红。

"我不能猜想到你在想着什么,所以道歉了,"赵容安带着辩解说,张彬的迟钝的情形和他似乎有的不满使她做了这种辩解。她也是有着羞涩的心情,想着张彬是善良,而应该得到她的很好的接待的,她也显出十分善良。"也许你想着,"她带着振作说,"我们横笛街粮店堆得太拥挤,我们有着真是极多呀,极多呀的缺点,因为你上次批评过;也许你想着,你的妻子叫你买米,而你买了面了,你有错误,"赵容安又带着坦白,有着明显的亲切的嘲笑,说,"上次你错误了,爱遐想的技术员,你曾经回来掉换的,你头脑里想呀,想着什么呢?"

她因为头脑里也常有他的思想和幻想翻腾,所以便臆测到这些;她也因爱好用功而有时有小的失误。张彬引起她的热烈。她还用一手的手背叉着腰。

张彬羞涩和激动着,同时观察着他所欣赏的他认为是有当代精神的人物。他补充着再感谢了她帮他拿回来钱。

"上次你的妻子说你真是糊涂。"赵容安说。"我对于她能扛回十斤米在肩上,不怕花裙子弄脏很钦佩。"

"她有些粗鲁呀。"张彬说。

"有些豪放。你有些文雅。"

"我很感谢你的……友谊。"张彬说,"因为我们刚搬来不久,我很想熟悉我的环境,我遇到你这位经理,也有一种愉快。"他因头脑里的激动的思想,而有着兴奋地说。

"你怎样说呢?"赵容安说,"我们认识了。"

"你是很帮助顾客,照顾老弱的顾客,有一种彪悍的精神,在你的粮店里支配着,照顾着老弱幼的顾客,替他们送米面到门口车上;你的粮店听你们算账有克服了以前的霉烂面的现象而增加赢利了,增加卖出零副件而赢利了,顾客方便了,进货快了。"张彬说,赞美着,热情着,便陷入他的热衷,向赵容安笑笑,"你,是一个……顶好的,顶不错的,你有彪悍精神,当代的这种精神。"他说,因热烈的想象和激动而有着语言的有些凌乱。

"我十分羞赧了,十分羞了!"赵容安说,想着也要有礼貌地对张彬说几句,"你是顶好的,我们的最好的顾客。"

"你有着当代的精神。"张彬抢着说。

"你是的,你顶好,真的。"赵容安说,因为张彬的赞美愈发增多而有着畏惧,便笑着点头,中止了谈话,走回去了。

张彬神思恍惚,这时想起来自己还要买馒头,便又站下来,在卖切面、馒头的柜子前排队了;他责备自己头脑恍惚将这也疏忽了。人们安静着,售货员正在清理账目,在办交接班了。个子矮小的一个女售货员正在移交给一个有点负气似的男青年。人们排着很长的队。矮小的,长得俊俏的女售货员十分敏捷地数着钞票,她的手指头动得很快,她间或地用嘴吹一下,钞票在两个手指的移动之间闪动。顾客们中间有人叹息着,数钞票的交接仍然进行着。

"她数得很快。"谦虚的热心的张彬,帮助着缓和这种情况,压抑着自己的焦急,对人们说。

"他们这太慢了。"人们说。"但也很快。"

但矮小的女售货员仍然在数着,她沉着也敏捷,而那男青年站在一边,人们又看见女售货员填写表格,和填写一个顾客拿来的清单。整齐的、情况良好的粮店里的秩序继续维持着;赵容安的粮店里售货员显得干练而精确,女售货员的敏捷引起很多的赞美,但男青年的接管过来的动作有着焦急。

"我是因为我有性急所以动作着急。"男青年说。他的名字叫黎求明。

"你为什么不在头脑里数点数目字呢,你点数一二三四五,你的头脑便安静了。"女售货员蒋芸说。"我已经在你算钱的时候数到三百了。"黎求明说。"你在这里也是代我的,本是我的班。"

"和你说不清楚。"蒋芸说。

"我最多数到三百就不爱数了。最多。我是有着取得工作经验的心理。"黎求明激动了一下,便看看人们,接替了工作。在有些娇小的蒋芸走开之后,坐下来售面和馒头了。这年青人显出一种纯朴,他的工作进行得不慢,他有愉快的性情——他的豪放和忠实的动作、表情引起了人们的注意。

排在卖切面和馒头的柜台前有沉重的队伍。这时候,蒋芸又转来了。

"你去里面的作坊间整理,我再代你吧,我不到里面去。你让我了。"她说,很敏捷地将黎求明拖起来坐下来了,黎求明几乎要跌倒。蒋芸表现为蛮横,很有气势;她拖开了黎求明,便折了一下桌子和整理了一下桌上的物件。她显得十分爱好夺到的座位,将手臂张开做了一个愉快而振作的姿势,然后同样将手臂张开伏在桌上。

黎求明叫她让回来,他说,赵容安并没有叫他到作坊间去。不是这样安排的。

"你头脑里点数一二三四五就忍耐过去,而去作坊间整理空面口袋了。我是小组长,支配的。你是十分笨的人。"蒋芸闭一下眼睛又睁开来,说,"他可能结婚了,但是想升级以后再结婚,他想获取工作经验是很好的,其实是想升级与奖金。"

"我并不那样。"黎求明脸红,忿恨,说,因为内心谦虚,不满意她说他想升级。升级是他的暗中的愿望,而蒋芸妨碍着他。

"我是有我的规范的,"有些凶恶的、干练的蒋芸说,"我要在这粮店里实行我的规范。你去作坊间,你不去也无所谓,这里还累些,赵容安也并未叫我来。"

"你还给我吧。"黎求明说。

"那我还给你吧,"蒋芸说,突然和夺了座位坐下来的时候同样坚决、愤怒地站了起来。她是想占地盘而做了夺取座位的凶狠的动作的,但她也想到作坊间去整理空面口袋,那里可以懒些。但那里的工作不占市场,默默无闻,所以在站起来的时候,她显出了一点战栗和愤怒,"我不默默无闻,市场要靠人维持的,你去操作空口袋,王师傅不在。"

"我不干!你走开!"黎求明大叫着;这青年人,在谦虚与抗争之间矛盾着,也有一点微微发抖。

"那你做吧。"蒋芸说。但当黎求明要坐回来,她又有力地坐下了。她随后内心冲突着,很快地站起来,黎求明也战栗了一下,表现出一种谦虚,她便更让开着,但当黎求明要坐下的时候,她又拖开了他。她再表现出来蛮横。她再发生内心的波动,想要让开,黎求明也谦虚地让开。但黎求明想再坐回来,她又坐下了。她坐下来也显出了一点不安,表现出一点善良,又慢慢站起来,说,"我让你吧。"黎求明表示了忿恨。同时他的很重的谦虚使他面色柔和,往后退让着。但她又坐下时,黎求明的渴望和忿恨又暴发,往前抢着座位,挤着了她,她便挤得快跌倒。她又站起来,内心发生了谦虚的黎求明便面色紧张地又让开。

"我到作坊间去了。"黎求明说。

但是蒋芸发作了她的性情了。

"我不默默无闻地到作坊间去,我是管市场的,我有心中的规范,我是小组长,受你粗率的人的欺侮啊!"她跳了两下脚,发出哭泣的声音。"现在的市场讲的是整齐,扑我们的面而来的是社会各人的要求,我的性情和干练,我的伶俐是能胜任,而你欺侮了我小组长啊!"

黎求明便痴呆着,发生了较重的谦虚,觉得自己粗率,错了。他穿着较脏的工作服呆站着。

"你看你的工作服也脏。"蒋芸说,"我收拾整齐,符合规范,也是服膺规章,在我的心里,我充满着对建设着的祖国的市场的热爱,我是多么欢喜看见人们排起来,在我的面前走进去,买着了需要的物,切面馒头,我是多么热爱我的工作啊!"她说,面色发红,拿出手帕来擦着流出来的眼泪。

"我真是十分抱歉了,我到作坊间去!"黎求明不安地说。

"那你去吧,在那里乖乖地弄口袋,而将来我说你不错。"

"但是,"发生了较重的谦虚,不安着的黎求明说,"你原谅我刚才抢位置了,你要原谅。但是,"因为谦虚和温暖,黎求明又说,"卖馒头你需不需要一人相助呢,我相助你一下。"

"我不需要的。我能对付下,因为我要负责这一份市场,为社会服务。在这粮店里,除了赵容安,哪一样不是我的规范,她老赵师傅的规范也有不合适的。我热爱工作,我栽到工作里面,我的心有沉沉地醉着,解决着社会的需要,而完成我们这一辈人青年人的任务。哎哟!"看见黎求明仍然站着,她又说,"你还站在这里干什么?你去吧,继续干这个也倒霉了。"她显得十分善良地说。

人们静着。她看看人们。人们佩服蒋芸的干练,也有一种复杂的情绪,张彬便特别地看着蒋芸。她看看人们,在她的眼光里闪耀着冷漠的思索。她是想赢得社会的,她思索着她这样方法博取社会,会不会反而吃亏了,多劳动了。这冷漠的思索后来便又隐藏,转为严静。

黎求明在她身边继续站着,有着犹豫的心理,担心她攻击顾客。

"我是这样的。"蒋芸又转为自豪地说,她拿起算盘来检查了一下桌面,吹了一吹灰尘,"你不要我来是不行的,这粮店里的事不要我来不行的,赵容安她也不管什么事,欢喜看书哩。我就是这样的,不让于你了;我说你黎求明弄脏了桌子,拉拉虎虎地将垫纸又弄脏了,又把茶杯放在这里,"她在顾客的烦恼里尖锐地叫着——这个交接花了极多的时间,于是她凶恶地、豪放地,不理会顾客,而干练又厉害地对黎求明叫:"我说你滚开吧。"

"你就开始工作吧!"张彬烦恼地,忍耐不住地说,因为他觉得顾客们需要一人说话,而他是应当的。蒋芸使他的观察社会的进展的情绪产生一些晦暗了。

蒋芸继续在她的自豪的,得意的状况中,看看她。"你们到底谁值班也乱了。"张彬又说,产生着对蒋芸的恨意,"我是十分着急了。"

"你不用问。"厉害的,这年代常见到的,有着熟稔的技能,在拥挤的顾客的盼待下有着险要的地位的女售货员说。"你这茶杯!拿去滚!"她对黎求明叫,便把茶杯往旁边的桌上用力地一掷,茶杯破了,水流了出来,流往地下;"哪里来的烂玻璃杯!走开!等下赔你!"

黎求明发痴地看着她,希望她开始工作。

"走吧!"这时蒋芸说,显出温和、善意,而带着同情地笑了一笑。"顶蠢的,走吧。"她又说,她这笑是有着内心的深刻的思想的,同时骄傲,因此又有一点辛辣。她便又吹吹灰尘,又坐好。她是轻蔑黎求明,逞能,有着权力观念,但现在她因为人们看着,而她想要达到她的什么一种目的,变为很善良了。她显然热情,有着她的荣誉心。她又觉得自己愚笨了,有着吃亏了。但是在人们面前的荣誉的观念仍然是她的主要的观念,她便被动于这个,而且还带着纯朴似地。

"你还是让我吧。"黎求明说,担心着情况的进展。

这时张彬又说了一句,要求着蒋芸开始工作。他有些发怒,明显地表露出对蒋芸的不满。蒋芸用淡漠的眼光看看他,觉得受了欺侮;在又看了他一眼之后善良、温和的表情便陷落了,显得凶恶。她问张彬为什么干涉她,她说她知道她自己的事。她是市场,她有时也是镇静的,有秩序的,愉快的,从事着社会建设的运转的干练的市场,但这时变成自己陶醉的市场,具有着顽强的自负,和黎求明冲突也蔑视着人们,她便意外地发怒而嘴角抽搐了。

"你这个人问了我两遍了。"她叫。

"是应该工作了。"一个顾客说。

"我有不周到请你原谅了。"因为觉得自己刚才有粗鲁的焦急的表情而有些歉疚,张彬便谦逊地说,他也是市场——是敏感的、热心的顾客,是这时候有着善意的、愉快地、敏感于国家建设事业前进的顾客,但顾客也有另一部分,粗鲁的强豪,自己陶醉于自己地位的。善良的刚入社会的大学毕业生张彬怕变成后一种。他便好意地道歉。他的谦逊的声音,使得有一两个人看了他一眼。他谦逊还因为惧怕触犯蒋芸。

"你这么说就很好了。"市场的主宰者蒋芸说。

"我谢谢你。"张彬谦逊但又带着一点颤动的激昂,说。

"我也谢谢你。"黎求明又说,他也是市场,他想要做成事情,获取经验,他不满蒋芸的突然劫持,他还欲望着愉快地、而不是计算权力地,忠心于国家建设的这市场的琴弦的颤动,他甚至还想再自己坐到位置上去。

"我并不谢你。"蒋芸,因为张彬的那一点激昂的声音而内心尖锐着,继续陶醉和使市场停顿着,说。

这时经理赵容安走了过来,她因这里的奇特的停顿和吵闹而内心十分苦恼。因为蒋芸的奔放,黎求明的不安,温和的,要求市场对国家作忠诚的运转的赵容安,内心有着尖锐的苦恼。她要蒋芸让给黎求明。

"黎求明有别的事,我也不是逞能。"蒋芸说,陶醉于自己抢得的权力的座位。这时候她也有内心冲突,便是她这过分了,这样也增多工作了,但是她想争取可能的奖金。因此,她的声音里显现着对赵容安的一定的蔑视与抵抗。

"这就不十分对,——她占了他的工作。"张彬说,内心有着对赵容安的友谊,和对市场的建设性的运转的渴望,他便对蒋芸又有着恨意而且也表现出来了。

"我就是这样的!没有不十分对!"陷在受谴责的促使市场停顿的紧张情况里的蒋芸反抗说;她的个人权力意识尖锐,所以她继续使市场停顿,"我就是这样,她赵经理知道的,"她向张彬说,"这店里事情,我说的也行的。"

"不理解你是什么用意。"张彬尖锐地说。"我认为你不对。"他说,声音相当大,"他这位的工作,我观察他很好,而经理都不能调动你。"

"我就是这样!"蒋芸拍桌子,说。

"我就是说你了!"张彬发怒说,在声音的结尾有着收敛与不安。"我说的错误了,态度有不好。"善良的、渴望着有深刻精神的市场的张彬很快补充说,觉得自己的发怒破坏了有深刻精神的市场了。

"那你就排后面去,等下卖给你。"蒋芸说。"我说你假设不愿和我蒋芸照面的话。"看见顾客们紧张,觉得市场的压力,她又补充着说,显出一种伶俐。于是这卖弄自己的能力、权力、性情和风情的蒋芸在人们的满意下开始工作了。

张彬的嘴角颤动了一下,这时赵容安问黎求明是否愿意到作坊间去,黎求明说不愿,她便说,让黎求明工作。她用坚决的声音喊蒋芸让开。蒋芸便让开了。

张彬很关心赵容安,看见她在叫蒋芸让开的时候嘴角有点战栗。而蒋芸从柜台里转出来了,走到张彬面前,她因为张彬伤害了她的骄傲而对张彬说,她很不满意张彬。她有吵架的气势叫着:"你怎么啦。"张彬害怕吵架,由于怀着爱国的激动的理想,由于害羞,由于刚才的冲突引起内心的苦恼,张彬笑着。刚才的冲突使他已经对自己不满了,他想他不该多说了一点的,他正在研究着刚才那一句凶狠的"我就是说你了"假若改成"请你不要这样说"是否好些。他想他刚才也是不得已,但仍旧不安。所以他变得似乎软弱,而只是笑着。他也想说说理由的话;这时他头脑恍惚于逻辑的思想中,想着说理由好,还是不说理由,不说什么好,于是仍然只是笑着。

"我不满意你这人,出风头的!"蒋芸又说了一句。

张彬仍然笑着。人们也看着张彬,有点奇怪他只是笑,而不回答,他而且冷静着,担心笑容显得轻蔑。他想着运转的,有深刻精神的市场。

赵容安走出来,喊蒋芸进去,蒋芸站着不动。

"蒋芸!"赵容安用较大声音,带着愤怒喊着。她愤怒了,但忍耐着。她觉得羞惭,她同时想着蒋芸和一些人说她这大学毕业生是一个一事无成的小粮店的经理;大学毕业到西北去了几年生病回来了,就变成这样了。她因老实,直爽的张彬是在帮助她而更有对蒋芸的愤怒,便把眼镜摘下来了,看着蒋芸。她的忠厚的面貌在愤怒中又显出一种忧郁与烦恼。

"我自己知道的,"蒋芸说,"他这技术员这种人。"

"他有什么错啦!"赵容安叫着说,"他顾客的意见,有什么错啦,"赵容安又向着张彬,大声地,故意地,泼辣地说,"我们这位同志和我们的工作有着不周到,希望你原谅啦。"

"我没有错误!"蒋芸说。

"希望你原谅啦。"赵容安心痛地说。

"但是我不满经理,我是对你这沽名钓誉的技术员不客气了!我就是这市场的基准!你刚才干涉我!我对你不愉快的!"

张彬有着脸红。他心中有着颤动的激昂思想,正在又欣赏着处事沉着的赵容安,恍惚着发生愉快的情绪,又受到进攻了,而这进攻使他心中有一种柔嫩的情绪,他想要为什么一些事情争荣誉,便在谦虚的微笑中激动着而发出了一声吼叫。他脸色灰白地叫着:"你干什么的?"而有着颤栗,并且又惧怕自己的发怒。"但是我不愉快你的,你这种是十分令人痛苦而遗憾的!"张彬说,并且觉得自己说了愚笨的话。

"我反对你!"蒋芸叫,并且大怒冲上来,揪着张彬的衣领将他推得倒向了一边。

"啊!"张彬说,好像要冲锋,而停住了;他心里激动着高涨的爱国思想;"我多痛苦啊!在这进展着的开展着建设的社会上,我多痛苦啊,挨了这个!"

"那你是少见多怪!这建设的社会是我们的市场,建设的,世界都知道!"

"世界知道我是对的!我反对你!"张彬决定发怒,说并且跳起来叫着,他想着他这震动会使他很痛苦了,便又战栗着抑制着,面孔上闪灼着善良。但他的激昂的爱国心在这里受到打击了;他便觉得是遇到了可怕的敌人,而决定了他的冲击。赵容安阻住了蹦跳的、猖狂的蒋芸。

"赵容安经理,尊敬的朋友,尊敬的各位顾客,你们笑我不笑,我这发怒而着急的样子,"张彬说,"真不好,可是我是心中很痛苦,我们都要说我们要热爱前辈留下的基础今天进展着的事业,这事业不是分明在进行着而国家在进展着么?我向你冲击,"张彬带着神经质地举起双手,叫着,"我向你这售货员冲击!"

"你冲击不胜的!国家无所谓进展着,我蒋芸就是这样,而天啊!"蒋芸又跳脚了,"我说了众矢之的的话,而你占便宜了。

国家不是在进展着么,天啊,不是我们这些人任劳任怨么。而不是你这种,你狗屎!"

"不是我这种!但是是一切善良的人民,人们,"张彬激昂着,痛苦着,说,"而是你!天啊,我十分愤慨了!"

"你是不合祖国气势的蹩踢人!"蒋芸说。

这时赵容安发出吼叫。因为看见老实的张彬有些受欺,激昂得甚至有眼泪,赵容安便吼叫蒋芸停止。蒋芸便也停止了,往里卖面柜台涌去了。人们之间发生了沉默,思索着这冲突的意义,人们觉得时间时刻是在过去与未来之交,人们想着这时张彬与蒋芸的冲突的意义。这沉默继续了一阵,人们看见秀丽的,个子有点高的赵容安的眼睛里有着一点眼泪了。人们中间有叹息发生出来,慰问着赵容安和对张彬表示同情。

"我使你负累了,"张彬说,"嚇,我的性情!我本想好好说话的。"他善良地说。

"我们这些人是看见着的。"一个老人说,因为也激怒着,声音高昂;他苍老,有些衰弱,但有洁白的牙齿因而显得有一些顽强,"我是不满意的,你们说,我落后而老年了,但我是不高兴这些不负责的,欺人的,我说你赵经理很好。"

蒋芸在里面战栗着,但未说话。

"我也很羞了,"脸红的,眼睛潮湿,伤痛的赵容安手里继续拿着摘下来的眼镜,一手扶着墙壁说,"真是羞,粮店是特别使人感到居民和乡土的亲切的。"

这一瞬间发生了一种沉静,人们看着赵容安。赵容安由于店里的冲突而羞惭,由于人们的赞美而不安,她的心这一瞬间有着深刻到底的激动,她看着人们,她很想把一切都说出来;她觉得要说很多话,对于这地方,人们的感情,她的事业的追求,她的歉意,她的想离开粮店去别处——譬如她想去商业局——和她这些时来已经又一度产生的,在这粮店里,在粮油公司为这事业奋斗、开拓的想法。这时这想法激动她的心。她觉得周围这些人们是有时有俗气的,但这些人们勤劳而正直,这时激动她的心,——粮店里有着顾客们这时代安居乐业的建设的深情和风情。

"就我个人,我觉得真是没有尽到力,我很羞了,怕羞死了,真是怕羞人们说什么呢。有时候街坊有意见真想躲起来。"她红着脸说。

"未必那样吧。"老人说。"你顶好的。"

"那当然不是的,也真羞呀。"她说。

"工作很好的,"那老人说,也忽然觉得说话多了有些羞怯,抬头看着店面各处,"有些冲突难免。你看,粮店很整齐,不过房子可要修一下了,几十年了。"

"是硕士呢。大学毕业应有大学毕业的去处,"蒋芸讽刺地说,"挤我们小粮店干什么呀。"

"那不能那么说。"张彬叫着说。

"真是羞死了,乡亲们,想聊什么话,说几句哩,"赵容安说,望着一个中年的亲切地笑着的妇女笑着,想着自己的抱负和内心的矛盾和内心这时燃烧起来的激动,想着这是自己自幼在上面生长的乡土,眼泪便忽然有点要流出来了,这是人生中有时会有的感情,她取出手帕来抈着,啜吸了一下鼻子。

"你答我了。"蒋芸在里面说。

"我没有答你。"赵容安说,她心中有很凶的激昂,面孔战栗,又抈着眼睛。"我是很耻辱的,唉……乡亲们,你们知道,我爱祖国和我们这一辈人的职务,我是这样的。"

随后赵容安便显出一点严峻、沉默着,呆看着人们,也看看张彬。张彬内心紧缩着,他觉得他感觉到他尊敬的友人的真诚的、坦白的心了。但她没有再说什么,走进去了。

☆

横笛街粮店在弯曲的小的巷子里面,时常很拥挤;门前有一棵大的桐树,粮店的顾客们常一直排队到树的前面。社会呈显着平衡,整个的粮店在这一年代的平坦的,时常是愉快的,紧张的勤劳状态中。这一年代表征着世纪的进展,中国从经过的动乱往前行进,建立着奋斗的平静的,有着生活的愉快的秩序。粮店里高个子的王敏在包着干切面,而胖姑娘李纯英在称着粮食,黎求明在移动着米、面口袋而作坊间机器在转动着。各样的工作里呈显着平衡,和谐,——旧世纪的灾难,患难以及流血的处所粮店显得平衡,顾客守秩序,而且衣着整齐。赵容安逐渐地安心着她的工作,因这种平静的秩序而觉得喜悦,觉得一种安居乐业的快乐的情操;粮店是人们是否安居乐业的敏感的处所。赵容安甚至觉得一种幸福,她因这年代的秩序有着一种丰富的灼热的观念,想着国家的进展,而有着一种热烈工作的豪杰的情绪,这是社会上不少的人们具有的情绪,而赵容安是属于似乎比较在这一点上更忠实和情感更深刻些的一类人的,而且带有她的妇女的端庄。这种情绪和抱有理想的性格,就把她的不安心工作减少了。人们谦虚地、耐心地在粮店里排队,也带着这种情绪,赵容安和她的僚属们大半也就更谦虚;而沉入他们各自的幻想与思想中。黎求明想象他获得更多的经验,而赵容安幻想一种美丽的境界,虽然她已不年轻了,但她幻想着高度的人们情绪的和谐。但这种秩序良好的情形有着另一面。蒋芸是整个粮店里最不协调的;而胖姑娘李纯英有时陷入狭隘中,不爱理人。蒋芸工作干练,但她时常进犯赵容安,她是想升高位置,而谋成粮店的经理——挤掉赵容安。秩序的另一面情形是顾客中间时常有蛮横者。

  这一日发生了争吵。蒋芸带着越来越强的怒气和顾客宋渔友争吵。她记得她收的只是钱,而不是五斤面票。顾客宋渔友在身上找寻三次,在皮夹里终于找出了面票,承认自己是错了,但是说蒋芸不该凶狠;蒋芸则说他不该骂人。两人吵架更凶了,而蒋芸显出尖锐、奔放、凶恶,怒气上升,大叫着——这样耽搁着时间,而人们叹息着。颤动着愉快,希望,和带着盼望的奋斗的生活情操的这一经济市场情况不良了。

  这爆炸似的争吵是因为烦躁,这爆炸似的争吵还表示了这年代的又一种风格。人们工作强豪,由于国家有有力的有多年经验的领导的缘故工作有成效,人们也自恃自身的豪强,——但有些人沉醉于自身,觉得自己是比别人做了更多、更重要的事情的,或幻想自己也强豪;而且有着简单的经济收入,地位观念。生活在一方面有着建设的秩序的联结的锁链,一方面有着一种各个不合作的骄傲,和旧时代遗留下来的腐朽,于是良好的秩序便断裂;这些人们逞自己的能力,技能和腐朽的观念相助的豪强——以至于拳头的力量。文明之间有着粗野。

蒋芸虽然在面票的事上是对的,却表现了她的自己的膨胀。

"我吃什么饭的,我吃我个人的饭,我是什么观点,我是个人穿衣吃饭娱乐凭自身能力的观点,谁也不能奈何,这就是这时代,你这干部,你不能用有人同情你来压制我,我就是比你强,你不能说我的工作有一点儿不对,我们的工作,我的工作,从来不出差错,每一分钟都是的,你凌辱了我,我的工作是决然强,比你强,比他们强我不敢说,比你好,我拿我的奖金,每月就是经济观点,无所谓国家的工作,这就是国家工作,我工作强——你还我话!"

"我也是性情是这样的,"秩序的安详的、世纪和年代的生活进展的愉快的情操被震动,爆破了一点,——这爆破者之一方面的青年干部宋渔友叫着,咆哮着,"我的性情,思想,各方面,都证明我不错的。"

"你不是找出了粮票了。"蒋芸说。

"我仍然是重复刚才的话,找出了粮票是偶然的,而你的态度不好。不,不是这样的,"这30岁左右的干部变了态度了,不承认自己错了,看看皮夹,"不是的,粮票拿来,这张不是的,我的面票仍然给了你了,你丢了。"他脸色苍白地说。由于憎恨和这年代有着的取巧,他这样说。他又转为更狠恶,在他的性情的暴戾里,否定了他刚才找到了面票;他因为不甘心认错,以为认错是他的个性的,他的生活能力,他的在社会上的因技能的贡献而来的地位,他的时代观念的失败,所以便说谎了,收回了他找到了粮票的说法,虽然很多人,包括赵容安,都看得出来他这一点不对。他的性情的这年代的骄傲，个人的孤立的狭窄，使他和人们对抗，脸色苍白了。

"我就是说这粮票是另一张。我给了你粮票了，我是常常有我的见解与性情的，我是有我的地位，我是吃什么饭的？我是吃我个人的技能的，享有我的待遇，我是技术人员，面包技师，是国家这年代最需要的，我每一分钟都为国家建设工作，每一秒钟，我的奖金并不少的，我这里说明的是我的地位，享有我的待遇，你还我粮票！我叫宋渔友，渔人的朋友，你到公司里找我去，你一问就知道了。"

"我是不对你屈服的，头可以拿下来！"蒋芸叫。

"我也是不对你屈服的，头也可以拿下来！"宋渔友叫。

"你这似乎是有缺点了，你宋渔友同志，你说你是渔人的朋友，也令我慷慨地觉得你说得很好，渔人很勤劳而且辛苦，你应该讲团结。"大学毕业许多年，富于想象的赵容安显出她的好久被生活淹没了的大学生的活泼和青春的活力，挤上前来，说。人们看着她。激动于给她以国家建设进展，人民安居乐业的印象的她的粮店的秩序的锁链的律动而现在激动于这锁链的爆破，她强调地说着末尾的话。

"不认识你。"宋渔友说。

"你是有错的，面票你自己找到了的。"赵容安说，"我们粮店，自然也有缺点——蒋芸你不叫了。"她说。

"那你冤沉海底！"宋渔友对赵容安说，他叫喊很凶，但有些懊悔他的凶狠，觉得力弱，同时，人们也看着他，他便犹豫了。但是他又叫了起来："你说渔人的朋友，什么勤劳而且辛苦，他们并不见得勤劳而且辛苦，这与我的名字是有关系的，你是一个很有傲气的样子，我宋渔友并不高兴十分勤劳而且辛苦！"

"那我便道歉了。"赵容安讽刺地笑着说，"我觉得是这样的，渔人勤劳而且辛苦，也讲团结。你刚才还说你每一分钟都工作。"

"那不是这样的，那也许他们是这样的，我这渔人，我这渔友不这样的,我不高兴现在许多人讲勤劳辛苦,现在是不勤不苦才好,我也不愿每一分钟都工作。"

"渔人——勤劳辛苦。"

"至少是不苦,也不太勤,我勤劳工作有吃亏,我渔友骄傲地说。"

"但渔人是勤劳辛苦的。"由于激动,赵容安坚持地说。

"不勤劳辛苦。"宋渔友说。

"勤劳辛苦的啊!"赵容安又坚持地说。

这时蒋芸十分豪放,站起来凶恶地大叫着:"你是痞癫,你是无癫,而我个人果然有人证明我是不错的,我是从来一分也不产生错误的。"

"但你是有这次错的!"宋渔友又叫了起来,"你才是无癫,痞癫!上半个月,你就找错钱给我,我那时退还给你五角的,你没有错?"

"那你瞎说,那我仍然是没有错的!"蒋芸有些虚弱地说。

"我退你钱的,"宋渔友感慨地说,"我那时是我们人民一般的社会道德——那么我这回就这样了。"他说,心中忽然有潜伏的秘密的激动,觉得自己这样不够人民的情操,这是这年代深入人心的,他便说,"我再拿五斤吧,我就算那五斤不要了——我就这样,我刚才想着,头都吵晕了,本预备这样说的。我就算吃亏了。"他说。

"但是你就算吃亏吗?你分明错了。那么拿来!"

"但我仍然指出你是错了。"宋渔友粗暴地说。

"我是分明不错的,我们是分毫不错的!"蒋芸大叫着,因为痛苦,叫得更高了;她也因为宋渔友一定地揭发了她,而她不能改变说自己可能有错而有烦恼。"你真不错吗,然而我决不示弱,我这里可以查账,查半小时也查,没有错,"猛烈的蒋芸带着一种示威便要来查账,人们烦躁而恐慌了;她也没有真要查,因为她判断宋渔友是在说谎。她和宋渔友的冲突因为她说了要查账的让步话而更对宋渔友愤怒而更凶恶而更激烈了。宋渔友大叫着他的地位,他享有的权利,他的技能,而她也大叫着。她跳到椅子上去叫着了,而宋渔友在窗口前,在人们的注视和不安中暴跳着。

"凭我对中华人民共和国的贡献!"他叫着。

"凭我的能力,我也凭我的地位,我对中华人民共和国的贡献,我压制你!"蒋芸说。

赵容安便有些痛苦地拉蒋芸从椅子上下来。这蹦跳着的精灵似的蒋芸便跳下来,狠狠地看了赵容安一眼。赵容安便喊叫胖姑娘李纯英来代替蒋芸了。她想让蒋芸停止,但蒋芸继续蹦跳着,不肯停止。

李纯英将卖切面让给黎求明,过来了。她不愉快变动工作,皱着眉挤着蒋芸,蒋芸几乎把她推倒。

"我来!"沉闷的李纯英大叫着,因发怒而战栗——她十分不愿变动,她在卖切面,正处在她的有关她的弟弟在军队里,而自己要怎样努力的幻想里,这些幻想是简单的;她又在买切面的顾客稀少的这时带着热情地想着弟弟,并想着,怎样可以增加努力多喂养一个兔子,以及那兔子是灰色的,她顶喜爱,渐渐长大;门口有附近医院新增加的警号车驰过警号号叫的时候都会竖着耳朵。她发怒同时因为蒋芸滋扰了她觉得的粮店的良好的、社会生活愉快的秩序。李纯英用力地抢过了蒋芸的记账本。她的嘴唇的战栗还表示了她的勤劳的性情,愿意做事情。

"你看着切面一下去。"赵容安对蒋芸叫着,"或者你休息一阵。"

"我不休息,"蒋芸说,"你赵容安欺我了。我休息便心中痛苦了,我有冤屈,你也使我冤屈,你乱指挥我不对!"

蒋芸发生了对赵容安的不满,她又不屈服于这五斤面票的问题,凭她有敏捷与干练,她觉得她没有错,于是推开赵容安,她仇恨那宋渔友脸色苍白地站在那里,继续想要五斤面票的面。

"你不开给他!"她对李纯英叫着。

"不开给你!"李纯英对宋渔友说。

"是这样的,我们应该团结。"赵容安用她的继续着的大学生时代的气概说,这种气概突破了一点她内心的郁闷,她文明,显出与她的近视眼和年龄不一致的年轻的活跃。"你宋渔友,面包师,我们应该团结而互助,你的五斤面票,我看可能是你记错了,你并没有拿出来。"

"那没有!你们这姓蒋的说她从来没有错,她上月初多找我钱就是错。我是在当代生活中有地位的,我是凭我的技能!"内心有点虚弱的宋渔友又叫着,"我们是同龄的同时代人了,我们是应该互相了解的,你应该尊重我的地位和我的心理。"他吼叫着。

"我请你进来谈谈,"赵容安温和地,精神焕发地说,"我们同时代人互相了解。"

宋渔友预备进来了,但走到门边他又站下了,他要他的面粉。赵容安将他拖进了办公室。

"你不要发怒就好了。我想你一定找到你五斤面票而不使我们困难的,亲爱的朋友,我似乎看见你在皮夹里又找到了一张,似乎是的,你买面粉吧,帮助我们。"赵容安热烈地说。

"你这经理是一个很厉害的人,"决定在这五斤面票的问题上逞自己的地位、优越、适应他的机巧的时代精神,蔑视人们的宋渔友说,虽然内心虚弱,他又想着是不是算了,因此嘴唇也又战栗着。"我们同时代人,当代生活,可是不同感情,我们每一个人的尊严要维持的,我与你什么相干!"

"你请仔细冷静。"赵容安说,她内心的热烈,倾向着理想的她的焕发的青春精神,碰在冷漠的敌意上,于是也嘴角也战栗着,但仍旧精神焕发。"我们可以谈通的!"

"谈不通,你请承认这五斤面票!"宋渔友说。

赵容安便有点烦恼地看着他。她摘下眼镜又戴上。她觉得,像蒋芸所嘲笑的,她在这粮店里有幻想曲,"大知识分子"的幻想曲,喊叫着前行,耽于不现实的幻想了。但她有些讽刺地笑着——仍然有着热烈的焕发的精神。

"你得承认这五斤面票的账!"宋渔友叫喊着。

"好的,我们承认这五斤面票的账。"赵容安变得冷淡,严峻地说,看看宋渔友,把眼镜摘下来在桌子上放了一下,用近视眼看着他,希望这人改正——内心受了挫折而痛苦着。但宋渔友站起来跑出去了。

"五斤面粉!"他喊。

"我们不认!"蒋芸说,"你经理这样有缺点!"

"认了!"赵容安不满蒋芸的态度,更对宋渔友愤怒,突然用很激越的高亢的声音说,这声音使自己也有点吃惊。

"你经理发我的脾气呐,也好,不在乎的,你把那一批香油拿出来卖,你供应馒头太慷慨,这也是我觉得不对的!"蒋芸说。

赵容安沉默着,心中战栗着。蒋芸常说,如果她蒋芸干这经理,如果不是"大知识分子"干这些,而且常专权,变动她的秩序,譬如十分老实的李纯英有时候是有跟从她的。

李纯英面色紧张着,蒋芸又叫查账,她带着怒气问是不是查账——她十分同情赵容安。赵容安说不用查账,这五斤粮票再说了。赵容安又走到窗口。

"你是没有找到那五斤面票么,你找到的皮夹里的不是么?"她再精神焕发起来热情地对宋渔友说。她心理有尖锐的感情,于是她又跑了出去,"你是社会上有贡献的人,我们共同觉得这社会是我们的责任,我还觉得较好的建设时代的信念,我心里这样认为,你面包技师也是有为的人。"

"你说这个干什么呢?"

"你面包技师也是有为。"不服输的赵容安带着虹彩的想象和灼热的思想说,她是想在这一冲击之下说服宋渔友,五斤粮票是不重要的事,建设中的国家的市场的互相的信实、诚实、友谊是重要的事。可是她这怀着理想,去到西北几年因病回来受着一点挫折的大学生这里又受了挫折了;她的丈夫也是因为他的较重的病而同来,没有再去成西北了,现在在邮局工作,她对于这没有再去,因环境而留了下来,是觉得懊恼的,她在这里因蒋芸的感情形加上宋渔友这样的顾客，又受了挫折了。"你难道不是说，你是社会的，国家建设的社会的重要的一员吗？"

"我刚才说你这位近视眼大学生女经理冤沉海底是不对，向你道歉了。"宋渔友有点温和和谦虚地说，但这温和的谦虚的情绪立刻受阻于他的傲慢，它便又利用它来做说谎的掩饰了，傲慢在他的心中战抖，他便觉得他是有贡献的；他还想了一想，他也许回去努力多做工作，多做面包，像赵容安所说的渔人一样勤劳，这五斤面票的情形就不再返回了，让粮店吃亏了。他认为，人的性情，这年代特别要自持，豪强是重要的，虽然人们显然看见了他面票在皮夹里。于是他说，面票的问题，他没有错。

这年代人们要豪强，要坚持原则，这是赵容安的思想；赵容安看宋渔友拿他的一个白绸的口袋盛了五斤面粉走了，心中灼烧，便追了出来，在犹豫了一两秒钟之后，她喊了宋渔友。

"你能再说一遍，你的面票没错么？"她问。

"我没有错。"宋渔友脸红，几乎红到耳根，但是也可以理解为他是在发怒，他确实也有着愤怒，他往前走。

"当你面票弄错而你隐瞒的时候，——我说譬如渔人是辛苦勤劳的——你不心中不安么？"赵容安说。

"我没有错。"宋渔友急走着，说。

张彬来到粮店买切面，做了较久的停留。怀着观察社会的心理的张彬看着日常做干切面的高个子的王敏在称切面，看着她的细心、沉静的动作。王敏显出的一种沉静和温柔是令他注意的。蒋芸走过，又走转来，参加称着面，王敏便去称米面去了。王敏负气，对蒋芸让步，蒋芸喜欢干卖切面，她觉得活跃些，而让王敏去称米。好奇的、观察社会的张彬看见沉静的王敏又转来，说赵容安说的，还是她卖切面，分工要坚持，蒋芸便走了，在米面柜子面前去震动着她的手臂，给人们掏着面粉。但一瞬间她又转来了，王敏便再过去掏着面粉和称着，那里的人多了起来。王敏紧张地动作着,迅速地张开手臂又弯下腰工作着,张彬没有去,看见高个子的王敏沉浸于她的劳动中流汗了。那边人渐少了,买面的人多起来,蒋芸又让王敏来卖面。显然蒋芸欺侮着她,虽然蒋芸也显现着勤劳。张彬问王敏工作的分配情形,王敏说,她是被分配卖面的,她又补充着说,也一样。张彬便过去,对蒋芸做着注视,看见这俊俏的女子这一回眼皮上涂着黛色站在米柜面前,拿着簸箕,显然她表现她在干较重劳动。张彬的眼光有一点尖锐。

"你为什么看着我?"蒋芸说。

"你工作很好。"张彬说,"你是分工称米?"张彬也觉得有些过分了,但他因为不满蒋芸,同情沉静的王敏,显出了他的恍惚的激情。

"我是分工这个的?"蒋芸说,"你问这个干什么?……我注意着你这个人,那次跟你吵了,粮本上见到过你的姓名,你是反对我的,你想说什么,差得远,没道理!也不多说了。"她说,看看张彬,便沉默了,望着空中。

同样俊俏,妩媚的王敏往这边看了看。她心里有着激动,不满蒋芸,但在这粮店里,她是勤劳,不和人冲突,谦虚的,她又看了看这边,看见这边称米和称面的人多了起来,也有些负气,她便走了过来。蒋芸这一次犹豫了一下,因为羞怯,因为觉得偷懒而有些不好。她说她就在这里,本是分配她这里的;她便做了举起手臂来的振作的动作,开始给一个顾客备面粉了。王敏则请她让她;王敏虽然谦让,却是又有着一种讽刺的阴沉的表情;她赶快对蒋芸收藏了这阴沉的表情。

"你不满意我了,挤轧我了。"蒋芸说。一面称着粮食。

"没有。"王敏说,这次她因为痛苦的欺侮她的活动过激,又因为张彬的同情,而有着不满,便挤过来动手拿簸箕,又很快地看了看蒋芸手中的单子,掏了面粉在秤盘上。她的突发的激动和斗争性有点使她挤开了蒋芸。蒋芸便站开了,去卖面,但是她又转来。沉静的、有些阴暗的王敏便转过脸来看看她,对她友谊地、歉疚地笑了一笑。

"你卖面去,你向我卖俏。"蒋芸说,"我说我是小组长,你卖面去!"她说,她还坚持着她这一次想当着张彬勤劳起来的想法。

"我说我就干这!"王敏说。"因为你替我干,卖切面很多了。"她说,她忽然决定,学蒋芸有时一样,勤劳地让步地占领空间,做几种事情,巩固自己的地位。于是让步的王敏这回不让步,她称着粮食。而在这边空闲的时候又叫蒋芸从卖面那边过来,而自己去称面。她带着她的突发的激情跑得很快,使蒋芸闲下来而陷于被动了。她从谦虚转为不让步而发生了制控的作用了。

张彬注视着王敏,注视着日常温柔的王敏,从谦虚中显现出来的反抗力量。

"你挤轧我小组长了。"蒋芸又说。

"没有。"

当一个老年妇女缴了钱买一袋面粉的时候,王敏便抢着在蒋芸之前去跳上凳子拿面粉。蒋芸想借一件事振作起来,而此时男工人黎求明等不在——蒋芸也有着她的勤勉,但王敏敏捷地去拿面粉了,而且将面粉袋拖出了米面柜台,给老年女送到她推来的儿童车上。她又转来,接过蒋芸手里的簸箕,看着单子掏米,要蒋芸去卖面。她也不遵守分工。

"你看着我干什么?"俊俏的,凶恶的蒋芸对着张彬愤怒地说。

"我看你,"张彬说,脸红了,避免着像上次一样冲突,"没有什么;因为你分工本是掏米面的。"

"你仇恨我啦!"蒋芸大声叫。

"你怎么这样呢?"张彬叫着,因自己的激动,在建设前进的社会上发生了和人们的冲突,而苦恼了。他避免也愤怒了,尴尬地笑着,看着蒋芸。

"多么俏皮的人,干这样又那样,——你挤了我啦!"蒋芸向王敏叫着。

王敏沉默地、谦虚地对她笑了笑。

"你笑,你挤我。"

"你挤她!"张彬笑着说,"我觉得她比较对。"

"你问问看去我是什么人?"蒋芸叫着。

"你不叫了,"阴沉,但温和的王敏说,"我就回切面那里去,你仍旧在这里好了。"她对蒋芸说,看着人们笑着。

"你是什么人,你王敏是内心狐狸,在我的人世的生存里,我最恨狐狸。"蒋芸叫。

"在我……我说,"王敏说,"在我心里,我是愿敬意你的。"

"在我的人世生存里,我觉得不愿看见不正直,而现在是什么时代,当代是建设前进的时代!"张彬叫着,头脑恍惚着倾向着也没有遵守分工的王敏,开始激动了,战栗着。他替温柔的,有着贤良的,引起他的对生活的深邃的努力的探求的幻想的王敏说话了。他这观察者终于激动了。他对沉默而贤惠地,像做着家庭的事情似的,温暖地做着干切面和其他事的沉静的王敏有内心的一种抽象的概念的尊敬,即,王敏引起他的一种抽象的逻辑的热烈的思想,关于俊美,正直,和深邃的家庭里的劳动妇似的贤惠的感情的。她对他是亲切的。他觉得她是在这进展的社会上做着家庭妇的事情又同时他对她今天的抵抗蒋芸觉得愉快,便有些狭窄地倾向于王敏了。"我是在心中怀着我的感情,社会的建设之情和你说话,你蒋芸是错误的,而她王敏是对的。"

"你不像那宋渔友一样说你的地位呀。"蒋芸说,"你是干什么的,到我老娘这里来说什么对错!我呸!我说,你对她王敏献什么殷勤,她这温柔的人儿,是不会理你的。"涂着黛色眼皮的蒋芸凶狠地说。

"你说什么啦!"张彬叫,"我是建设社会的一个人民!干部!我对王敏献什么殷勤啦!"

"她是有些人的甜蜜的人儿!"蒋芸说,"不是我误解你了。"

在张彬的心里,这时引起了替王敏不愉快和羞怯的感情。张彬确实觉得对王敏是有内心的敬意与友谊的,正像他对赵容安一样；在这里，有着忠厚的男子，他有着一点羞怯了。

"你这是狗屁！"愤恨的王敏对蒋芸叫着，她也对张彬有好感，替他觉得羞怯。

"你不是美俊的人儿呀。"蒋芸说。

"谁是呀，"王敏羞愤，脸红地说，"你这棒子，要是，是你，你可是长得最俊俏啦！你突眼睛看人！"她猛烈地叫着，着急着而言语不能自制，而因为内心的谦虚与自责，眼睛潮湿了。

"我说你是不见得有什么的！"蒋芸对张彬叫着，"你说说你的身份！"

"我说……"因为王敏有些负创内心中燃起正义的火焰的张彬恍惚地说，他也失去一定的自制了，在人们的注视和劝解下叫了一声："混蛋！"

蒋芸口中便发出了一声哎哟的叫声，仿佛被打痛了，绕过柜台奔了出来，暴跳起来举起拿在手中的簸箕，举得很高；她痛心地，柔弱地号叫，而张彬这时便战栗着，激动着他的正义与愤怒，又发出了一声吼叫：

"不怕你！"

当这声吼叫响起来的时候，王敏和人们上前拉住蒋芸，而张彬也清醒了过来，退后了；蒋芸往前追着，但人们拖着她，而张彬继续退后。蒋芸十分激昂，并且娇贵，觉得她有能力以外还是艳美的妇女；而王敏十分羞涩，同情着张彬，当蒋芸挣脱了人们的时候，羞怯地喊着张彬快跑。张彬一直跑到柜台窗口，而沉默的李纯英来阻拦住蒋芸了。

"我对你蒋芸不满意，"愤怒起来的王敏说，"我说你愈来愈娇贵了，我的人生的阅历里，今日你的不文明，不好，也不是平时可以说的友谊，你杂了我一刀。我们粮店对不起你这位顾客了。"她对张彬说。

"我不文明，不好，是么，我是有自己的见解的，我恨你！"蒋芸对王敏叫着，"你连一句玩笑话都不能说呀。我说你恭恭敬敬地对张彬，他这人不见得没有意思吧？"她说，静默了一瞬间，心中有着趋向妥协的倾向,善良忠厚的情绪,这是人们和王敏的性情使她这样,她的心往这方面颤动了,"我也是有错的,我也是不妥的说话,"她说,"我对不起你王敏和她赵容安经理好吧,可是,做工作了,我不说了。"但她心里十分复杂,在说这些同时又有着她的一贯的骄横,于是她又叫着,"我说这些废话,我是什么人,我凭本事和我个人所有的一切!"她脸色苍白地说。"我是有这我在祖国社会里的地位的!再说,那张彬他不是来对你有骚情呀。"

"而我,"因自己冲动而粗犷而觉得羞愧的张彬走过来对蒋芸说:"我十分道歉我的错误了,我刚才是错误了,而你说的那些也是有对的。"他带着因十分认真的情绪而有的面孔的抽搐,说。

粮店的生活这样进行着。这一日,李纯英和黎求明在售粮的窗口和一个中年以上一点的干部争执了起来,这干部要求特殊的待遇。他有些莽撞地说,他是局司级,希望粮店每月给他送粮。李纯英和黎求明回答说,粮店里按照规章不送。这干部说,他叫章绰,是享受待遇的,分明以前听说,女经理亲自驾三轮车给一些人家送粮的,他说,他是刚搬来的,以前在机关里住;他听说粮店有这样的规矩。两个粮店的年青人说,女经理和粮店的人们给一些待遇户,譬如烈属、军属送粮,是几年前了,现在这些照顾归居委会了,北京市户口增加,而粮店繁忙。

"这就不朴素而具有人情意识了,不是许多年革命以来的风格了,而变成一个资本主义的冷漠的社会了。"章绰说。

赵容安很注意这话,蒋芸也听着。人们曾一定地踏着三轮车在街上奔走,几年以前粮店是有着这种有着朴实和富于人情的景象,现在这些因繁忙而取消了,赵容安曾碰到这情况的尾端而送过几回粮,现在倒有些怀念它。这两回赵容安和蒋芸之间的冲突是,挂面、香油、方便面、芝麻酱,等货物卖空了,而公司里没有送到,赵容安便让黎求明驾车去,也自己又驾车而行了。她作自力更生的奋斗,不想增加公司的负担,而蒋芸认为她这样不必要,是办事没有中心,而且是篡权,"牢固地钉住经理的位置",她公开地这样说,和赵容安冲突了。蒋芸和她的丈夫也在上级公司里去活动,蒋芸想要凭她的资历当成经理,而将赵容安调职的;她公然地在各事上夺权,她说赵容安自己也不愿干,不安心工作。赵容安说,她干下来了,也就这样干下去,她说,在人生的旅途上,她是遭遇到坎坷的,不过她对粮店有感情;她是遭遇到蒋芸这样困难的敌手了,她对她说,她是想要和她相奋斗下去的。蒋芸说,她认为这粮店一个中学生就可以了,她自己以为是合适的,她替赵容安觉得一种生活的感叹。赵容安、蒋芸,粮店里的人们都因粮店的兴旺而愉快,然而现在发生冲突与感叹——横笛街粮店在国家生活里的生活这样进行着。赵容安有她的强硬,几次将夺权来管签发货物票的蒋芸拖开,但蒋芸也顽强,穿得更漂亮些了,十分华美了,而且,时常眼睛上涂了一圈黛色的油膏,眼皮上也涂上黛色,在睫毛上擦了油,做成黎求明称它为"冥眼睛"的样式来上班,表示着和朴素的、忠厚而倔强的,有内心思想冲突的赵容安的斗争。

"你不能降服我的。"蒋芸对赵容安说。

"你也不能对付倒我的。"赵容安回答说,她多半不理,但有两次回答说。

这时候,章绰说到过去的朴素,赵容安有所感叹,说了一句:"朴素也是好的。"蒋芸便认为她炫耀她的驾三轮车了。赵容安觉得现在粮店力量不够,她也真的愿意继续为一些户送粮食,使社会增加着人情的。

"我们不送的!"华美的,涂着"冥眼睛"的蒋芸说。

"这就不是很纯朴,优美的社会了。"章绰说,"妙就妙在偏偏开国后困难的时候有我们,而现在后来人在金钱势力上打转,像你这冥眼睛,不理会我们了。"

"五保户,烈属,军属,现在也不送了。"赵容安抢着温和地,歉疚地说,担心着发生冲突,"我们很对不起了。"她说,还问了章绰的姓名,"您是知道政策的干部,请原谅我们。"

"那你是否送呢,你们这冥眼睛的态度就比较恶了,你可以送的,你们也有精壮小伙子,听说你过去驾着汽车,在街上走,十分不错,作风有革命,而群众也满意,而我,也是享受我的待遇,我局司级,当局长不享受待遇,就不像社会主义国家了。"他亲切地,认真地,热衷地说,但带着自我赞美的、渐显得有权势夸张的口气——权势夸张的情绪,在他的声音里震动着,便也形成一种无礼,和周围的人们的隔阂,而他自己似乎是不觉得的。他表现出,如果他不得到这种待遇,他是会十分发怒的,会痛楚的。"真的,你这赵经理是很好的,一定你会朴素而人情地,亲自踏车,经过弯弯曲曲这粮店附近的优美的纯朴的胡同,给我送粮食去,我保姆和女儿都没有时间,而这是你们的工作,你们吃人民的粮食,享受革命之果,你们要驾车经过弯弯曲曲的胡同……"

"我们不能送!"害怕着这个的年青人黎求明说。

"我是革命有功的,建设祖国的宏伟的事业我也有着忙碌,"局长章绰带着沉醉和一种对人们的亲切,如同小孩一般,说,"经过弯弯曲曲的朴素的胡同……"

"我们的规章不这样!"同样担心着这一件的胖姑娘李纯英说,低着头发了一下怒又收敛了。

四十七八岁的章绰便从像小孩一般的幼稚,转为一种庄严、严峻、显得有丰富的经验。由于这种经验,他的面孔也只战栗了一下,他用冷静的,威严的声调说:

"你们不给我送吗?"

"我们不送的!"蒋芸果断地说。

"那你这个很凶,你冥眼睛有些凶。"局长章绰说。"送吗,"他向赵容安说。

赵容安笑着,她几乎要同意似地,温和地笑着;她心中颤动着,而势利的、自己夸张身份的章绰也有一分温和。

"送不送呢,你们,你这冥眼睛?"

"谁叫冥眼睛!"蒋芸叫着,发怒了。

"那我倒不该说了。这有什么稀奇呢,是一句友善的话!我是局长,亲自来到,你们这粮店,我都赞美了好些句了,你们不知道国家建设的重要,我的工作。"

"这又是一个那宋渔友一样烤面包的了,说,你们知道我是什么人!"蒋芸锋利地说,"我们不送! 局司级,处长级都是很多的。部长级也有。"

"什么烤面包的呢?"章绰提高了喉咙说,"你们这种也是国家机关,令人冷齿,"他说,在他的思想里,国家机关应该有一种亲热,亲切,它是替他办事的美满的机构,而排斥着不国家机关的人们的,因此他看看周围的人们。"你怎么说这些呢? 送不送呢?"

"不的。"赵容安笑着,有着复杂的感想,犹豫不决地说,——由于对于章绰的恶劣的态度有反感,由于窗口的人们反感多于尊敬,"我们的同志答的对的。"她说,想着现在商品经济流通。国家机关的关系有些冷淡了。

"有好些局司级,我们送他都不要。"担心着这件事的黎求明说,"一个老人局司级,我送他到门口他也自己扛走的,没有那么送。"他带着冷笑说。

"那你就不对了。"章绰叫着。

"为什么不对,局司级怎样?"蒋芸说,"你为什么说我冥眼睛!"

"我说你是友善的!"

"你不对! 我们这里,"蒋芸说,"是威武等级不能屈,富贵也不能屈,我们这位经理是这样的,"她突然带着讽刺说,但她又笑笑,对章绰局长叫着,"办不到!"

但是蒋芸的情形是有另一面的。她与章绰冲突了,但是她却又想着她与赵容安的冲突,她不主张送,但是不满意人们赞美赵容安会驾车;她在这冲突中还有些倾向局司级的章绰,看他有着沉重的分量和威风。她也有了对等级的尊敬。

"我说的办不到!"她叫着,但她同时心中有对章绰的友谊,亲切尊敬之感发生,她的凶恶的声音便战栗着而弱下来了。她的凶狠的声音又起来了一下，又弱下来了，终于她带着喑哑的声音说，"我们也可以考虑的，黎求明，你考虑去吧，赵师傅，送一送也可以考虑吧，是多少？"

"一袋面粉。机关条子和粮票。"章绰说。

"黎求明去考虑去吧，赵师傅喜欢蹬车，去吧！"蒋芸说。

"我自己有一个推车。"章绰说。

"这没有时间的，规章现在没有了。"黎求明说，在他的称粮食的岗位上十分不安着。

赵容安也受到刺激而面孔有些紧张。

"你老赵师傅考虑去吧，"蒋芸对赵容安说，不称她为经理，而且吩咐她了。"有车子更方便了，推一推。"

赵容安竭力冷静，她判断，这情形不必要，同时也为规章所不认可，是不必去的。她觉得这是正确的，但她也有对等级的尊敬，她便抑制着愤怒和伤心，走出了柜台的门。

"章绰局长，我们不送的，很遗憾了。"她说，声音里继续有着一点颤栗。

"但是这位冥眼睛说的！"章绰说。

"她说的不能算，我是负责人。"赵容安脸有点红说，"很遗憾，很歉疚了。"

"但是也可以的。章局长，我说也可以的，叫黎求明或李纯英。李纯英，你送吧？"蒋芸说。

李纯英用一个很长的凝视愤恨地看着她，在她的卖切面的位置上站着，不回答。

"你切面可以丢一下那当然不。"蒋芸说，"可是叫王敏吧，王敏沉醉地想着她的幻想之情呢，我说——还是你黎求明跑一趟吧，就在附近吧。"

"就在附近。"章绰局长说。

"不办，不行。"赵容安用突然的险峻的声调说，"不行的，没有人，对不起了。"她还显得有些凶恶。

赵容安的凶恶使得蒋芸心里有着一种戒备和不安。蒋芸觉得自己进入危险的情形了,得罪人过多,而不安起来。但她又有着对等级的尊敬,又想奉承局长和愉快于局长说她"冥眼睛"。

"办不到的!不行!"赵容安说。

"那我们便不办了。"蒋芸声音不安地说。

"那你这冥眼睛姑娘不是负责了吗?你怎么出尔反尔呢?"

"我怎么出尔反尔呢?"蒋芸,由于内心的冲突,同时觉得奉承了局长也损伤了自己的性情,心中有着懊悔——她是因为敌对赵容安而增加奉承了局长的——而愤怒了。她想她本是一丝一毫也不奉承局长的,她有她的地位,也不尊重什么等级;她的内心变得很快,像闪电一样,这时她便再觉得这局长官僚自赞美可恶而又违反着规章了。"我怎么会冥眼睛呢,我什么地方在乎你这局长呢,我们地位权力不屈,富贵不屈!"她带着一种这幻境形成的正义的气概,又带着这幻境形成的善良看看她的同人。她的内心又形成了她的复杂的激昂,她又离开了秩序而叫嚷,她同时又因敌对了章绰而觉得使赵容安占了便宜——虽然她也不怕敌对章绰——而又继续敌对赵容安了。她在座位上转动身体,宣扬自己的在岗位上的社会的权威,她的技能,她的骄傲了。于是,她攻击了所有的人了,章绰被她攻击了,她攻击章绰"又是一个'面包'",但又攻击赵容安也是一种"宋渔友","自吹的面包"。她还攻击到王敏,说在做干切面,是在自己的幻想中。"我就是这么的,让人们都说我不对,我凭个人的能力,既不在乎你局长,也不在意你朴素的赵师傅,而且我对于那种王敏的不满意,她的那种幻想的爱情,那个热心的青年干部张彬,我就是这样出尔反尔。"

"你骂了所有的人了。"赵容安叫着:"住嘴吧,不怕丑形态!你应该改变了,顾客对你有意见!"她说,为了缓和在顾客面前对蒋芸发怒的形势,也为了缓和蒋芸,她便又温和地说,"改变吧,蒋芸,这样有什么道理呢,改变吧。"

蒋芸显出一种狠辣的表情继续工作了。蒋芸的市场的骄傲,骄横过去了之后,又恢复了平常的秩序。但是又震颤了一下,骄傲的蒋芸有着剩余的刚才的内心冲突的震颤,有着深刻的委屈,便是"地位、富贵不能屈",她再又十分痛心觉得她刚才对官僚章绰的奉仕是违反她的在市场上的英雄精神了,她的干练和粮食市场的权力,她觉得是超然于一切地位的地位。因此,她对于攻击了其他许多人也觉得不十分有意义,心中歉疚与苦痛。她的内心的动机是一时人们难以理解的,她这时觉得市场的华美中她的骄傲受损甚于其他,觉得要向这报复,便做了一个激烈的动作,站了起来,伸头到窗口,对预备走的章绰大声说:

"我向你声明,我对于你是局长什么,是一丝一毫也要反对你这面包的!"

"那你干什么?"章绰叫着。

"一丝一毫也反对你这面包的!我而且不替你送过弯弯曲曲的胡同,优美朴素弯曲的胡同。"蒋芸叫,便傲慢地又坐下来,很冷静,安心地熟稔地工作了。

章绰没有再回答。这厉害的蒋芸使他忽然有一种钦佩,他也就居然呆站了一下,笑了一笑,还带着温和,不再说什么了。

"能给我们送么?"他又执拗地对赵容安说。

"不行。"赵容安说,但因为他的温和,犹豫地笑着。

"不送,"年青人黎求明不安着叫着说。这人要人们替他送,使他反感,但他是有着激烈的青年,而处在这样的时代,有着理想的奋斗,如同赵容安处于她的情况一样,所以受着一种压力。这事情归纳为这样的情形:他们不送的,但是有些白发的章绰有些和善的表情,当他说到纯朴的人情,说到革命开国的时候,他的青年的心又有些激动。他便觉得自己激烈地反对章绰有些势利。他的说话的声音便有些战栗。他又想说什么却停止了。

"你跟我送吧。我是有这个待遇的。"章绰,看见这青年有弱点,"我是局长呢。"

"不送。"黎求明说。

"你刚才似乎是说送了,在你内心里面。"局长讽刺地说,"这一袋面粉。"他说,笑着。

黎求明继续有反感，但他又有着自己的思想，他又显出沉思的犹豫的表情。有思想的青年黎求明仍想着被提到的朴素的人情，曲曲弯弯的巷子；他觉得这个时期有些人较冷淡是为不好。他的犹豫显于面庞上，以至于章绰认为说服他了，而发出了一个愉快的声音。

"你是纯朴的青年，一定去的。"章绰带着威势说。

"不去。"黎求明仍旧说。

"我是局长呢？"章绰说。

"这与局长没有关系。"黎求明不满地说，意思是对章绰这人有不满意，但他仍旧受了诱惑犹豫着，他心中的理想的闪光，想着朴素的人情。他像受诱惑的小孩一样，斜着眼睛看着章绰。

"那你是好的祖国的青年，"章绰说，"当我们从前革命艰难的时代，我们是吃了很多苦的，而现在也工作繁忙，享受我们的待遇。"

"这个知道。"黎求明说。

"那你们一定有这样的规章的。"

"那是没有。"赵容安有礼地说。

"那真是抱歉。"章绰说。

"那就是这样的。"黎求明说，继续斜着眼睛看了下章绰；他因为有些被逼的苦恼，所以声音有些僵硬。

章绰不愉快这青年，他也有被人们拒绝而有的自觉，觉得可以不必要人们送；也有一种和善，但是他又站下，因为他的生活，自我，他的存在的全体在有分量地逼近着他；他是要以自己设想的个人特权的实现以及由这而来的愉快为生活的轴心来度过这建设的、繁荣的、美好的岁月的，这种冲动很有热力，便使他狭窄，发生了不合适的冲击和落入可笑的境地。他站着思索着，他的心中，他的希望各事都安宁、美好、适合于自己，那适合于国家的形态——他这样认为——的思想与自己勤劳动手的思想之间有着格斗。他曾在家里对他八十岁的母亲说，他不成问题叫粮店的人搬来一袋面粉的，他想他自己带了推车便不错了，他想，人们帮他扛,推,然后助他扛上楼。他觉得不是他不会推一下车,而是在他看来国家不适合要求他这样。

这时代的有些情形造成他的势利,但是也造成或唤回另一种。人们,粮店里的忙碌,赵容安的有礼,也有许多局长司长自己扛粮食运粮食,国家也表彰这——建设的时代有一种有坎坷的宏大的气势——使他心中又有着危险的悬崖之后的平坦的坡道,他便有着善良,来想着自己扛和推车走了;他的铁打的推车使他想到儿时的游戏。许多年曾是很正直和谦虚。

"那就算了。"他说。

"我们本也可以助你送,"赵容安忧郁说,"但是现在不行了。"

章绰又忧郁回来了;他心中仍然贪图他所夸张的他的权力与地位。

"那你可以叫你这年轻人送吧。"他顽固地说。

"你是局长,局司级,你们也辛苦。"赵容安说,"但我们实在是没有时间——小黎,你。"看黎求明很忙,她又停住了。

"你们不能送吗?啊!"想要登上他设想的权力的地位和占便宜的心理又膨胀起来,章绰说,"你们老要照顾老干部。以前革命的时候有我们,现在不理我们了。"但他又有些羞涩,他说,"我退一步说吧,这一袋面粉你们帮我送到门前的推车上,然后你们只须助我推出面前的屈折的小胡同,而到大街上……"

"这小胡同有什么难呢?"

"你们应当送的。推一段路,这一段也不是不好走,也是,也是你们是国家一部分的意思。"他纠缠地说。

"那样没有必要吧。"赵容安内心焦躁地说。"你等一下,你的衣服也怕弄脏,我们替你送到门前车上。"她说,看着忙碌着的她的人员。

"但是有必要更远些,因为我有这个想法了。"章绰再又纠缠地说。

"没有哪个照顾你到门外车上还送一段路。"黎求明说。

"假若可能,就请一直送过大街,四分之一里就到了,楼上。"

"我们是没有人手的。"李纯英姑娘紧张地说。

"那我自己来吧。但你们只送到门口,这似乎也可以的,"章绰说,又显出了善良与一种正直的表情,这使得被纠缠得有点心痛的赵容安有一点愉快。

"那送你到门口,我来助你。"赵容安说,觉得他也可以振作一点,使这人走掉了。她的负责的意识很受这局长的压迫;她也还有许多事情。

"那我自己来吧,连门口我也可以不必要,我在我的生活史上,是也干过体力劳的,革命的路,总是艰苦的。"章绰说,显出愉快;后来他便带着一种善良的表情,看着激动的李纯英迅速地给他扛过来的一袋面粉。

"但是,"章绰忽然又纠缠地说,"你们还是助我吧。我想,我们等级观念是尊重国家——送我一点路吧。"

"没有哪个送你一点路的。"黎求明激昂地说,但是,随即又觉得自己不恰当,似乎不能因为这局长有点可笑而忽略了对于干部等级的尊敬,心中再闪跃着纯朴的人情,不满自己了。他思索了一下,便跑出米面柜的空隙,扛起了章绰的面粉,替他送往门口去了。但是米面柜前有顾客喊叫,不满年青人可笑的因章绰而耽搁时间,而年青人心中烦恼,扛到离大门一定的路又放下了,说:"不干了,你自己去吧,耽搁这多人也不是人情。"

章绰正有着荣誉的感觉。他觉得在人们的注意和他心中的羞怯下,他毕竟依靠着这时有的尊重等级和也有着的让于权力地位的风气赚得了一分荣誉和胜利,所以心中是愉快的;他的因为刚才产生纠缠有损他的严肃而有的不快也得到补偿了,但是他又受挫了。他便大叫起来。他喊叫着这是不可以的,不应该这样欺侮他;他想到自己确实似乎是热情地,有能力地工作了好些年的,处在他的狭窄的心理中便咆哮了。他一直冲向站在柜台外的女经理。

"你这女经理,是虚伪的,沽名钓誉的,我们老干部!听说你有驾车送粮你原来是看人的！我还是自己有个笨车子的！"

"我们不是这样的！"赵容安说，充分觉得受了欺凌，"我们不送的，你也并非五保户！也不老弱，但我说这个也有不必要。在我的心里，被你惹起了一阵苦恼，不知怎样好了。"

"这是什么意义呢？"

"我也说人情和这曲曲弯弯的胡同，纯朴的民风，可是我怎样送你呢，我简直内心矛盾得要流泪了，我十分地伤心。"被骂的赵容安说。

"你不是好伤心么？"章绰说，"你内心怎样十分矛盾呢？"

"我想样样办合适。"赵容安脸红了，呈显出她的忠厚，说，"我便痛苦了，我的肩膀也愿替你局长扛一扛的，因为你说的我似乎有这职责，可是我心中又很是不满意你，我是一个正直的人，自己这样说的，"她说，看着他，"你看，我和你发生冲突，我便苦恼了。你是不对的。"

章绰痴呆了一下。女经理的性格有一种压力，她有负责事业的忠实的心。

"我向你检讨了，"章绰说，"我也有缺点，而冲突是缺乏文明的水平了。人怎么能吵架这么俗气呢，而我怎么说你呢，"他不满地说，又喊叫起来，"你用你的痛心痛苦来批驳我，这真是混蛋！你以为你欺成功了我？"

赵容安沉默了几秒钟。

"我是说我心中因为不满意你和在我的生活之途里碰见你这样的局长而十分苦恼！"她带着女大学生的格斗的气概说。

章绰有些不安，赵容安的话对他再发生着压力，而且里面震响着正直与勇壮，使他心里也有一种颤动，他便似乎有些羞惭，而惧怕刚才凶恶，跑去自己扛面粉了。而这时候，愤怒的，内心产生着复杂的感情的赵容安，压制着她的愤怒和奚落他之情，带着教育他的愿望，也带着弥补刚才黎求明的发怒的缺点的愿望，跑了过来，抢着扛起来面粉袋，将它扛到外面的推车上去了。

"我有不周到的地方向你道歉了。"她温和地说。

"我也道歉了,"章绰跟了出来说,"我也有缺点了,但是,你这经理仍旧是有些名不符实,沽名钓誉的。"

赵容安看看他,想要发怒,但勉强地压制着心中的烦恼,有着苍白的脸色;但做出温和的样子,觉得要学习许多人,不和这样的人计较,觉得甚至也可以送他一段路,发生教诲的作用,便说:"我来推送你到巷子口!"推着章绰的铁柄的车子前进了。她一直推到小巷子的转弯,看见了大街,她觉得这样也可以了,便走了转来。

但她并没有发生教诲的作用。

章绰局长推着他的有四个轮子的铁柄的车子,载着一袋面粉往前走了一点。但他心中忽然有辛辣的苦恼,觉得受了打击,觉得赵容安讽刺了他。他又站住了,大声地自言自语地说:"我并不谢谢你。"这是一种敏感,但他是十分容易敏感的;他也并不错误,他觉得,让别人推了车子,别人是讽刺他,而他是一个局长,还是十分正直的,这就是说,应该自己推的,但这并不解释为真的自己推,而是解释为发怒,他觉得他受到了损害,他于是处境十分为难了。他想了一想,也觉得自己似乎不对,变得温和了下,但是仍旧觉得是别人欺侮了他,于是他推回了面粉口袋;十分用力地推着车走着,到了粮店门口便扛起来到柜台面前了——由于愤激产生了这个奇异的行动。人们诧异地看着这个局长。

"你这面粉不要了?"一个老妇女说。

"你不买面粉,不要了,扛了回来。"赵容安又走了出来,带着紧张和诧异说。

"不买了。"章绰说,有些错乱,"也不是不买。"他有些愤怒也有些脸色不安,说。

"那为什么扛回来呢?"黎求明说。看着他的哔叽制服被面粉弄脏了,心中有点忧郁。"你脏了。你新衣服应该换一件的,但不换也一样的。其实没有什么。"

"你为什么呢?"赵容安说。

"刚才是这样的。"章绰说,从他的觉得受欺的愤激的不满里出现了较鲜明的似乎是正直与善良——发生了很大的转化,有了奇特的情形。他的在社会面前的羞涩,使他心里震动着而发生了这种改变;他想要在社会面前改变他的可耻的处境。"这是这样的,"他带着一种忠厚说,"我买一袋这面粉的,你们帮助我了。"他笑了一笑。

"不懂你的话。"黎求明说。

章绰又显出一定的骄傲了。他心里还也藏着愤怒,他又因为所处的窘迫处境而愤慨。

"我不愿你们帮助,也是的,不帮助就干脆不帮助了,但我也谢谢你们的帮助。"他的正直的表情隐藏了一些了,他忿恨地说,"我搬回来,我再自己走回去,是表示谢谢你们的帮助。"他讽刺地,不满地说。"我不知说明白我的意思了没有?"

"你不要我们助你?"赵容安说。

"免遭群众的非议。"他带着一定的讽刺和骄傲说,但总的说起来,他还是又有着一定的善意和谦虚,因为他又有着一种雅气微笑。"我是这样想的。"

"你是,"那个老年妇女顾客说,"懂了,你这局司级是搬回来,再自己搬去,不是向他们抱歉,算是他们没有帮你,不是,怕是的?"

"不是,也是。"章绰说。

"算你自己搬的。你谢谢他们,不高兴他们搬?"老头子顾客问。

"不是,也是。"章绰说,温和地而带着一点讽刺笑着。

"你不谢谢,也就是有点谢谢,总之算你自己搬的?"人们说,看着这奇特的局长。章绰便点点头。

"我是自己搬的,并不求助你们。"章绰说,他显出继续的傲岸与辛辣,在社会的意见面前,他愤怒地搬了回来的意思和表情消失了。按照那善意的表情,他似乎有可能是感谢人们;自己搬回来再搬回去,表示感谢的,也是一种改正。但按照他现在暴发的情绪,他这自己搬一趟,是表示退回刚才的帮助,便仍旧是一种格斗了。

"那么,你有点复杂,奇怪的行动,也可以理解,你章局长。"赵容安说,"你表现出来是对我们有不满。"

"我自己搬。"章绰又温和忍耐地说。而且有一种感伤的声调。

"那么你并不是质问我们。"赵容安也温和地说,"再要我们搬。"

"不是。"章绰说。"我现在自己搬,我搬回来,也正是为了搬回去。"于是他将面粉扛起来了,扛在他的哔叽衣服的肩上,相当稳,扛回到门外,他的车子那里去了。他这时发生的意外的、特别的情形,人们理解,他似乎是骄傲地表示他不愿要欠别人替他搬的债务。他从迫使别人替他搬到搬回来自己搬的变动中,也呈显出一种对于社会的让步。人们有几个人跟出来看,赵容安也走到门口。人们看见他从肩上卸下面粉的时候表情是复杂的,也有着一些冷漠的谦虚,但是带着忿怒。他推着他的车子走了。

蒋芸在有些时候是平静而干练地工作的,她到一定时候也抑制了她的性情,认为应该弥补一下了,于是她便发生了转化,变为温和而对人友谊的,于是她是市场的兴旺发达的锁链的一个愉快的环节。这样会连续很多天。她在这些时候,篡夺权利的事情也就少些,与人们与赵容安的态度有着合适的友谊。这显然是需要的。她勤劳地做事情。而有的时候,她还同情地说两句话,安慰赵容安的工作上的各项烦恼。这样的时候,她也少在眼皮上涂黛色,较少化妆。

在横笛街粮店里,赵容安想象着在这屈屈弯弯的巷子里这地点的她的命运和到来了的相当安心工作的时间,蒋芸都有时嘲笑这环境,她希望有更多的收入。

"我们在这曲曲弯弯的胡同里,是一个幻想的、幻梦的粮店,各人幻梦着,而不知道大街上的事情。大街上修煤气了,大街上盖新的楼房了。在你赵师傅的影响下,粮店一片守旧的色彩。"蒋芸说,这一日她和赵容安在工作间工作,赵容安在使用机器将多量的空面粉口袋翻转回来放平,而蒋芸在做着挂面的架子的清洁工作。蒋芸有着比平常温和的情绪,而赵容安沉默着。"我对赵师傅十分钦佩,说真的,佩服你,我对于你安心工作感到奇怪了,要是我是不这么的,我要到上级去吵去。"她说,虽然她也知道,并且嘲笑过赵容安有过的不安心。

"不吵了。"赵容安温和地说。"慢慢地说。"

"现时代江河翻腾,有许多人随遇而安,我的丈夫他不能升级他也随遇而安,我还是说,现时代大街上江河翻腾,而你的影响,我们粮店的幻想安静,脱离时代。"伶俐的蒋芸说,她是希望到百货公司去工作的,她希望这里的人们多谈时装和流行的物品,人们也谈,但赵容安不欢喜这些。

"我对你说,"赵容安显出她的忠实和正直,想了一想,说,"我总想有些地方人们能影响你。"

"但是你不能影响我的,在人生的江湖河海里,在市场的繁华里,我是会胜利的,我是胜利者,我要影响你的。"

"我们这里,震动着的是国家的市场的脉搏,我们这里也有时装和时尚的人们,我赵容安也有两件新衣服,但脉搏是建设的脉搏。它是包括着勤奋的工作,像你时常正是,但是应该包括着建设的思想。"

"你有建设者开发开拓的幻想,你的思想是不能在这里完全实现的,因为你守旧,其次,这不过是一个粮店,在人生的江湖河海里,市场的繁华里,我们太冷僻了,你建设者想要粮食发卖的工作进展快而各样货品齐全,于是你去跑了,你驾车去跑了,你找上级研究制定去粮店的各项办法,想改革干切面的包装纸,想使切面的出品增快,想使方便面及时,而你跑了不少次的香麻油的问题。你在碰头碰账会上想改革账簿,改善工作程序,改善我的数钞票用嘴吹的办法,但你不用嘴吹也不快于我。在江湖河海里,你有你的理想,可是你到今天,提倡学习理论,是迂腐而陈旧了,今天是技能。"

赵容安被引起一些感想。在这地点有些偏僻的粮店里,她终于在犹豫之后放进了她的整个的心,而想改善,并且说到建设与开发,和这蒋芸有过不少的冲突了。她有着一种灼热、猛烈的气势,办成了一些事,譬如她到上级那里去要求成功派人来和自己也动手修理粉刷了墙壁和修理屋瓦,譬如她铺了门前的不整齐的道路,譬如她用车辆将后门场子上的废物运走清除了,和将面粉与米堆整齐。她为这个跑了一些趟,来了小的汽车,她又驾着平台车,将后门场子上的废物往外运了。——那些堆积的木箱和油桶。粮店是容易堆积起来粗笨的废物的。建设者赵容安前两天又找工人来垫后院地面了——砖地有很多损坏。她动手改善和建设的粮店有一种气势,后院正在盖一个小的仓库。她油漆了货物牌,在屋子内挂上了颜色鲜艳的国家的标语。她每月都保持着严格的清洁。赵容安获得了上级和同事们,人们的赞美。但是蒋芸仍然不很愉快她的提倡知识和改善工作环境的这些方面。然而她想活动为粮店的经理没有什么希望,推翻不成赵容安,也就让步了一些了。

"我十分赞成修房子,"蒋芸说,"也可以招来一些流动的、时尚的顾客,人们有时嫌这里陈旧,但是,你的思想不变,受你的影响,你的建设的思想包括着知识的幻想,一直幻想着往高层空间太空热气球,我先说幻想以外你是守旧而我们这里买一个录音机你不肯买,电视机你也不兴趣,拿钱修仓库了。"

"我怎样还算守旧呢?"赵容安委屈地说。

"你这样总像是要过旧的姥姥时代的日子。你待人忠厚是好,可是你太书本子气了。"

"不这样理解的,"赵容安不满地说。

"我说是这样理解的。"蒋芸冷漠地说。"老奶奶的时代你快过去吧。"

"时髦小姐的时代你快过去吧。"赵容安说,"你是时髦小姐,有缺点的,我不是老奶奶,我说需要的是另一样的时髦小姐,追求理想的。"

"你呢?"

"我年龄三十了,当然,仍然奋斗。我说,我要制服你很难,和你要长期奋斗!"赵容安说,带着严峻的笑容。

"你近视眼?"蒋芸活跃地说,从她的工作停了下来。

"你得改正了。你得改正的。蒋芸啊,我说的话也许不能办到,但是你也制服不了我,我很恨你!"

"你说呢?"

"我恨你!"赵容安带着激烈的表情,有些不留情地说,"你攻击知识干什么? 我在这粮店里的幻想,人们的幻想曲?"赵容安又看看蒋芸,她十分不满蒋芸伤了她的心,反对她的理想,十分愤恨于自己许多时候抱着改变蒋芸的自负而始终不能达到——关于这一点,她现在冷静多了。"你不想变更你的一些情形么?你年轻的时候在你的江湖河海里,但年龄大了你便知道你的江湖河海并不就是国家的旧有眼泪现有兴旺但有艰难的山河,你便会知道你曾伤害了一些事和你自己!你为什么不听我的话?你为什么嘲笑人们的理想与思想,你为什么攻击黎求明的努力与经验,王敏的关心人们,李纯英的家事的她的思想,譬如她想买一件窗帘。而我的努力是粮店的幻想曲,我使人们守旧! 我是革新你错误,重要的是你的江湖河海不就是国家的山河山川!"

"你叫我猛醒猛醒?"蒋芸说。

"正是这样!"赵容安说,这是她又一度想努力说服她的敌人蒋芸了。她用力地将手中的一个空面粉袋一甩,还从喉咙里喊了一声:"嚇!"看着蒋芸。

蒋芸沉默着,因为赵容安的威势,她有点脸红,有着一种信服的表情;她便继续抹着货物架子。但后来她表情冷淡了。

"我仍然以为这里你大人的思想是时代的一种僻静的胡同,

而不是翻腾的大街,繁华的大道!"

"我这里是翻腾的大街,翻腾的江河,"赵容安愤怒地说。"大道!"

"是小的胡同!"

"大街!"赵容安带着讽刺说。

蒋芸便走了。她又站下,又说了一句:"小的胡同!"又说:"虽然你货物多量地堆起来了,很整齐,一直到屋顶,顶好,但是其实用不着。"她又说:"小的胡同!"接着她说:"你也有对的,我的心灵里想到;但是我仍然从心灵里说,小的胡同!"她说,在她的脸上一瞬间有着抽搐的表情,有一种善良,但是又被冷漠代替了。

"我今天一定要说服你——翻腾的大街!"赵容安本来要妥协下来了,但是又爆发了忿怒——因蒋芸的俏皮的、奇怪的冷漠的样式而爆发了忿怒,"翻腾的大街!我继续恨你,不信你这样顽拗!我想人们总是能改善一些事情的!"

"我再说你是老奶奶的见识,你放太空热气球我这里不合适!我们不要高层空间的幻想奋斗,我们要高低旋回的音乐!"

赵容安忍耐了一下,想控制自己的汹涌的愤怒,徘徊了两步,她觉得自己陷在困难里了。

"我就是这样,你这位放太空热气球的!"蒋芸又带着她的奇特的冷漠说。

"你是绝对要改善的!"赵容安拍着货物架子,又拍了两下墙壁,大声叫着。沉默了一下,她又以紧张的低声说:"你脱离你的高低旋回吧。"声音还显出了一种柔和,倾情,要说服蒋芸,但是愤怒又冲出来了:"大街!"她叫。

蒋芸看着她的震怒,突然有了愤恨的眼泪,走开去了。

"大街!"她又叫,还举手往货物架拍去,后来是改拍了一下墙壁。

社会与国家兴亡的情形表现在粮店中,顾客们衣着有着华美而钱包殷实。经常的秩序良好,蒋芸在工作中也保持着温和,粮店的装饰美丽,对顾客们排成的长的队伍的良性的,敏捷的,愉快的,十分和谐的供给,量米面的簸箕和秤盘响着,粮店的事业进行着,引起更往前进的想象——这是赵容安和人们的建设新的情况的成就。愉快的秩序,有着建设的情热的市场的锁链继续着,人们便觉得社会有着信实的力量。附近的大街的喧闹的声音传来,粮店却有着安静,统治着它的是这时笼罩着整个社会的有基础的镇静。来到这粮店的常是一些阿姨、保姆、年老的家庭妇女,但正是从这里也可以感到社会的较以前华美的进展,绸的衣着较多,而乡下来的阿姨们也多半装扮艳丽;穷困者几乎没有了,社会上闲人很少,在这个旧的时代是穷困者乞讨与倒毙,而有着抢劫、豪夺、流血争执,在江青贼帮时代是有着混乱的场所,赵容安和整个粮店有着它的新时代的律动和风情,触发着想象力和关于更好生活的思想。这地点旧时是私人的剥削店铺,在这些巷子和大街里,是流转着几十年前的一些凄凉的故事的。有些人家还记起来那年代人们的乞求关着门的店铺开门售米,乞求糙米慢点涨价的情形。人们喊叫着过些天再涨价。江青歹徒四人帮的时候这里也有打伤人!斗争知识分子。从所谓胡风反革命集团丁玲反革命集团开始的患难的局面到了这邓小平李先念的时代是过去了。江青匪帮曾在这粮店的门口斗争一个账务员是"丁玲书籍阅读权威",将他胸前挂上牌子。这些都进入了赵容安的现在的建设的愤慨的情热里,也成了这粮店的愤慨,警惕和有时的感叹,成为它的想象、幻想曲的负担,也成为它的反对面的鼓舞。旧的时代使人们迟疑并不多,创伤也渐被忘却,生活呈现着灼热的状态;从旧的时代到目前,社会的沸腾里,建设的浓烟里呈显着巨大的,国家行进的形象。

但是这个因社会兴旺而前进的有着欢快的律动的粮店里的节奏,仍旧又断裂了,粮店往将来的想象曲仍旧受到阻碍了,平静了很久的蒋芸仍旧又发作了,她和那个面包技师宋渔友再发生冲突了。宋渔友说蒋芸少找补了粮票,而蒋芸不承认,她也觉得她似乎少找补了两斤粮票,但又不能决定,而前一次——她记得这宋渔友——晚间结账是少了粮票的。这次她有着内心的虚弱,然而她因这而十分倔强。旧时代不回归了,但旧时代的一些剩余却以新的生态而复苏着;这时代的一些人们因技能而自满,因成就而自我赞美,而不是像赵容安一样的谦虚,人们之间的友爱的,有时是许多年建设起来的文明和深情的,勇敢互相对话和援助的,互相增多着的锁链也就断裂。赵容安以为这粮食店的良好的秩序的律动也正是代表人们勇敢建设,不畏惧困难的精神;不再仅是旧时代的互相友谊,而是带着新的建业的精神。赵容安正在赞美着人们的有礼、文明、和增加的良好修养,正在赞赏着顽拗的蒋芸这些时的平稳,事情却使她和整个的粮店,包括它的另一主体,一些顾客们羞涩。蒋芸和宋渔友吵了起来,而且一瞬间火焰勃发;蒋芸大叫着,宋渔友也狂啸着,在柜台的窗口蹦跳着,这就又复辟了旧有的,中国社会千百年人们打架的模样了。人们劝阻着但不能成功,宋渔友从窗口往蒋芸打去没有打着而将玻璃打破了,而蒋芸从门内奔了出来,冲向宋渔友。宋渔友向她举起手里的皮的提包来打着,矮小的蒋芸便蹦跳着,举着拳头打他。赵容安对于这种爆破的情形十分痛苦了,喊叫着紧张地追了出来。蒋芸和宋渔友两人揪打被赵容安揪开,但是宋渔友打在将他从蒋芸推开的赵容安身上了。赵容安因为帮助有些娇弱的蒋芸防御而推开了宋渔友,她也感到女子的娇弱,惧怕,这时宋渔友用皮包往赵容安的脸上打去,赵容安的眼镜被打碎、掉落,而脸被打伤了;鼻子出了一定的血。膨胀、燃烧而亢奋的面包技师野蛮地号叫,又高呼着:"老子是什么人,在乎你们的!"而颤抖着,又打碎了一块玻璃。但在人们的喊叫中,他开始有些惊慌,沉默了下来,脸有些红,说他愿意赔钱,并且赔医药费。

赵容安负伤,心脏跳跃,内心有点嫩弱,一刹那想到她的粮店。她有一种幻觉,觉得她被野蛮的面包技师打重伤了,也许眼镜的碎玻璃到眼睛或肉里去了。她在这种幻觉里想到她的粮店和它的律动。这两日平静,但黎求明和蒋芸为一个油桶的位置有小的冲突,蒋芸不愿油桶靠在她日常走过和也卖切面的位置,虽然经常卖切面的李纯英不以为意。头晕而进入幻想里的赵容安一瞬间想到,这油桶确实放的位置不好,而有一堆面粉放得离走道近了,挤着了沉默的王敏的做干切面的位置。她又想到这个月的方便面没有送到,她预备今日下午驾车去到公司,同时去核对账。这一日的事情还有王敏参加搬米的时候伤了一点手指头;年纪大的王师傅在修理一个木架子的时候过分鲁莽,手臂碰伤了一点,所以劳动力有弱。赵容安便加重了劳动。蒋芸虽然这些时平稳,但却和她不大说话,这些天对她脸色是仍然有冷漠的。她也许制服了她一些,但没有能很制服她。赵容安还想到油漆的标语上的顾客您好的字样油漆得不大好。赵容安负伤心灵痛苦而对粮店的想象幻想的表情中断了,在她的头脑里一瞬间涌起对她的事业粮店的这一回情况的回忆的时候,她忽然又起来了想离开粮店不干的念头,想起了她最初到西北去的时候所抱的理想,和后来生病回来的痛苦。人们也说她大学毕业有好的成绩不必在不大的粮店里,所以她觉得她的忠于粮店,开发粮店的心情毕竟似乎是不真实的,她要离开了。今天蒋芸的情况还使她伤心:蒋芸又和人吵架了。

女大学生出身的、爱好学问的女经理赵容安这时心中尖锐痛苦。头脑里的幻想奔驰了一下:她伤了,痛了,有着骇怕,恐怖眼睛会瞎了;她想不干粮店了,每日扛米口袋与面粉,举动很沉重的簸箕拿给各样的顾客。但她在头晕的一瞬间仍旧是她的忠厚,她的对粮店的一切的思念在她的心里分量大些,所以她便不觉地进去,用她的手帕擦着血,觉得没有太多的什么——而看着柜房外窗口的人们,觉得眼睛也还完好。她的头脑里又产生了情热,或者说,持续着日常的情热,她内心便觉得稳定下来,她走过去在蒋芸的空位子上坐下了,没有眼镜,但接过顾客的粮票和钱,近视眼凑近看着,记载着,归纳着,找着钱。——她动作也不太慢,而且也没有差错。窗口的拥挤的顾客激动了她。她试验自己的眼睛,便有着愉快。

"蒋芸你来!"她温和地说,继续工作着,工作还敏捷起来,显出了她的顽强。"我从西北回来了,懊悔我脱离了我的幻想,我的及龄的时代,我有一种懊丧,我似乎沦落在不大的粮店里了,我被打头晕有一种这样想法,然而也不。"她想。"我继续要试试看,作这粮店的开发者。我脸孔伤了坐下来——我这样因为我心伤。"她说,眼睛有一点潮湿。

宋渔友发生了一种惊慌:打伤了有点威严的赵容安经理,他脸红、战栗着。他仍旧有着一种冷静,有着社会的意识,而从赵容安被他打伤以后的表现——她坐到窗口去接替蒋芸了,使他觉得一种压力。他不安地战栗着,笑着。

"王敏,干切面丢一下,你来代替蒋芸吧,蒋芸没有进来,"赵容安说,"蒋芸,你不吵了。"

"我愿赔偿。"在人们的注意下,宋渔友说,"包括你这经理的伤,没有话说,我有点缺错了,但是到底是不能怪我的,我是希望在社会上很平稳平衡的,我为人有思想,我的性情是确定的,"——但他又吼叫了起来,"我的性情是这样的!"他叫着,然后他又脸红,解释说:"我想说明我不是犯过失的,我不过愿赔偿,因为许多人责备,这责备对不对呢,"他看看人们,"我在社会上有经历,我也是因为打伤了你,"他对王敏进去了之后又走出来的赵容安说,"而有着青春的心伤,是一种青春的,人生的飘流,为众人所不理解。在我打你的时候,也是青春的心伤在促使我。"他又坦白地说。

"这怎么这样解释呢?"一个顾客说。

"这也可能有一定的道理,"局长章绰从后面过来,说,"你们粮店,也可能有过分了。我来排队了,觉得是这样。我愿意遵守秩序的。"

"你是章局长。"赵容安说,心中继续伤痛着;但这时,这女大学毕业生,又有着一种勇壮的心理了,她要和这些人角斗,包括一再错误的蒋芸。她的声音里对支持宋渔友的章绰有着抑制不住的冷淡,虽然她补了一点温和的笑容。

"对了。不知你这话是什么意思。"章绰说。

"没有什么意思。"赵容安说。

"人是有缺点的,上次的面粉,我也有缺点,但是你们的这人员很爱吵架,而你女经理有过分骄傲,虽然这位打了你不对。"

"这是错的,我认为不是这样的。"赵容安说,反对支持宋渔友的章绰。

章绰沉默了一定的时间。他有些脸红,羞涩,觉得有些意图与事实相违;他本来想,依照他内心的一种豪杰的精神,和发生着的善意,出来谴责宋渔友的,但是他忽然之间又趋向骄傲——前次的和粮店的不愉快的关系,他不能决定怎样相处。而且,宋渔友愿赔偿了。他有点觉得宋渔友的个人骄横并没有什么关系,正如他有时骄横一样,他还有点欣赏宋渔友的能干,他的似乎有的才能。

"我认为你章局长不对的,上次说是不对的。"赵容安说。

章绰内心复杂,便脸红着了。

"我也这样想,但是你这经理,"章绰说,"却有着官僚的倾向,严重的个人任意倾向,与错误,又对人冷淡。你非常冷淡,而且摆你的大学毕业的架子,不是一个俭朴的人;虽然你上次将我一袋面粉送到街口,我也并不愿意的,而我正是自己扛买回,说明我的深刻的思想!当然,另一方面,我慰问你负伤了。""你这宋渔友,"他突然发怒地说,"是绝不应该的。"

"但我是还俭朴的!我也不摆架子!"有些痛心的赵容安说,嘴唇战栗着,"你,错了,蒋芸,我很心痛,"她诚恳地说,"你,这位同志,朋友,面包技师,你错了,我十分遗憾,你,章局长,你也错了。"她说,虽然勇壮,但,带着受委屈的微笑。人们注意到,章绰局长有一定的压力,打击了她,眼泪都似乎在也有着她的软弱点的赵容安的喉咙里了。

"我承认赔玻璃和医药费。"

"他这样很可以了,虽然野蛮有不对!"章绰说,"而你女经理,不怕你不愉快,是有着你的官僚主义的缺点的!"

人们沉默着,赵容安冷淡地看着他。章绰的心颤动着,觉得人们在听着他,社会正在做出反应,不满意他,于是他有着斗争的心情。他内心冲突,觉得自己是另一面人,或另一个人;原来他是想出来说善良、正直、反对宋渔友的话的;照社会一般,公平和正当。他也时常为此。但现在相反,很差了。他内心不安了,不满自己的性情和错误的思想——他自己认识到——和做着错误的事。他不该继续着上次一袋面粉的不愉快的权势膨胀的情绪的。他有时是有良好的状况。于是他的戒备人们的反对的心更紧张。他很想转回来,向赵容安承认自己的错误,而改正缺点,连上次的一袋面粉的事情一起道歉,像一个国家的高级干部应该的那样;他心中有着一瞬间的善良的意愿和他也曾有的正直性情的颤动。他呆站了一下,在他的地位、权力膨胀意识和社会的正直,国家的干部的正直的意识,和他的因参加委屈赵容安而在心里出现的痛苦之间徘徊与奋斗者。他的这次意外的蛮横使他内心里有着震动,而这是从人们,从赵容安的加给他的压力来的;在这之间,他心里颤动着丧失而模糊了国家干部的合理的内疚而有的苦恼。

　　"我使你不满意了。"他说。

　　"那没有什么。"赵容安委屈而又坚决地说,但又注意地看看他。"你赔玻璃,"她向宋渔友说。"我脸上的伤,算了,不用你赔了。你自己最好到派出所去。"她有力地说。

　　"我不到派出所去,我只赔两元钱。"宋渔友因为章绰支持了他,便又有些蛮横了,终于他只拿出了一元钱,也不说赔医药费,而趁着章绰和赵容安说话,悄悄地移动,很快地跑出去了。蒋芸发现了追他,但他已极快地出门走掉。蒋芸喊叫着,他便发生着一种恐慌,回头看看,急忙地逃跑了。蒋芸这时是想着粮店的立场和赵容安的伤的,跑起来追他;因为他逃跑,发生着愤怒。但他很快地逃跑了。她愤怒高涨,急追着,喊叫着,宋渔友却像贼一样跑得更快而消失了。

　　"你责备我不对,我愿和你谈谈,"被宋渔友打伤的赵容安用手帕抚摩着她的伤,坚决地对章绰局长说。她也想使章绰改变,而改善粮店的情形。章绰到柜台办公室里面去坐。她请章绰先说意见。

"是这样的,赵经理同志,"章绰说,显示着他的和平,"在我年青的时候,我曾和人们冲突,我今日有缺点,我说这面包厂的没有太大错是缺点了,但是你仍旧是有你的一种执拗。我仍然有我的在你看来是偏倚的意见,你主持粮店工作有缺点。"

"你再说。"赵容安说。

"我对你有委屈了,我是一个国家干部,说你有缺点,那姓宋的该打你,是冤枉你了,我心中很是不安。"他善良地说。"但是,你这经理,也还是有顽拗的。"他又凶狠地说,"你很辛劳,仔细,收拾这粮店还不错,整齐,革新,国家立场,看得出来你大学毕业生还安心于这小粮店的工作,不错,我十分感动。"他又善良,善意,友谊地说。"但是我说,你还是有着顽拗的。"他又带着凶狠说。"你是一个温和性情的妇女,看得出来是抱有你的理想,你很认真而仔细,不简单的哪,"他说,又温和地,善良地说,热情地注视着她。"但是,你仍旧有着你的一意孤行的缺点与错误。"他又带着恶意说。他心中的权力地位的膨胀意识和他的国家干部的正直,他的因参加委屈赵容安而在心里出现的苦恼之间的冲突便表现出这样的两面的样式。他还不能忘记日前的那一袋面粉。

"你再说呢,我也是想找你谈谈,你是一个高级干部。"赵容安弄着她的碎了的眼镜,又用手帕抚着伤,又仔细地用棉花擦着王敏替她拿来的红药水。

章绰同情地又淡漠地,戒备地看着她。他刚才有的善意和国家干部的意识,从他的心中渐渐地消失了很多了,虽然,看着赵容安因工作而负伤,他的心又震动起来。

"你伤了很不好。"他说,"但是,我并不同情一个有些骄傲的后辈年青人,当这粮店的经理,你是有缺点。"

"你不同情我。"赵容安忧伤地说。

"我说我有所错与缺了。"在人们的注视下,章绰觉得自己是正当,有地位,与忠实的;他便坐下了,"我有一定的错误,你也有一定的错误。"他觉得他善良,并且自己这样的善良是适合自己地位,恰当的。

"你不同情我。"赵容安淡漠地,仍然带着忧伤,并且带着失望说。

"在祖国事业的灿烂光明下,"章绰说,"人们都是愉快的,你看啊,粮店里的人们是满意的,那妇女牵着女儿童是如何快乐,她的花裙子是如何好看,而那男儿童的花皮球是和他的童颜一样美丽。我也十分同情你被打伤了,向你慰问,可是,"显得十分善良、感动的章绰又显出了一点凶辣,"你这个经理却不行。"

"你章局长不同情我们。"赵容安心中颤动着痛苦的忧伤,说:"我本想和你请教的,你说了我这些,我不好说什么了。"她带着一定的怒气,说。

"我觉得你是十分错误的。"章绰说。赵容安的不满使他愤怒了。

"你不同情我们,不帮助我们。"赵容安又忧伤地说。

"我觉得你是十分负责,忠于祖国的事业的。"章绰变为正直的感情,说;他变得十分快,因为他想到他是国家干部,正直的火焰升起来得快;也因为这时正直的情绪使内心愉快些。他的嘴唇有些战栗。

"十分感谢你了。"赵容安说。

"你是十分令人感动地努力,开发这粮店,响应中央号召,你真是好。"章绰说,"忠于祖国呐!你是我们人民的好干部,我见到你的行为的,你是人民的好的勤务员,而你的头为了祖国被打伤呐!"他说,他的精神也焕发着;说着他的赞美词,他的精神还愈来愈激昂,"我十分感动地一切全看在眼里,我要证明化,你是和你的伙计们将这座灰暗的粮店革新了,秤准确,规章明确,办事快,修了房子;布置起来,而我十分爱这红布的标语,写着鲜明的字:做好供应工作,处处为经济建设着想!繁荣经济!好!祖国真是好！祖国的前进,真是可歌可赋可以做诗啊！"

"十分感谢你了,"看着激动得颤动着的章绰,赵容安说;章绰的焕发,和他的愉快的火焰,虽然她觉得有一种夸张,但她觉得他总之是有着正直的;她便有着感动,但她也不忘记地有着警惕。

"好啊！"章绰说,他有着酣畅的心情,表述着他的感慨;但他的心里,被他短促地忘却的,被正直的火焰短促地烧毁了一点的权力地位的膨胀观念如赵容安所警惕地又发生,复原了;冷淡和人间的蛮横的思想又使他的心脏转为另一样的了。同情的腔调又转为谴责,他便又说:"不过你是一个有缺点的青年大学生,虽然三十几了吧。"他还从心中又冲出了对赵容安的不满,又冷淡地说,面色有着苍白:"你是有错误的。"他说。人们好奇地注意他。在生活里,各人有着自己的魂魄激动的思想,而人们便呈现着激动的,他自己的,也是精灵的模样;人们觉得这章绰的繁琐和他的两面性是一种妖精,像赵容安的感慨中的理想的战栗,像蒋芸的凶恶和精明,都是一种妖精——这是在称面的柜子前的黎求明的感想;他凝神注意着,增加着他的有助于他有效地工作于社会的人生的阅历。章绰在人们的注意里和自己的两面冲突里陷入一种窘迫了,便发呆地在粮店柜房办公室里坐着,沉默了很久。他觉得不合适了,赵容安的正直,她的有着深刻性的表现,将他的内心的,灵魂里的形态引诱出来了。他静默于人们的注视和赵容安的感叹的微笑中,认识到自己有错误,觉得自己的蛮横、官僚臭气,和刚才的正直都是祸事,所以便像一个痴呆的人一样坐着;虽然仍旧显出他的干练。赵容安和她的负伤对他发生了意外的压力,虽然她原来想谈谈却说话不多。他怎样从他的错误,经过奋斗而变为不错误的,像刚才的正直所显示的正直的国家干部的样式,便是他的问题了。他怎样从窘迫的,可恶的、羞辱人生的错误里转化出来,便是他目前关心的。他觉得他十分笨拙了。作为地位、权力夸张膨胀的局长的一面仍旧很重,那火焰燃烧着,所以他又反抗了,包括反抗赵容安:"你十分错误,——你是有着机械的,你们粮店。"

"我们上次实在没有办法送面粉。"黎求明在窗外叫着。

"不是这问题。那当然我有缺点。"章绰又显得有些忠厚,说。"不过,你们是有许多……我也不说了。"他大声说。

"你局司级也罢,部长级也罢,你们高干要体谅我们,"黎求明说,"你是不对的!你那样搬面粉,赌我们的气,那不是很不必?"

"你这年青人不对的。"章绰说。在这个年代有一些人们有一些彷徨,章绰彷徨于他的膨胀的权力地位观念和社会国家建设的国家干部的正直与善意之间。年轻人的话虽然简单,却是使他心痛的。而年青人黎求明,也静了一下,给顾客掏着面粉又看看他,处在他的理想精神的与现实的他觉得是可厌的两种情况之间,不安地徘徊于狭隘之中,他想着,他是否对于国家的高级干部不尊敬了。今日章绰自己提口袋来这里买一定的米,他也是尊重的。

章绰终于又愤怒了。

"我经过许多的困难,在我们的许多年间,我也十分感叹于现在的情况,当我走进这间以往十分纯朴的曲曲折折的小胡同的时候,……"他停下来,心中又焦急,他这时没有什么希望再转化为干部的正直与善意了;转化为他现在对它有着渴慕的善良与忠实,简单明了与愉快了。他坐着,观察人们的忙碌。这时候赵容安倒了一杯水给他。他看看赵容安,静默着,内心痛苦。

而这时候发生了另外的事情,赵容安的脸上贴上了橡皮膏,而未追赶上宋渔友回来了一阵的蒋芸喊王敏代理她一下,站了起来,面容激动着,看着赵容安。

"当着这章局长说,我和宋渔友那面包师的冲突,我是对的,你赵容安要责备我,我是不认错的。"她说。她又说:"我也说了检讨了一句了,你赵经理不能过分责我。"蒋芸担心着扣奖金。赵容安在和章绰进来的时候,曾看了她一眼;赵容安曾扣过她一个月的奖金。"我想她这个问题先解决了,还有,我今日想去干干切面的工作,而安静起来,我不怕当着章局长说。"

这是在蒋芸心中存在着,发着酵的。由于刚才追宋渔友的激动,她心中也有着正直的愉快,而且她这些时也觉得应该佩服赵容安。她内心里也想说这个,但是她的习性的自我地位的意识使她在想到这个的时候有内心冲突,这冲突燃起复杂的焰火,于是她便也事实与愿望相违,找王敏来代班,呈显着肇事的状况了,如同章绰局长的自我地位的意识使他事与愿违一样。但这复杂的火焰里是又有着善意的,像章绰心中有复杂的火焰,想要表示善意,而呆坐着一样,举起事来的蒋芸这时有一丝羞怯,看看王敏,她想再回到座位上去,不和赵容安冲突了;她又再说,她干干切面包装去了。她的等级比较高,因此,虽然企图安静,干干切面包装也是一种感情的表现。赵容安沉默着。她便又羞惭,脸有点红,让王敏再让给她座位。她终于显出一种善意——粮店里的赵容安的建设和开发造成的兴旺使她也还受着一种感动。这时候制作空心和实心面颗粒,疙瘩的机器在转动着,工作间里机器也哄闹,而售切面的柜台上有着一早晨来到的油饼和烤饼,豆沙包子。她回头又看看赵容安,便说:"我没有什么事,等下说。"显出一种有着深刻性的温和。

她从她的恶意转变出来,回到她的座位上去了。章绰仍然处在他的沉思之中。蒋芸的动作没有造成什么事件,但章绰则因观察这凶恶的女干部今日态度这时有改变而心中有不快,他则是对她的恶意有所愉快的。章绰觉得不愉快——他有些恨着赵容安。

"在我们过去的时代,没有想到今天这么巨大的建设,但也没有想到今天这么不纯朴,商品经济不纯朴的一面,你们有不纯朴,你蒋芸女服务员看呢?"他对蒋芸说。

"你说得挺对啦。"蒋芸回头,愉快地说,"不过,也不见得今天不纯朴,在我们粮店也有挺纯朴的。"她回头看看赵容安,仍然维持着她的有深刻性的温和。

"那么倒是赵容安经理降服了你这凶干部了。"章绰不满地说,但觉得说得刺激些了,又沉默了下来。由于这句话有些刺激和觉得不必要,他增加处于烈火燃烧的地位。他心中彷徨着,他想承认许多事但又尖锐地拒绝,他想承认粮店的秩序,改革,但又认为粮店按习惯应该"人情"些,或因为它本性笨重,沉滞,有落后性,所以应该"人情"些,譬如也应该让予宋渔友——他有这样的看法;他想承认赵容安,但又仍然是不满干练、遵守规章,温和,刚强,不留情,大学毕业而努力的粮店经理赵容安很久了。他对照着社会的进展,想着,在他年龄大起来的这时,他又结茧结疤于狭隘而有着落后,有着权力地位的膨胀观念。他不满意赵容安,而实际又知道她是对的。他被社会窘迫着了,也被蒋芸的今日的没有吵闹窘着了。在内心冲突中,他希望有改善和善良,正直的情感也就可能发生出来,他听着安静的小巷子不远的大街上的机动车的轰声。

"你们很忙。"他说,他仍然苦痛着,内心火焰燃烧,不能转变为正直,"但你们仍然是我以为失却一些好作风了,缺乏帮助老干部的作风。满坑满谷的认错不认人的作风。"

"你坐一下,休息一下。"赵容安说。这时,脸上贴着橡皮膏,没有眼镜,头低得很低,靠近着账簿上的一些收据,在看着字的赵容安,有着十分安详与平静的表情。

"你们是很好的,群众是很好的,粮店也改革了,在你们的上级的领导下,而你,也显示了你的才华。"章绰重复地说,但他仍旧又说:"不过你们是刚才也可能有对那个面包厂的凶了一点的缺点。"他仍然留恋蛮横不能向正直跨出必要的一步,内心继续有着火焰似的烧灼。他坐了一定的时间,点燃了一根烟抽了两口,便仍在地上用脚踏熄了,而站起来,走到屋角去拿起扫帚来扫了一扫,包括烟周围的地也扫了一扫。他用这个扔烟的动作来扫一下地,表示他的改正;由于他内心的冲突在啃咬着,他这么做也显出了正直,但他觉得,事情并不是这样,这并没有显出什么,他觉得赵容安也看着他似乎不明白他的意义,——他的正直的干部的态度,仍旧没有如他所说的有脱颖而出,表现出来。

但他脸上也显出了一种深思与纯朴。

"你们这里是很好的。"他说,觉得有一种愉快,便说他要走了。

"我们是有不周到的。"赵容安有些感动地说。

"你们很好。我说回来,"章绰说,走出门外,内心有点痛地抽搐了一下,精神振作起来,他的正直的干部的态度便显出了一点。"我说那个姓宋的面包厂技师的打人,是不妥的,你应该到医院看看。"他看了赵容安,说,便匆忙地走了。他买的几斤米他拿走了,但是匆忙中他的皮夹丢在柜台里面的桌子上了。赵容安拿着追了出去,喊住了他。

"我十分感谢你。"他接住皮夹说,"我心里有着一种不痛快,是由于我和你们的冲突,你的表情说明你不很多地指摘我——在我的生活和工作的历程里,我觉得你们粮店,是我的真实的朋友了;在我的内心里关于我的缺点,我有很灼烧的不安。"他说,这时候,他便觉得作为国家的干部,他的身份,言行,和周围的进行着社会的秩序相符合了;他继续内心有点痛苦地抽搐了一下,再又觉得增多的正直。纯朴的小的巷子里人们匆忙地和平静地走着去到粮店,人们里面有穿着美丽的衣服的阿姨,保姆和推着儿童车的年青的母亲。赵容安转去了,章绰愉快地像是办完了重大的、困难的事情,往前走了,他还像是有着兴奋的事情等着他似的,情绪激动地少年人似地跑了几步。

粮店这一日运到粮食,人们从汽车上扛下面粉袋。黎求明参加扛口袋而忙碌着,他的腿绊在后门口的修理污水道的工程架子上,叫尖锐的铁皮刮了一块肉,负伤了。黎求明坐在那里,看着自己的腿;他想在粮店建立他的功勋的,因为他觉得事业的紧张,但是他负伤了,很是懊丧。

粮店在运到粮食的时候有着忙乱,赵容安匆忙中照顾着黎求明,替他涂上药水和裹伤。黎求明痛得有点颤动着,但是他不呻吟。他担心他的腿伤了耽搁工作和生活的进展、职业的进修。

他害怕半个月医不好,觉得精神上的痛苦。然而他又不愿十分包扎;他由于焦急便又认为这伤是没有什么关系了。这激烈的青年有着不认输的顽强,想和命运格斗;他刚才扛面粉不少包他觉得自己有成绩。他便要站起来,但赵容安制止他。他又要站起来,赵容安便扶着他;怜恤着他的创伤,照顾着她理解的他的理想,他这想要挣扎起来的自负,而扶着他。但是看他摇晃,便仍然劝他再坐下。赵容安跑开去指挥内间面粉的堆放去了,他便站了起来,扶着柜子一定的时间,渐渐不太痛,去堆放另一堆面粉。在这个时间,赵容安扶了他,他心中有着他的热恋他的工作的激情,和头脑里发生了恍惚的思想,发生了关于进展着的社会和国家的激动。他倔强地忍着痛工作着。赵容安转回来,看见他的劳动,和他的平静神情,产生了一种幻觉似乎他没有负什么伤,同时,同情着他的奋斗的理想和照顾着他的自负,看了一看便没有很干涉他。

这时候王敏在推拉着黎求明。

"你裹的布流血了,"王敏温和地,皱着眉说,她因这而痛苦,从她的位置站起来了。但她因为赵容安没有再喊叫黎求明,同时因为同样地同情黎求明的奋斗的心情,便没有再推拉他,而是找了药来又给他涂了一些。她也因黎求明的奋斗的、平静的表情而产生了一种错觉,认为他是负了不痛的伤。她后来又不放心,显出了激动,追着黎求明,对他喊着,要他小心。她这时的复杂的感情是和黎求明一样感觉到黎求明可以奋斗,她也觉得粮店里需要人奋斗;同时她又心中有着柔弱,害怕伤痛。她便在通路中间呆站着了。她陷于这样的冲突里,又开始喊叫黎求明到医院去,但又站着沉思起来。医疗所附近就有,条件是方便的,但赵容安耽搁了,她心中有着一种顽强,认可了黎求明的奋斗——他也确实不肯去。这使影响了有着惊诧的胆小和有着温情的王敏。黎求明痛得痉挛了,但忍耐着。

"叫黎求明到医院去吧。"王敏对赵容安说。"你黎求明到底怎样呀。"

"叫他去吧。你去呀。"赵容安说,笑了起来,"我也觉得你仿佛可以似的,你去呀,当兵的,扛炮子子的,像旧社会写的,你去呀,可是你不去,那你就不去吧。"看着黎求明的并不显出痛苦来的对她不满的脸的赵容安便又走开去了。

"你去医疗所呀!你去呀!"王敏叫着,"血又浸了纱布了,怕死人了,你这做梦幻在将来当技师的,你这扛炮子子的,你这杀头刀的,你去呀,祝你的梦幻均成事实,"她叫着,但她也受了赵容安的影响,黎求明的并不显出痛苦来的脸也使她觉得黎求明似乎可以奋斗,觉得一切是美好的。可是她的敏感的、温和的心仍然又震动了。"我不能不看到你是流血了又浸了纱布,你去呀,刚才的话道歉了。"她用力地搬动黎求明的肩膀,但黎求明推开她了,他拖着与甩动着面粉口袋堆放着它们。

"你是勇敢的壮士,壮士,但你得去呀!"她叫。补她刚才说话的有过失,但黎求明不理她。"那你就堆放吧!你真的是壮士。是可以工作吗?"她又让步了,于是她赞美着黎求明,"你真是壮士,骇死人了,不去医疗所,要是我,我早就哭,去医了。你这也难道是社会主义吗?——你去吧!"温柔,俊俏的王敏又叫着,再去拖黎求明,"你得去呀,我送你去,未来的技师,总技师!壮士!前线的战士!你这是不对的!"于是就产生了王敏在黎求明的旁边跑着的行动。她喊叫着他去,又推着他,但又赞美着他。"真是有本领!壮士,你这样行吗,我真看你能行!"她叫着。

"能行吗!"赵容安叫着,"不要过分了,我也受了小王敏的影响了,我这个经理就快挨骂了,面粉堆放起来了!去!去,你这扛炮子的,杀头刀的,像旧时人骂的!"她吼叫着,并对自己的刚才的妥协发生了不满。但黎求明确实有些精神振作,似乎是光彩焕发的,使她又发生迷惑,看了看他似乎他没有伤或者伤的只是一点肤皮。赵容安发生了怀疑,又蹲下来看看黎求明的腿;黎求明继续力量很大地拖与甩与摔着面粉口袋。他又搬动了两袋拖过来第三袋,转动着,几乎碰到了赵容安;这样真的使赵容安发生了怀疑。

"我刚才看你是刮着了肉一些的,深的伤,不至于错吧。"她说,"你停下来!"

"你真能行吗?"王敏追着他移动,说。

"年青人,壮士,未来技师,就是的,不在乎!"黎求明说。

"你是没有伤太多,我刚才看的有差?"赵容安说。

"看得有差,也可以呢!"王敏尖叫着说,"不过分明流了这么多的血,都有半寸深了。"

"那也没有吧。你停止。"赵容安对着黎求明叫着。

但这时候起来了黎求明的动作的风暴,他拖着、甩着、摔着,堆放着面粉袋。赵容安和王敏喊着和看着他,但他的动作的风暴并不停止;他呈显着生命沸腾的状况蔑视创伤,他精神焕发,继续抱着、甩着和拖着面粉。

"一袋,再一袋,第三,鸽子飞,黄雀也飞,鸡叫,鹅也叫,再一袋!"黎求明叫着和喊着鼓舞的句子,增高地显出他的激昂的精神,他不要去看病。他又停下来了,显出了奇怪的情绪,因为信任和依赖赵容安而对赵容安现在不支持他觉得不满,对她发怒地看了看。他因自己负伤也有点焦急,不愿离开他觉得是甜蜜的工作;他也谴怒在温和的王敏身上。他因为幼稚而发怒,他有这种性情。

"你这小孩!"赵容安说,"你是不是觉得我有分工不好,我想是有,你负伤了,壮士!"她用讽刺的声音说。

"不是,一袋,再一,加二,黄雀,鸽子飞,"黎求明说,又喊叫起来,"你是有为的经理,我不高兴有人不满意你,但是你有一定的缺点,女博士,你让于蒋芸,没有能制服她!她又把油桶搬动了,妨碍走路。"他说。他对于赵容安有着尊敬,对她抱着敬仰的,有着抽象的情绪,觉得她是高洁的一代妇女,所以在发狠与发怒的时候面孔战栗着。他又来拖动面粉,又预备喊"黄雀",但停住了。"我也不能没有意见,就是说,事情有缺!"他说,脸上有着喊"黄雀,鸽子飞"的沉醉,那动作的风暴仍然在他年轻人的肩膀上,但同时有着一种忧愁的表情。

赵容安有着一定的伤心。

"我仍然不去医疗所。"黎求明说。"我诚恳地说,还认为你应该做更多的事情,不必一定在粮店里。"

"但我已经在粮店里了,"赵容安笑着说,"我也没有更多的高才。我的缺点在哪里呢?你看。"

"我想变职务有时候学写账单,如同蒋芸所指出,但我确实也有这份。"

"我们现在的安排,上级批准的,是不错。我一定时候照顾你的进修的机会。"

黎求明觉得自己错了,趁机要挟似的了,便面颊战栗着,看看赵容安,又拖起面粉袋来;他想了一下,动作加快,在他的肩膀上又起来了动作的风暴,他又开始喊"黄雀,鸽子飞"了。

蒋芸这时在里面说,她觉得不必这么幼稚。黎求明便不再说什么,不满意自己。赵容安继续要他到医疗所去。这时青年干部张彬走过来了,他已经听了一定的时间这场吵闹了。张彬心情里有着他习惯有着的愉快,他在观察和思索着建设性的商品经济发展中纯朴之风有时渐少的社会的进展,并且证实着国家是在进展着的。他这时很愉快黎求明和王敏,也带着他的逻辑的思索,听着黎求明的喊声,想着黎求明和赵容安的关于职务的谈话。他觉得粮店里仍旧反映着整个社会的律动,他又愉快于看见粮店里排着队的人们里有衣服华美,穿着夏季皮鞋的年青的姑娘。他觉得社会的是有着巨大的气概在运转,热情的心理使他脸上有着笑容,他向赵容安问好,并且对黎求明说:

"我觉得你负伤工作,表现了巨大的我们现在社会的气概,但是不医伤就差了十分差了。工作的安排,我听见了,说得很好。"

"我一阵没看见你了。"赵容安说。

"我夏季旅游去了,到了南方。"

但这时候在张彬的心里产生了一种不安的、恍惚的情绪,他看着俊俏的王敏。上次和蒋芸的冲突,他对王敏有感情,同时蒋芸说到恋爱,使他有着不安。他对王敏似乎真有过多的注意。

他并没有恋爱,他已结婚了,这是显然的,但他的心情中对王敏有着友谊,关注,被她的美貌与温柔吸引,增加了对她的性格的注意;他是严肃的,但蒋芸的言论使他不安了,几乎有一种羞怯。所以他避免着和王敏的谈话——有时他们在粮店的门口也碰见。他因为旅游回来,再正觉得北京乡土的纯朴,而心中对于王敏有着增加的感情的注意。而王敏,因为受着蒋芸的煽动,也对张彬增加注意着,心中有着她的羞涩。她不知道蒋芸是已经结婚的,她也不往这方面想,但她心中有着一种轻微的惶惑的、不安的感情;她觉得张彬是不错的,正直的青年干部。

"你王敏说他要看病很好。"张彬这次有些红着脸,友谊地说;他觉得不说话也不妥,因为以前他曾观察社会,热心地交际。

这时候,从柜台那边的窗户里,发出了蒋芸的拖长的声音。

"王敏,你今天很热烈。"她说。

王敏很不满意。

"我怎样热烈啦,你说话真不好。"

王敏便不安地、注意地看了张彬一眼;张彬便漠然的、严肃地看着她。但觉得这样不对,便又很淡地笑了一笑,然而王敏似乎没有注意。王敏仍旧注意了,向她也淡漠地笑了一笑,在张彬心中引起不安。

这时赵容安走开去了,而黎求明继续在抱着面粉。

"我好久没看见你张彬了,你近来好。"王敏说。

"好。我出去了一趟,心中很留恋又回到北京来。"他说,因说了这个而又觉得不好。

"王敏,你今天很热烈。"蒋芸又说,然后又低头忙着了。

王敏没有回答蒋芸,看看张彬;在她的温和、友谊的注视里表现了她的对张彬的漠然的、发生了的、惶惑的感情;这感情闪灼一下消失了。她的眼睛里的一种温和的、深刻的闪光消失了。她继续呆站了一定的时间,克服着她自己。而张彬漠然地站着,发生着严肃的敬意,觉得不安;似乎王敏有着感情。张彬从严肃又显出一种淡漠。

"你很辛苦。你们工作好。"他谦虚而有礼地说。

王敏的心跳动。她站着。她觉得她因一个青年干部而内心灼热起来是不合适的,因而有一种羞辱的感情,张彬的淡漠使她失望,是也似乎符合她的希望。她初中未毕业,家庭也有困难。她觉得她和一个青年干部发生带利害性的感情是她不容许的,她有庄严意识,而发生了友谊以外的糊涂的震荡。她觉得也是错误——她不应该在这种错误里持久了。于是她笑了一笑。

"你张彬同志很关心我们,你想了解社会。我们的工作是很简单的。"她带着温和、庄重和冷漠说,内心有着苦恼,"你有事了。"她便走回到她的工作上去了,在干切面的包装桌子上坐了下来。

张彬恍惚着。他有时是不善于交际的人,他已买了今天的馒头,他便走了。这走开也是合适的,但他的头脑里有很多的思辨,他觉得走了是不合适的。于是他站住了,在门口呆想着,加深了他有时有的恍惚状态,对高个子的、俊俏的、性情严肃、诚实的王敏觉得歉疚。"青春的姑娘在祖国交给她的岗位上。"他头脑兴奋地想着他的爱国思想。他想了一下走回到米面柜子这里来,但站了几分钟,没有勇气说什么,他仍旧恍惚着,徘徊了一下而自己冷峻地,嘲笑地微笑了一下。

"我对你的话没有答了——我说,谢谢你,"他说。但是王敏专注在她的工作中。她很专心,没有听见;在她的肩膀和手臂上也起来了动作的风暴,她拿着,秤着,包装着干切面,而且在包装纸上糊上浆糊。她动作熟稔而敏捷,她的面容十分平静。由于苦恼,她显得十分平静。她的动作一瞬间更敏捷起来。张彬想再说一句,但没有说,有些恍惚,不满自己地走出门去了。"青春的姑娘在岗位上。"他想。

在屋子里,王敏继续迅速地工作。工作间的轧切面的机器发出轧砾的声音;老工人王师傅同时照顾着切面机与疙瘩、颗粒出品机,声音很响,而黎求明继续着他的工作的飓风,拖着,摔动着面粉袋,赵容安的心有着紊乱。

"到医院去！否则你干轻工作去！"她对黎求明喊叫着,对他觉得有一种歉疚。"我是有安排你不很对吗?"她说,又对青年人有一种不满。

"你有任性,你有迁就,你有心中不以为我有什么可以争取的前程,外表看不出来。"

"我是这样么?"

"你是这样的！但是我也冤枉你了说不定,因为我对你有崇高的敬意,你有高尚情操,是要教会我一些能力的。"

"我有很多缺点,但你冤枉我岂不是不对的?"赵容安忿怒地说,但带着她的忠实,看着他,这青年人在忧郁的停顿之后又再进入他的狂飙的状态,继续挥动着手臂,扭动着身体,堆放着面粉口袋。

"你不是这样的么?"他继续对经过的赵容安说,带着他的又起来的忧郁,但带着讽刺的情绪,"你大学毕业,在这小粮店挤我们的伙食了,我们一比岂不是差很远,在这粮店里分明中学毕业就够当经理了,你岂不是学非所用！自作漂亮,你岂不是压了一些人的地位？所以我的话也是真的。"

蒋芸看看他,沉默着。

"你不是这样么？在这纯朴风情的粮店里栖身了,一个忠实于事业又有经历的大学生,"黎求明又起来了他的热情,说,"我心中知道你心中的闪电,我们粮店的风情,这繁华的时代承平,而改变了落后的面貌了,中国往富强康乐去。"他继续热烈地堆放着面粉袋,说,"粮店是容易落后,重甸甸,出老态的,又在这小胡同里,落后大街有繁花花草音乐的百货店,但是现在增加了一些人乐于来买多样物品了。而粮店里,"黎求明高声说,"李纯英认真,而我说王敏的心中,李纯英心中,和王师傅几个人心中,都有闪电,我觉得蒋芸师傅也是的,"他说,"我现在不想这里长老鼠和蟑螂虫了。粉刷和装饰得很好。"

黎求明堆放好面粉袋,扶着墙站了一下,腿部很痛,但他随即有点跛地走着,——看见米面柜那里赵容安有事离开,便去给顾客量米面去了。

"你能行么?"王敏叫着。

"我能行。"黎求明严峻地回答说。他愈激昂便愈激昂。

这时候在蒋芸的心里产生了一种激动,和一种温暖,黎求明的热烈的、狂飙的感情和动作对她发生了一种摇撼,虽然黎求明一直不满意她,她仍然心中激动了;很不容易地觉得自己有缺点。但她心中不久又不承认这,她的解释是,她也该表示另外的态度,在这时候,也该做另外一些事情,适应这环境。于是她又对黎求明反感,她不承认她有什么缺点与欠缺。所以她心中的温暖的来源只是解释为暂时的环境的原因,而这也可以使她积累她的权力和地位,对于这温暖她是有着一定的排斥;她的观点是这样的。不过,虽然这样,她总之是觉得一种温情,而有着一种侠义似的激动。

"我来帮小黎到医疗所去,"她说,"王敏,你来看我的摊子!"她敏捷地说,想了一想,觉得这到医疗所去是合适的;在复杂错综的计算和心机里,她有着一种温暖的激动。

"我谢谢你了。"黎求明叫着。

"去!"她大声,直爽地说,而突然地眼睛里还有了眼泪。而这时赵容安也对她有一种钦佩,看着她,她心里的侠义便更上升了。"去!"

黎求明也觉得一种温暖,被她这情形造成一种妥协了,把量米的工作交给赵容安,便跟着她出去了。

他们十几分钟便医疗了回来了。

"医生说可以请假他不肯。"蒋芸严肃文雅地对赵容安说。

"我今天很谢谢你。"赵容安说。

蒋芸便显出一种冷漠;但随即她又面庞温暖。她带着一种复杂的感情动情地说:"你赵师傅也真是的,你大学毕业又有阅历,水平高,当这经理,这粮店的风标就高了。"停了一阵她又冷酷地说:"这个粮店里,不能一件事情没有我。"

☆

　　王敏对于张彬发生的温暖的、模糊的感情收敛了；她觉得一种忧郁，因为张彬在她看来是有侠义之心的有为的、正直的青年干部。她觉得自己很寒伧，身份低。相当时间以来，她心里的爱情或类似爱情的激动是热烈的，带着贤良的生活理想，和她的性格的深刻的温存；她有一种正义的激动，注意和关心着张彬，注意他这善良的青年男子的利益。一次张彬的口袋丢了，她替他收藏着，一次她热衷地喊张彬，告诉他说他的皮夹掉了。张彬显得有很多事情和思索，而有时有着慌忙；她在卖切面、馒头、油饼等的较闲的时候也看看来买物件的张彬，注意着他是否失落了什么。有一次，她看见他的一张粮票飞落在地下而他自己没有看见，她便脸有点红地喊叫他。张彬曾经有几次和她说话带着热情，年轻的姑娘王敏便进入她的幻想中。而且，她有一两次对张彬笑了一笑。然而，现在张彬对她不热心，她便也像这朦胧的感情开始时的坦白一样，简单地收敛了。

　　这一日张彬又出现在柜台外。张彬是买了米以后来买馒头的，但他也是有些故意地来买馒头的，因为他心中有些不安，他觉得上次对王敏有着似乎冷淡，他担心女售粮服务员有心中的忧郁。他感觉到王敏有温柔，端正，贤良的性情。这种性情也吸引张彬，他想增多对她的理解；在这繁华起来的建设的时代，他注意着王敏这有点像纯朴的家庭姑娘的女子的积极的工作，她包装干切面是很敏捷而精准，在她的肩膀和手臂上有一种温和的、疾速的风起来，她的面容专注而平静，便构成了她的狂飙，是令人觉得一种迷惑的。她售面的时候接过顾客的钱和粮票很有礼，时常点一下头，她工作仔细而称秤准确；她把切面掰断的动作在张彬看来也很细心；而且动作敏捷与优美，像在一阵温和的风里。她在切面柜台面前有着疾风一般的工作量，而她在屋子里奔跑着十分精神集中；她也拖动和搬动面粉袋。张彬心中对她是尊敬的，因此，那一次表情里的冷淡，对他这个热衷地观察社会的、爱思想的青年干部,便成为一种负担了。他这一日来到,王敏穿着夏季的漂亮的、洁白的鞋子,穿着清洁的工作服,正在称着米,和搬动着沉重的簸箕,称着秤。

"我谢谢你上次对我的关心了。"张彬在等了一定的时间,等王敏空闲了之后,对她热烈地说。他觉得有些笨拙,但也庆幸还好。

王敏看看他。王敏没有对张彬作回答。她的明亮的、审察的眼睛看了他一下,脸上的肌肉似乎有着一点轻微的颤动,没有作声;她又来往簸箕里掏面了。她悄悄地看见张彬走过去了又站下,看她很久。她的心中,坚决锁闭了的感情这时又颤动了一下。她便在匆忙中看张彬拿着的是什么口袋,以及张彬所穿的衣服。她心里又起来燃烧的感情,在忧郁中这感情还很强烈,她的锁闭无效,她的心惊悸着了,以至于她手中的铁簸箕在面柜子边上很重地碰响了一下,而碰着了小手指,十分痛;她看看手指,忍着痛称面粉,继续工作着。由于她的负了一点创,由于她的瞬间的柔弱的表情和随后的坚决的表情,张彬也就没有走开。她很烦恼产生这种对张彬的感情,但她觉得他是有为的英俊的忠诚的男子,而她聪明,美貌,她虽然中学没有读很久,也还是日常也用功看报看书,她觉得自己心中是有着自己的衡量的。她这时心中热烈,觉得没有什么不可以的,而她还有着一种正直的、执着的概念,这就弥补了她的由她的地位而来的自卑了。人们说她有一些自视较高。

"你来了。"在工作的间歇中,她看见张彬又走过,便恍惚地说,同时弥补刚才的未回答他的话的缺点。但出于不安与戒备的张彬也没有回答她,也又觉得不够礼貌了。这时从窗口又传来蒋芸的声音,她说:"小王敏真有意思。"王敏便往她那边看看,说:"什么真有意思?"

王敏的燃烧的感情,发生着的恋爱,里面有着小的粮店里的纯朴的生活的向往,但里面是也有时代的、世纪的风情的,这繁华的、建设的年代有许多恋情和明朗的思想,这些而且联着一些雄心壮志，王敏的雄心壮志是帮助这个干部，和他一起参加建设事业，变动或不变动她的工作，她想着，常来的，为人正直和积极的张彬是参加着为祖国事业的重要的工作的，——她知道张彬是工业局的设计员。

"真是没有道理。"王敏说，并且羞怯地脸红，"你张彬同志来买什么了。我想这夏季你休假过了。"

"你的工作好。"张彬大声热情地说，他的头脑里，也忽然在想象着，假设他没有结婚，她是如何优美而动人的一个对象，而沉入一种幻想里去了，虽然觉得她和他相差很大。

"我们很好。我们的粮店里我们很好。"王敏倾情地说，脸有点红，"我常向往你们那里的工作，"这女子带着一种壮志说，"你的工作是很有意义的。我们这里，"她又带着跌宕的、激动的温情说，"春天的时候门前的桐树长叶子的声音很响。"

"长叶子的声音很响。"张彬热情地说，恍惚地想着，长叶子的声音为什么很响。头脑热烈的青年，也沉在他的假设恋爱的幻想中。顾客们看着他们，听着这平常的对话样式的王敏的情话和张彬的感情的话，不很了解其中的意义。

"而在夏天的时，雨中的声音我们说好听，从横笛街过来，沿着弯曲的胡同我们粮店现在增修了房屋，货物种类多了，情况不错。"

"对了，不错。桐树的雨中的声音。"张彬带着热情的感情说，"你们盖起了后院蓄存间了。"

"蓄存间是很好的。赵容安同志她很会忙碌，而秋天到时候，叶落满地，这种桐树落叶快。"

"秋天的时候是这样的，掉很多的树叶。"一个中年的、热心的顾客说。

"人们，你们不必参加谈落叶了。"蒋芸匆忙地说，那个中年顾客茫然地，不理解地看看她。

"你们来我们粮店一些年时序的循环了。"王敏大声地深情地对几个注意的顾客说，她也企图遮挡住蒋芸的声音。"真是时光容易过。"

张彬看看王敏,这次他像上次一样觉得王敏的感情,她对他的特别的一种深情,而从自己对她的幻想里惊觉,而觉得不安;他觉得这样下去是不好的。同时他觉得王敏是坦白,有正直性格的妇女,觉得内心歉疚与对自己的烦恼。王敏美貌,他想他虽然幻想,发生的是注意和尊敬,友情,而不是恋情。他的地位和她之间很悬殊;但他几乎有些疑心自己了,于是便想走掉,而以后少来。他在恍惚中,想着这个,同时激动地又想着王敏还有豪杰的天性,是可爱的爱国的妇女,是他值得和她结为朋友,而共同地奋斗的。他胸中又有一种壮大的浪漫的,离开实际的气概。在这恍惚中他又丢掉了皮夹了。她走了出去,看看桐树,在转过一个巷口的时,王敏追上来,还给他皮夹。

"你的皮夹丢了,你这人,头脑里想着事情,便不小心。"王敏迅速地、激动地、有点脸红地说:"我想和你说我的愿望,我想生活是建立在国家建设事业和向未来的理想的;我想在我的故乡北京的乡间——我是乡间人,这时玉米长得很高了,在山川秀丽的国土,我小时候拾麦穗子拾过有一次一斗多。"由于她的激情,热情,由于她想着张彬是可爱的男子,由于她想着可爱的有为的青年男子张彬心中是在想着国家和乡土的,她便这么热情扑面地说。

"那是很好的。"张彬说,他紧张着,激动着,看着这温柔的,有着深刻的心思的姑娘。

"我读小学之后初中未毕业。"王敏说。"我说这个,我还说在我心里,是追求着一种理想,我不满意现时候的有些庸俗,我是说我自己。"她说,但说到这个,她这时候心中的热烈被现实的感觉的这一面锁闭了;现实的感觉的一面是她有些条件和理想、幻想,另一面是她和张彬之间的悬殊。她觉得自己微小了,她的自负便缩减和消失了。于是她有一瞬间的心思恍惚,冷漠,思索的表情。"我想说,"她改变了腔调说,"我刚才说的是我的一种理想,我是很敬重你的。"她沉默下来,嘴边有一种严峻的线条和肌肉的苦恼的抽搐。

张彬沉默着，担心伤害她，害怕着骄傲和以这美貌的姑娘的一时的激情来自负。她似乎不很注意她的美貌。但他心中热情的幻想又闪灼着，使他很有些沉醉与自责，自责增多，他现在便觉得还是他的有些凶的妻子是他的合适的，贤惠的对象了。

"我也不是说我没有说什么。"王敏说，"我没有说的了。王师傅在照管着，我耽搁工作了。"她说，"但是，"在冷漠之后，她忽然又激动起来，说，"我对你说的是不是对你有价值的呢，我是一个坦白说话的人。我说了我的心，我说了我对你的心，我简直是都对你说了。"

张彬脸红了。

"我对你是很敬重、敬慕的，"他说，"你是很好的，我觉得你是十分地纯真而坦白，我决不能利用你这点而伤害你。我的话也许说得不对。"张彬说，对这年青的女子，一瞬间更产生了一种热情，似乎是更发生了激情的向往，但他想，他是结了婚的男子，这不是这样的；他就更又想着他的贤良的妻子了；他继续觉得王敏贤良、深情，而且美貌，迷恋了一下，主要的，研究着自己的内心的温情。王敏有一种冲动力，使他似乎迷糊了，他觉得他的妻子似乎是有些失色了。他为这一点而心中有一点隐隐的苦恼。但他想他不是这样的，他在分辩着；在他的心里，是有着诚实的感情。他想，迷恋是由于多量的逻辑和想象造成的假的现象。于是他叹了一口气。

在这粮店的门外的小巷子的转角，这年代的生活显得深沉，而有着特殊的意义。纯朴的、衣着整齐的、安详的人们走过，推着自行车，提着粮食，大的桐树在夏季的微风里轻轻地响着，而大街上的一刻不停的机动车声和人声传来。在这粮店的小巷子的转角，深思的、有着正直的禀性但有着热情的恍惚的缺点的年青的男子张彬和有幻想的，但也现实的，有着深刻的感情的王敏之间的谈话，有着年代和世纪的风情。它似乎是社会进展的现时代的中国和旧时代与未来时代的中国，以及社会与社会之间的对话的一段。张彬很诚实地看着王敏,而王敏也赤诚地看着他。

"我是不是一个很不好的、浅薄的女子,没有水平,还没有心灵呢,你要是这样看我,我就痛苦了,我是觉得你是一个正直的人。"她说,"我想,在我们为我们自己和人民社会的工作里,我遇到的你是可以了解我的。这粮店引起许多人的感慨,我是说旧的几十年前,我们还没有生下来,以及在江青贼子四人帮的时候,我最恨江青那个贼子了。我的父母从胡风丁玲反革命两单位文人作家集团被谋的时候起有一些穷困,我的父亲是在铁路上工作,那时三面红旗跃进农业一线变动了工作,后来就有劳动下放了,说是丁玲集团,以后又是刘少奇的小毒草;我们家境不好,因为有后遗症我父亲腿坏了。我便读书不多,而参加了工作。"王敏说。她心里诚恳地激动,想着张彬既然不很同意她的情况,就应该退去,但她也想再试一试,——抱着朦胧的心思。她似乎听人们说,张彬未婚。她于是又有着羞怯,相当长的时间沉默着,看着他。她的热情又把她的怯懦吞噬了。"我对于现在的时代,四化的经济建设,国家的更新,有着我心中的由衷的希望,我希望你从我的谈话里理解我的思想,和我的……文化水平,对事物的理解,你可以批评我,因为我们很相差,而相差得使我忧愁,我是一个用功的女青年,我这样说我真羞怯了,你张彬老师,"她说,表现了她对于张彬的崇敬。

张彬觉得需要说明清楚,但没有机会,而王敏的谈话表现出她的理想的情操。

"就某一意义说,我觉得需要继承前人的事业,"王敏说,"我们都是社会的一根撑柱,而不是简单的个人生活。粮店的春夏易逝,但我心中要常有我的青春;人生易逝,而我们要常持有我们的恒志,因为我们是从前人接过的火炬,因为,那高大的桐树仿佛对我说,要改变中国的面貌。……"

张彬本应该说明他已婚的,但是有着羞涩,同时王敏说着话。而且,张彬这时发生了友谊,内心激动着王敏所点燃起来的爱国的感情的火焰,心中有着闪着光的亟待说的音调了。

"我觉得你说的是对的,好极了,我们继续着前人的事业,从你的谈话里我看出来,你的水平是不低的,你不要谦虚,有许多浮泛的大学生都是俗气的。"他激昂地说,耽搁了直接回答王敏的话了。"我们现在建设祖国了,我特别爱好有时说到这,我们国家是从很落后的面貌前进的,四人帮江青贼帮又将祖国伤害,使我愤激而心痛,以至于今天留下后遗症!"他激烈地说。富于逻辑思维,富于热情地观察着国家的进展的他,在这里有着对他的音调,思想的深刻的感情,和对王敏的情绪和思想,知音似的谈话的深刻的热衷;他从这偏僻的粮店里这做干切面的姑娘的身上发现了黄金了。他深情地看着她,不是恋爱,是深情于雄伟的思想,"我们祖国许多年太落后,只要一想到我们也有雄伟的山川大河,前人的伟绩,千万里平崃上的前人的历代的建设,我们怎样能不想将自己的建设,今天建的道路,水渠、矿藏、工业、楼房,排列进去,这一点我是觉得雄伟的,我们将克服困难,和社会上尚存的,譬如那种宋渔友,打人的,譬如有一个局司级的官僚相奋斗;不说这些吧!但说我们民族的信心,有古之伟业,有今之建树,从血泊里又站起来。"他激昂地说。

"你说得好极了。"王敏说。

"我说得不好。我用怎样的心情来表达呢,我观察各部门的工作,这市场上的锁链联锁,我也在观察学习中,我觉得是积极的因素是有火焰一般存在的,商品经济有副产品投机,但是正的商品经济是很纯朴而忠实的。"

"你说得好极了。"

"你的水平很好。"张彬说,"我想跟你说,我是已经结婚了。"他匆忙地说,脸有些红,呈显出尊敬,也呈显着对于这个深情的女子的一定的倾慕。

"那是。"王敏说,沉默了一下,然后她笑了一笑,显出了沉静和忧郁,"我怎么听人说不是这样。那你听我说了而且你早看出来我的意思我真羞我是误会了。"她说,显出了谦逊的,客气的,痛苦的笑容。

但过了一点时间,这痛苦的笑容收藏了,她又显出一种冷漠的沉思。她在努力克服自己,她想,她又陷得不深,没有什么老大的失望,她既然说了雄伟的理想的话,就应该有人们有的高尚情操,而不要像一个狭隘的姑娘一样,冷漠地去哀伤了。这样想着,她的嘴角有些痉挛。她又显出客气的、有礼的笑容。用了内心的巨大的力量,她的思想和理想的力量,她的心里发生了一种变化,重新有了温和的感情;她和张彬刚才的有思想的谈话支持了她,于是她对爱好深思的张彬发生了友谊的深情——没有以冲突、冷淡而结束。她佩服张彬是一个正直、有思想的男子。

"我有一次看见你拾到一个钱包追着给一个姑娘,又有一次是十元钱找寻一个老大娘,你也帮一个老大娘扛米到外面小孩车,还帮助捆那小孩车的轱辘。你是顶好的,在粮店里遵守秩序,而那次蒋芸骂你你也没有太怎样。你性情好,我还知道你大学毕业顶用功在工作上,听赵容安讲的。你挺好的。"王敏说,发生着继续的、另一样的激情,并不因为失望而自弃、淡漠或过分痛苦;痛苦也在她的心中战栗,但她仍然心中燃烧着理想的火焰。她的爱情可以说是从理想和幻想开始的,是和对于时代和世纪国家的理想,幻想联系着的。夏天的风吹着,在她怀着恋爱的心情谈到和赞美的粮店门口的大桐树摇动和树叶响着之后,她又用怀着友情和继续的理想、幻想的表情来谈到它了。

"这桐树春季长叶子快,而夏季的时候,对于风很敏感。"她说。

"这桐树是这样。"张彬说着他的女友,研究着她的感情,看她在克服着痛苦,以至于是很尖锐的痛苦,因为她是稳重的、忠厚的,不是很简单地送一个钱包出来就说这些的。她看见她的火焰不止是爱情。她的心里不是妩媚姑娘对于人们和事物的风情,也不必是恋爱,而是有着他张彬倾慕、迷惑的深刻的思想,和高尚的情操。她克服着她的痛苦。"这树是不少年了,也看着我们这一辈人长大。"她诚恳地说。"我觉得在祖国和人类事业的长河里，个人的生活和生命只是一个环节，它的价值是和人类事业的价值相联，和人类的事业，社会的事业的价值有真理同值，不然就没有价值；我是说个人的烽火也联系着人类的事业，我不是仅指轰轰烈烈的大事业，也是指一木一石，粮店来的妇女，纯朴的人们，他们的活动都是人类事业的价值。我说的对吗，真是在你干部面前丢丑了，我们一个工人。"她说，笑着，克服着她的失恋的痛苦，又看看张彬的脸。

"我觉得你说得对极了。"张彬热烈地激动地，用整个灵魂大声地说，头脑恍惚着，"在生活的大海洋里，什么是最重要的事，就是正义的事业，人们从事危险的劳动，艰难万般的奋斗，前线的战争，深到地底的挖矿，大海里航行。"他激昂地大声说。

"还有蓝天高层空间的航天飞行。还有我们要亲自到达未来的时代；还有这是指我们的愿望要达成每个人的成就，到未来的时代。"王敏也激昂地大声说。"我要回去工作了。"她回头看看，带着克服了自己的痛苦的愉快说——她觉得她也克服了在张彬面前的羞怯。但她的眼睑仍旧有着一点苦恼的颤栗。"我说，我对你冒失了但是你不羞我，你是正直的人，我很谢谢你。"王敏说，犹豫了一下她又补充说，"你有高尚的情操。"

"我也很感谢你原谅我有许多粗鲁，你是细心的女同志。"

"我不是。"有点羞怯的王敏说。

王敏心中鼓动着热情的火焰，她觉得她克服了她的痛苦，在新异的境界了，所以她对这个情况又留恋了一下。

"粮店的生活我们经常接触的是纯朴的人们，虽然人们也有些有俗气，我觉得中华祖国的生活在壮大着，我已说过了，我们祖国经过患难了，你看那桐树顶上的空中白云舒卷，它比前些年愉快，那树木的年轮多一些，它增多着它的力量，你再看树顶上的白云，也指示我们的理想。"她带着热烈的严肃说，便和张彬告别进去了。

张彬怀着尊敬。她显出巨大的严肃感动了他，于是他有着热烈的思想，瞥见这不明显的角落里的特异的情形，他的心搏动着,使得他又做了鲜明的、暴露心理动机的行为,他转回到粮店来了,走到门口看看大的,上午的阳光下的桐树。他走进去,看见王敏又在称米面了,她的工作服的袖子又卷高了一层,她的高高的个子因手臂的准确的运动和腰部的转动而显出生动的姿势。

☆

张彬看见一个军人在数着粮票。他认识他是附近住着的一个军长。这高个子的,英俊的,中间的军人排在队伍里,沉默地赠送给一个老人两张粮票,一张五斤的,一张一斤的;老人的粮票丢了,十分的焦急,在捶打着自己的头。他很感谢地接受了,但是他不甘心,仍然低下头来找着,而军长,名字是甫志云,也低下头来帮他找着。老头子又变得不安和痛苦,犹豫之后,将粮票还给了甫志云,说是只要一张一斤的,只买了一斤面粉走了。由于甫志云乐于帮助他,他在增加了丢失的烦恼之后,觉得人情的可贵,也减少了丢失的烦恼。这时候窗口的蒋芸和又来到的宋渔友冲突起来了,说她上次没有追到他,而宋渔友说她找还他的粮票烂了。由于这时的内心的善意与对人的感情,由于工作的规章,她预备掉换,但仍然由于她的在社会的要冲的权力,地位的意识,又由于仇恨宋渔友,她又不愿掉换。她有着正直的心,但是她的在经济市场上积累地位,积累她将来的物质生活的欲望仍旧是顽强的。她仍然是惯于她说了就成立的,这冲突又激昂起来了。

"你打听打听我是什么人去!"宋渔友说,"不要以为上次我跑了就怕你,那是我有事。我这次说,你是狗屎,我是热爱国家的经济建设的发展的。"他指着粮店里的标语说。

蒋芸愤怒地拍桌子,而且高叫着:"我就是因为你上次玻璃的事,打人的事,找你这粮票!你不要走!你问问我是什么人去!"离开座位,从门里面走出来了,"你该赔偿,包括我们赵师傅的伤!"

宋渔友蹦跳着,踩到军长甫志云脚上了,而蒋芸心中这时主要地是发生着激昂的、正义的情绪,要扭宋渔友到派出所去,喊叫着黎求明或王禾师傅扭他去;宋渔友便更凶狠起来,举起手中的皮包来打蒋芸,而甫志云张手阻拦着。蒋芸伸手回击,身体撞击在甫志云身上了。她的心中,对甫志云原来是有着善意的,但是甫志云让开她,她往一边跌去了,撞着了一个老妇,她被甫志云抓着站了起来,恼怒了——这性格有些无常的、骄傲的妇女在挨了宋渔友的打击没有回击行动的这时候便迁怒于甫志云了。

"你这人为什么站在这里呢?你为什么抓我使我几乎跌倒呢?"甫志云抓住她的手臂,由于没有站稳,使她也踉跄了一下。

"我很对不起你了。"甫志云在不成功的动作之后不满自己,同时被责骂了,声音有些淡漠地说。

"你对不起我,我怎样办呢?你这军人真是令人遗憾,多管闲事。"

甫志云便有着更不满自己的情绪,同时也不满意她,皱着眉头。蒋芸又去扭宋渔友,而这时候曾打碎玻璃打伤人的宋渔友却又看见了赵容安,害怕了起来,又逃跑了。蒋芸又战栗着了一下要追他,但她停止了,看看甫志云,继续迁怒在甫志云身上,使她这时的正直中带着这时的委屈,和甫志云冲突了。

"你多管闲事,我的这要犯又逃掉了,他打我们赵师傅打碎我们玻璃的,我和他有仇,你妨碍了我,你是军人,你应该知道这点的!"

蒋芸随即又去追宋渔友,但到门口只好回来了。她撞击开了显得烦恼、不愉快、笨拙的甫志云军长,要往柜台里面去;内心里不满自己,想要和军人说道歉的话,又站住了,脸红,一瞬间有着善意;但却又发怒了。

"你是军长,我知道的,我不在乎你——不是不在乎你,而是我是有道理的。这是商品的社会,我们看钱,不看你地位的。"

"这是很小的事,你误会了。"甫志云说,"你烦躁了,工作烦。"

"我没有工作烦,而你是不该拦住我,让我跑了贼子的;那面包师是个贼子;你上次驾越野车来带人买去一袋面粉,我们粮店有人说你军长挺威风,但是我说你今日你有军人的不威风,你刚才不高兴我的脾气,打击我的情绪。"沿着她的向社会撒娇的、傲慢的情绪,她便说到并非事实去了,她觉得这时代军人有些容易讲话,便发泄她的骄傲了,"你放去了那面包技师是个贼子。"

"我不知道他那么重要。"甫志云带着遗憾和讽刺说,他又对她笑着,带着一定的抑制住的不满说,"我认为你找他的粮票也烂得很了,可以换一张的。"

"那你这言论是帮助那贼子的!"蒋芸,因为军人的讽刺和对她找补给宋渔友的粮票有意见,突然爆发愤怒地说。她再一次脱离了她的正直,而发作了她的邪恶了,她心里轻微地衡量了一下,觉得这样有着苦恼,但仍然激昂地看着甫志云。

处于被动的地位的、挨骂的甫志云显得忠实而善良,有些讽刺地笑着;她的轻微的恼怒被他压制着了,他的强悍的、遗憾的声音有些高起来又低下去了,变为和平。他心里是有恼怒的,他觉得这女子伤害了他,而且他很不满意市场上的这年代的骄傲,凶恶的男女,因此他心里有一定的苦恼。当蒋芸并不休止,而继续蛮横地攻击他的时候,他的表情有一次变了,脸色有些苍白,使蒋芸看看他,也使人们觉得他不可欺而可畏,但是这种愤怒并没有发作。

"你是帮助放走了那贼子的!"蒋芸说。

"我并没有,你冤枉我了,小姐,大姐。"甫志云痛苦地说。

"什么小姐大姐!"

"我不妨碍工作了,这些人等着。"

"没关系,王敏你代我!"

"你蒋芸工作去!"赵容安说。

"我就来!"蒋芸嘴唇战栗着说;她愈觉得她有错,愈陷入泥坑,便愈想击败这有些顽强地阻碍了她的军长甫志云。她叫嚷着。

"我劝你工作了。"甫志云的有些战栗的声音说,由于怕他的喉咙又高起来了,这次十分高亢,而愤怒在他的眼光里闪灼着,"在人们的经历里,这种情况是不良好的,当人们盼望着工作的时候,事情却是相反的。你工作去,朋友!"他说,因为蒋芸的表情十分尖锐,便发出了一声抑制着的尖锐的啸声和跟随着的因为内心冲突而有的叹息。

"我害怕你啦。"蒋芸说。"我要拿下你的架子。"

"你呀!……"甫志云发出了咆哮的声音了。他有些战栗着。

"我害怕你啦。"蒋芸又叫着,甫志云喉咙里再发出一点啸声又抑制了。

甫志云心中因他的喉咙里的吼声和啸声而有着一定的苦恼,他觉得他有缺点了,看看善良的,戴着眼镜的赵容安,他更是觉得一种歉疚。于是他,军长甫志云,英俊的军人,便在人们的注视下,看看人们,脸色苍白地笑了一笑,作为他的歉疚的表现;他在不知不觉之间转为忠厚、和平、温和、谦让而对蒋芸善良的军人了。又加上他原来赠粮票给老头子,便使人们钦佩于他的善良的状况了;虽然刚才人们也钦佩他的忽然有的威严,当蒋芸无理地侵犯了他的时候——虽然开始有了一点担心。人们都倾向他。

"但是你是放走了那贼子的,你作狮子的啸吼我并不怕你。"蒋芸说。

"进去吧,进去!"赵容安不安地推着蒋芸说。

"但是你解释,你军人不该干涉我,你放走了那贼子!"蒋芸继续委屈地说。

"那个跑了的,打碎玻璃的,有着重要么?"甫志云有着苦恼地说,"他什么时候打破玻璃的? 而我是想阻拦他打你,"他高声地辩解说,"我解释无用了。"甫志云又十分善良,甚至痛苦,忠实地说,笑着,"怎么办呢,是这样的情形了。"

"我们要他赔偿玻璃的!"蒋芸说,"那你赔偿玻璃了,还要赵经理的医药费。"

"你们玻璃不好报销么?"甫志云说,"这么说,我赔你们玻璃吧。多少钱?"

"那也不一定要你赔。你军人多管闲事,但是你仍然要赔。"蒋芸说,她的心里,正直的情绪闪灼了一下,但仍然又出现着她现在觉得愉快的凶恶。这正直的情绪的颤动使她的声音有着一点软弱的,听得出来的战栗。

"我真的可以赔你们,因为你们,这勤劳辛苦的粮店,也有它的困难。"甫志云诚恳地说。

"你真的赔么?可以报销么?"一个老妇人关心地不安地问,"你这军长,你不赔的,不能开这种例子。"

"我自己赔。"

"正是说的这个。"老妇女说。

"那算你打破玻璃的,那面包师贼子赔的钱不够,尚欠两元,这玻璃大,我们赵师傅的伤,就不找你了,她已医好。"蒋芸说,并且显出一种愉快,"像电视里有的,这叫做某军军长补助玻璃,我们可以登报!"她说。

甫志云便带着他的温和和善良,并且不再发出讽刺的微笑,从皮夹里掏出钱来了。

"没有这种可以,不需要的,军长同志!蒋芸你进去!"赵容安说,"军长同志啊,唉,这是蒋芸冤屈你!"

"军长同志啊,"王敏在窗口说,"我的心中十分感谢你,我反对蒋芸敲你杠子。"

"你蒋芸怎么样?"赵容安望着里面说,又转过头来对着军长说:"军长同志啊,我们粮店不辛苦,也还勤劳,你们辛苦与勤劳。"

赵容安便阻拦着军长的皮夹,但甫志云军长一定要付,而蒋芸扑过来,很凶地,将军长手里的两元钱抢过去了。

"好汉做事好汉当。"她叫着,她的意思,也是说她自己是好汉´赵容安和她抢着钱,但是她不交出来。"我作电视广播登报了,军长补助两元玻璃。"她的愉快的情绪仍然突破愤怒而表现了出来,她叫着而高举着那两元钱。

蒋芸进去了,人们静静地排着队。她进去之后内心又懊恼。重复地说她不甘心放走了宋渔友那个贼子,这使她被造成了内心的苦恼。她说,主要的。她对赵容安有歉意,但是也不,她就是这样的;主要的,根本的——她说——军长甫志云使她显得那么错误,让她拿了他两元钱,而显示自己的高尚情操,虽然她已广播道歉了。但是她说这两元钱她不拿出来的,她说,她是没有那么多的错误的,这钱本是可以向甫志云拿的,她还说,正如同她这"广播"她拿这钱,是请甫志云辅助。她繁琐地说着,在心中的正直情绪的闪灼中,她继续有着反对这正直,而依恋着积累自己的在经济市场上的要冲的权力与地位,坚持自己的执拗的情绪,所以她强硬地在痛苦中哭泣了一下,用这来反对甫志云,觉得她似乎是被欺,她是没有那么多的错误的。

赵容安跑进办公室柜台里拿出两元钱来还给甫志云,但甫志云十分坚决地不要,他说刚才宋渔友跑了,他也是可以有责任的,他决定赔偿或捐助了,也如同蒋芸所说。赵容安十分坚决,并且说到规章——发生着着急的大叫,甫志云才将钱收回了。

"不哭了,朋友。"甫志云窘迫地对蒋芸说。

蒋芸大声号哭了。赵容安激昂地还了钱,她十分伤心和委屈。

"我是犯了多么大的糊涂啊,为粮店赚钱。"她哭着说,"我真糊涂呀,"她说,"我也有对不起你军人呀,啊,你们是流血牺牲的,你们是吃人民的奶的军人,也捍卫我们,我尊敬你,譬如是吃你的奶的。"她哭着说,挥着她的手帕,想到军人刚才的啸吼而有所畏惧;"但是你仍然应该赔钱的,这是金钱的时代,"她又抽咽了一下,顽强地说,"我就是认得钱的,前面的话删掉了。"

甫志云有些窘迫地笑着,他的心里升起了一股有着兴奋与忿恨相矛盾的热情。

"我是多么激动呀,当我听到你前面的话的时候;我也是多么不愉快呀,听你后面的所说。我很感谢你的;当你说你尊敬我,我很烦恼了。"

"我是多么真的这样觉得,说到你们军人,也并不假话,你们真是优美啊!优美啊!"蒋芸说,"但是我仍旧说,这是金钱的时代,你是很想骂我的,"她带着狠恶说,"我将你也删掉了。"

"我是多么烦恼,唉!烦恼!"甫志云说,心中继续着激动与忿恨相矛盾着的热情,"我多么想,在这市场上,你这有本领的多优美啊!优美啊!然而不,唉,你很霸道而伤害我了,然而我仍然说你优美好不好呢,你优美啊!优美啊!"面孔有些发白的军人说,"我说,我是多么的糊涂啊,我应该说,感谢你女售货员的赞美好不好呢,但是却说了相反的了。我应该感谢你的。"他说,但是他又说,"但是你把我删掉了,我们同是吃中国人民的奶的,你删掉我,我很痛苦了,我真也想删掉你。"

"你也删掉我,并没有我的霸道了!"

"这不是这样,你使我陷入一种十分不愉快的境地,我在这种场合应该少说话,但是我也有一个噜苏的灵魂,"甫志云说,"我的灵魂有了一种喧腾,我们同是吃中国人民的奶而茁壮的,但我今天怎样的想说服你不把我看得是欺侮了你,我觉得是你欺侮了我。"他说。

沉默了一下,人们中间,一个中年妇女便同情军长的激动,劝他少说话——因为和蒋芸吵闹的无益的。

蒋芸看看军人,突然地又抽咽着哭泣了一下。

"我打不过你。"她说。

"我打不过你。"军人愤怒地说,脱下了军装,里面是白色的绸,"我不凭这军衣说吃人民奶的,我不穿军衣,我说,你这小姐欺人!我有一个对你烦恼的,噜苏的灵魂,"他大声说。

"喔唷!"蒋芸又叫喊着,用着哭泣的声音。

"我觉得你以为我穿着军衣是欺侮了你,我简直像欺侮了你似的,我有一个噜苏的灵魂,我说你在这柜台前的作为是有不是吃人民的奶的。"

"在祖国的平野大地边城山峦上,你吃人民奶的军人威武,我是多么觉得优美啊,以这而论,我是不要你两元钱的,但是为什么跟你讲客气呢?你们有待遇的!你们钱不少,哎哟,我是多么错啊,我什么时候吃的人民的奶哟,我是你的军衣压迫下的冤魂,你脱下来我更是害怕你了,我更打不过你哟!"

"你打不过我?你欺侮我!你欺我!这在我的噜苏的灵魂里成了伤心的了,你这么说,我就再把军衣穿上!"甫志云说,很快地穿上军衣,"但是我仍然脱下,我仍然凭着不穿军衣的普通责问你这小姐,女人,姑娘,"他又脱下军衣,拿在手里,说,"我凭我吃的人民的奶,说,你欺侮我哟!"

因为他的动作有严厉,蒋芸沉默了。脸色苍白的军人也克制了自己。蒋芸显出一点畏惧,喊王敏走开,而走上了她的工作岗位。甫志云带着一种激怒的,讽刺的微笑再穿上军衣,看看周围,说,"我真是有一个噜苏的灵魂。"显出一点歉疚的神情。蒋芸露出一种诚笃,似乎刚才没有冲突似地,而熟稔地工作了。

甫志云走到窗口,说买五斤面粉,蒋芸沉默地、淡漠地、长久地注视着他,预备伸手接另一人的,但想了一想仍然先替他办理了,也很熟稔。赵容安含着因自己的粮店里的情形而有的羞涩,亲自掏面粉给他。有一个男孩和一个女孩跟着甫志云到门口叫着看越野车,但看见军长是新的自行车,看见军长骑上走了。

"他不是坐越野车的。"男孩失望地说。"有一次他坐越野车来买的。"儿童的叫声震响于粮店的门口的大的桐树下。显示了这粮店的风情。

站在粮店里注意地观察着的张彬,也走到了门口,并且在甫志云骑车从小巷子转弯离去的时候看了一看大的、夏天的桐树。他照例地,因他所见到的国家的生活而有所激动,他想:"军人对付蒋芸使我很满意。"

这时候章绰局长来到了。他挤到窗口看看,并且要求到柜房里面来,他显得有些忧郁。他的忧郁是因为他心里从权势地位的膨胀转为正直之后,这时又仍旧有着一种不甘心的、试探的心理。他改变了许多了,显出一种温和,但是他不甘心在这粮店里所受的打击和不甘心经理赵容安显出的优越。他是怀着复杂的心理,不要保姆、阿姨买面而自己来买几斤面粉的;他想他也是要有时做到改变这以前有的蛮横,进一步做到对以前的弥补的。

但他要求到柜房里来了。

"我曾受到你们的责备,前一次那面粉,……我不知怎样说,仍旧有点不甘心。"他对忙碌的赵容安说。"我的不甘心是,我在那次的错误是仍旧可以说没有的,我希望你们,有时仍旧可以给我送面粉,大数目的。"

赵容安有点诧异地看着他,因为他上次离去的时候,是和平的。这又显出来要有斗争了,赵容安心中也起来了对他的恼怒。

"而我对于你们的这位服务员,她姓蒋吧,也是有着意见的。"

这时候蒋芸敏捷地回过头来,看着她。她因为上次有对他的一定的妥协而不满意自己。在蒋芸的心里,有着复杂的情绪的结合,她这时候心中承认她被赵容安经理制服了一些了,虽然刚才的两元钱又使她对她有着抵抗;她心中受着一种刺激,章绰的话又不合理,她便对章绰局长较凶地说话,继而大叫了。她存心吵闹,但这时也混合着助赵容安坚持规章的意思,她意外地又和章绰发生了冲突了,喊叫着离开了座位,而找王敏再代理她。章绰恢复了旧的地位与权力的膨胀的情绪,再说了一句要粮店以后最好能送大数目的,说他需要大数目的,蒋芸便叫嚷起来。

"我认为你使我们使赵容安经理为难了。我们粮店是不送的,——赵师傅,我凭着正直跟你说,"她对赵容安说,"我认为你对章局长有客气了,这是不应该客气的,他们这种局长多得很,刚才那宋渔友将来不一定不爬为局长,而刚才那甫军长不是一袋面也自己算的。"

"什么叫做爬为局长呢?"章绰不安地说,在忽然的内心的痛苦的矛盾里,他觉得,蒋芸也是有道理的。

"人生感慨。赵师傅大学毕业,在我们粮店任劳任怨,我也有一种人生感慨,我体恤赵师傅,所以我就心中有内燃的火苗,愿意挑这个担子,"带着复杂的情绪,蒋芸说,"这个粮店,哪一件不是赵师傅,"她说到这个题目上面来了,"哪一件也不是我的心血。"她说,她的心中,地位和权力的观念又起来,她的声音有些战栗,"人生感慨,我不愿你局长一再来示权力的,我再说像你这样是很多的,"骄傲的作为市场要冲的蒋芸用激昂的大声说,挥着手。她今天又化了妆的,刚才和军长冲突人们也看着她;她用黛色油脂涂了上眼皮、眼眶,在睫毛上也涂了油,显得美眉,然而利害;她又心中的火苗燃烧,正直的火苗和要冲地位的势利的火苗同时燃烧,像是一个精灵。

"怎么很多我这样的局长呢?"章绰叫着,尴尬地笑着,脸红了。

"很多,那个宋渔友,可以爬上去了,我都是可以爬上去的,没有哪个怕你们的。我在粮店里挑这个担子,没有一处没有我,"她激动着,这次连赵容安都没有提了,"刚才是一位威严的军长,祖国的灵魂,但不管他是如何文明礼貌,他也是一种架势,喉咙里啸吼,使我心中烦恼,而那宋渔友人逃了使我心中烦恼,而我譬如也为王敏这人的沉默客气烦恼,她和她那友情的对象,——那叫张彬的文明礼貌的青年干部就在这里徘徊。"

"这又扯到这个干什么呢,张彬是结过婚的。"赵容安说。

"你扯到这个我不满意你。"王敏回过头来说。

"但我是关心同志,用功努力的人儿。他那张彬,结了婚未必不另有心思,现在的一些人。"

"你扯到什么地方去了。"赵容安愤怒地说。

"我希望你蒋芸不要误会了,"张彬挤到门口说,"你应该了解。"

"我不了解。"任性的蒋芸说。

"我在许多情形上,"张彬觉得自己使温柔的王敏为难了,头脑里又产生了一种恍惚,似乎他应该不使王敏失望似的;这时他还感觉到王敏的苦恼,所以更不满蒋芸,"我是很有歉意的。我想,在国家建设的道路上,正如同刚才那位军长说,粮店的辛苦,勤劳也使我感染了。我观察着你们都是很好的。"因军长和赵容安的退还钱,因王敏的正直而发生了热烈,并且对门外那棵桐树具有感情的张彬,此时正有着流恋忘返的憧憬,突然也觉得有许多不好的事,但却想歌颂他的时代,于是热情地继续说:"我观察着,在这一带的市场上,粮店是不落后,它像是一匹祖国的骏马,在人们的驾驭下,全体顾客在内,而在有虹彩也有困难的烟朦胧的国土上奔驰着。"

"你少说些了,你这是说我就是烟朦胧,雾朦胧!"章绰讽刺地笑着,因为内心的尴尬受着打击,说;他想反驳这,但他也觉得这是对的。

"我说得打扰了。"张彬说,看着章绰。

"我对于你,章绰局长,是认为你不应欺负我们的,我借花献佛,在祖国的幅员辽阔的国土上,你章局长不能忘了你也是一匹骏马!"蒋芸说。

章绰沉默着。

"我还要说像你这样的多极了,像那可恶的宋渔友,像泥土里的蚯蚓一样多,蚯蚓还是益虫呢!"蒋芸说。

"你很使我心中痛苦了。"章绰愤怒地、苦恼地说,"你有这样比喻得很惨,好不好呢。像我这样的很多吗?"他讽刺地说。

"不怕你!我们赵师傅也不示弱,在这个粮店里,哪一样不是我,"兴奋起来的蒋芸又看着赵容安说,"挑着一定的困难。当然,也是你。"看着赵容安的烦恼的微笑,她又畏怯地说。她的心里这时是十分复杂,有着比先前增多的正直与善良,赵容安到底制服了她一些,但当她的正直、正义、善良,对国家事业的感情紧张地发生的时候,她的心中的积累地位权势的情绪又燃烧着而啃咬她。当她紧张着想要说善意与正直的话的时候,她又面孔战栗,受着阻挠,因此她便嘴唇干燥,而面孔转为苍白了。"我对你是有着善意的!"

"你停止了!"赵容安带着嘲笑大声叫着。

"那我就停止了。"蒋芸说。显出来是她有着畏惧自己刚才的有着狂妄的话,她的紧张着的善良颤动着,她服从着赵容安了。但是随即,她的眼睛和嘴唇又战栗着,她的恶意又起来,"我仍旧说的。"她说,虽然在内心冲突的苦恼中,"在人生的道途上,太阳被骏马拖着前进,我蒋芸不惧怕什么人的!我凭我的工作的资格,我的能力!我不怕你局长的!也不怕你赵经理的!"

"你停止了,姑娘!"赵容安严峻地大声说,感觉到她的矛盾,面孔有着庄严的苍白。

"我停止了。"美貌,俏皮,愤怒的蒋芸说,但有着顽强的表情。那个紧张着的善良,和那个同样紧张着的凶恶,继续在她心里冲突着。

"你不要计较个人积累什么资格,你有着缺点,我这当着这位局长说了,"赵容安说,"我再说,章局长,你又来说要我们替你扛面粉,你是非常不对的!首先我说你来的时候的态度是非常不对的,上一次你很好。"

"那么我就是什么一种虫向上爬的了。"章绰说。有着怒气,但又收敛着,沉默了。

"我有着缺点了。"蒋芸说,沉默地转身,拖开王敏,坐下来,很快地做她的工作了。

章绰沉默而烦恼着。

"你,章局长,原谅我们小小的粮店!"赵容安带着讽刺的笑容大声说。

章绰沉默着。她这时惧怕他改正得不彻底,不漂亮,又有特权思想,来这粮店试探了。惹起了很恶的攻击。

"那你赵经理讽刺我。"章绰说,"太阳被骏马拖着前行,你们粮店是勤劳,辛苦了。"他讽刺地笑着说,坐着,想离开,但又坐着。张彬这时候看看人们,呆站着,关心着社会,观察着社会;头脑里有着灼热的思索和抽象的逻辑的张彬是在恍惚着,激动地想看见章绰局长今天的结果,和想看断判涂着黛色眼皮的蒋芸的情形——他想她是受了赵容安的一定的教诲和受了粮店的生活,国家的建设的教化了,但他看她仍旧是凶狠的。

粮店里秩序进行着。这时候工作间里面电动切面机器发出了响声,发生了故障,赵容安急忙地往里面去了。作坊好久静默着,李纯英胖姑娘那里人们等待着继续的切面,李纯英也到里面去了。机器声又恢复了,但章绰这时高声喊赵容安,同时赵容安发出了不高的喊叫声——李纯英在等第二簸箕切面,赵容安听着章绰的呼喊急忙拿切面的大簸箕的时候头碰在柱子上的钉子上了,她的眼镜再打碎,而她的面颊被钉子碰伤,流着血。她抱着面簸箕出来了,而这时候蒋芸奔了过去,抢过面簸箕放在地下,她显出一种热心,将簸箕拖往卖切面的柜子。张彬观察这各种动作都显示着辛勤的意义,甚至是特别的意义——在他的激动的观点里他的心情是这样。而这时,眼镜破碎了,面颊流血的赵容安走到柜房里,用手帕拧着脸,便坐在蒋芸的位置上——王敏在米面柜前称着面,而黎求明在拖着面口袋,在面口袋堆的后面。赵容安惊慌于她的伤,激动着,她在虚弱的一刹那又想到整个粮店里的情形,又想到她曾往西北去又回来,有着困苦的意义,不甘心地落在这粮店里了。她在痛苦中想到她不想干了,她觉得她的面颊,容貌也是重要的,她生长得秀丽。她呆想了一下。

"我为什么呢?我没有意义!我没有道理!"她想。

但同时她觉得这思想不够真实,她想,这里虽然有粗重的劳动,但是,她如果认为她是带着深刻的也是开发的意义落在这粮店里,这里便也是有着温暖的进展与每日的充实与胜利,她还联着国家意识,想到这粮店是给安居乐业的现时的居民达成重要的供应的。

"我为什么呢?我有意义!我有意义。"她又想。"我再这样想一次做我的生涯的决定了,不过这气势不必要。"于是她用比较重的语言想着,她想:"我们国家经过苦难而达到承平的年华了。这样想是比较有益的,太阳被骏马拖着前进,所以是光辉灿烂的。"她想，用手帕再扴脸上的血，而低下头来将顾客的钱，粮票拿着靠近她的近视眼看着，又低头很低地靠近着表格填着字。

"你看得清楚？赵容安同志，"张彬在门边问。同时一个顾客在窗口问，但赵容安事忙，又痛着，没有能听见。张彬便走开了。但他因赵容安刚才没有听见而不安，便又走进窗口——他看见赵容安事情办得不慢。

这粮店里这时有一种气势，一种严肃。赵容安用手帕扴了脸，她沉静地继续工作着。张彬又走到柜房门边。而这时章绰局长在沉思着——这时他很有些悔恨再来试探一下了，他是显出一种恍惚的状态，伤心着自己的改正没有效果，仍然像上次的情况一样，正直的与国家干部的姿态不能显现出来，不能从他的心中发生。他在张彬的注视下犹豫着，终于又点燃了一支烟，抽了两口，咳嗽着，将烟扔在地上，用脚踩碎了——骄横的样式继续显现出来。但然后，他看看张彬，正直的样式畏怯地显现出来了，他站起来，用扫烟作掩饰，站起来，拿起屋角的扫帚，在碎烟上面晃了晃扫帚，从屋角扫起，较仔细地，胆怯地扫起来了。他扫完了，显得温和、满足、有些脸红，恍惚，有一点苦恼，看看人们，悄悄地往外走。

"你这样就比较好。"张彬说。

"骏马拖着太阳，你这年青人说，"章绰突然有些脸红地说，他的和平的心境又丧失了，而变成蛮横的，同时他也因为他的喊叫使赵容安撞了脸而发怒，"你看见我刚才扫地了，什么比较好。"

"你这蛮横就十分地不对了。"张彬说。

"我是为祖国今天的灵魂的腾飞而尽着自己的力量的。"

"你是局司级，我也是想要发言了，我对你有着思索与你引起我的反思，我非常渴望你改正了，"张彬说，震动着热情的强调，而突然从热情发怒了，虽然抑制着，面色苍白，内心痛苦，觉得不应该发生这场冲突，"你使我失望，你这样很够了。"

"我是……为祖国今天的灵魂的腾飞而尽着自己的职能

的，"章绰蛮横地大怒了，身体战抖着，"你渴望我改正！小子！年青人，——他是不是将来也会像宋渔友一样，像我一样往上爬！"他回头望望蒋芸说。

"你欺侮我！……我也正是为着，想着，祖国的灵魂的腾飞的！"张彬气势很大地大声吼叫着说，震动着整个的粮店。

"不要吵了。"人们中间一个年青人带着极注意的神情说。

"我正是为了我的灵魂！"章绰说，面色苍白，痴呆了一下，想着许多事情粉碎了，他正是期望着改正他的情况的。他说到了他的灵魂，他的灵魂有一种疼痛。他沉默着，双手在衣袋里插了一阵，看着空气中。这沉默继续了一阵。"我正是在想着到底是谁的错误，我正要说你这年青人讨好，交际，而你没有什么灵魂！"

"你是局司级，令人遗憾了。"张彬说，也陷入痛苦之中，觉得自己唐突引起事故，觉得自己有着过于激烈了，面孔战栗着，但仍然说，"我说你是灵魂里的火焰不够。"

"我火焰不够！我是贪官污吏！我就是这般，我老爷是局司级，局长，你小子，没什么等级，在我的局里往上往下，哪一件不是我？部里就我重要！我没有为祖国中华辛劳，受你这一辈小子小人的欺侮！我恨你！"章绰更蛮横地说，他的身体转动着，他咆哮着，但同时脸色更苍白，在人们的注视下，觉得自己陷入更深的陷坑和痛苦了。他便走了，他又走回来，而这次不是凶恶，而是有些战栗地对张彬说："我是有一定的遗憾的，我不能改变我的情况！"他火焰似地说，便又走进粮店的办公室，拿起刚才扫地的扫帚来，扫掉了地上又弄的脏，而走到办公室门口来慢慢地，沉思地扫着。他想改正，想用扫地表示和在内心里达成改正，人们看着他。而最后他丢下了扫帚，有些失望地、奇怪地沉默地走掉了。

蒋芸走回来，赵容安站起来，蒋芸看看她，站住，沉思地观察了一阵。

"人们吵过了，你□得伤心，休息吧。我说这个粮店，不能没有你的,正如同不能没有我一般,"她说,但看见章绰局长的皮包丢在桌上了,皮包上还有一叠钞票,是用手帕包着的,便又喊王敏;她说她正要去吵章绰,拿着这两件走了出去。皮包上的看来没有人注意的钞票是她心动了一下,她急着喊王敏而跑了出去,是有着被诱惑的想象在支配着她的。赵容安又坐下了,蒋芸拿着皮包和那一叠钞票跑出去而想到,章绰也可能不记得这一叠钞票是拿到这里来的,它也可以是在路上丢了的——这么想着蒋芸便头晕,便靠在墙壁上,闭着眼睛休息着。她这些时受着赵容安的影响变好了一些了,但这时仍然邪恶从她心里扑击出来。她心脏跳动着,她觉得头脑里黑暗了,她因为心中的占市场要冲的势利思想到了这般情况了。她睁开了眼睛,太阳在辉煌地照耀着,她又觉得心中有光明。但她又心脏急跳,走了一些步,又站下了,靠着墙,喘息着,受着诱惑,她拿起钞来在鼻子上嗅着。她心中原来混合着邪恶的光明便熄灭。她挣扎了一下,心里再震作起来,她又努力地前行了。

蒋芸追赶着穿着哔叽裤子,洁白的长的绸衫的章绰到小巷子转弯的地方。章绰因为和张彬冲突而精神有扰乱,又因为他的喊叫使赵容安撞了脸而不安着,他想要转回去慰问赵容安,但又想快点去,免得别人责怪他以及再和张彬冲突。

"章绰同志,这皮包,这一叠钞票……这桐树的叶子,"蒋芸有些羞怯地指着店门口的大桐树说,"夏季繁荣,过去,也有燕子飞来粮店的屋檐下,我们经过我们的生活道路,今天我们勤劳的、小小的、很谦虚的粮店很繁荣了。"她带着一点战栗的声音有礼地说,"我们大学高材生近视眼赵容安伤了。如同我一般,你一定认为她是心思中有诗文而看不起她。是你使她焦急心伤,那大声音喊她使她碰伤了脸碰坏了眼镜的,像那宋渔友一样吵了架逃跑了,但我不是说要你赔医药费,我也是的,我们横笛街粮店我这两天,我今天很心伤。"她的声音在平静了一下之后又战栗着,说;她又想起了她刚才克制了的受到的金钱的诱惑。她便决定做一件她觉得是有意义的事,她也正是要做。

"我十分谢谢你了。"章绰说。

"但是你像那宋渔友一样的逃了,我说你不要逃,你要赔眼镜和医药费。"她提高她的声音说。也沉浸在逞能交际的情绪中,她又闭上了涂上了黛色的眼皮,她再觉得她假如拿了那叠钞票她会堕入黑暗,她再又睁开眼镜,抬头看看灿烂的太阳和光明。她迅速地研究着她刚才受诱惑的心理的深度,她辩解说,那是不深的。这也是确实的。然而她痛苦。

"你这钱银行里取的吧,"她换了一个题目说,因为她对这不放心,又研究着自己,"你有可能路上失掉吗?"她问。

"怎么呢,"章绰又恍惚地说,"这真是。"

"譬如你在来到粮店以前就丢了呢?"她说,又闭了一下眼睛,嗅着钞票的香味,同时觉得那是有些可怕的。

"那就糟了。"章绰说,"我极为感谢你了,我真是不应该再来粮店的。"

"那现在是,你是可恶地要像那宋渔友一样溜跑了。"蒋芸换回来题目,说,"这是必须这样的,你赔我们赵经理,"她带着一种尊敬称呼说,"赔眼镜的钱,和医药费。我也不会宋渔友一样逃跑了。"她说,她的意思是指她不受这钱的诱惑了。

章绰不懂她后一句话,呆看着这涂着黛色眼眶的女子很久。她令他有复杂的感想和自己的反省。他心思恍惚,因为想要改正又继续了错误,而和张彬冲突了,而现在,他的官僚,权势膨胀的怒气又可能发作了,因为逻辑是,眼镜和负伤并非他直接原因,不能要他赔偿的。他呆看了一下粮店门口的树,又想到,假若丢了钱,这女子假若捡了去——这女子是有一种危险的,而现在似乎不如前两年有较多的拾金不昧了——他会很苦恼。于是他便想不应再发作他的权势威风。善意的心思起来,他想他应该不必是刚才扫一下粮店的地。于是他呈显着更多的一种恍惚,看着粮店门前的树。

"我赔眼镜和医药费?"他说。

"你难道不是另一个宋渔友吗,你想跑啦,你赔。"蒋芸更逞能地说。

"我是说我很感谢你,而我看着这粮店的树,也想到你说的,譬如经过了春与秋的奋斗;我匆匆忙忙地也经过了春与秋,我是说,我应该表示我脱颖而出全新的心理了,可是我心中仍旧有着哀叹,我的灵魂沉入一个黑暗中!我这是说,我是宋渔友,刚才,"他想着,"也是有一点想要逃掉。那么,我赔偿而且感谢你。"他用有着一点颤抖的声音说。

他便拿出了二十元钱,这时候,刚刚强制着要章绰赔钱的蒋芸又改变了想法了。他要章绰和她一起转去,而显示她的较多的威风。章绰跟着她回到粮店里,走到柜房门口站下,蒋芸便说着她的想法,但是赵容安拒绝了。她忙碌着,脸上又贴了橡皮膏;她坚决地说不要,她说这不合道理,因为这是她不小心,章绰并非事故的直接原因。而且她没有伤着什么。

"但是他是直接肇事之因。"蒋芸说。

"他不是的。"赵容安说,"这又要像那军长的两元钱了,虽然不一样。感谢你章局长了。"赵容安说。

"我是直接肇事的原因。"章绰说,"我刚才走了,因为我头脑恍惚,而缺乏水平。"

"他是的。"蒋芸说。她想了一想说,"那么,服膺赵容安师傅,你章绰局长钱拿回去吧。但是,"三番四复的蒋芸又说,"还是要他赔吧?"

赵容安说不要,而这时候章绰,决心改变他的情况,看看蒋芸手中的钱,更决心赔偿了,并且觉得安慰,甚至眼睛有些潮湿,转身便提着他的皮包往外跑去了。蒋芸看看赵容安,便来追他。她又犹豫了一下,她想是让他赔的,可以配眼镜以后多退少补,但她又想,这也可以是不必要的,赵容安的坚决也是对的,但主要的,她这时的坚持有力弱了,虽然她犹豫中,又向前追了,而这时候,有些蹒跚的章绰已逃出很远了。

蒋芸便在弯弯曲曲的小巷子里追章局长,喊叫着而奔跑着。蒋芸快要追上了,章绰继续跑着,回过头来喊着:"坚决赔偿了,我革新我的心理了,向你们道歉了。"他心里发生了深澈的正直的感情,激动着,又喊着。"向赵经理和你道歉了,我的灵魂洗刷了。"他终于被追上,站下了,他说:"我被你追上了,但是我不收的。你叫蒋芸吧,你很好,你看你们那桐树多高,那树顶上,我记得春季是一个女孩放的,挂在那里的风筝,"他说,当蒋芸回头的时候,他又聪明地逃跑了。他坚决地、很快地逃跑,而蒋芸又追他。他于是又站下了。

"我的心在受着一种苦难,由于你这俏皮的冥眼睛女人追我,使我产生了一种幻想,以为你和我有着恋情似的,我说这个你不怪我,我心中,我的灵魂在经受着一种困苦了。"

"那你是为什么呢?"

"我要在一次反思中完成我的行为,许多行为要一次完成,我要转为正直合理,所以我逃跑了。在人生的征途上,我要做漂亮的事情。但是我摆脱不了我的思想,哎呀,这二十元钱我应赔偿的,但是我非直接的原因,我是局司级,国家的干部,我觉得我不应受欺,这反思又是,我这局司级要拿回我的钱来了!而且我要责问你追我攻击我!我喊她赵容安一句我的声音大一点有什么关系呢!谁叫她撞了脸的?我就是那样的声音喊一个人的!所以我并不变成唯心论的,我把钱拿回来了。"他说,从"反思"的这一面变成另一面,从蒋芸手中拿回了钱。

"你拿回了我倒以为你要赔了。"蒋芸说。

"事情是在于人情,"章绰说,"我说,我问候赵容安的伤一句,我想我也不问候了。"他又说。

"那你就应该赔钱。不管赵师傅要不要,我说。"蒋芸凶悍地说。

"但你对付不了我。"章绰又带着官僚的凶横说,"你说要赔多少呢?难道真二十元?"

"五十元。"蒋芸说,"因为还要包括工作的损失。"

"你黑良心。"

"现在什么都是论钱的,商品经济发展,五十元。我告诉赵师傅去,也可以上法院。"

"给!"章绰说。他这时吝啬了起来,虽然因为蒋芸的凶恶他又有些退却了。"我说,十元吧……五元。"

"你两元吧,一元吧?"蒋芸讽刺地说。

章绰却面色有些紧张地从衣袋里取出一元的钞票来。他现在内心有颠簸,不愿受蒋芸的欺,所以非常吝啬。他的面孔又有着苍白,因为现在事情变成困难的了。他的正直,慷慨的情形忽然丧失使他有一种内心的战抖。蒋芸接过一元钱来,显得很冷酷,将钱撕成粉碎了。

章绰不能拯救这一元钞票,不能拯救自己的受打击,并且想到自己已接近年老,自己的一生的道途,在这一偶然的情况中受着困苦。他觉得他的心灵痛苦,像蒋芸受钱财诱惑靠在墙上一瞬间觉得黑暗一样,他也一瞬间觉得黑暗,盼望已久的改进,渴望已久的从官僚权势的膨胀中蜕变出来,都不能达到;他扫了粮食店的地了,但是和张彬冲突了;他又再扫了地了。——从那一袋面粉起,落入一个深渊中。

"你使我痛苦,蒋芸女售货员!——我是官僚,我发怒了,你撕我的钱!我制裁你!"

"你是糊涂的小官!你呀,你制裁不到我!我是市场,我有我的势力!"

章绰想着自己的困苦,想要再回到他的正直的愿望上来,他便又拿出了两元钱。但是蒋芸将钞票扔在地上了。

"但是其实这样也没有什么。我是横蛮的官僚,但我终于要从这种错误里挣搏出来,"他说,预备捡回钞票,但蒋芸来抢了,他便用脚踩住,捡了起来,活泼地从这凶恶的女子逃跑了。但他又突然转回来——产生了奇特的行为,再往粮店走去,挤过人群,走进办公室,看着赵容安笑了一笑,在桌边呆坐下来了。他不知说什么而心中不安。他内心十分激动。终于他没有说什么,而又拿起扫帚来,扫了已经又有点脏的地面,而有一点恢复了他的精神,走掉了。

蒋芸转去的时候,碰见在附近观察着章绰和她的张彬。张彬追出来几步看着蒋芸追章绰,他因章绰的情形而有着他的思索。

蒋芸看看张彬。张彬对她友好地微笑,他的有些激动的心,有些赞美着她的反对章绰的行为,但她的表情却有些冷漠。

"你那拖着太阳的骏马一类的言论,你张彬先生,是王敏爱听的,我说没有什么意义,到我们粮店来出风头。"她说。但是她又说:"不过我也有点对不起你了。"他的表情里有着因她的莽撞而来的一点羞涩,但又带着她的市场的凶狠,张彬便想到这市场的健旺的和谐与正直还没有能将她制胜。在蒋芸心里,也是犹豫着;心中紧张着,似乎想对张彬补说善意的话,但是她心中的另一面的意识也紧张着,她便将这狠恶地放弃了。她想她就是这样的。"你觉得我这个服务员怎样?"她讽刺地问。

张彬想走开。

"你也想像宋渔友章绰一样逃跑么?"蒋芸说。

"你有事么?"张彬说。

"我说你管我们粮店的闲事的。"

张彬沉默着。

"你欢喜说高尚情操,说我们没有高尚情操,"她说,继续陷在矛盾里,想到她不久前因章绰的钱而有的诱惑,自身不满意自己,想说正当的话,但是仍旧嘴唇痉挛着:"你不是说我们么?我们也是不够,但是,也有时不承认的。"她又窘迫地笑笑说:"你时常买粮,你没有阿姨的,你也辛苦了。"她说。站了一下,她心中自负的琴弦继续紧张,她便说:"你不高兴我们。"

她还又热烈起来,这时候她心里有着一种动机,因为张彬的言论在这粮店里似乎是有权威的,她便想获得张彬的赞美,说她各项是不错的;她还觉得张彬是漂亮的男子,她问张彬对她的意见,但她又说她就是这样的一个人。张彬便说不知道怎样回答是好。因为想得到张彬的言论的愿望十分热烈,她便站下来诚恳地说话,热烈地注视着。她又注意他是漂亮的男子,她问,她和王敏,在张彬的印象里,谁好些和工作能力强些;她又问依张彬看来,她的作风、为人、市场的意识——因为有些人太捣乱了——责任心、是不是很对的。

张彬匆忙地回答着想走开。蒋芸又处于一种内心冲突里,因为张彬回答说她比王敏一样能干,一样好。她又说了一句讽刺的话。她懊悔了,当她问张彬她和王敏的工作谁的难些的时候,张彬说依他看她是小组长难些,她又没有谦虚;当她再问张彬对她的见解的时候,张彬说回答不出,有一些冷淡,她便又说了一句讽刺的话。她有着使她烦恼的恼怒了,她十分敏感,张彬有着不满和怒气,他有些想回避蒋芸,便急忙走开。

陷于内心冲突里的蒋芸站了一下便喊张彬,追着张彬,想要向他解释又想要克服他,坚持说自己的不错——总之,陷于内心的紊乱里,由于好胜心也由于张彬的行动使她负了一点创,而追着张彬。

这时候章绰从粮店里出来很快地追上他们,脸上有淡漠的,因不满意自己终于不能转化为很正直的干部而有的烦恼的神情。

"我向你张彬致以歉意了,"他说,"你对我有意见是有少量的合宜的。"他无表情地说,站住,想着什么,又变了意图,说,"我并不对你或蒋芸致于什么歉意,你张彬是一个无益的人,我是什么人?我是什么等级的干部?"他大怒,叫着。

"我们在这里争吵着。"蒋芸对章绰说。

"我很想从不良情形里蜕变出来。"章绰有些战栗地,愤怒地说。

"我和张彬在这里争吵,我们也想从不良情形里蜕变出来,从虫变成有翅膀的。"蒋芸说。

"我十分伤心……"章绰说,未理蒋芸,出现一种沉思的神情,他内心确实苦恼着他不能转化为正直。处于神经紧张状态,他又像丧失了什么似地回到粮店里去了,而又冲进办公室,坐下来了。他呆坐着,想向赵容安或什么人表白自己。他终于看见

171

地上又有点脏,他再振作起来,想转化为正直的干部,便有些羞怯的再来拿扫帚。但是他又把扫帚放下了,假装在墙角找什么。他又坐了一下,淡漠地苦恼着自己的不能转化;脸上有了一点骄傲的蛮横的表情,终于放弃了这特别的努力,而走出去了。他想他就这样了。"我有一个苦恼的灵魂,"他想,逃开粮店,带着忿怒的神情快步跑着。他跑着,像有急事,经过路边讲着话的蒋芸和张彬而往前去了。

张彬是希望正直,有礼貌的,但显得有怒气。他匆匆地走了又站下来,想说几句客气话,但呆站了很久,仍然心中蒸腾着怒气,在章绰经过之后又往前走了。蒋芸喊他,他再站下,但又前行,蒋芸追了他几步,陷于愤怒的情绪里,喊叫着:"你跑了,你答我的话是不合适的,不负责的,——我想和你说话!"她叫着,但是烦厌这种冲突的张彬加快脚步走了。蒋芸便也站下来。她又追赶起来,但终于又站下了。

张彬也站了下来。

"我的态度和立场是没有错的,你是对我有偏见,而高兴王敏的,我追着是告诉你,你是知道的,我是凭我的能力,凭我的资格的。"

张彬又走了,她又追了两步,喊着,他便又站下。

"我追那宋渔友又追那章绰,又来追你了,"她说,"不过我说,我也许是错的,我想说,我也可能有许多缺点——但是我仍然是没有缺点的。"她说,她的心里一瞬间紧张着善意的、友谊的情绪,但是它又被敌意代替了。"我就是这样的,你张彬的言论我不满意,你倾向于王敏,而欺侮我,用你的好听的言论。"

"我怎样欺侮你呢?"张彬说,"我不满意你有分明的缺点。"

蒋芸站着沉默着。

"我为什么追着你问你我的优缺点呢,我有毛病啦,但是因为你使我发生好奇,我想得到你一句佳评。我要去工作了。你给一佳评吧,拿佳评来。但是,呸!但是,你说,一个人,怎样才算是正直磊落的在建设事业中发挥作用,"她带着怒气说。由于内心激动，她说了别人的哲学，她嘴唇痉挛了一下。她又不甘心地对张彬说，因为她也觉得她有着正直——"我问你，人生的真理是什么？我糊涂地追着你，我是明白了，是问你这个问题的，你说对不对呢？"她带着善意和渴望，又仍然有着讽刺的笑着，说。

"我同意你什么呢？"张彬焦急地说，看着这女子处在特别的激动的风暴里。

"我是觉得你是热诚的所以这样说——你评论我吧。我说，人生的真谛是贡献自己的能力也表示自己的性情，每一个人都是一样的。"她带着较多的善意说，但也觉得这不完全是自己要说的。

"我怎样回答你呢？"张彬想了一想，思想要回答什么，但是看她有着特别的激动，仍旧想回避她，转身走了。

"我诚恳地向你提出人生的哲理的时候，你不客气地走了，你像流水落花一样地走了，像行走的空中的云一样走了，你是可以的么？"蒋芸喊，善意消失了，又有着邪恶的表情，并且追赶着他，"我对你，也是一个合宜的朋友，学问，哲理，我心中也有王敏一样的想往。"蒋芸内心灼热，发生了她的激情了。"我说我有一分想和你交朋友，那是没有的，你放心，我是结了婚的，但是一分和你往来，交朋友是不是可以呢？你不要像流水落花一样地走了。"蒋芸说。在市场权威和金钱的繁华的思想中，她有了破坏了她的平静的邪恶的激情。她站下了，靠在墙壁上，闭上了她的涂着黛色的眼睛，觉得黑暗，觉得心中有悸动，说出这样的话是不好的，这种脱离自己的生活的轨道的行径是错误的，她的丈夫对她并没有什么不好。她于是又睁开眼睛，抬头看看天空里的，使各处洋溢着光明的灿烂的夏季的太阳。她衡量着她刚才的不妥的心里的深度，她觉得并不深。"这个没有的。你不可以以为我有缺点了，我只是问你的是人生的哲理。"她带着嘴角的抽搐说。

"你要去工作了。"张彬说，十分地恍惚，"你说，我要给你赞美的话,我说,你是聪明、能干、直爽,我看你也爱繁荣市场的事业与爱国!"

"倒霉。"蒋芸说,"但是你说的也对。我刚才找你表示的,是我心中偶或的情形,我是……但是我仍旧说,"市场的权威的膨胀的心理和金钱的荣华思想造成的动荡又起来,她继续有着邪恶的激情,——这个时代,是也响着不少这一类的浪漫的声音,"你可以不必流水落花而飘去了,我心中有情,对你有不好么?我是结了婚的也没有关系,对你有不好么?我是结了婚的也没有关系,你每月收入不少吧,我们一起——我和我的丈夫感情不好。"

张彬紧张地沉默着,他想要说一大遍教诲她的话,但觉得这女子的燃烧有着凶恶,沉默着。

"好么?是情爱的朋友,比王敏强。"

"你去工作了。"

"去你的吧,你欺侮奶奶,我看你没有地位没有几个钱也没有心脏。"蒋芸说,又靠着墙壁,脸色苍白地闭上了眼睛,觉得口干,并且因堕落而痛苦,眼前黑暗着。她又张开眼睛,看着夏季的阳光。"你不要以为我有缺点了,"她的嘴角再带着痛苦的痉挛说。"我片刹损失了我的骄傲我要报复你……而我,其实也是在问你人生的哲理。我想和你去玩,吃,喝,然而你愚蠢了,我其实想告诉你哲理,因为我觉得你是挺有为的男子……我说这个多余了,我向你表示,我和我的丈夫是感情顶不错的。我说,我刚才和你说的是假的……"

张彬沉默着。

"但是你说的也对,我不是今天的那些浪荡的女人,我不过有点受了她们的影响。"她说,又靠在墙上,闭上了一下眼睛。"我问你的是人生的哲理。"她带着一种悲哀的表情,说。

"你说得对。"张彬激动起来,说——蒋芸的坦白的感慨的话和她显出来的性情使他有着许多的感触。他在这粮店里交际,碰到不简单的形势了。他害怕自己自负,"今天的那种男女之间错误的情形,是我们都共同地不赞成的。"他带着小心的愤慨,激动地说。

"我给了你一个机会摆架子了。"蒋芸说。"我一定要收回的。"她并且弯腰捡起一块泥来砸了他一下。

"但这是不对的,我没有摆架子。"爱好思索,追求着他的时代的张彬忍耐着这一块泥土,着急地说,陷入一种头晕中想了一下,判断自己是没有骄傲,于是大声说:"我可以赌咒,你应该是很好的,可是有缺点,思想许多错误,今天的社会我们的中华祖国正在建设着,大街上都市里和我们国土上有着热气蒸腾的风采,是你知道的,你看,你们的粮店也发展着,而附近盖着新的大厦。"他说,他的热情又激动起来。

"我活该挨你攻击,教训了。"蒋芸说。又要拾泥土,但抑制了。

"我说你本是有着正直,明朗,国家建设开发市场的干练热情的性格的,"张彬心脏激动着,热情起来,想要说服这有着坏的堕落倾向的女子,并且一瞬间自信能说服她,说:"你是有水平,也是立场分明的,你是十分有才能,而也有着正直,我曾极钦佩的。我想,蒋芸朋友,你是偶然说了一些错误的思想了。你也不要再拾泥巴土。"

头脑里逻辑多而有着热烈的思想的张彬沉默了一下。他觉得说得片面了,因为害怕这涂着黛色眼皮的女子,他过多地赞美她了。

"我高兴听你的赞同,佳言。"蒋芸说。

"我是这么说的。"张彬说,想说相反的话被压抑下去了,因为惧怕她,继续赞美着她了。"你是很热心地、思想集中地、很有丰富经验地为着市场服务,经济繁荣服务的,你呀,是我们走向繁荣富强的祖国的一个市场有着闪光的心灵。"他痴呆地、热情地说,以为这样或可以说服她,他也觉得说了过分的话了,但他有热烈的性格——这时间他差不多忘记了蒋芸的邪恶的语言,而觉得她是能干、优美,而值得赞美。"有时候你也是很谦虚的,在我们的繁荣的市场上……我想说你是有严重的缺点的,这里说的你看是如何呢?"陷于情绪的窘迫的张彬说,觉得自己痴呆,并且觉得这样说下去自己快要成为一个不诚恳的人了。

"我只是不那样够格太多的优点的。"蒋芸说,"你,想必你对我有着热情了。"

"痴呆的热情啊!"陷于情绪窘迫的热情的张彬说,"在我的心里,热情地观察着一个干练、优美,内心里时常有着她的反思的女售货员,她是市场上的黄金,……"

"你说得可以说好极了,想必你和我是有点感情了。什么叫做,痴呆的热情呢?我的心灵中,有着这金钱地势地利市场开放引进时代的痴呆的热情,人生有着享乐的部分,我果然对你的看法不错……"

"痴呆的感情,她,你,蒋芸,是市场上的闪光的金子,是在社会的长河里少见的花朵。可是那也不是你似的。"

"你不说王敏吧。你说我的,想必你和我有着一定的感情。"蒋芸说,甜蜜地笑着。而眼睛很亮,有一点潮湿。

"我说的是人生的意义,我很责备自己的严重的缺点,我容易感情激动,我对你说,"张彬脸色有着紧张和苍白,说,觉得自己因热情而陷入不小的错误了,但仍然觉得这女子似乎是一种理想的高雅与美貌的妇女了,内心有着一种惊叹,但同时和随即,也仍然觉得她有不洁的灵魂并且是不对的。"你是有着多的优美啊,闪光的心灵!但是你不!"他有些紊乱地说。"你误会了我了,我立刻就说清楚了,我仍然是有着很多的优点,可是你有着错误的思想了,你便是市场上的粪土,不是令人愉快的。"张彬激动地严正地说。

蒋芸激动着又沉默着了。她的晒在阳光下的涂着黛色的眼皮有点发抖。

"你欺侮了我了。好了,你欺侮了我了。"

"我是很衷心地说你的优点的,而且说多了,说过分了,"不安的,惧怕凶恶的蒋芸的张彬说,"我告别了。我愿再歌颂你的优点。我收回我的教训和反对你的话了，"他呈显着一点凶恶，表现着他并不真收回，说，又讽刺地笑着，"我只是说，我不能和你交朋友。"

"你再说歌颂我的佳言。"蒋芸说。

"你的心，是也是闪光的金子，是也可以这样的……"张彬说。

"你仍然要说歌颂我的佳言。"蒋芸又说。

张彬便笑着，带着讽刺和苦恼。他寻找市场上的理想的华美之物，碰到困难，又想用先说蒋芸的优点的方法来说服蒋芸，而他的言论有着坎坷不平，落入陷坑的弱点了，过分地错误地说了黛色眼睛女子的优点了，内心很苦恼，而此时已似无法再说，便靠在曲曲弯弯的小巷子的灰色墙上，脸色苍白地闭上眼睛。他观察社会的进展，是也观察到于他的理想是华美的事物的，但他想，现在他也被蒋芸咬了一口。

蒋芸也沉默着，靠在墙上，闭着眼睛，她梦想张彬的赞美的热情又注意到他的凶恶的敌意。她的心里也紧张地冲突着。她想借张彬的赞美来发动。她觉得她有些更堕落了，但又不甘心这样的结论，不大想承认自己是错的。她倾向于觉得自己是不太错的。她闭着眼睛，头晕着，想着她心中有幽暗，再又睁开眼睛，觉得夏季的阳光下她还是有着她的豪强。她再又闭上眼睛，脸色也苍白，思索了很久。

张彬睁开眼睛看看蒋芸，看见蒋芸睁开眼睛，他又闭上了。后来他再睁开，看见蒋芸的涂着黛色油脂的眼皮又闭着了。他叹息，感想复杂，便又再闭上眼睛。终于蒋芸睁开了，他也睁开了，他们对面地看着。

张彬便默默地看了她一下，想要溜走，但是很感慨，又把眼睛闭上了。

"你必须赔偿我美佳言，你说我优美了，而且热情澎湃，你必不跑掉。"蒋芸大声叫着。

"我没有美佳言，不赔偿你。"张彬也用严厉的声音说。"我跑得掉的。"

"你必须赔我美佳言,再赞誉我和我友谊,我们一起去跳舞。"蒋芸用带着哭咽的声音说。

"不干。"张彬说。"那是决不干的。"

"你必须说我是市场的闪光的金子。"蒋芸大声说。

张彬再闭上眼睛,突然地张开来,两边看了一下,便大步往小巷子外走,接着跑起来,逃跑出小巷子了。

"我跑得掉的!"

"你必须说我是市场的闪光的金子,"蒋芸叫着,追了两步,张彬已跑远,便痛心地叫了一声,冷笑着痴站了一下,走回去了。

涂着黛色眼睛的蒋芸便不败,走回到柜房里。赵容安在窗口后的桌子上工作着,低着头,近视眼睛在凑近着看着粮票,找补着顾客的钱,而且凑近着表格写着字;她显出忠厚,正直,忍耐,整个的粮店在她心中颤动着。王敏曾要代理她蒋芸她说由她来代理,她心中愤恨着,她不屈服于她的缺乏眼镜和负了点伤的情况,她的心情里也有着,不屈服于蒋芸的一贯的缺点与错误,她果然也工作着显得有精神。作坊间的机器声,排列在粮店三处柜台前的人们的良好的秩序,他们的忍耐的、宁静的状况,整齐的和华美的衣服,他们的贤明的互相礼让,以及服务员们工作的秤盘的声音,表现着粮店和市场的律动。这种律动使赵容安有着忍耐和气势。蒋芸转来了,赵容安昂起她的倔强的头看着人们和蒋芸,让座位给蒋芸。蒋芸的涂着黛色的眼睛又闭了一下,她发了一阵呆,到屋内面盆里去洗手,后来有倒了一杯开水喝了几口,坐了下来,开始工作。赵容安注意着她的有着一定的从事工作的温和和有着痛苦的复杂的表情。她看见蒋芸的嘴角痉挛了一下。

"我说,"蒋芸在办了两件事之后说,"你赵师傅未能制服我,你不能制服我,你没有。"她说,叹了一口气。"你应说我是闪光的时代之金子!"

"我将来也许还会败于你的手里。"赵容安带着忿怒说,"刚才你出去,耽搁工作太久了。"

"你必须说我是市场闪光的金子!"蒋芸的工作的温和消失了,唐突地说,"我今天要得到美佳言。"
　　赵容安的和平的工作心境也消失了——突然地消失了。她觉得她不再应该是一个有些呆傻的女大学生,觉得受蒋芸的欺侮不少了,觉得工作的艰苦与又碰伤了脸,觉得自己的骄傲。
　　"我骂你!"赵容安带着几乎是狂暴的,少有的,但也还是女大学生的愤怒说:"你是……简直是闪光的金子了!我在这个十年之间流浪……而我,碰到钉子上了!粮店!粮店!横笛街粮店有着一定的风情,我那男人捧场我!"
　　由于愤怒和对于蒋芸的忿恨,由于又觉得自己发怒了,没有坚持自己的安静工作的誓言,因而内心矛盾痛苦,由于愿望着良好地适应环境的愿望仍然在她心里燃烧,因而她仍然对自己发怒,由于她的谦虚里又有一种骄傲,由于她又却是怀念起她的从事知识的努力的愿望——由于这些,她前所未有地战栗着,在屋子里激动地走着,以至于许多顾客看着她,使她有一定的羞怯。
　　"粮店!粮店!唉!我的痛苦,我的灵魂的战栗的痛苦!你蒋芸和你的社会'见解'是我的痛苦,你是幽明兼半,你是昏暗的混账!你是昏虫!你有惨淡的思想,金钱地位势利,你们看她是不是昏虫!"她向顾客们笑着说。
　　"但你没有给我美佳言,"蒋芸说,没有战胜张彬,又被赵容安的压力所压迫,哭了,啜泣着,啜泣了一阵便蛮横地大叫着:"我仍旧是闪光的金子!我要制服你给我美佳言,我不干了,明天大街上唱我是你的爱去。"
　　"你唱我是你的爱去吧。"赵容安大叫着,在屋内徘徊着,她发生了前所未发生过的愤怒。
　　蒋芸便冲出去,而在墙壁下坐下来,抱着手臂了。赵容安便在她的座位再坐下。但这时,熟悉的顾客和人们同情赵容安的是大多数,便又几个人走向蒋芸,劝说她。蒋芸不理会,僵持了一下,人们说和善的话,一个老头便连说了三句:"你是市场上闪光的金子。"而隐藏着对她的讽刺,而因为焦急的原故,第三句确实是严肃而诚恳的。

"你是的,"老头子不安地说,陷在昧良心的困难里了,"你是这种'闪光的金子'你不唱我是你的爱去,粮店重要,民以食为天,孔子曰,你说过的。"他又努力地消灭着他的讽刺,用颤抖的喉咙的声音说。

蒋芸便被人们扶起来。这涂着黛色眼皮的娇小的女人便由一个着急买粮的高小女学生扶着,扶回办公室去了。

蒋芸便再开始工作了。

有着勇猛的,热心于观察当代的生活的张彬这时又进来了很一阵了,在他们后面看着,热心的,有他的理想和斗争的这种痴情的青年干部跑开了不少路,又转来了,他想到他也不必怕蒋芸;似乎还想对他和蒋芸的冲突对蒋芸表示什么,似乎有着好奇想再观察什么,似乎还想表示一种激昂;似乎又觉得刚才进来了一趟对王敏有冷淡,但主要的,他心中有着又起来的热情。想要弥补刚才的不足,想增加慰问赵容安的伤——观察他觉得是值得观察的人物赵容安。他徘徊于小的巷子里和粮店前的桐树下,沉思着他在粮店的阅历和他所观察到的他的祖国;今日他休息,又有着时间。这一日有王敏和他一起出来,表现了她的感情,对他表现了她的性格;这一日有军长甫志云愿意赔偿别人打破的玻璃和面包厂技师宋渔友的不肯赔偿玻璃和逃跑;这一日有章绰和他的冲突,这官吏尴尬于他的人生中;这一日又有蒋芸和他的刚才的激烈的斗争。这一日还有赵容安的碰破脸打碎眼镜。想了这些,他又带着思索的神情进入还相当拥挤的粮店中。他一直挤到卖米面的柜子前面了,现在王敏在给顾客秤着米,他因赵容安和蒋芸的冲突而激动,但他挤不上去说话,便在王敏的柜子前装作似乎有什么事地站了一下,想着说一句话。他抢着机会,想说,王敏又开始工作了。

"你王敏师傅,刚才赵师傅发怒了。"终于他喊着,说,又假装着问,下午或明天,新的机米会不会到达。

"你没有走,"王敏从自己的思想中出来,忽然亲切地问,但随后变得淡漠些;在这亲切里张彬感觉到一种深切的友情,便再觉得王敏的性情是深刻的。她并不回答关于赵容安和蒋芸冲突的话,她说,新的机米是明天可以有的。

"那谢谢你了,十分谢谢你了,王敏师傅。"张彬愉快地,用有些颤抖的男子的喉咙的声音大声说,以至于他随后有些后悔他的这声音过于大。"新米是明天可以有的,哦。"他又假装认真地说,便做完了第一件事,满足而又有些窘迫地走了开来。

于是,有些神经特别,或神经质的观察社会的年青的技术员张彬,便挤到柜台的窗口去了。他想慰问赵容安的和蒋芸的吵架和再慰问她的伤——她是他心中景仰的英雄人物。但这时候赵容安忙着在找寻物件。她焦急地在办公室的桌子周围、下面和抽屉里找寻着——她的几张收存粮食的账单和现金的账单失踪了。蒋芸便停止了工作,帮她找寻着。这几张重要的物件是蒋芸乘她不注意偷着塞到墙角柜子上的水瓶后面去了。蒋芸因为仇恨赵容安而进行着邪恶的活动;她因此注意着,也假装帮助找寻着。

于是又暴发了冲突了。

"你赵经理令人不能忍耐,"在金钱的引诱和对张彬的追求感情上抑制了自己的邪恶的,有时有着一点善意的蒋芸,这里仍然暴发了她的邪恶了。她想使负责任的,专心工作的赵容安痛苦,还想颠覆她的地位,报复刚才她没有的得到"美佳"言的不愉快的情况;她冷静地作恶,藏起了赵容安的重要物件。"你很令人失望了,你的工作杂乱无章,是大学里的诗情,你也令我十分着急,遗失了重要的物件了。你不给我美佳言吗!我不给你美佳言的,你这样不行了,在你的位置上。"

"我很着急了!我着火似地着急了,我简直是太昏聩糊涂了,心中悲哀悲凉,我痛死了,痛呀!痛呀!遗失了物件!哪里去了呢?"赵容安面色苍白地找寻着,叹息着,说。

"我也痛呀!痛呀!我们这就又耽搁着了——王敏你来代理我。"蒋芸喊,王敏便冷笑着走了进来,在窗口坐下了。"我也

181

痛呀,因为我刚才见到你的那两张单子的。你怎么这样不担心呢?"

"我心中十分悲凉与悲伤,我快给你美佳言了。我以为我能对付得了你的,——你不要干扰我,我自己慢慢找好不好!"赵容安说。

"你弄丢了不行的,我在收款单上也一定负责的!"蒋芸吼叫着,面色苍白——她心中的妥协之意在战栗了一下,因此她停顿了一下;但是她仍然狠恶,她觉得善意是吃亏的,因此大叫了:"你要负责的。"心中便有一种快乐。她再闭起她的涂着黛色的眼睛,想着,这样是不错的。

"我慢慢地找。"赵容安说,也呆站着。她有些怀疑蒋芸,她想着用什么办法来克服障碍。"在人生的长河,我是说,"她坐下来,说,"通到未来的人生的成功或失败之路,而有意义地度过我的一生的这路上,我现在遇到不可克服的障碍了,所以我内心痛苦了。"

"这又值得这样呢?"蒋芸说,"然而你是真痛苦了。你有不沉着的性情,你暴露了,不能当大事,急成这样。"

"我能。"赵容安说,她又站起来,找寻了一下,又坐下来,"我心中因为我想达成目的十分痛苦。我的可恨的命运啊!"她搥了一下桌子说。"我早知道不来这鬼粮店而在西北的!废话!我的三十几年有不少废话,而你,你蒋芸愚弄了我了,你藏起来了——我给你美佳言好不好。"她讽刺地笑着说。

"你自己弄丢的,这样栽赖我找要吃法诉了!"

"我给你美佳言好不好?你藏起来没有,我只转了一下身!你,"赵容安讽刺地笑着,说,"我给你美佳言好不好?"

赵容安有一瞬间的温和,柔情,幻想的表情,看着蒋芸,又沉思着,看着空中。

"你有一种自恋的状态。"蒋芸说。

赵容安继续有着幻想,沉思的表情,在桌上平放着她的两手。

"我奋斗得失败了,我失败在你这蒋芸手里了!"她叹息着说;虽然是叹息着,却有着一种冷静的,壮大的气魄,显现着一种深沉;她从各种条件判断是蒋芸拿的,又撞击桌子而咆哮了:"你蒋芸拿出来!"

蒋芸看着她。在一刹那的疏忽与胆怯中,她的脸上抽搐了一下。

"你拿的!"赵容安说。

"我没有。"蒋芸喊叫着,凶恶起来,"你诬栽我!"

"你拿的!"赵容安再又咆哮着,"你一定拿的!我坦白我的心十分痛苦了,"她带着赤诚的柔情说;然后又更凶地咆哮起来:"你拿的!拿出来!你没有美佳言!你是有恶意的小女子!钱财市场上的恶意的小女子!你拿出来!"她便发出了使房屋有点震动的震怒的叫声,显出了她具有的威严的、庄严的、豪杰的和凶狠的性格。

"你说说你的人生的长河受到的障碍呢?"蒋芸说,突然流泪了,因为惧怕赵容安,还因为有着伤心;这伤心使她觉得她被自己所做的恶行损伤了。赵容安显出深沉,有气势,和如磐石一般的有重量,她的愤怒蒋芸便觉得自己软弱,然而有醉心的感伤,她觉得赵容安欺侮了她了。"你说你的人生的历史的巨浪呢?"

"我的心痛苦,我的秋天和春天便难以度过;我将在阴雨天和门外的桐树落叶的时候痛苦,在往后的生活里,"赵容安伤心地说,"因为我竟在少壮年华跨不过这个丢失了账单的障碍和这一关的;账单对于粮店,对于我,我在这年华想着为国家服务,我坦直地说了。我恨你这金钱势利的!"她又愤怒地说。

赵容安的表情和她的语言有着深沉的诚恳和重量,蒋芸的眼睛一瞬间显出一种犹豫,但是她又不哭了,她笑了而且喊叫了。

"在我的柔嫩的年岁,我也想完成个人在搞活经济商品流通的市场上的事业,我是赤心忠胆的,我怕你哪?岁月柔嫩而心房思念,人人有人生的情思,——我告诉你吧,我不给你美佳言的,你的话压不倒我的——账单拿去!"她说,从墙角柜子上的水瓶后取出账单,"你是粗心大意,掉在地上了,我收起来警告你的,警告你这诗词人的疏忽与错误——哎哟,我暴露了我的阴谋啊,我居然藏起人家的账单啊!扣我的奖金啊!"她痞癞地说,而且哭了。她是有些失败了,但她闭上一下眼睛,想着她在这件事上的邪恶是否过分,但或者是相反地,她想着,这件事是否使她满意:她也觉得她报复了赵容安了。她的妥协的感情仍然闪烁了一下又熄灭了。她便又叫着,"我是痛恨你这样的一些什么人生的巨浪,你游泳过我这个浪头吗?"她又哭了几声而且流下眼泪,"你给我美佳言吧!我也给你美佳言。你说我是市场上的闪光的金子才行。"

"以后要算账的!"赵容安回答她,很快地恢复了平静,数着账单坐到桌前去了。

"分明是你自己不小心疏忽掉在地上的,我给你的美佳言是,你要对我讲尊重!"她说,王敏冷笑着让开,她便回到工作位置上去了。

张彬走到办公室的门口,继续观察着赵容安这个他心中景仰的英雄人物。这时候运粮食的汽车来了,后门口忙碌了起来,赵容安从办公室走了出来,脸色有一点阴沉。她开始忙着安排运来的面粉的安放了,人们也杂乱着,热情的张彬便没有机会和她说话。在拖动和堆放面粉的人们之间,在扬起来的面粉的灰尘之间,赵容安从她刚才和蒋芸冲突时有着的激情,柔情和气势变得平淡,指挥着,并且高声喊叫,也拖动着一两袋面粉;张彬觉得她的喊叫使如同船舶紧张靠岸抛掷缆绳时的人们的喊叫,特别因为联着刚才赵容安和蒋芸的愤怒的,性格袒露的冲突,他还奇怪地感觉到赵容安的生活,甚至连同他张彬的,是到达什么一种港埠了。粮店里是安静的顾客们,而面粉的堆放很迅速,敏捷,人们的动作准确,因而显得有力还有一种美观。赵容安的喊声高昂。她回头看看人们,看见了人们中间的张彬,看了他一眼却并没有表情。她脸上的阴沉仍然存在着。张彬听两个顾客在议论说赵容安刚才和蒋芸的两次冲突,——人们说这女经理也有一定的泼辣。张彬由于热情的心理,同情着和钦佩着赵容安,他想着,赵容安的心中是有着她的奋斗的理想的,她这时候一定是有着忧郁和有着光明又宏大的希望;张彬的心里还愉快着她曾发怒骂了蒋芸和没有被蒋芸欺侮成功。他心中热烈地歌颂为国服务而抛弃了自身的一些利益——他觉得是这样——而来到这横笛街的小的粮店奋斗的赵容安;他歌颂她也美丽,皮肤也洁白,头发也好看,而戴着近视眼镜有庄严的神情和文雅,而现在没有戴眼镜,他认为则有着十分纯朴的深刻的表情;热情的张彬这么觉得,而且在心中惊叹。他惊叹人们的坚韧的性格和深沉的思维,和丰富的感情性,这一切他都在赵容安的身上找到。他赞叹他认为她一定有的她的巨大和光明的理想;赞美着她的仙女和社会的糟糠之妇——他这样认为。积累了好些日子的观察,在赵容安刚才和蒋芸冲突的时候,他便钦佩她有毅力和有理想,或者说,有着有翅膀的幻想,特别是今天赵容安又负了一点伤。她便像他开始遇到她时一样,成了他崇敬的仙女了。赵容安埋怨她的丈夫,埋怨粮店的工作的话并不使得更多地觉得她有弱点;但他也许高兴她有弱点,而觉得事情是这样的,她是这个社会的糟糠之妇。赵容安的叹息使他觉得特别感动。他便抱着他的热情的想象,站着,呆看着粮店进货的工作的紧张的律动而衷心地赞美着了,他看着赵容安,在米面柜旁倾斜着身体,终于他选择了一个机会带着他的神经质用热情的大声说话了。

"赵容安,赵经理。"他喊着,又用双手做号筒喊着,赵容安回过头来了,而且走近来了,以为他有重要的事情。他脸红了,但继续用手做号筒,大声说:"我向你慰问你的伤了,我向你致以崇高的敬意而且慰问你,向你致以我的微小的敬意。"他说,并且盼顾着周围,脸红,但想要一切人都听见。他的心中的热情高涨——高涨于这普通的情况与他搏击他的理想和与蒋芸格斗的情况中,他继续声音很高亢,他这时便将赵容安的平凡的形态抽象化了。"我想向你的奋斗,你心中的思维是从当代的社会发生的，你心中的闪电是从当代的历史的激动和守望而来，你心中的叹息因为你有高洁的情操而遭到困苦，你心中的叹息，唉，粮店！是因为你有着工作的理想，人生的火焰，你是……"

"我听清楚了，你说的很清楚了，我说是谢谢你，不，说我不好意思，你这位技术员，我拒绝了，"赵容安面色窘迫，苍白，激动地说，而且有了一点新的阴影，"我事忙！"

"不，你听我说，"张彬，像喝了酒而有些醉了似的，喝了所观察的时代和他的灼热的幻想的酒浆，喝了这个粮店的酒浆；他热情激动而有些特别了，因为在许多人看来赵容安也并不是什么特别特出的人物。但是他仍然很高声而并不停止。

"你是我观察，接触到的一个英豪人物！英豪！我觉得在国家的生活和建设里，有一种我所憧憬的景象近来，是你和一些人创造的，"他说，他的声音很大，人们听着他。他有些不安了，但他仍旧又奋起着："我坚持说我向你慰问是对的，不问其他人觉得如何。"

堆放面粉的工作仍然进行着。蒋芸从办公室门外伸头出来敌意地看着，大叫着："我觉得你这张彬是没有意思的人，十分无意思，你不是什么闪光的金子——你反对给我美佳言，来捧场赵容安经理！"赵容安因张彬的喊叫而十分窘迫，张彬于是有点懊悔自己的热情，觉得过分凸出了，但他仍然觉得自己是对的，因此对蒋芸显出了他的怒气。

"我是有意思的，十分有意思！"他高喊着，他的灵魂震动着，他的声音带着冲动的激昂和勇敢，"你和赵师傅冲突，我愿意赞歌她的巨大的身影！"他又想说什么，赵容安便在运面粉的嘈杂中喊叫了。

"你不必这样，你张彬使我痛苦了，"她有着不满了，带着一点严厉说，"我要工作了。我真苦恼了。"

张彬便受了一点打击。赵容安不满意他吵闹，这吵闹使别人注意她。她觉得她有所窘迫，不安心工作，而且也没有戴眼镜，脸上又有点伤，她有些忿懑这热心的张彬，而走开去了；但是她心中又发生热情,觉得这样对张彬是很不好的,不应该的。她便又走回来。

"我十分谢谢你。我以我的心灵中的诚恳谢谢你。"她意外地声音也很高亢。她热诚着,但是她的脸孔又发生窘迫的表情,以致于脸红,她便又谴责地说:"你使我很遭患难了。我真对不起人,"她有点凶狠地说,但是又笑了,说,"我仍然感谢你。"

她便冷淡似地走开去了,指挥着面粉的堆放。

"黄雀,一二三!"她喊着,帮助着一个工人堆上了最后一袋面粉。

热诚的张彬觉得错了,痛苦了,他觉得果然赵容安也没有什么,而他有点神经质地喊叫。人们有望着他笑,虽然也有赞赏地看着他。他觉得今天的观察中华祖国的团结不很成功,有些忧郁地看看看着他的蒋芸,往门口走去。他看见赵容安有点阴沉地站在那里,没有再注意他。赵容安也在她的苦恼中。她觉得她阻拦张彬吼叫是对的,但是又觉得她应付得不好,她的性情有阴沉面,使人厌倦,伤害了一点热情的技术员了。

"张彬同志!"她突然喊,"我对你说,"她热情地,像一个女大学生似地跑出米面柜中间的空隔,跑向张彬,把手放在他的肩膀上,说:"我谢谢你了。就是这,谢谢你了,你不可再叫喊了,千万,唉,就是这!"她说,笑着,注视着张彬几秒钟,面孔显得妩媚,有些发红,敏捷地重新回到米面柜后面去了。

张彬站着,看着她,脸有点红,没有表情。但他心中开始有些安宁了。这时候因张彬的受到一点挫折而有些不安的王敏便看看张彬,而这时候逃跑了的宋渔友出现了,他注意地看看,没有看见蒋芸,便到李纯英的柜台前买馒头。蒋芸看见了他了,但这一次蒋芸没有表示。王敏看见他了,喊叫起来要他赔玻璃的钱,他便脸红——他又发生了攻击的情绪。

"那玻璃一部分不是我的责任!那玻璃完全不是我的责任!那玻璃也不值得这些!而那份,是那当经理的自找的!我宋渔友是什么人!渔人并不一定艰苦勤劳的,我是够艰苦勤劳的了!"他叫着。他的动作有半秒钟的迟钝,他的表情也变了一下,似乎想改正自己的情形:他的面孔还有一种战栗。因此王敏追上他了。"我不在乎你,"他又叫着,向王敏挺着胸,"我本可以向你改善,说我是有缺点的,然而我没有缺点,我是有身份的人格者,我在祖国的建设中放射着光芒的。"

"但是你是昏蛋的!"王敏突然凶恶地大叫着。她因张彬的歌颂赵容安和张彬受了一点挫折而心中激动。

宋渔友便变得有些柔和,温顺,看样子像一个纯良的青年,沉默着;鼻翼和嘴唇都有点颤动,有着惧怕,从他的裤子口袋掏出手巾,钥匙,然后掏出一些物件和很乱的一些钞票来。

"我确实是面包技师,工作证是这里,"他说,从裤子中掏出的磨损的信封中找出红色的工作证来。"我愿赔钱了。"他的柔和的声音也战栗着,但然后,这种驯服过去,他一条腿颤抖着站着,想了一想,觉得自己是有精明的,占便宜的意识又起来了,而且对王敏刚才的吼叫有仇恨;他想刚才被吼叫骇住,而现在清醒了。他想在社会上是有不少他这样的人们的,在各处都不吃亏。于是他从颓唐中振作起来了,抢回了工作证。"你问问看去,你们和我麻烦你们是不会胜的,乌啊!"这面包技师喊叫着,逃跑了。

王敏愤怒地追出去了,宋渔友跑得很快,她追到小巷子转弯的地方,没有希望追上,停了下来。观察粮店,经历了内心的激动,热烈的张彬,并没有因刚才的对赵容安的赞美词受到一点挫折而觉得太多的不快,此时再又激动起来,进行这一活动:他心中热情起来,对宋渔友发怒,帮助着追了出来,喊叫着,如同冲锋的兵士,飞快地一直追想前去了。他喊着:"现在不是四人帮,你要遵守社会和国家的规章,你应该遵守!你应该遵守!为了祖国的繁荣富强,你应该遵守!"宋渔友放慢速度站下来看看,又跑了一些步,突然回头迫着张彬,将两个拳头举到胸前,扑向张彬,张彬便在被动的情况下举拳还击。搏战进行了。

"我宋渔友是渔人,渔一点利!你和我找麻烦是不会胜的,乌啊!"宋渔友喊着。

"你要遵守规章,为了祖国的繁荣富强!不怕你渔一点利,我要战斗而致胜!"张彬叫着,他心中沸腾而全身具有着他的正直的战斗情绪。

"我是渔人,我要渔你的利,你管不着我,"宋渔友叫着,跳跃着,也全身都有着精神,呈显着他的邪恶的情绪:他的面孔战栗,他再一次地放弃了他的想改正一点的情绪,挥着拳头。

"你不能渔成你的利,——为了国家的繁荣,建设,和安康!"张彬激动地叫着。

"我要渔我的利,我打中,打成你!"宋渔友喊着。

"我回击你!为了祖国!"张彬喊着。

"我打成你!"

"为了我的理想!"张彬喊着。

他们两人都有战斗的热情,代表着各自的憧憬与向往,觉得各自身后都有他们的人群,显露他们的心灵。搏战进行着,宋渔友打中了张彬几拳,而张彬弱些,只打中了宋渔友两拳;而最后,宋渔友十分狠恶地抱住张彬的肩膀而将他用脚绊倒了,又在他脸上踢了一脚。

"我是渔人,渔你一点利!乌啊!"宋渔友喊着,愉快于自己的胜利和自己刚才的放弃妥协的决定;他迅速地逃跑了。

这一场战斗,正直的,冲动的张彬败了。王敏跑了上来,看着脸上被打伤与踢伤了一块的张彬。激动的,观察着和热爱着这社会的。见义勇为的,有着唐突和一定的神经紧张的张彬被击倒了躺在地下。

王敏来拉张彬,但是张彬自己站了起来。

"乌啊!"张彬说,"这个家伙,但是我还要再练拳击的!"

"我们粮店各人很谢谢你了!你很爱国,你知道,我相信国家是会繁荣发展,而有些人的拳击不至于怎样的。"王敏热情地十分同情地说。

"乌啊!"张彬说,"我也是这样地相信的。乌啊!"他说,看看面前的纯洁的,面色洁白的,妩媚的女子,"我今天的丑态也并不很坏。我回去了。"

"那么再会吧。"王敏说,"我来扶你一下吧。"她便扶着张彬的手臂,张彬看看扶着他的真挚的女子,觉得自己心地比刚才和宋渔友战斗的时候更勇敢。他不要她扶,"那就你自己好好走吧。"她便站下来,深思地说。

1988年2月9日

(据手稿抄印。20×20规格、左下侧标记"北京市电车公司印刷厂出品 八七·四"字样的稿纸,共206页,全篇为路翎手迹。)

米老鼠手帕

一

在长了新的绿叶的苹果树后面,紫荆花的枝条间,站着二十岁的女青年袁佩芬;她在苹果树上用街边买的图钉钉了一个黄色的,上面印着画的米老鼠的手帕,在等着她的恋爱的对象男青年文勤。袁佩芬是女邮务员,她已经送了三年信而且很熟悉她的职务了,文勤是房屋管理所的小组长。他们是旧时小学的同学而这时是邻人,发生了爱情。

袁佩芬中学毕业,在她的工作上有着快乐,她愉快于这个时候和文勤"走在一起"——这是她自己形容的,她觉得她和文勤是志同道合的。文勤是正直的青年,他也内心深深地激动着,觉得他在生活里找到同伴了,和她互相将对方作为生活的重要的目的了。他们这时候有着康庄的社会的坦直的道途的感觉,但是,文勤的姐姐却横暴地干涉,反对他们的婚姻。

挂着黄色的,印着画的米老鼠的,清洁的手帕的苹果树后面,文勤找到了袁佩芬。人们走过的时候有几个人看了看这黄色的手帕,现在人们看见身材端正的,穿着白衬衣花裙子的袁佩芬从树后面出来,取下两颗图钉,取下了这黄手帕,并且看见她欢欣地会见她的爱人。人们从这图钉、手帕,和她取下手帕的仔细的动作,觉得她是一个有自己的强烈的性情、见解,有条理和有幻想的姑娘。从她的取下图钉时的活跃中十分谦逊的动作,还可以看出她是一个虽然很活动,却是忠厚的姑娘。而从文勤的看见黄手帕时张望了一下，钻进紫荆花丛中去的迅速但有着笨拙的动作，则注意到他是一个热情、勇敢，而也有着老实的男子。他们的谈话也表现了他们的性格，和这时代加在他们身上的色彩和烙印。

袁佩芬说，她很快乐，她觉得在这建设的安定的时代，她将有她的作为。她将采取新的路线图送信，邮局机关的领导上已经赞成了；也有领导建议过：变动几条街的路线，有若干户收到的时间会有变动，但整个的要增加效率和功用。她今天挂着米老鼠手帕有表示她心中的炽热，工作的前进的意思；因为爱情的缘故，她心中热情搧动，表示着对事物的执着和对于人生的强烈的忠实；她的声音也无顾忌地响亮。文勤说，他看到手帕想到他和她很快乐，而他以后要增加有礼貌与和平待人，而减少在机关里讽刺一些人，构成不必要的冲突；他说，他将减少他的粗鲁。于是她也激动地说，她要同时代进程一同前进，而减少她的幻想的性情。

人们观察着这恋爱的男女。有几个人走过了，感觉到这个时期在公园里和公共场所的恋爱的故事增多，爱情的活动频繁的愉快。这时代距离患难的江青贼帮的动乱十年已经远了，公园和街边花圃边上的这些青年男女的行程，他们的内心相契，他们的亲密的、小声的快乐的谈话，其中绝大部分是被当作一些家庭愈合了创伤，而生活、建设在前进着，并且建设的局面在扩大着的象征的。

人们观察着这恋爱的男女，还指的是文勤的姐姐文杰美来到这里侦察和观察了挂了几次米老鼠手帕的袁佩芬和文勤。文杰美还听到袁佩芬和文勤谈到，她挂手帕，每次都是走过街边买图钉，还买过一盒图钉丢掉了。她观察到，她不仅是因为活跃的性情，快乐的性格，而且是因为忠实和固执的信念——她是在表示她的信念而挂手帕。这看来俏皮的活动里有一种忠厚，文杰美有一次看到，她将黄色的，印着红色的米老鼠的手帕用图钉钉在树上，痴痴地、头脑似乎有所恍惚的，十分诚恳地对着她看了一定的时间;在这个瞬间,人们都会一眼看出这是一个忠心的、死心塌地地走着自己选定的道路的姑娘。事实也是这样,她十分奋斗于她的工作,而又坚持她和文勤的爱情的成功;她认为爱情是要有表现的,这手帕是一种表现,而且是将来长期的生活中的忆念:人生中会有许多可纪念的物件和情节。

但文杰美观察着这热爱的男女,却不是带着别的人们的善意的。文杰美在一个经济开发公司服务,她想给她的弟弟文勤介绍一个她感情好的,但是有性情不好的,也不美的同事。她是有着干练和凶狠的,想要干涉成功她的弟弟文勤。她已经不止来侦察过一次了,她觉得再不干涉,事情便要扩大了。明显地,有着忠厚的姑娘袁佩芬,是也很厉害的。

她便喊住了她的弟弟。文勤也就对她介绍袁佩芬了。

"在我们家里的生活里,各事情不止是我的母亲,还有我;在社会上,我也是有我的人格地位的,"文杰美说,"我不能不直说,干涉你文勤的事情。你袁佩芬同志,小姐,我以为你是看错人了,他文勤是不适于和你一起的。"

这有着恶意的,不容分辩的话使得文勤和袁佩芬沉默着。文杰美从内心深处觉得她是对的,像许多这一类的人一样,有着一种骄傲。她说完了,看着文勤和袁佩芬,闭着嘴唇,嘴角有一点痉挛。

"你们看怎样?怎样文勤?"她说。

文勤沉默着,脸色有点苍白。他痛苦,紧张,尤其是,在袁佩芬面前有荣誉心,便对着他的姐姐发出了一声愤怒的吼叫:

"没有谁理会你的,滚开!"

"你混蛋!"文杰美叫。

文杰美觉得屈辱,同时觉得在弟弟的愤怒的打击下有弱点,觉得自己有着错误,不应该那么凶恶和直爽的;她是也有着有时犹豫的性情的。在弟弟的打击的力量下,她内心冲突着;继续很凶恶,嘴角有痉挛,但一瞬间显出了迟疑和一点善良。她想要放弃她的说法了。

"我也许是不对的。"她说,善意的表情继续使她嘴角战栗着,"我也没有主张,我是很关心你的事情。"她还看了一看窈窕的、有着忠厚的袁佩芬,但这善意一瞬间消失了,她仍然凶恶地又说:"我仍旧是说,你文勤不应该在这种恋爱、挂手帕上多花费时间,"她很厉害地说,"我给你介绍的对象小个子虽然是有缺点,但是人很精到,你和她虽然未见面,听我介绍,也可以等于是散过三次步了,虽然我说的对送邮的袁佩芬小姐不敬。而且你已经和小个子散过两回步了。"她说,她这时心中有一种从权力和想象意识产生的幻觉,认为她的弟弟适从她,真的仿佛已和她所介绍的小个子散过步,她便说起谎来。她的权力的自豪的意识高涨,她更觉得她说的不是没有道理的了,——她要制胜她弟弟和袁佩芬散步这一件事,便造谣说她弟弟和那个小个子散步。她觉得在男女的问题上一切是偶然的因素,因此应该凶狠。"你难道不是这样和小个子散步吗?难道不是吗?难道不是手挽手一起走着,亲亲切切而谈,而小个子手中拿一朵花吗?"但造了这件谣之后,她的内心又陷入了冲突;思索了一下,似乎觉得过分;闭了一下眼睛,再显出迟疑和善良的闪烁,似乎还有着以前的贤惠的剩余——她是什么时候改变成这样的。"弟弟,我造谣说假的了,对不起你,我也说你袁佩芬不要介意,我是因为内心的激动。"她显得十分正直地说,她的声音,也因贤明而变得柔和,使文勤几乎有着愉快。"但是,文勤,"她盼顾周围,皱着眉头,沉默了一下,又显出恶意和权力势力的欲望,说,"我的道理正确,你说我造谣言——你刚才说的,你没有说也是说的——你又何以见得我说的是假的呢?"她的后一句话的声音很高,这有气势的妇女便又把她心中的,她语言中现出来的善意吞噬了,"我觉得从目前安定建设的责任制的改革的时代来看,不是从你文勤说的那种积极的宏宽的基础而是一个人应该有自己的建设,有着金钱,一定地位、权力的宏宽基础——不是从你那种自己建设知识的宏宽基础。我和你姐夫不是很好么?我对你说你听不听,像你在房管局干出纳,又干外勤小组有技能,是建设事业器重,你的技能也能升为技师,你继续维修房屋为一个小领导,北京大的发展,房管的行业也是有巨额的前程,你不能攒积一些钱财地位么?而你作这种样子的谈恋爱,而我介绍给你的小个子……"

"你可以停止了。"文勤说。

"我今天烂言烂了你们的海枯石烂了。你们石烂了。"文杰美带着豪权的气势,讽刺地笑着大声向袁佩芬说;显然她的性格在有时候会因生活的复杂的情形,正方面的势力而矛盾的时候,倾向于狠恶。"我反对你们!你们许多事是没有认识的,幼稚的!今天是金钱地位当令的时代,而不是什么文勤的那种积极!"她说。但是她虽然很逞强,表情中也有了若干不安,她有时是被复杂的情形推入内心的矛盾的;袁佩芬正直,沉默,有着思索和顽强也加强了她这种不安。她的年龄,她的复杂的社会经验见解的情况,使她有如同一个有着封建狭隘顽固的精灵似的老妇人;她显出来很凶的性情——在袁佩芬看来有些妖异。这妖异,奇特之点还在于她是分明地有着矛盾,她的表情里有着感情的苦恼和闪灼的善意的战栗,这表示着,她也不是很愿意如此似的。"我烂了你们的海誓山盟和海枯石烂了,"她刁顽、凶恶,但同时内心里又紧张着一点妥协、让步,以至于似乎想协助文勤和袁佩芬,于是有着声音战栗,说,"这苹果树是枯了一些年的,今年园林里培植开花也算是铁树开花了。我伤了你们两句,"她带着正直的善良说,"十分对不起你们了。我尤其十分对不起你。"她向着袁佩芬说,"哎哟,我真对不起你这小袁,你袁佩芬了。"她心里紧张着的,燃烧着的热烈起来的善意使她这么说,"那么,我所说的一些话就撤销了,祝你邮递员和你文勤天长地久。"

文勤和袁佩芬沉默地看着她,因她的矛盾的表现而有着惶惑。

"我是同情你们的,弟弟啊,从'文化大革命'以来我年龄比你大不少我照顾你,而今日,祖国的宏宽的建设里你有高超的志趣,你们年青的一代有高超的志趣,将更好地参加祖国的建设了。"她说，觉得似乎也真的是这样感觉着的。

文勤和袁佩芬仍然沉默着，文勤心思复杂地笑着，而袁佩芬思索着她的奔放的表现。

但是她发生变化了。

"我仍旧说刚才说的这些是假的，也可以是适应环境而有的一分。"文杰美说，脸上有一种苦恼的战栗而嘴角又抽搐着，"以我的能力而论，以我在社会上的地位，我的人格的地位，我的自尊的人格性情，我的自持自重的人格的理想，你们这仍旧是不对的！你们这是一分的没有道理！"

袁佩芬也眼睑有着战栗了。

"我正是不相信你将你的话撤销了。"袁佩芬直爽地大声地说，"因为我研究你是有厉害的，因为你在好意里有着恶意而你的好意终于是不兑现的，只是应付环境，因为你是，虽然有善意，却是心灵中有着一块黑板一样的压下来的凶横。因为你是一个独断、势利的人，不过你也是可能有改变的，因为你有似未泯灭的善心好意，我很期望你了。"她说，在她的这直爽的大声里——她的表情也一样，显出顽强、凶狠的啃咬，但也是显出她的忠实和诚恳——她是用着她的袒露出来的心说话的，声音战栗着。这引起了文杰美的敌意。

"你才是很厉害。"她说。

"我中学毕业来到社会上，谋取我的在国家建设里的岗位而且熟悉了，我将开拓我的前程，我和文勤。"

"我们是这样的。"文勤说。

"那你们是这样的吧。"文杰美说，便快步钻进苹果树后面的紫荆花树丛里去，弯着腰匆忙往各处看了一看，又掏出自己的花手帕来往苹果树上贴着放了一放，量了一量。"像这样的一种作风和恋爱。我体会你们的心灵，你们的爱情很优美呀，很深呀。那手帕上有米老鼠的。你们是有梦幻的心灵，优美的性情。"

"这又有什么不好呢？"文勤说。

"你要务你的事业，"文杰美说，"要从自己的巩固的地位着想,我并不是要你贪鄙,而是有时间多花在人事关系上学习,我怎样在我们单位有着一定的地位呢,我是凭我的能力,也凭我的人事,人情,你要相信社会正是进展,建设,是要有人情的!为什么你这般愚蠢!"

"为什么你这般说!"文勤吼叫着。

"这么说!文杰美同志,你是不对的!"袁佩芬说。

"我凭我的人格性情,我自然首先凭我的能力。而不是心中幻想的火焰中烧,譬如到这树丛中钻着,差不多还蹲着等……"

"我是坐在石头上的。"袁佩芬说。

"那石头却也光滑,但我看是蹲在花丛中吐唾沫看蚂蚁,"文杰美说,便挟着她的皮包,又钻到苹果树后的紫荆树丛里去了,蹲了下来又在石头上坐了一坐四面看着,虽然没有什么可看;但和第一次的匆忙不同,树丛中的初春的幽静的泥土的香气,和长满叶子的紫荆花树的气息,使她内心也恍惚了一下,觉得一瞬间的柔和,似乎回到了若干年前,自己青春初年的时候;那时候也曾有着一些幻想——于是,从苹果树里出来的文杰美便带有似乎有的一点柔和的脸色,她有点懊悔钻进去了。

"这有什么意义呢?"她说,"我仍然认为以你的房管会的工作,和你小个子是相称的。"她对文勤说。

"这是决没有可能的事!混蛋!"文勤吼叫着。

内心是很激动起来——因为她钻进了树丛中又因为她原来也有着一些紧张着但不能兑现的善意——的文杰美便轻蔑地,又有些伤心地笑了一笑,走开去了。但是不一定的时间她又轻蔑地、伤心地哭着走了回来。

"你袁佩芬说了几个因为,拿说话样式,我还没有回答你,"她说,"以后回答吧。我认为,你也许说我可能会有改变是对的。"

"那就好吧。"

"那是不对的。"文杰美说。"你很精明,已经猜到了,"她因自己的自相矛盾而迁怒于袁佩芬了,"我是有什么矛盾的,但是我的人格性情希望你原谅与让步了。我十分尊重你和文勤的恋爱，"她激动不安地吵闹着说，"但是我总是不甘心，这怎么办呢？我是在这个时代有贡献的女子，一大片的商业和往农村的经济的开发有我的工作，这我想你会相信的——我到底以为你们这种幻想，挂米老鼠手帕没有意义。有什么意义呢？还非常浪费，你说买十块米老鼠手帕，和好些盒图钉。"

"没有买那么多。"粗犷性情的文勤大声说。

"是买了几块。图钉，是有一次没有带，而店铺里零的不卖了。有一次是整的买了一盒。"

"而你的钱又不很多。"文杰美说，"你骑着自行车走我看见的，你骑车好，线很直，轮子响得均匀，前面袋子里的报纸和信堆很高，像一个美丽的扇屏，这是很好的，你长得不错，看你也工作熟悉，你几个钱的工资呢，奖金又能每月多少呢？"

"我一起一百元多一点。"

"这样的钱也不少了。不过，你的花裙子却穿得朴素，有些舍不得。"

"我有些积攒起来，"袁佩芬说，"蓄储备困难时候用的。我也有负担家庭一点。"

"这些你问它干什么呢？"文勤粗暴地对文杰美说。

"我仍然认为，米老鼠手帕和图钉，还是花图钉哟，是浪费了，就是这样的，这种恋爱，是没有意义的。"文杰美说，于是，因内心冲突而有些神经质地，又钻进苹果树后面的树丛里去了。她又在石头上坐一下。"这有什么意义呢，这里空气又气闷。"她说，又钻了出来，脸色有些苍白——因为又感染到了一点自己青春初年时的理想。或许是，她是因为受了这个诱惑而钻进去的。她并不这的那么痛恨米老鼠手帕和花图钉，她是在心中想着干涉，操纵她弟弟的婚姻。

"你考虑我说的吗？"她问。

文勤不回答，她愤恨地离去了。

文勤有着痛苦，觉得对不起袁佩芬。他还有点替他的姐姐，或他的环境辩护的心理。他说他姐姐很坏,但也还是不太坏的,希望袁佩芬不要介意。他觉得他姐姐恶狠会影响袁佩芬和他之间的感情。所以较多地说道他姐姐有直爽,而且有善的行为,譬如肯借钱给人。袁佩芬也觉得是这样的。她只是有些郁闷,但是因爱情而敏感的文勤总之是觉得历史的重的负担了——家中有这样的姐姐;他觉得替她说话过多了,他是可以与她并没有什么关系的,于是他很不满自己。他向袁佩芬说,他并不因为需要良好的环境和工作、生活活跃而对姐姐妥协的;他说她是恶毒,造他的谣言。

袁佩芬在思考着,她想,一方有一个不好的亲戚,许多恋爱也便这样负创了,许多婚姻便被摧残了。她顾虑着这点。但沉默了一下,她又鼓起了直爽的气概。她心中充满了爱情,同情文勤,充满倔强同时充满忠实的思想,因此刚才那个思想在她是很淡的,她是偶然想到的,她并且觉得在她和文勤这里,这样想不必要;还因这样想而不安,她鼓起了一种侠义的、快乐的精神。

"这是没有什么关系,我们向前吧。"她说,"在我们,在现在的时候,这没有什么。"

"但是你可能心里有什么呢,你刚才的沉闷。"文勤烦恼地说。

"你豪放的男人为什么这样心细,想这些呢?"袁佩芬说,有些不愉快了,而心中也就再起来了沉闷,不愉快文勤姐姐这一不好的亲戚。

"你说心细我都怀疑了。你分明是应当生她的气,生我的气的,我有这样一个亲戚,你自然是对的。你生我的气了吧?"

"你噜苏,真有点。"她说,"首先你都自相矛盾了。"因为觉得这样不合适于她心中的热烈的爱情与忠实,她便沉默了,显出了一种沉思。"但是你是不必要的,"她内心激烈,忽然容光焕发,由于侠义,显出年轻的气概、快乐,并且顽皮的、善良的、讽刺的表情和幻想的表情在她脸上闪耀了一下,"我说这忧郁是不必要的,我对你有感情,你是直爽、正直、坦白而有许多好品质的男人,我对你说这就行了。我赞美我们的青春是在这幸福的时代展开，而人们都有着前程，像奔腾的江河一样，像那摇晃于空中的枝桠向上的树枝一样，我心中蓬发着感情，我说大江的比喻是多么好啊，多么恰当，我们共同地爱祖国，我说祖国的海洋掀起来的激浪是多么雄壮啊，我们共同地爱建设中华的前程。文勤啊，勤啊，你的心我是听见的，它在说着我和你共同的纯洁的人生；火焰啊，我还要说到火焰，"她热烈地说，"我多么喜爱不屈的奋斗而生活里心中永远有着无论干什么困苦中都燃烧着的火焰啊，而且我多么爱那伸向云端似的向上的从初春往盛夏走的树枝和绿叶，我们的人生可以十分的有为，这是多么的可以确信啊！"她说，并且从她的灼热的心中，发生着确信的力量，产生出她的脸上的严肃的、坚定的，对神圣事物敬礼的表情；也产生了沉思的，陷入恍惚的梦境般的表情，以致于她的手帕掉了，她注意到它掉了，却很淡漠，继续在她的恍惚中，而很快地将它忘了。她有着勇于幻想的，爱思想的青春，也就没有被压抑了。"我们的青春啊，我觉得时间是多么美丽啊，当你于困难中各情形中勇敢地注视生活的时候，你是多么地快乐，你文勤啊，我是一个富于幻想的女子吗？"她说，这才想起来她的手帕——已经前进了一些步了。她把它捡了回来。"你看，你有疏忽，发呆，我们一样，没有注意到我的手帕丢了。"

"我来找我的姐姐谴责她去。"文勤说，便回转去了。不久，在公园的小路转角的地方，文勤和她的姐姐冲突起来了。他的姐姐狠恶地叫着，他也咆哮着。文勤这时有着受他的爱人的惊动的极慷慨的感情，他觉得是瞥见了生活里的重要的、神圣的事物；热情而有深刻思想的妇女的心。袁佩芬便走近一点，站在一棵古老而被公园里的管理人员收拾得十分整洁的槐树下听着。公园里有着初春的妩媚。在自己的人生道路和想象、向往里有着豪壮的袁佩芬这时又觉得一点痛苦，觉得自己对于生活说来还幼稚，因为她听见文勤的姐姐在狠恶地攻击她是爱幻想的幼稚的女人，而且攻击她的环境，因为她的家庭在江青匪帮时有患难有后遗症，她的父亲有病在家中；而且攻击她吝啬，积攒钱财——收入不多。豪杰的幻想的、倔强的气仍旧在袁佩芬心中颤动着,可是她有着一定的羞耻与痛苦了。

　　这次发生了一种变故。在袁佩芬的心中,对恋爱的苦恼的感情起来了一点。她心中还起来了多幻想的激动。文勤转来了,袁佩芬便由于幼稚的激动——缺乏经验的年轻人心境容易变化——失去了她刚才的热烈了。她的老实的性情使她陷于笨拙的心理,而她的活跃的性情又使她闪跃出迅速的思想,因此她的眼睑又有着战栗,也觉得她应该看见事实。她便似乎是突然反复无常地对文勤说,她觉得,事业为重要,工作为重,她谈恋爱也可以说还早,她觉得两个人的关系暂时简单些好些,虽然她心里并不完全这样想。文勤便喊叫着痛苦,觉得这是中了他姐姐的计算了。沉思的有幻想的袁佩芬还由幻想的推动表现了自己的一定的坚决、沉默不语,很快地走着。而这时候,文勤的心中也有着一种变化。他和他姐姐冲突使他心里有一种对袁佩芬的深刻的歉疚,他是有时似乎是很简单,或单纯的青年,有时因粗犷而陷入狭隘,有着膨胀着的正义和燃烧着,使他陷入煎熬的正直观念。他很宝贵他和袁佩芬的恋爱,心中有纠缠的感情,细密的思念,但这时姐姐使他愤恨,他变得十分简单,他觉得他姐姐是他的负担,他连累了袁佩芬,他是应该离开这一场恋爱的。他沉思了一下,面色苍白,袁佩芬的苦恼也使他苦恼。他便说,他有一个不好的姐姐,他觉得他使他所尊敬的在他看来是神圣的袁佩芬痛苦了。他粗鲁地说,他想中止和袁佩芬的恋爱了。他好奇自己的粗鲁,居然说出口了,但觉得也就这么简单。他有一阵心痛,但是也觉得轻快,觉得应该有正义。

　　这是一种不真实的状态。但文勤是忠实于正直和理想的,他的心真的转化了,爱情隐去了,他也仿佛没有太多的痛苦,因此这又是一种真实的状态。

　　"我觉得你佩芬刚才的表示是具有崇高的精神,说到像初春的树枝枝枒向着天空伸展一样的青春,我们的青春是为了祖国的事业,在人们,人类心中燃烧着的火焰,在祖国建设的各个火灶之中,都燃烧着前辈人点燃而我们继续的火焰,也开辟新的火灶,这是我的感想。工作最重要,我还醉心于学习,学习也极其重要,人类的智慧无穷,这春天美好,祖国的建设巨大如大海。佩芬啊,你刚才说的引起我的思想,你刚才说的多么好啊,我们是春天向上的树枝杈,我们建设我们的前程,前程是多么辉煌啊,但是,我配得上这样的前程吗?配得上和你一起的前程吗?我说什么呢?我说,我是一个混蛋!"粗犷的文勤大声说,"我的姐姐使我简直是一个混蛋,成了尤其在这理想的时代不能容忍的了,我也不能容忍的了,我也不能把她推到河里去,她总之是一个亲戚,首先是中伤了你,我变成不正义的了,所以我说,我便和你中止我和你的关系了。"文勤激动着,他的陷入简单的正直观念,使他燃烧着。

他们又沉默地往前走着,经过娇艳的初春的阳光所照出的一些树木的枝叶的影子。在公园里,这时有着清洁的、甜美的、芬芳的空气。

袁佩芬仍旧带着她的苦恼的冷淡,在文勤说话的时候,她的激动的面容,和她在眼睛里闪耀着的一种哀怜的气概,随便又转为冷淡的面容。她觉得很深的委屈,因为她觉得自己的和文勤形容的心思并不一致,她是需要深情的文勤竟在这个时候这样简单地说话,要和她中止了。他真的也会这样办到似的。她的冷淡也可以是他的理由,但也不是的。

"你说得很好,我觉得你说得也是很对的。"她小声说。

文勤沉默着,很愤慨自己刚才的错误的冲动,十分懊悔了,但是他仍然又觉得事情也可以是这样的,要为袁佩芬的将来着想。然而他又觉得这样是不够真实的。他只要远离他的姐姐便行了,他不必因姐姐触犯了他而伤害袁佩芬,就这样简单。袁佩芬看着他,对他有着一定的同情。她说,还是工作为重,两人感情可以简单些,缓和两年再说,走开去了。她和文杰美迎面相遇而过,文杰美怀恨地,但又同情似地看着她。

"我很同情你,"文杰美说,"我觉得破坏你们是不应该的,对不起你了。"袁佩芬站了下来,文杰美又变为诚恳地说:"真是不应该的。我想。"她笑了,呈现出一瞬间的似乎还深刻似的善意,又闭了一下眼睛想着;但袁佩芬觉得她狡猾,"我想,我让你和文勤一起散步吧,我喊文勤。但是,"她又说,"我觉得毕竟你和文勤是不大合适的。你不要生气,我们是市场、社会的公正的心,我是建设祖国的事业的,有我的人情性格,人格性情,你相处久了便知道了,我有一方的名誉,我是又有旧时人有些封建的头脑也可以,我觉得我们中华民族是有点适合于旧式的封建的,我又觉得爱情是没有什么的,只是一些闪影,幻想,所以可以放弃,我姐姐的话是应该听的。你听啊,袁佩芬是不是啊,我也把手帕挂在这树上,"她带着愤慨的、她的激昂性的激动,做着忙乱的动作,把手帕按在一棵整洁的树上,"我向你宣告,这手帕也是我的心,我文勤姐姐的话是应该听的。"她大声而迅速地说。袁佩芬急急地走了,她便向着走过来的文勤激昂地说着。文勤沉默地又走回去了。文勤在刚才的苹果树和紫荆花树丛旁边站着又散着步,他有点尊重袁佩芬的缓和两年恋爱的念头,他还幻想就这样中断了。他想恋爱问题再说,可以中断,他继续维持着他的有些狭隘的正直冲动。他在内心煎熬着,要不要再找她谈话。

文杰美又过来了,挥着她的手帕,并且,充满着一种妒嫉,又将手帕用一只手按在苹果树上,用另一只手的手指头和手指关节在上面敲着。

"我仍旧不歇不衰地告诉你,我是私下告诉你,"她盼顾周围,说,"人事、地位、交际是仍旧重要的,一个干练的妻子对你是重要的——我在这手帕上表示我的心像,像袁佩芬一样,我的心像对你说,我这不是骗你的米老鼠,我这手帕上是有花,有一座美丽的山,我是山。"她用手指关节敲着手帕,说。"你一定要知道你是不对的,你太小家子气了,不懂得人生。人生最重要的还是金钱,我认为你可以投资一点,每月节余一点投资我介绍你的个体户的,香烟的,或餐馆的。我觉得这也是发展经济,正当的。我说这手帕和袁佩芬一样展示心象心灵,我告诉你,"她快速地,充满妒嫉地说,"你要听我的人生之道的话,否则,你这样下去便是小流氓一样。游人们注意我们了——我是他的姐姐,"她向一个戴眼镜的、有知识的、牵着小孩的游人老年妇女说,"我在教训我这个弟弟人生之道,我从这手帕上的图说明我的心象,是也有美致的情怀——我在教训我的这个弟弟。"

老妇人笑着点头。

"是说婚姻问题?"她说。

"是说这个。她的婚姻,是应该听姐姐我的话的,我说,我是山。"

"姐姐的话有时是有见识,姐姐是爱弟弟的,"老妇人说,"不过,也不见得,你这个姐姐好像有些性急了,你在凶他,他有老实有不安了。"她说,表现出不满意,笑着,"你真是山。"

"他是滑头的。我是要训他这小流氓的。"文杰美说。

"那是了,但是不好。"老妇人讽刺地笑着,严峻地说,便有些愁苦地、带着一点讽刺地,对文勤笑了笑,同情着他。但她又有点不安,怕挑起更多冲突,又对文杰美笑了一笑;她对这笑和对于不能更多地反对文杰美又有一点遗憾;便牵着小孩呆站着,她显然在考虑,想继续表示对文勤的同情;她便用站着表示同情,呆站了一下才走了。

"我是山!"文杰美说,继续用左手指关节敲着右手按在树上的手帕,充满嫉妒和愤怒地说,"人生的要义你得搞点钱,你这小流氓。"

"哈!但你是山是不好的。"老妇人站得很远地,义愤地说,像小孩子般皱了一下鼻子,想着,怎样表示她的突发的怒气。

"我就是这样的,我也说:哈!"文杰美说。那老妇人站了一下又走了;她的面孔有一点战栗和灰白,她用静静地又站了一下表示她的怒气。她牵着的女孩发出了尖锐的叫声,她还站了一下继续表示怒气,是女孩的尖锐的要求而已。文杰美显出了一点犹豫和战败了的懊恼,于是说:"文勤,我是为了你啊!"但是她想想又高声说,"不过你这小流氓!"

文杰美走开去了。文勤继续徘徊着,他在想着去找袁佩芬。

袁佩芬走转来了。她的端庄的身体出现在整齐的林荫路转弯的地方,她慢慢地,沉静地走过来了。

"走吧,我和你谈,我是说,人生有崇高的理想,而不是为了夸丑,"她说,"我觉得我们被你姐姐敲了警钟,想到我们的环境坏,我还有着家庭的负担;你刚才说得豪放,也使我不满意你。我想缓和,过两年再考虑感情继续。也不是的,我也不想这样委屈。我也十分地和你好,但你刚才很骄傲了。"她又带着炽热的心,倔强而又带着妥协地说,但没有忘记她脸上的讽刺的、顽皮的笑容,显出一种复杂的表情,"而你是直爽的难得的男子,你刚才的那种话,嗤,也表现了你还是忠厚,不欺人的性格。然而你伤了我了。"

"那你看呢,"文勤说,"我的环境,竟没有想到有这种恶劣。然而我也觉得我们是可以摆脱它的。我刚才过分了。"

"不过以上说的也不重要,我觉得中华祖国生我们,我们在植着前人的根的祖土祖庙里生活,"袁佩芬说,她心中激昂。她因受了阻击而激昂地发生了人们常见到的理想的燃烧,她是带着抑制这种燃烧,带着灼热的心灵走转来的。她心中此时有神异似的感情,觉得这是生活中的重要的时刻,渴望表现此时此刻膨胀于她心中的她的信念。因此,她走回来似乎不是想争论刚才的冲突。她是在她的忠实和顽强的激动的境界里,觉得似乎是看见了对于往后的生活的启发;"我们是应该觉察我们后时的人的责任的。我当邮递员,每日推车上车出行,我的自行车的重量也是我的心的重量;这是一种轻快的、现时代有飞翔的重量,我希望理想常昭示我们,我们本是如此,像你出去各楼房里察看和维修水暖,汽车出去带人去修楼房的甬道和门窗。你看!这一个公园以前荒芜,而现在苹果树生长!你看这大树挺拔而直上云霄,"她带着理想的纯洁说。但随后她的声音里又有了抑制不住的愤懑和争论的情绪;她怀着灼热的理想的情绪转回来,里面原也是藏着愤懑的。"我心中觉得幼稚而我又是充满自信,我对你假设有恋情却又有忧伤,我觉得假如我们工作不好对不起前人,我便对你假如相爱却仍然又想分离,我不说自然不是的那相反的话,"她带着梦幻似地说,"我和你翻了。"

"我刚才错了。你有深刻的思想,但你有古怪的性情了。我们不是不能克服我姐姐。不理她!"

"你能这样?当然能的,但是你为什么要和她说合,我顽强地仇恨她!我不要见她!"

"那你也不必要了。"文勤说,他显然有着豪放,却是想和她的姐姐有一定的妥协的,于是他说,慢慢地是可以说服他姐姐的。他说他姐姐有一分善良,是可以说服的。但是袁佩芬认为不是如此。于是文勤有着窘迫了。他便反省着,他的心中是否有一种自私,于是他便大声地反对他的姐姐了,但是他仍然想,他姐姐可以说服。

"你有忠实和直爽,有才能,是好男儿,但是你不好了。"袁佩芬说。

"你有深刻的心思,唉,你要信任,如果我姐姐继续侵犯,我便骂她,立刻不和她往来。你有深刻的心思了。"文勤说。

"你说的也对。我说白云,春风,蓝天,"她说,带着她的理想的激昂,声音中间有着纯洁,似乎又没有刚才的懊恼了,"建设,新时代的北京大城市,我骑车而行,送出去的各种信件,是胜利的信件,但也有忧伤的和坏人的。许多信充满奋斗的,我这样想,我觉得要用一种高尚的情操来看一切事情,因此,"她说,声音中间又恢复懊恼,"我很恨你的姐姐。为什么她那样骂你了,你还要想说服她呢?你的表现,有舍不得离开你的故旧。你平常见义勇为,这件,你有不勇敢。"

这便再显出冲突了。而文勤,也很怀疑自己,他觉得,他真也是想向姐姐让步的;譬如,有时替她做点事(反正他有力气),有时给她一点钱,而争取她。他很窘迫了。

"你让我稍稍研究一下。"他说,走了几步,又站下一定的时间,便说,他一个人到花圃旁边的大的、笔直的杨树下去站一下,研究一下。袁佩芬便同意他,他于是走到杨树下。显得粗犷的、笨拙的、感情矛盾的文勤在杨树下呆站了一下,十分认真地站着,但这并不能帮助他,杨树没有给他什么启发;他便钻进旁边的矮的尚未开花的玫瑰花丛中去,在地上坐下来,觉得亲近着土地,或可以解决问题。他坐下来便十分认真地想着。他想他的姐姐是很恶,骂他很凶,想他有时给一点钱,同时,逼迫他的婚姻——这后一件是办不到的。但前些件,他想,他也不应该妥协。他没有必要畏惧,他也永远没有办法去社会上钻谋地位与人事关系。他爱他的工作,修炼他的技术,他要努力。这样,他觉得,由于亲近着的玫瑰花和土地,他把问题澄清并且决定了。于是他走了出来。而这时袁佩芬严肃地站在杨树下。

"我觉得你说得对。"他说。"我到里面未开化的花丛里,想清楚了。"

"我也觉得你说得也对,和你姐姐讲一点客气。"袁佩芬说,她也改变了一点想法,有着温暖的感情,"我觉得你是坦白的。我仍旧很爱你,"她说,但从温暖中间,她的声音又透出了一点冷淡,"但是,我觉得我们还是缓和两年再说吧。"她又说,她要想一下,于是她让文勤走开一点,她想了一想,走到杨树后面站着,虽然她判断杨树下想不出来,便很快地走到刚才文勤坐着的玫瑰花后面去了,她也做了下来。这似乎能够帮助她想问题,她相当时间地坐在一块石头上。她的手放在膝上,脸上十分地严肃。后来她出来了,脸色仍然有着梦幻似的严肃。"我说还是缓和一年吧。"她说。

"那……"文勤说,但停住,想到了他自己的话,想到了他姐姐加在他身上的负担,并且想到,自己对姐姐似乎不很坚决,"那,也好吧。"他脸红,说,"但是我说,我是觉得我的确不应该拖我那丑恶的姐姐伤害了你的。"

"我不过是说,我们都还年轻,我们爱好工作,"她说,嘴唇战栗了一下,声音里继续又充满温暖,"我对于你想说服你姐姐,本是也没有什么意见,我的确是爱好工作。"

"那好吧。"文勤说。

"我们前进吧,你是忠实的,你一定会助我前进。"

"好吧。"文勤坚决地说,觉得这似乎是可以的。

"那我便先走了。"袁佩芬说。苦恼的文勤沉默着,她便在他的脸颊上碰一碰她的脸颊,而走掉了。他们两人心中都有着一种温暖而又同时有些寒冷的战栗。但温暖、豪放的表情居多些。这也是这时代的生活是这样的。袁佩芬一直向公园大门走去了。而这时候文勤的姐姐文杰美背着她的皮包从附近走过,文勤便走过去,性急地,掏出他的褐色的方形的横直条图案的手帕来擦擦脸,把手帕提在手中,甩了一甩,对他的姐姐喊着。

"杰美姐,喂,"他粗鲁地说,"我也用这表示我心中的意思,我说我是一个方格子的人格性情,你骂我的我都掷回了,我向你说,你的话丝毫没有效果的,我倒要向你说,你改正吧,你的机巧于人生,权力地位——势利,你心里我看还有投机市场的想法,你改正吧!听见吗?"他大声说,"在你有困难的时候,我或许可以帮助你,但你这样是不成的。"

文杰美看看他,便走掉了。于是文勤在公园里乱走着。他有着慷慨的自豪的感情,因为他坚持正义让袁佩芬走了;但也有着异常的痛苦,觉得永远失去她了。

在他走过又一片花圃,树木,走近有着天鹅的塑像和喷水管的喷水池的时候,——看着在晴朗的空间喷水很高的石头中和天鹅塑像旁边的喷水管,看着水珠在圆的池子中飞溅着,他看见穿着红花裙子白衬衣的朴素的袁佩芬急急地大步地男子一般地走着,沉思地看着人们和景物,也露出不时的寻找什么的神情,——但有时又有淡漠,似乎不是在寻找什么。她大步走着继续着有些男子似的步伐。她在水池边坐下来了。她终于看见他而向他走来了。

"我研究我也是想放慢我们的关系的进度。"她说,这时她对于文勤有一种钦佩,觉得他是少有的男子,没有和他冲突,而是有着正直的,刚强的忍耐;同时对他有着同情,觉得他也陷入狭隘了,"我是在想我要努力工作,对社会有贡献,你看,长这么大的人了。"她把手举到头发说,"这本是我也有的想法。但我不和你闹了,我们都不要闹慷慨悲歌。我决不怀疑你对你姐姐有不好的让步,我想说我这一点是对你放心的。我看你阴沉我真不好受。我下次来这里还是和你挂手帕。你看对吗?"她说。

二

　　文杰美挟着她的有背带的皮包在街边的酸奶店门前徘徊着。她找来了"小个子"李俊英,强迫地要求她的弟弟文勤在酸奶店和她会面。她挑拨文勤说,他如果不来,便是害怕自己经不起考验。她还哭泣了,说文勤和袁佩芬的关系,假如不经过这一考验,便不能说服她。她又说文勤应该借此从事一般的交际,交际她的同事和朋友,如果要坚持的话,便说服她和她的朋友他如何不同意她们对于世界的顽强的看法;她们也将说服他,——这也正是他要经过考验。有些豪放,有些好斗的文勤便同意了,而也有着好斗的袁佩芬也犹豫地同意了。在酸奶店里,李俊英说,她有缺点是喜欢管男人的事情,而非常注意钱财,譬如今天来到酸奶店,她注意到文勤的衣服穿得并不很好,不是流行的衬衫;譬如今天在这酸奶店,就应该文勤付钱;她想知道文勤带了多少钱,她好有数目。她又批评说文勤的头发梳得不好,有一点乱,甚至很乱。她攻击说,文勤的鞋子在什么地方踩了灰尘而没有仔细地将灰尘扑掉,首先,踩了灰尘便是性格粗鲁;她说文勤性格过分正直,他的眼睛在说话时看人,盯着看人使人窘迫,而他的说话的声音又有点粗。她说,她知道他有一个对象,不知那个对象如何忍耐着他的。他姐姐告诉她,他那个对象有一张米老鼠手帕,她也买了一张,表示感情。她还说,她不高兴为人太正直。李俊英带着很重的情绪说这样的话,她显示出来她在她的思想里是热烈的——甚至她还是热情的性格。她动作很干练,显示着执拗、刚强、有生活能力,富于经验。她不羞怯并且显得她要办到她希望的,对生活显得勇敢。她说在当代的社会上她的工作岗位是有意义的,她是有权力并且有好职位、地位的;她很爱国,——这一点她比文勤的姐姐文杰美说得多些。她用一种热情的腔调谈论着国家的建设,这似乎表现在她的她凶狠地谈到钱财热衷之外有着她的另一面,这矛盾也呈露着她的灵魂。

文勤窘迫着。他自然能通过这个她姐姐要求的考验。这酸奶店的谈话自然没有什么结果。他也告诉了李俊英,他带了多少钱,但是是态度冷淡地说的;他不知道该不该告诉她,不知道这样的做法对不对。

"我很是感谢你批评我,我很是感谢你指点我,"文勤重复地说,"你是很好的,的确,很好的,我没有什么意见。"他说。他特别还有些感动地增加了一句:"你是很爱国的。"

"我说的要管理你男人的钱财,在钱财上面的划分,是我的逞强的性格,你不要臭气了。我看看你的皮夹。"她要文勤拿皮夹出来给她看看,文勤拿出来递给她,她便相当仔细地数了一下里面的钱,"你的收入,你带的钱还可以但是却是放得不整齐。我扣下你该付的请客的钱,这两杯酸奶多一点,两杯好吗?"她说,数着钞票。"我在钱这一方面是有我的缺点,但是另一方面是多么的爱国,我最爱今天的祖国了,各样事业前进着,尤其我觉得我有贡献的时候,我的贡献是我有自豪的。不过我有时很觉得不如别人,我又觉得我是不足以自豪而自卑的,多么微小啊。"她带着一种似乎是忧伤说,"但我仍然是自豪的,我觉得,权力地位可以使人不自卑,还有金钱。你应该储蓄钱,在市场上有些个体户那里也投资点钱,他们有的活跃些。我们的婚姻,你说可以吗?至于我,我想过两天回答你。"她带着热情和善良,说。

"我觉得很对不起了。你是很好的,真的,你有不错。但是你知道,我已经有对象了。"文勤说。他对李俊英还甚至觉得有一点感动,他觉得,她十分坦白地谈到钱财与权力地位,坦白也不是很坏的。

离开酸奶店的时候,李俊英拾到了二百元。她想落下这隔座的客人失落的钱,趁着文勤没有注意,背着身体,假装在自己的小皮夹里找什么似的，想把钱放进去；她的心慌乱而且紧张，在短促的瞬间有一种想象，她想象她捡到这钱，作为内心的惭愧的弥补，她将送给同院的邻居困难的老太婆二十元。这使她鼓了一下勇气。但是她仍然害怕着别人已发觉了，文勤已注意了，虽然文勤在她让他用她扣下的他的钱付了酸奶钱之后是站在门边等她——差不多已经出去了。（文勤用她扣下的钱付酸奶钱，她又再要了剩余部分的钱。文勤想想也就给了她。）她内心十分紧张，觉得她不爱国，不良好，但不觉得她是因为今天兴奋，头脑有点不受控制才这样。她仍然有些觉得她应该拿走这捡到的这钱。人们说她势利，她这时兴奋起来设想，假若她的婚姻不能成功，想来是这样的，她也很威风地表达了她的性格；她正是势利的，便应该拿这捡到的钱。这钱也可以是这次婚姻不成功的补偿，因为她有着痛苦。但在这种兴奋和她捡了钱之后的贪鄙的心理之后，她却忽然想到这是不应该的，这是她一生中所没有的，而她是爱国的；她也不能因为威风，或其实今天也有的生活的失望——她没有达成她的婚姻——而干这件事情。在头脑的恍惚和兴奋发生之后，她一刹那陷入痛苦之中；内心有激烈的痛苦，仿佛碰掉了她宝贵的好看的牙齿。她觉得不应该这样，内心里便燃烧起正直的和一种抵抗的感情——这是因为，在她的很忧郁的状况里，她的不良的思想容易发作，她几乎要拿这钱了，她的环境和国家的形势使她有时有的正直的感情发生了一种效力。这种感情是作为忧郁的对立物而呈显出来的。她心中起来着爱国的观念。在商品经济发展，金钱的势力随着国家建设的庄严的高峰而有着强大，在有一些人那里却转为不良的猖狂的风暴的这时候的社会，李俊英想，她不愉快地落入这种忧郁的境地，但是这时代也有侠义的势力使她这时候改变，这侠义的势力是社会的建设，它所以是侠义的，是因为中国社会旧时苦难；这侠义的势力，她想文勤的正直的性格就是的。这种想法是头脑紊乱中进行的，她将这钱交给柜房了。她仍然因为自傲和有势利的立场而对柜房说了一句：

"这钱不算少,如果是别人抢走了,如果不是碰到了我,就差了。"

柜房的服务员很感谢和佩服了她。

而她走到门边,因为有着一种侠义似的感情,因为觉得文勤是侠义的,正直的,便对文勤看了看,亲善地笑了一笑,拿出米老鼠手帕甩了一甩。她几乎想对文勤让步了,不破坏他的恋爱了,放弃自己对文勤的追求。但她并不这样。她心中尖锐地想着她的利益。

"你是很好的。我想,我可以同意和你结婚,因为你为人正直;你能和你现在的对象离开吗?我想你们的感情也许是很具实的,我是一个具实的女人。"

"那不是这样的。"文勤不安和愤懑,说。

"我要求和你结婚好吗?我在金钱上,也不是那样刻扣的,你刚才的钱是送我的礼,我一个人吃酸奶的。"李俊英说。

"我的那个爱人,她骑车而行送信,她是很具实而我和她极好的。"文勤带着冤屈,喊叫着说。他有些惧怕到这里进行这一场糊涂的格斗了。

"这就有点差了。然而我爱你呢?"李俊英说,她心中增多着她的利益的渴望。

"那就很抱歉了。"文勤坚决地说。

她没有提到捡钱交还的事,目击她交还钱的文勤对她有一定的钦佩。但注意到她交还钱以前似有一定的阴暗。

"我十分抱歉了。"文勤又谦虚地说。

"这也没有关系。我对于你这个人,也觉得你是太简单直接了,不活动。"李俊英脸红地说。

他们走到门口。这时候袁佩芬来了。文勤有电话告诉她他在这里作这种谈话。为了表示姐姐文杰美的意图决无可能,文勤作了这一场他觉得有点愚蠢的斗争,在通过着凶恶的姐姐设计的考验。文勤出了酸奶店,便对姐姐说,他要走了,而这时袁佩芬来了。

袁佩芬虽然同意文勤到来,帮助他迈过这一场斗争,可是对文勤的愿意来,愿意应付这种挑拨,也有着不满意以致愤懑。她也觉得自己的赞成有着一些愚蠢,但是袁佩芬又有着理想的倾向和倔强的性格——她主要的还是来支持文勤的。她还准备了和文勤姐姐文杰美辩论的言词——她有着颤动的、灼热的心脏。

　　文杰美有着凶忍,她是要和文勤谈一谈,"做成功"这件事的。她在门前有几步徘徊,因为她这时觉得文勤和袁佩芬也是顽强的存在,她似乎也想放弃些她的专横和势利的做法,也似乎想放弃一些对弟弟的进取的反对和对袁佩芬的纯洁的恶意。但这几步徘徊没有结果,只是使她在矛盾中心痛了一下,责备自己比不上现时代的有一些人的气势。她决心不客气和增涨地认为势利是英雄。

　　"我们家庭是要和睦的,我觉得你,文勤,你要认可我姐姐对你的帮助!"她看着袁佩芬进来,阴沉地说,"你小时候,我是牵着你走的,在四人帮患难而父亲挨打的日子,我是护着你带着你的,你要记好。"她带着感伤说,因为袁佩芬的到来,产生了一种战斗的欲望。"你说一句,你和俊英的研究。"

　　"我不能谈这一类的问题。"文勤说,觉得到这里来陷入包围,吃亏了。

　　"我觉得也是。"李俊英有些锋利地说。因为文勤拒绝了她,使她心里燃烧起来的希望破灭了,她有着痛苦与怨恨。"我觉得互相也难谈。我已经让步了,"她说,"我认为,你文勤不应该骄傲。"

　　"我怎么骄傲呢?"文勤说。

　　"我对你不满意,你并没有援助和表扬我的拾金不昧,不说一句话,只是站在门口。"李俊英爆发着,说,"你对于拾金不昧很冷淡,不表扬,不感动,说来很难听,我本来不想提别人没有兴趣的事情的。"她本来想有礼地、冷淡地、带着她的苦恼告别的,但现在激动起来了。

　　"我怎么是冷淡呢,那我就不安了。"文勤焦急地说,"我在你从柜台转来时,是有一种内心的赞美的。拾金不昧是一种高尚情操,我忘了表示是一种缺点。我现在补充赞美了。你拾金不昧多么好啊!"

"但你当时有赞美,就可以有言行,表明你对我的婚姻的正确看法,我是热爱祖国的。"李俊英带着她的没有能抑制住的痛苦的热情看看袁佩芬,说,对她的冷淡的、严肃的态度滋生着对立的情绪,而愈发觉得文勤的有为是不错;觉得文勤可以在听她的话之后成为她的相助,增强追求文勤的情绪与痛苦了。"我是骄傲的、爱国的,我的观点是健全而适合现在的社会的,除了我在金钱问题上有点琐碎以外。"她带着显著的痛苦说。

文勤沉默着,有些阴郁。

"我说,我是爱你的,"李俊英带着一点战栗和善良的感情说。"我觉得可以明确地回答你,我愿意和你结婚,你有正直,有为,工作能力不错,每月的钱还可以。只是有骄傲的缺点。"李俊英说,又看看袁佩芬,判断着她,敌对着她的倔强、忠厚、沉静、严肃,觉得她是漂亮和骄傲的,觉得痛苦的妒嫉。"我明确地说我愿和你结婚,你回答我,我觉得我可以与你很好的生活,说到这里我都有计划与气势了。你要知道我是会经手钱,我在我的社会岗位上是有把握也拿着我的权力的,我是能左右一些事情的。"她对文勤说,掏出了她已经在酸奶店里掏出过两次的,和袁佩芬一样的一张米老鼠手帕来,擦擦嘴唇,"你要作出解答。"她凶暴地说。"刚才的酸奶店我多问你拿两份钱,是我和你有感情,要酸奶的钱。"

"有这样奇怪的事么?"文勤说,头脑恍惚着,被这一瞬间变得十分凶与势利而且显出苦恼的感情的李俊英伤害了,对于多给了钱觉得不安了。而李俊英,虽然由于乐意文勤的能力与收入,产生了愿望,以至于这时闪烁着苦恼的感情;但由于对文勤的理想的精神与正直有着不满,也产生着对立之意,内心是复杂的,她便转为讽刺的表情,笑着,冷漠地看着他,使他更不满了。同时,文勤因袁佩芬的到来而苦恼,懊悔自己的赴这一约会的粗率与慷慨了。他想说话,因为他是要来驳倒姐姐的,但现在焦急起来,对他的姐姐恳求地说:"你同情我好不好?怎么这样呢?"

"你们怎么这样呢?"袁佩芬说,"势利的世界观!"

"我们就是这样。"李俊英说,对袁佩芬仇恨地看了一眼,内心里面,觉得一种失败的痛苦;她又对文勤说:"你要对婚姻作出解答,我早听说了,你们是轻视我们这些人的。我是骄傲的,我的思想观点也是健全的,适合社会的。她袁佩芬是不适合的!"她说,觉得应该刻薄,便尖锐地笑着。

"我们的观点是健全的,袁佩芬是健全的,"文勤放弃了对他的姐姐的焦急的恳求,觉得这不妥,而转为愤慨了。他的头脑严肃着,一瞬间发现自己在势利的包围中,内心有着严峻的奋斗情绪。他的表情也表现他的粗犷中的忠实、善良——他显得十分认真,和李俊英辩论起来。他要对形成了的对袁佩芬的错误做出弥补,而且保护她。"我的心简直是痛苦的,看见你们的讹诈,我决然意外,你作为我的姐姐是这样的卑鄙,"他对文杰美说。"难道正直、理想的情操,不是金钱、地位势力,不是很好么?你多拿的酸奶拿回来!"文勤对李俊英说。

"那你请我客的。"李俊英说。

"我是想实行我的理想,"文杰美说,"而她俊英是拾金不昧的。"

"卑鄙!虽然也是拾金不昧的。"文勤说。

"我卑鄙?我不是拾金不昧的么?"李俊英愤怒地叫着;她因着袁佩芬在旁边站着眨着眼睛轻视地看见她而心中起来了激情,"你文勤一定要记下来,记在你的日志你!我是有我的品德,表示了我的性情。我拾金不昧,二百元不少,而我心中,有着我的性格性情,我认为,在我们祖国,我是实干的,而不是你们那样不具实的,我爱着我的国家。"她说,声音中有着带着凶恶的善良的震颤。

"你拾金是好,但是你拾金站在那里似有犹豫与阴暗的心理,这一点我有点断言,当然,"文勤说,"我歌颂你拾金不昧,而且我也尊重你说的原因。我再说,你拾金不昧是多么好啊!"

"我也许有缺点,但我是爱国的,你说我什么阴暗心理呢?"李俊英忽然谦虚地、善良地说,但随即又转为凶恶,有点像文杰美经常那样,"我说有缺点是与这不相干的,对你们妥协了。我要是拾金有阴暗面,我便不是一个好的国家干部!"她说,为了弥补她刚才捡到钱时的心理上的缺点,她便想象着要回去努力工作,"我是这样,我的心里,是热爱我们国家的——我这里说我是光明的,假设有缺点我也改正的。我也不是求你,你不值什么。但是我还是同意你的婚姻,你来到就是相约,我同意你的婚姻,希望你能考虑,而我,"她又直爽地,充满激情地说,因为不满着她心中意识着的捡到钱有阴暗面,所以显得更热情与活泼,"也又不同意你的婚姻,"她说,她这时感到,婚姻是无望的,文勤和她是不相称的,所以便似乎慷慨起来,似乎急着她的痛苦了;"因为你是不具实的人。我收回我的话,我对你并没有兴趣,我买这米老鼠手帕,我是也试一试的意思,我对你并没有感情!这对你和袁佩芬是有利的!我这手帕便赠送你了。我还忘了说,应该你拿去。"她说,看了看手中的她充满着兴趣买来竞赛的米老鼠手帕,而向文勤砸了过来。

文勤不作声。米老鼠手帕便由文杰美从地上拾起来了。她看了一看,黄手帕上画的红色的米老鼠,和袁佩芬的那一张完全一样。

"我是这样的,幸好我并不对你有感情。"李俊英抑制地、突然显着妥协和让步,热情地说,显出一种牺牲的、似乎是正直的精神。因为她有追求文勤的一面。"我是并不求你什么爱,什么米老鼠的,"她用一种震颤的声音说。"我是知道自己的,我有些话并不真实,我十分无意于你,也不怪你,你知道好了。"她有些善良地说,并且流泪;但她又随即在声音里震颤着一种妒嫉和狂怒,说:"但我说的不对,我吃亏了,我仍旧是和你有意思于婚姻的,你看呢?"显出了她的凶恶。

"你这女人太凶了。"袁佩芬说。

"但是我是拾金不昧的。"她说,沉默了一下,"我是也有高尚情操的,我是热爱我的祖国的。"她感动着,说,还又出现了眼泪,并且显出活跃、有些可亲,似乎是有着深刻的性格。"每日有几十几百件的工作经过我的手,我心中有我的热血的性格,我对你们并没有什么道理。我并不看重你和文勤,"她亲善地说,进行着她的撤退;"但我仍然说,我和你结婚好么?"沉默了一下,她的表情又变了,她有些险恶地进攻说。"就我心中的暖意而言,我是很想同意你的婚姻的,"她充满妒嫉,说。"我再说,我每日是做有权力的工作,是把持着社会的。"

"你这就非常可恶了。"文勤愤怒地说。

"但我也不爱你,我和你并没有什么关系,"感觉文勤的坚定和眼前的现实,她说,忍受着她的一点痛苦,再也起来了似乎是慷慨的感情,因而声音里有着热烈;这慷慨的感情还停留了一下,"我也是有祖国之思,这国家生我养我之情,我有我的工作。"她带着感叹说,因为这时候她的这种断绝的话是对文勤有利的,"我没有什么和你文勤恋爱,我并不看上和你的婚姻,你蠢牛,你骡子马!你蠢!而追求我的男人多着呢!"她有着骄傲地说。事实上这时追求她的男人并没有,但她显出一种气概,并愉快于自己的慷慨,这么说着;像刚才的捡到钱交还的正直的感情之前有阴暗面一样,她也想了她的这正直的感情里的妒嫉的阴暗面。她有强豪的性格,俨然以为她有爱情的权利了,因此继续有一种痛苦。"我有我的热血的性格之思,"她继续豪放地说,但声音里有一点战栗,"我和你们不相干。我是也为我的事业和理想,我的朋友同事文杰美啊。"她向文杰美说,"你介绍我到这里来,使我心中有了痛苦了。我是愉快着祖国的建设,祖国每建成一件工程,我们不是都觉得是我们现在人的成就,是一种侠义的行动,对于过去的患难!"

因为兴奋,她又说了一句使她有点懊悔的话:

"假若我刚才拾到钱的时候一丝一毫的阴暗面,我天诛地灭。"随后她说,"你文勤和你的米老鼠爱人听着,我是慷慨而陈

217

词的,我心中有我的事,并不有意什么和你文勤的关系的。"

"我不和你辩论了。"文勤说,"你的慷慨,我向你致敬!致意!使我感动,但是,"他不屈地说,"你赌咒的事,也许可能我错了,但我是似乎看见你在拾到钱之后有阴暗的情绪似的,这一点我不恭敬了。因为虽然有很不错的,但你很攻击我和我的爱人袁佩芬,你很骄傲,所以我必须揭发出来——我看见你有犹豫不决地交回钱去的。"

"你说的狗屁!你侮辱我!我拾金不昧的,"李俊英叫着。但是沉默了一下她又作为她的可羞辱的缺点(刚才的叫喊也正是这种缺点的表现)的补偿而带着愤怒慷慨地大叫着,"我有热血的性格之思,我和你,正直,有为,有才干,有理想的文勤不相干,也和你米老鼠小姐袁佩芬不相识,我们无干由,我说再会了。"她带着愤怒和很是夸张起来的正直的感情说。"你是米老鼠。"她对袁佩芬说,"理想,要强,有为,可是有幻想;我也是一种米老鼠,我是有热血的性格与也有很冷的,你解析解析看呢?"她带着夸张的甜蜜的感情说。"我愿做你们的忠实的朋友。"但她说了之后便觉得一种痛苦,她也是看着文勤。

"你是有正当的地方的,"袁佩芬热情地、倔强地,但讽刺地说,不屈服于她的慷慨,觉得有点正直,也使她委屈。"你是有不合理的热血的性格的。"

"我的性格人格也是这样的。"文杰美凶恶地、不满地、怀着妒嫉说。

"白云苍狗,我仍旧反对你们,"袁佩芬说,"我说你们是有不错,但是势利,而且狭隘,以为你们建设着时代,你们站着位置,有权势。"

"是我们建设的时代。"李俊英说。"先撂开婚姻问题不说。"她又凶恶地说。

"是我们。"文勤说。"我们有理想的正直的人,邓小平李先念率领着有理想情操的人的大队。"

"你们是令人遗憾的。"袁佩芬说,判断了这两人仍旧是伤害她的,心中充满着对于她们的愤怒,有些战栗,但是想到自己年轻,被人们说成是有幻想的,被两个人讥笑为是不识具体和没有干练的才能的,便有着一刹那的畏怯了。这种攻击有着效果,于是袁佩芬便觉得她的每日送信,注视着柏油大路和小的巷子的路面驾车而前行,推着车上的载重的邮件口袋而前行,向这家那家人说几句简单的话,记熟姓名,也记着他们的情况与喜乐悲伤,是不重要的,无才干的了。她说了"你们是令人遗憾的"这句话之后,便有些犹豫,又说了一句重复的话便沉默了。但是一定的时间之后,她的倔强、理想,又使她的话燃烧起来,而且带着一种讽刺、俏皮,说:"你们每日干几百件事,我说我连我的你们轻视的幻想,每日干几百件事——我有几万件幻想攻击你们。"她说。但她是心里是仍然有着复杂的。她的内心的感情很快地变化,又觉得这样过分尖锐了,便显出很有分量的忠厚,垂着眼睑说,"我也许是说得过分了,因为我是一个学习者。"但有着分量的忠厚之中是有着对于思想的忠实的,她又说:"我是坚持说,人是不可以说现在的时代是金钱地位的。不是金钱地位建设社会,而是有思想的人产生生产产品产生金钱。"随后,她又显出忠厚,有点谦虚地看着人们,而有点讽刺地笑了一笑。

"出米老鼠了。"文杰美说,"一下说这一下说那。"

"但是我是不怕你的。我和文勤的议婚虽然似乎失败了。"李俊英嫉恨地说。但沉默了一下,又有一点骄傲从心中出来,于是又说了一句慷慨的话:"我说,我和文勤的议事似乎失败了,但我并没有意思。我的米老鼠手帕不胜。"但是,她沉思着忽然又恶意地大声说——她的慷慨便完全失踪了;她仍然依从于她心中的根本激情:"你文勤不能抹杀我。我仍然议这条件下的婚姻的。我现在假设不议了,你文勤得有一定的钱赔偿我。"作为她觉得的她使他招致的补偿,她接着更加凶恶地说:"我的思想世界观是这样的,你探听探听我的地位去,你滋扰了我了,你就跑不掉。我不说这个是不成的,我是有权有地位的女人,你找人再打听打听我的地位去,我和你没有客气,你跑不掉,你得用一定的钱赔偿我。"她说。

"你刚才的漂亮哪里去了？我揭发你这丑恶的败类。"文勤说。

"我们根据这考虑问题。"李俊英痛苦地说,对于自己的势利的言论,觉得有一种她的社会的威风,但是觉得显得不慷慨,加上看看文勤和袁佩芬站在面前,又有些畏缩了。并不是他们凶恶,而是他们也是有能力,和有着社会的威势的。文勤的表情很强烈,而袁佩芬有着一种轻蔑的又转为思考的表情,李俊英觉得,她是在想着她李俊英的缺点,她觉得自己是过多的丑与恶了。"我不要你赔,自然也似乎是可以的。"她对文勤说,"但你要给言语的赔偿。但是不！你一定要赔偿钱！"她又大叫着。

"你为什么不要他赔呢？"文杰美说,"不过,你不要他赔也是可以的。"她说,她这时不愉快于李俊英,有点同情她的弟弟的财物,因为她是想从弟弟那里有时拿走几个钱的,"那样势利了自然是不好的。但是文勤,在我的心灵里,我洋溢着对你的同情,我经过同情之后又考虑,你赔偿李俊英几个钱吧,"她决心站在势利的一方,觉得这是对于她合适而有着甜蜜的,"我也是同情你的婚姻,而可能放弃一定的意见了。就作为代价。我觉得,做你的姐姐真难,我也是有一定的缺点的——你赔几个钱吧。"她和善、愉快地说,但同时在她的心里,在和善之间,发生着对于文勤和袁佩芬的正直的妒嫉。"我势利也有不好的,"这妒嫉采取着抑制的形态,她说,"李俊英,不要吧。"她十分善良似地说。这时候她的心里也似乎有着的善良震动着,她的妒嫉又隐去了,她仿佛十分同情文勤和袁佩芬,同情他们两个年青人工作努力的奋斗和纯洁,"我让你们去吧,我觉得这样干涉你们,是十分不好的,你们许多地方是对的,人为什么不应该有理想呢？"

文勤和袁佩芬沉默着。李俊英则愤怒地沉默着。

"我让不让你们走呢,我干不干涉呢,哎哟,我真不能决定了。"文杰美烦恼地带着反悔说,而且有着一种复杂的、天真的、讽刺的笑,因为文勤和袁佩芬的力量,站在面前。"我反对不反对你文勤呢,你米老鼠手帕呢,"她扬一扬手里的李俊英的米老鼠手帕,"照说,我是想干涉的,但是我有一种三心二意的心理,我为姐姐的不是很势利的,你们考虑我的心吧,我心里很深地想着,我管你们的事干什么呢,你们心心相印,百年好合吧。"她说,从心里瞥了一眼她觉得文勤的心里具有高尚的情操。

"你这样说,也许有道理。"文勤讽刺地说。

"但是,我为什么不管你的百年大事呢?"文杰美说,从忽然产生的内心的恍惚、幻觉,并且欣赏正直和欣赏有着高尚情操的快乐的这一瞬间回到她的自己的意识来了。她还皱了一下眼睛,留恋刚才的于她有着抽象的境界;"我的人格性格是这样的就是这样的,"她说,"虽然刚才说有高尚情操的人格性格也是我羡慕的——但我并不羡慕,这有什么意义呢,这是偶然的失差。"她说,她的脸部和眼睛有一种战栗,显示着善意的消灭,"现在的时代,就是势利的,我不受你们的影响,我要影响你们。"说着这个的时候,一种作为对她的凶恶的讽刺的反对物的天真的笑又在她的脸上闪了一下,但便又隐去了。这使得作为弟弟,希望家人在正直之中团聚的热情的文勤很是失望与留恋,并且使袁佩芬奇怪地、嘲笑地看着她——她料到她是如此的。"我仍然是我这人格性格的见解了,另外的见解我并不要,那是被拾金不昧引起来的,我是也想对文勤你拾金不昧的,我是把所拾的你们的金还给你们了,这样解释的。"她讽刺地笑着说。

"但我仍然说到我的议论题目,我拾金不昧,你们应该补偿我于我的社会。"李俊英尊严地说。

"我决定了。"文杰美说,"我决定说这样吧,我们的时代到来,你们的时代也到来了,你文勤和袁佩芬,我让你们两分试一试,靠近你们的当代的正直工作与无私,水晶般的正直啊,你袁佩芬,还有弟弟啊,你也勤劳而任劳任怨地工作。"

"这样便好了,"文勤带着讽刺地说,而袁佩芬迷惑地看着文杰美。

"但是,我是拾金有昧了,也不昧,也分明,我盼顾你们年青的好玩意,我祝你们若干年后不醒悟过来和我一样。我的社会,我的时代,也还当着令,是要当令下去的,而我认为,你们幼稚的理想也有一定的意义,我作为姐姐表示妒嫉了。我便坚持着也出我的风头,请你们评论我和李俊英的拾金不昧,我们可都争取孙毓敏、刘玉玲唱的那一句:美名儿千古传扬。不过我这千古传扬是要差些了。我们的建设起来的社会,我在经济开发单位的工作,我的经验,我当科长的能力。"

"我再说是我们建设着的社会。"文勤激怒地说,不让步地说,"你们是有破坏的。"

"我们。"李俊英说,"我们是制控着像蒸笼一般的市场的。你要赔偿我今日的损失,给我俩补的。"

"这样可恶!"文勤说。

"你拿出来吧,你要识别黑白,明了大义!"文杰美说,由于激动,由于说话得胜而有愉快,由于想征服弟弟而伤害弟弟与袁佩芬,抓住了弟弟文勤的手,要他拿出一百元来,要他至少拿出身上所有的钱来。又说,还要包括袁佩芬身上的钱。但是文勤对她发出了一声愤怒的啸吼,他全身战栗着把她推开了。文杰美脸色苍白,便大叫着,要二百元,三百元,又扑上去,文勤又吼叫着把她推开了。她战栗而面色灰白。

"一百元!三百元!一千元!"她说,"你不明了大义,我极恨你!你拿出钱来!我看你袁佩芬身上的一起,有一百元吧,先拿出来。不然欠着。"

"你们欺侮了我!我赔损失?"文勤叫着,"我们是大义!"

"但是一百元都没么?亲娘哟!你文勤哟,你可爱的弟弟哟,你听我的话吧。我现在觉得你是可爱的,你像你小时一样,也听我的话,我是于人生的道路如何凄伤哟!不行!"她叫着,"你得同意婚姻,要不然一千元!"她觉得失败的痛苦,要来拉文勤的手,文勤显出可怕的愤怒,又推开她,她继续面孔战栗着,便从皮包里拿出了二十元钱,递给了李俊英。在沉默了一阵之后对文勤说:"我替你文勤拿了,是道歉和表示感情。"李俊英便看看愤怒的文勤,将钱接了过去放进自己的黄色皮包里了,动作十分地坚决。

"你为什么拿给她呢?"愤恨的文勤叫着。

"你管他们干什么呢?"袁佩芬心痛地说,"我觉得我生气也许不好。"她懊悔地说,"但是我极不满意你文勤到这里来和他们比武什么的,我心中痛恨,我只有这大的能力,能耐!"

"我也要斗一个美名儿千古传扬!"文杰美说,"我希望你米老鼠手帕知道。"她叫,便扑上来对文勤撕打,但文勤用力地推开她了。

"我说我,"袁佩芬说,"我当然是支持文勤,反对你们的。我说我自己是青春年龄,为工作努力,你们嘲笑我是千古传扬,我在我的年龄站在你们面前幼稚了,我的理想、正直,都在你们面前快像蜡烛一般熔化了,我却不这样看的!不过,你文勤非说清楚不可,你文勤一定要说,你管他们之间的十块钱拾金不昧什么呢,你为什么要问她为什么拿给她呢,好像跟你有关系似的!你为什么给这李俊英两份酸奶的钱呢?我说,我和我的文勤是不动摇的。"她又向文杰美、李俊英说,"我憎恨你们!我的人生历史,我的理想的道路上,我的社会和我的行进里,我是敌对你们的这一类的宣扬、欺人、势利,极其俗恶。而我是这样的,我就是愿望我们的社会,时代,像水晶一样的纯洁,建设起来,雪多年的冤枉,多年的冤枉是有坏人,是中华民族缺建设起来!"

"遇见夸海口的了。"李俊英说。

"反对你们!"从她的气概中忽然负了点创伤,焦急起来,显得柔弱的袁佩芬说,"我心伤了,但我观察过海洋,波浪有静止,潮有退去,但海是始终澎湃的!我观察过进行的白云有快速的行进而终止了,遇到了变气流和风,但是它们扩散又合拢,还是进行的;我观察树木在茁壮成长的时候它有殷实,树干树林涨满液汁,而在风里不是随风而摆而是有自己的意志。我希望我们的时代是这般的时代,我说了幻想的了,我说了乐观的了,我再说你们是恶的灰狼,但是你们要打烂你们豪夺的权势,那只灰狼的碗。"她讽刺地、愤怒地说,"挺得意呢,反对我的米老鼠手帕,控制市场的……"

"和我们恶斗!"文杰美凶恶地大叫着。

"恶斗!你们是挨炮子的,挨刀棒的,吃老鼠药的,上吊挂绳子的,走路滑跌到冰笼里,那冰笼还是脏的。你文勤姐姐有你的封建家主资本恶主那样,我也会说封建骂人语。"她讽刺地说,她的眼睛、鼻子都讽刺地活动着。

"你不吃亏。"李俊英说。

"我不吃亏。"她闭了一下眼睛,似乎想了一下,说,"我想了一下我便悲观,被你们当作灰狼打伤了。我真想说,我不如撤退吧。我真也想像那西班牙戴钢盔,又顶铜盆的骑士一样败下阵去了,但是他也又冲锋的。"

"我们又冲的。"文勤激动地说。

"我也是,我们也是你们说的钢盔、铜盆骑士一样,要立于不败,替天行道是那种故事吧,我们也是败下阵去还要来的,又冲锋的。我们也正是的!"李俊英向往地大声说。

"我问你,"文杰美对袁佩芬说,"你是不是考虑能和他文勤分离呢,你说撤退呢。"

"我也说,不如撤退了。我和他文勤的关系也能!"她突然愤怒地说,因为受辱和自尊;因为觉得自己也幼稚,又想曾想要过两年再考虑婚姻;因为有着在人们看来有的好高骛远的性格其实是理想的倾向;因为自信和倔强;因为内心中也不满文勤而想要考试他,便说:"为什么不能。你文勤今天为什么要到来和这些拾金不昧一起混,你这么任性,是不对的,我们不一起了。"

"你不能受他们影响!"文勤说,"你不能像他们这些男女一样,是象鼻子勾东西随便样,随便不在一起了。"他说,同时意识到自己的粗鲁和过分直爽,当着不愉快的姐姐说这些,便笑了起来,"我说这些当然也是不恰当的。"他善良地说。

但是袁佩芬痛苦着,文勤的粗率,在她是可爱的,此时也使她痛苦;她还觉得她工作只做那多——她又想到下午驾着自行车,载着沉重的邮件口袋而在大路上,在吹着的风里熟练地前行——而自己说的太暴露了。

"不一起!"她带着一种顽强和单纯,叫。

"我们破坏你摆架子的挂米老鼠手帕的恋爱成功了。"文杰美说。

"我们也是拾金不昧的,"袁佩芬说,"我们也有拾金不昧。"

"你们破坏不成功的,决然是这样的,"文勤说,并且也想到他的熟练的工作,他骑车而行,带着他的人员一起到来电话的楼房里去进行修理,和又——在春风里骑车而行,检查几处楼房。"你们的思想丑恶,是破坏不成功的。"

"他们不能破坏成功的,你错了。"袁佩芬说,"你就被他们挑拨来到这里了,你是一个任性,过分直爽,不很考虑的男子,今天我们的感情真受到考验了。"她说,说到这里她犹豫了一下,"然而我仍然说你是没有出息的,他们也可能成功的,——我和你告辞了。"她脸色紧张地说,"你看,这街道上也可以看出来社会的进展和一九八七年国家的建设。可是你是这般地到这酸奶店来。我说得也许过火了。"她叫着说,带着她的单纯的粗鲁,"但我看你是并不和我一起的,你简直也是有势利的。"

"你怀疑我证明你不理解……"文勤发怒说,但仍然沉默了下来,"但你怀疑仍然有道理。"

"那正是这样。光阴啊岁月啊,我是一个中学毕业生。"在冲突中,袁佩芬发生了伤心的感情,她说,"大江啊,浪涛啊,我是敬仰着,我进入大街小巷,参加建设我的祖国,我一个中学毕业生有多大能力呢,我希望志同道合的,当然我有许多人,可是我更希望有最知心的爱情。"她说,堕入内心的矛盾中,虽然觉得文勤是不会跟着他的姐姐的,但仍然心中有忿怒以至于焦急;"在我中学毕业的时候,我进入自己的时代,这是我心中自修和鼓舞的语言,我不怕对你们说。"她对文杰美和李俊英说,她于是又对文勤说:"我对你说:我们别离了! 别离了!"在困难中她有一种忠实于正直的思想——这时候这种思想使她意图加倍坚持她的努力工作,离开文勤的想法,处在她的一时的狭隘之中和高涨的简直的正直之中。她便有着她的幼稚，被环境所挑拨，发生了要和文勤分离的决然似的念头了。她的这种忠厚，和表现为狭隘的决心引起文杰美李俊英的愉快，也引起了文勤的极端的痛苦。她便掏出她的黄色的、画有红色米老鼠的手帕来擦擦嘴唇，转身走掉了。文勤追着，但由于羞涩，由于十分相信爱情的巩固，又呆站了一下；又向前追，但由于失望，又呆站了一下。但在文勤的内心里，除了觉得她陷入狭隘以外，也觉得是不能怪她，于是充满着对她的感情，觉得自己有过失；他确实觉得是这样。他并且觉得她的纯洁和高尚情操，于是痛苦地喊了一声。

袁佩芬也表现了她的性格，她站下了。她对她的爱人仍然是温暖的。

文勤十分感动，他的感动使他暴发了感情，同时，他的姐姐宣扬和他相斗，他也是来从事这种回答的，他觉得还没有回答清楚。

"我宣说我的性情，我的在这社会上的血液，我的人格性情，我爱你，今天我做了错误的事要特别大声宣扬这个！"他动情地对袁佩芬说，"我刚才对你几乎发怒是十分不该的，我大声地公开地说我是爱你的，我绝对听从你的意见，我也像西班牙那钢盔骑士一样地要为爱情为人生奋勇而战！"

"你这么大声不害羞！看街那边有着一些人走过！"袁佩芬说。

"我是异常的愤怒！"文勤说，在懦弱地看了一下街口的行人之后他又勇壮起来，"我异常的愤怒，就像西班牙那钢盔骑士，并不怕人听见。我伤害你了，佩芬，我爱你！我异常愤怒是回答我的姐姐文杰美和这位李俊英，我今天来到也正是为了这个的：回答你们！我的回答很简单，我和袁佩芬的爱情是要勇敢直前的。随着年龄而洞察人生的真理，而我这里预先说到，我们的往前去的足迹，将说明我们是对的！"他说，于是粗犷的表情变转为思索的，犹豫的神情，他想起了他的可能有的缺点，他便显出粗犷的性情的相反的一面，沉思着，站着仔细地想起来了：他心中充满爱情,他判断他所说的沉重的语言会是兑现的,于是他再有粗犷起来,大叫着说:"我这就回答你这姐姐了,和你不做什么往来!我们今后切断了,现在我们住在一起,不久我就搬去!因为你的狠辣!你的一分善意只是过场的狡猾,我追求我们的时代,我们是坚决要当令下去的。在祖国的土地上,我们要像春天的树枝杈一样向着深的这么高洁的天空。佩芬啊,我说是这样!"

在袁佩芬往回跑开的时候,文杰美曾经喊了她一声,文杰美在挑拨文勤和袁佩芬成功的愉快里,觉得应该外表上表示同情袁佩芬,而真的也似乎有了一种同情的感情,预备表示一句话,但同时又有着更狠恶,喊了一声便停止了,声音的尾端有着破碎,而脸上重复有了狠恶的微笑。现在文勤攻击她,表现着感情,使她困难,她更显出势利的神情。但突然地她又感伤,觉得力弱而伤心了,而且因为这种转变眼睛里有着一点潮湿的泪光。

"我不像是感情任性说话吧,"她用柔和、战栗的声音说,"我不是感情的任性,我认为男女是随便往来和拆散的,我是用我的头脑经过考虑的。我和你文勤说生气的话是不对的和不必要的。我没有不观察你的才能和你的深深的思想和有为,所以我觉得你有不对,……"她有点伤心地说,并且做出她对她刚才的狭隘、势利不满的样子,说,"我如果不信任你倒有缺点了。"

"你没有缺点。"文勤讽刺地说。

"那你也知道,是这样的。"文杰美说。于是她又十分凶恶地说回来了,嘴唇战栗着,再一次地有瞥了一下刚才她又注意了一点的高尚情操,变得同样凶恶,走上前来抓住她弟弟的手,凶恶地将她弟弟拉向一边,"你要站在我这边的,你必须,站在我这边,我也是戴上你们说的那种钢盔的骑士,我要制胜你们。"文勤推开了她。但她充满了她的社会的欲望,又扭住了他;她不承认失败,她并且弯腰,张开嘴来要咬他。

"我没有耐烦了。"袁佩芬说。她由于激动想冲上去,但是文杰美向她奔来扑击她了,抓她的衣服,也抓她的手腕要咬她。她便反抗和也猛烈地攻击,但又怯懦起来,觉得撕打是不好的,于是让文杰美袭击了,脸上有点负伤了。文勤扑过来,然而李俊英很仇恨地拖着文勤,而高叫着她是"拾金不昧"和"爱"他文勤的,要他赔偿她的损失。

"我爱你,恋爱你,决心了,"李俊英叫着,"你等于已经同意了我的婚姻,因为你付了酸奶的钱还有增加的。"

"我反抗你们!我痛苦!"听见这种声音的袁佩芬叫。

"我是山!"文杰美说。"我的手帕是山,拍你的魂,山有岚气,拍击你的魂!"

于是街边进行着撕打,文杰美在她时刻似乎有点妥协之后爆发了很凶的仇恨文勤袁佩芬两人的仇恨的情绪,而袁佩芬也觉得自己也有凶恶,在懦弱之后又扑击着。

"我终于深明大义了。"袁佩芬叫啸着——她发出受伤的动物一般的叫啸声,"我了解这社会的坏了!原来是这样的坏,我求生存,我假设也变成恶人和势利之徒,我就从你们这里找到出路了。我简直理想之心败了。我变成你们一样,势利与欺人,我说,正直之心在人间并不存在,而我也目睹过苦难,人生几十年是十分悲伤!"她号叫着,声音异样地尖锐。突然她就离开文杰美,而奔向文勤。

"我和你说,我的心碎了!用什么来医治我的心,你医不好了!"她向文勤战栗地大叫着,便转身意图跑开。

看见自己的胜利的文杰美便拦着她,她冲向她侧面,但是让李俊英拦住了。产生了社会的恶行,文杰美和李俊英包围和欺凌袁佩芬文勤,虽然文杰美心里也有怯懦的战栗闪跃了一下。

"我扑击你们,再恢复我的人生的希望,我扑击向黑暗!"纯朴的、长得俊俏的、脸色苍白的袁佩芬,移动着她的身体,说。文杰美和李俊英也移动了一下位置。

"拿一千元来。"再遇见冲击的文杰美脸上有惨淡的、忿怒的笑容,说。她又拖着文勤,并且,在文勤挣脱的时候,显出一种痛苦,又要用嘴来咬他。文勤掉开她,她表示了极度的痛苦,继续追着,以至于在和他的争斗中跌倒在地。她很快爬起来了,文勤的手破了一点。

"我扑击你!"袁佩芬说,文杰美用手拦她,突然她从文杰美身边跑过而逃开去了。由于仇恨,她又回头——围观的人们便说这女邮务员也凶,她捡起了一块泥土,猛力地砸中了文杰美。她砸了之后跑开去了。

文勤追着她,他也十分激怒,而且痛苦,战栗着。转身来也捡了街边的一块泥土砸中了他的文杰美。她砸了之后,跑开去了。

文勤追着她,她也十分激怒,而且痛苦、战栗着,转回身来也捡了街边的一块泥土砸中了她的姐姐。

文杰美便没有追了,她呆站着,觉得发生了比较重要的事;由于贪利,她失败了。她便哭起来。

袁佩芬跑到小巷子深处的一棵树下,拿出她的手帕来垫在路边上,坐了下来。文勤来到她的身边,站着,又坐下。她长久地沉默着。

"你为什么不做声?"

又沉默了一阵。

"我在恢复我的……伤心。"袁佩芬说,"我们离散了。我不和你一起了,我们和前辈一样艰苦。"

沉默着。

"我对人生采取不幼稚的看法了。"

"我以为不是这样的。"

袁佩芬和文勤呆坐着有半个小时,在文勤的心中,有着原来的旺盛的精神和思想,他觉得这是算不了什么的;在袁佩芬的心里,感情冻结着,她的处女的、纯洁的感情颤动,她的压抑到阴暗之处去的理想和光明的情绪在找求到心脏中央来的回归之路,她的心确实被眼前的黑暗与困难粉碎了一些。她似乎真的要寻求另一种哲学,即势利之徒在社会上似乎容易生存,而纯洁者的努力是泡影,她觉得现时是有不少这样的哲学。同时她在这格斗中心中还有着一种忧郁。在她和文勤的热烈的恋爱受到黑暗的冲击的这时候,她的心脏因痉挛而狭窄了一下,她便设想——假设自己是某一些年轻的女子,这假设是,她不要活了;黑暗的力量似乎很浓,而她很痛苦。她的感情光明而平坦,但此时走进了狭窄的阴暗之中,她觉得自己是那样一些姑娘的中间的一个了,她便想象为假设自己在雨中,在炎热的太阳和风中奔跑,在伸向晴朗的空中的长着春天的嫩叶的美丽的树枝树杈下和在有力的喷泉旁,垂直的大街上奔跑,在旷野中奔跑……被凄凉的命运所控制,而死在泛滥的河水中。她的这假设和幻想一瞬间很浓,她觉得社会坏人和黑暗不少,而她仿佛不是她了。中国的生活此时有着进展的人们的锋芒显露的棱角,也有着相反的人们的锋芒,袁佩芬的心中颤动着受着压抑,她的心被啃咬,长久未能击败她的不安的想象和幻象,她觉得认识不清楚自己了。

文勤注意到是这种情形,他也感觉到深的忧郁,但他心中更多地鼓动着的是对于文杰美李俊英的仇恨;他在他的阴郁中觉得一切应乐观,他惧怕爱情失望,因而心中鼓动着热情,从忧郁中恢复着乐观的情绪。

"这是没有什么道理的。我们打中了我姐姐那头狼,她已哭了。"他说。

"我不活了。"袁佩芬痛苦地说。

"完全不是这样的。"文勤带着快乐的鼓舞说。

"我将来再说。我不活,因为社会黑暗,而我走到水边跳下去算了。"袁佩芬说,带着她的痛苦的想象,仿佛她真是这样想,真是在困难恋情里的一个心肠狭窄,或陷于绝望的姑娘,她便真的有这种陷于绝望的感觉。作为这个姑娘,她想象社会都不能帮助她,而她的男子也离开了她——被凶狠的力量拖走了,在凶狠的人们造成的生活的冷酷里失踪了,死亡了,或变异了。她想象她是这样她的心便不解除冻结,她的脸便痛苦地苍白着,脸上的肌肉痉挛着。"我在恋爱中觉得失望了,我怎么样便走到绝境了,所以我和这样的糊涂男子也离开,而生活没有丝毫的意义,我走到水边便走进去泛滥的河水,那河水有我的高度一百倍深而且是凉凉的。"

这阴暗的凶狠的话使文勤负伤,但他记着她前面说了一句"将来再说",他便从痛苦中再鼓舞快乐的感情;年青的男子,因为灼热的燃烧的爱情,而猛力地鼓舞着,他也相信他是有力量的,有时候在失望的环境中的妇女也一样;文勤是属于鼓舞力比较强大的人一类的。他很顽强,在袁佩芬继续阴沉着的,痛苦的情境里,振作着,他的声音有伤痛,但快乐的音调时常起来。

"我死了!"袁佩芬眼睛似乎冒着火,说。

"你不的。你是像我一样快乐的,在行走着的路上,"文勤笨拙地说,"看见美丽的晴空,美丽的春天的树枝杈一直伸向空中,空中,"他的快乐的声音从嘶哑中扬起来。"我们维修楼房和盖高楼房,"他说,勇敢地除了说"维修"以外也说了建筑高楼。"你不是的。"

"你是……"袁佩芬想对他说狠恶的话,但沉默了,"你是糊涂虫。我死了,我明天变成坏人,欺人吃人。"她的娇嫩的脸异常苍白地说,"我从高处悬崖掉落往峡谷里。"

"你还有一些想象。还有一些脾气。"文勤说。

"我吃毒老鼠药。"袁佩芬说。她想象着,但觉得情绪变化了,文勤身上有对她的热恋的情绪,而且周围的街道,种满槐树的小街和机动车运转的大街她觉得也光明,她从她的幻想和假设里转回来了,她便觉得刚才走进去的深渊可怕。她呆坐于这阳光中的槐树下,痴想的状态再继续,便再又觉得纯洁的愿望和一切和原来一样了。她突然笑了一下,从可怕的幻境转回来。她心中的理想的甜美的泉水慢慢渗透,突然涌出,而回归到心脏的中央了,和以前一样有着力量,而且她显得娇媚,似乎比以前还有力量。她流出了一点眼泪。

"我刚才灵魂旅行着走过一些地方。"她说。

"我知道你是把旅行到的那些地方的蛆虫都击溃的。"文勤赞美地说。

"我活了。"女子袁佩芬快乐地说,并且愉快地想到下午的骑车上街道送信的工作。

文杰美和李俊英在附近站了很久,听着这里的因他们而来的带着幻想的谈话。

"多么精彩,死了又活,甜蜜的爱情。我这个姐姐倒使你们更团聚了,表现心中的各色米老鼠,新时代的腾飞。"文杰美说。她又带着奇怪的凶恶的笑容说,因为袁佩芬和文勤刚才的谈话是使她激动的:"我们也是有拾金不昧的理想的人格的,我们再到公园里去议论这一桩事情——许多观看我们这场打架的人也散了。"她说。

"我揍你,我咬你,我放火烧你,我的眼耳口鼻和我心中之火,我头发也着火!"文勤叫着。

袁佩芬的苍白的脸上有着讽刺的,但渐渐更多地闪跃着她的快乐的性情的姣洁温柔的微笑。

"我们再开打!"文勤向着文杰美和李俊英叫着。

"我们相打过了。你使我领教了。"袁佩芬对着文杰美说,"我游历了你们的王国。"

"那我也是并不在意你的。"文杰美说,凶恶地又激怒了,将皮包摔到附近的地下,就要向袁佩芬冲来。

袁佩芬便呈显出她的狠恶,走到近处的槐树便弯下腰来取捡了一块石头;她又丢掉了,擦擦手,又捡了一块泥土。而文杰美也走到街对面的另一棵槐树下,捡了一块砖头。她捡了一块锋利的有棱角的砖头。她捡这块砖头的时候想,她要犯法了,她心中的恶毒的火升起来,她便战栗,想到她要落进监狱和黑暗中去了,但她仍旧砸出了石块。没有击中,而袁佩芬却并没有向他击来,只是面色苍白地看着她。她便坐下了,将皮包垫在地上。

"我将死了,堕入地狱中了,但是地狱我并不怕,我到底是胜了这些袁佩芬;"她想,"我堕入地狱中,几天几夜没有水喝,我毁灭一切光明和人性,我是幽灵一样走着,又有黑的波涛的海水,我为幽灵也快乐,像我们这日有些人和过去一些人,我决定作恶了。"她想。

她的心中汹涌着黑暗,她也没有想到这一场格斗使她起了凶杀似的念头。她觉得她要为她的道理而奋斗,还要进一步占领袁佩芬的领土。

　　"你怎样了。"李俊英看着她的苍白、紧张、痛苦、犹豫的脸色。

　　"我游地狱,现在并不走到奈何桥了,恶鬼走的是冒隆桥。……我死了。"

　　"我们也是具有着正理的人格的。"李俊英热烈地愤怒地对袁佩芬说,她因文杰美的激动而恨袁佩芬,"我觉得也愤恨,也要去到地狱里游地狱,我们在社会上是拾金不昧的。"

　　"我的灵魂旅行着走到拾金不昧桥了,我便从那里折回来,我觉得人生有虚伪,我便偷一块金子,丢在地下再拾起来,我便有资格走过拾金不昧桥。我败了,挨打了,该死该死,被女邮差员的泥块击中了,我死了!"文杰美说,便掏出她的有着"山"的字样的和印着一个彩色的画成的山的手帕来,在凶恶的、复杂的、也有痛苦的感情里,轻声地哭着。

　　"文勤,你要知道你姐姐的心。我仍旧爱你。"李俊英的声音便来到。

　　"我们真也是要衡量一下是不是要再打起来的。"袁佩芬说,显出一点苦笑,看着文勤的手臂上被她姐姐咬伤的地方,又看看哭着的文杰美,"我真生你文勤的气,但是自然不,我说,"她在又显出顽强,而带着敏捷和活泼说。旺盛的青春的搏斗的血液又在她身上运转,她便用着大声说:"我说,你文勤是正直的男子,我和你在社会的患难中共同抗击这种负担。"

　　"这种苦难不算什么。"文勤勇壮地说。

　　"你听着的。这不是不算什么。我算我们的生活的新的日志,我责怪你今日的错误,来应你姐姐的约。我说,我在片刻的思想中有一种假设。我假设是坏人,不过这我不多假设,我很清楚,现时代有很多的女子不幸,你文杰美也听着,我的头脑里眷念于我的爱情的受创,我便刚才便想着假设到水边去跳河而死,或者用刀子割脖子,我在痛辣中真有这种思想。"她带着青春的讽刺,说。

"你真的这样想吗?"李俊英认真地问。

"我真的假设如同这年代有的一些姑娘是真的。这些有的是走入害路的纯情的恋爱,有的是找寻生活,我便想我也真是的。"她有些凄苦地、讽刺地笑着,说。

"那你是那样了。"文杰美脸色苍白地说,停止了哭泣,嘴唇有一些颤抖,"这是很可怜的。你是那样吗?"她带着一种盼望说。

袁佩芬又讽刺地笑着看着文杰美。

"但是——我不一定真的这样了,老一辈子人的鬼魂也附在我身上了。或者你用一种鬼附在我身上了。"

"不是这样的。"文勤站起来徘徊,大声,快乐地说,他热情恋爱,对妨碍这恋爱的一切都戒备着。

"我说这些自然清楚。我自然是不这样。"袁佩芬说。

"但你使我害怕了。"文勤说。由于痛苦,文勤便又大喊着说,"我公开地再说,我永远爱你,我觉得我们要在大街上说这个。"

"我也是的。"袁佩芬热情说。被他的青年男子的血性的心灵震动着。

文勤便脸上血液膨胀,他觉得要当着他的姐姐做什么,便弓下腰去用嘴靠近袁佩芬的嘴唇,袁佩芬看看他,没有闪避,敏捷地用嘴唇凑近他,和他接吻。

"没有意思。"文杰美脸色苍白地说。

"我也是爱你的。"李俊英伤痛地说。"我们是拾金不昧的。"

"你听好。"袁佩芬静默了一下对文勤大声地说,不理文杰美和李俊英,又和文勤接吻,然后她充满深情地说,"我现在要回去,下午有班。星期日,我仍旧在那苹果树后的紫荆花丛里等你,还在树上挂我的手帕。"她活跃地说,便站起来,从刚才的忧郁里去了,充满着青春的满意和骄傲,这骄傲有着亲善的对文勤,对周围的深刻。"这初春的苹果树的香气,我们都记得。"她说，便跨着她的有力的、敏捷的、男子似的大步，在街边密集的槐树的初春嫩叶散发的香气中往巷口走去了。

文勤满足地、甜蜜地望望周围的街道，便变得脸色冰冷地，骄傲地看着他的姐姐和李俊英，也在槐树的初春的嫩叶的香气中，走开去了。

1987 年
1988 年 4 月整理

（据手稿抄印。20×25 规格、右下角标记《戏剧报》字样的稿纸，共 68 页，主体部分为徐朗手迹的抄件，路翎做了详细校改，第 1 页和第 58—68 页全为路翎手迹，其余部分有个别字词句的添补或修改。）

表

　　章真在大学为研究员毕业以后,到领导机关安排,分配他去的肥皂厂去就业;他有暴烈的心思,在肥皂厂门前彷徨,不完全要在肥皂厂工作。他在许多车辆中穿行,想离开肥皂厂大门,而被一辆汽车撞倒了。他负了轻的伤而被女工彭娥和一个似乎毅力坚强的人救了起来,扶进了肥皂厂的医疗所。在热闹的肥皂厂面前,这辆撞了他的汽车也是慢行的。

　　章真在肥皂厂门前站了一个时晌了,看着进出的男女工人们,他因为充满着人生的途程的憧憬;因为内心有暴烈地冲进肥皂厂的感情;因为克服了嫌弃肥皂厂的位置低的思想——肥皂厂只是一个技术员的位置,他不乐意的纸厂他也可以去,却可以是一个副工程师,但他酷爱着化学工业;因为他有着猛烈的、沉默的性格;因为他思想着建立人生的功勋,着意着酷爱的事业;因为他是如同许多青年人一样,心中还朦胧地想着遇到一个感情深刻的女子,有着朦胧的,热烈的撞击着的爱情的盼望,他便预备暴烈地走进肥皂厂了。他昂着头,因为兴奋,以致于颈项也涨红了,眼睛里有着泪水了;他的面庞充血。他的猛烈和羞怯的情况,事实上仍然来自他这时对于到纸厂去的愿望有强烈的顾盼;来自他的甚至想放弃肥皂厂的技术员的职位的想法;来自他突然想放弃肥皂厂的严重的内心冲突的情况;来自他想为纸厂的副工程师的愿望这时有突然的上升,他也学过造纸;来自他的内心的暴烈的感觉,他忽然对自己揣摩他要经过纸厂而走上平坦的大道,为祖国服务,而肥皂厂不是大道;——来自他走上人生,心中跳跃着他的热望,有着未来从事经济学著作的要求;来自他的爱情的渴望,未来在一个有干练能力而纯洁的妻子的想法,似乎肥皂厂难以达成这个;来自青春的汹涌的幻梦,来自人生之途的宽阔的展开中间的斗争;来自如同烈火一般的理想情操与这中间的多种情况的互相冲突;来自这冬天的严谨的,冷的,有力的风,它搧动这冲突;来自他的想要每月寄给他的母亲几十元的渴望,也想到纸厂待遇高些;来自和以上的相抵触的,他的又觉得肥皂厂可以增加学习化学的感想,这是他的第一理想;来自他的又想成名于社会又有着朴实的心的情况;来自他曾绝食一日,抗议学校的上级的官僚不给他分发,而将他分配在自己谋出路的人员里面;来自他宝贵他的人生的行程;来自他心中暴烈地仇恨官僚;来自他这时心中有离别大学,而到新的途程去的伤感;来自他心中绝对化的冲击,宝贵他的人生的选择;来自他又拿着到肥皂厂去的介绍信,又拿着到纸厂去的介绍信,来自他的猛禽一般阴郁与明朗的性格。他心中有着一瞬间的犹豫或犹豫的回归,他便由于他的冲击的性格,激烈地血液冲上面庞,颈项也涨红了,而向肥皂厂大门走去,但当男女工人们看着他的时候,他又重现了他的性情的猛烈,而又急急地往车辆拥挤的街上返回去,他的猛烈的性格使他产生了犹豫,他心脏跳跃着,而急急地往街对面逃去。他的逃亡的状况尖锐,他内心激动。

"纸厂,纸厂的副工程师,而这里是甲技术员,那里未来的化学的努力达不到,那里的人事却较好,而津贴、奖金多,而纸厂和肥皂厂一样有甜蜜的心。"他对自己说,"因此,来这肥皂厂是有一些错误的,不因这而造成憾事。"

因为猛烈的性格发生了懦弱;因为他的思想有着强烈的突发的冲突;因为他的心脏跳跃,他的理想强烈地闪耀;因为理想的感情激昂;因为他扑向他的人生;因为他的激动奋昂;他的退回又是有着他的特别的理想倾向的缘故的:他要再欣赏,省察他的理想。

他逃过街去。女工彭娥,善良的,易于激动,性情□□,被他的颈项涨红的情况刺激了,以为他有着什么不幸的事,挤上前来,问他,是否遗失了什么或有着什么事,他便脸庞更涨红。

"哎,女工朋友啊,我名章真,我一直是果决而坚决,我是少空论而行为果决,我坚决地是这样;我心灵震荡而行为果决,不用多少语言,而我来到肥皂厂了,却是我变成不是这样果决的,我心中有着我的懦弱,心中深藏着一件我的懦弱的假设的故事,我甚至假设我为懦弱者,假设我甚至是到了肥皂厂腐化了,假设我变成可卑鄙的小人了,这种假设不妨碍我的猛烈的冲击,你看,请问你姓名?"他说,这时候,在肥皂厂纸厂的选择的内心冲突的基础上,他又表露了他内的豪杰与敏感,崇高。

"我名彭娥。"

"那你彭娥便知道,我心中的情况连同假设,我是空论的巨人,而行为的矮子了,事实上,我是行为的巨人,和言论沉默的,我也愿如此。"

"你怎样言论沉默呢?"彭娥问。

"我不犹豫,"章真脸红到颈项,是显着坚毅,说,"我说,亲爱的彭娥啊,我开始我的这一行程,遇见你这明朗的,正直的女工了,我如何地快乐啊。我是坚决行动的。"

"你都说得我不很了解了,你言论的巨人?或是不言论的巨人?"彭娥讽刺地,蓄意地,有着善意地,亲切地说。

章真便懊恼地沉默了。他,因为想答;因为自己发生了说废话的倾向;因为热爱着这正直的女工;因为理想的憧憬直升;因为内心已发生更酷爱肥皂厂的感情,因为激动得增加着颤抖,而沉默着。但他又说话了。

"我不是一个繁琐的人。我心中产生了风景和阵阵的歌唱歌颂我是一个行为有深思,使行为有猛烈和坚毅的人,我便进入祖国的事业了。"他说。他便往街的对面肥皂厂的大门走去了。彭娥,因为自己的正直;因为热情地欢喜着这人;因为这年代的人们互相间的亲切;因为愉快章真的内心的坦白;因为也喜爱他发生的坚毅,而想要在多量的车辆中扶他前行。但他急着往前走,而被中等速度的车撞倒了。他坚持转弯,而撞在汽车上,汽车停止了。

而这时候,彭娥,和肥皂厂的技师王宁,有着一定的坚毅的邪恶的神情的,扶住了他。

"你是混蛋的情况,我的心痛了。"技师王宁说,"你这样一个知识分子,是来我厂的吗?"他说,因为自己不年轻,有着社会生活、交际的浓烈的气息;因为自己是贪污分子和粗暴者;因为自己是有着流氓性格;因为自己大学毕业已忘却了许多知识和不满意于知识;因为尘土尘埃中生活得久,便忘却了自己原来也是知识分子了:"我心中想着,你这样一个知识分子,可诅咒的。我听说已接到通知,你叫章真吗?我看见你很有感慨。你和女工组长彭娥的谈话显得你有着性格的内倾,我们这个厂很不小,女工组长彭娥这一类的人很专横,我是要向整个的厂暴怒的,你,女工彭娥,你们还捏造我窃盗公物和在医疗所盗窃药品吗。我的心震动着,如同狐、牛、羊,被震动着,是一种糟糠的情况。我是这个厂的糟糠的技师,你章真来到正好,是要很好地助我的。我便要骂许多难听的话,你彭娥看着我,我像这样扶他走,而你像那样。"他说,这时候彭娥痴呆着,因为心中的激怒;因为对王宁的仇恨;因为是党员;因为想着如何对待王宁;因为想着要不要便揭发王宁,而怔忡着。王宁愤怒,而丢开了章真了,彭娥便看看脚有些流血的章真,而看看王宁,由于力大和心情的扩张,而蹲下来强制脸红的,挣扎着要自己走的章真伏在她的背上,而将章真背了起来。工程师王宁走开了。彭娥在医疗所的医生给章真配了一定的药品后,由于心情的激动;由于和章真的相遇的谈话的美满;由于对章真的满意,由于听着机器间发出的巨大的但均衡的响声,由于心中的热烈。又要背章真。

"我自己走,我走,你扶着便行——这成什么话呢?我连你扶着都不需要,我自己走。"章真激动地喊叫,但彭娥仍旧强制着要背他。

"你是一个有矫情的,假作与坦白善良的知识分子,"王宁,在空场上走转来,说,"你不要她背,她是大力的女工,她是出风头的,你不要她背她彭娥便恨你了。"他说,因仇恨而颤抖着。

"亲爱的彭娥啊,亲爱的,真是亲切的彭娥啊,我是一个亲善着这肥皂厂的,见到工厂的灵魂的人了,我来到将为技术员,"章真说,因激动而摇动着身体:"我坚决地自己走了,你要是再背我,我便是混账了,"他猛烈地说,"我这一点伤,是可以一步一步地自己走的。"

"你是一个虚伪的人,"王宁说,"你是心中也想让她背的。"

章真便有愤怒。

彭娥激动着。因为王宁的恶劣;因为内心的激情;因为不知道如何斥骂王宁;因为笨拙和激情上升;因为章真的亲切与他的坦白的性格而激动着。

"亲爱的彭娥啊,我是言论的矮子,不会说话——其实我会说话是在激动的时候。我笨拙而苦恼了",章真说,"我是坚决地,坚决地,"他说,便由于心中发生了亲切的震动性,而扶着彭娥跪下了,一只手亲切地扶着彭娥,向着工厂的侧面;"我来到了我的这生息,栖息之地一开始便遇到亲切,和正直,与这恶意的叫王宁的对立的彭娥,和我心中开始升起,如同天边升起理想的黄鹂鸟的歌唱,升起有激光的与风相斗争着的前进的景色,我便十分感动了。我无由表示我的感动,我便跪一下,表示我的对于这国家的进程的敬礼。"

"你起来了。"彭娥说。

"我起来了。"章真说。

"我感到我有必要和你说完。"王宁说,"我们厂,来到一个学名是理想主义,有崇高的境界的知识分子,大学研究员,你简直把我感动了。"王宁说,显出狡猾的笑,然后转变为善良的举动,"你以后助我,我这技师,是有些能力差,不务正业的,你以后要助我,替做一定的工作——助我吧。我感动于你的理想的崇高倾向,我感动于你的情形,我便询问,你能将这个厂的技术维新,改革,而提高吗,我们的肥皂有一部分不良好。"他说。

"我将努力。"章真说,他有着在这肥皂厂栖息,生息下去的激动,他又有着对它,肥皂厂的排斥了,因为他看见王宁凶恶,是一种剥削分子,他的心便战栗着。

"你是很有功劳的,将来的厂史上,我们一二千人的工厂,便会记载你来到,向着工厂跪拜而有着伟大的理想了,我是反对伟大的理想的,我见到你是一个唯心论的人。"他说。

"你可以反对人的正直,你也可以做恶了。"彭娥说。"我要上前——老娘,老奶奶我的心里面火烧起来了,我要对准着你的耳颊打去——你是一个贼子。"她大叫着。

"我由此心中激烈,"王宁说,因为痛恨彭娥;因为仇视章真;因为痛苦发生;因为觉得章真将妨碍他;因为反对,敌对改善;因为心中的激情如同乌云中的暴雨,他战栗着。"我激烈,要和你技术员谈判,你停止,我减少,你的理想倾向,我们国家不需要这种倾向,我反对进展与改革,我反对你的直上青云的倾向。"他说,便带着强烈的讽刺,而跪了下来。"我向八面墙,与工厂的灵魂,与国家的政策的灵魂发誓,我阻挠,我们阻挠伟大的,向上的,进取的,我认为,中国就这样可以了。"他说。他便又站了起来,思索了一个瞬间,"我认为我们立场分明了,你便看我也变得善良,而愿与你友谊,你便看,我也会沽名钓誉,你便也看,我也会如彭娥,而背你走,将来我便说,我背过负伤的技术员进厂了,刚才外面汽车碰倒你,也是我的主动,第一扶你的,来,"他诈骗地说,沉思一瞬间,便变得"正直","善良",蹲下来,要章真伏在他的背上。"我也背你。"

章真,因为觉得他虽然狡猾但伪装也可以利用;因为觉得工厂的亲爱的形态仍旧占优势;因为内心战栗,升起着伟大的志愿;因为他的理想的倾向;因为想联络他。便也伏在他的背上了。

"我伏上来,你便负重了,我真是惭愧,我因为,"他说,"我对你的谢意,对你的感情,工厂的震动声使我感动,亲爱的工厂啊,我只要你背三步。"

王宁便赤足着,他觉得他的自我牺牲不免过多,他也便背起章真,而走了两步。

"算是古典的仪式,我背我的敌对者,竞争者两步,背他进工厂了。"

"算是古典的仪式,"章真愤怒地脸红地说,"我致了敬礼了。"他,因为愤激。而面孔一直红到颈项。

"请你以后削减你的理想倾向。"

"请你以后削减你的不良倾向。"章真说,而继续脸发红,激动,理想在他的心里升起;他的心升起了他的年青的巨大的情怀

"你是一个叩头虫,到厂里来跪下了,唯心论份子。"

"我是崇敬我的行进的,发展的,开始在大事业与进行伟大事业的祖国。"

肥皂厂的女工们,捡到了一个表。章真的怀表遗失在门前的地上。

王宁,由于痛恨章真;由于内心的悔恨,认为他不应"管闲事",救了章真;由于觉得章真刺激他很凶,由于参加救了他而认为自己有功;由于激动的心理,由于内心的痛苦,而拿过了一个女工们手里的章真的表,放在自己的衣袋里了,说,表是他丢的。

他觉得一种迷惑,他一瞬间肯定表是他丢的。

"我的表,我的妻妹的,我随便拿出来的,我的表是我的心中的滴答的声音,我的用心听着人生的历程,所以是我的表。"他说,沉默了一定的时间,便把表拿走了。但他不久又转来,"我的表,我的物,"他说,面庞涨红着,后来他便把表放在章真手里,觉得是做了"纯洁"的事情,如同他开始时参加救了章真一样。

"章真,你的表。"他说。

"对了,我的表。"

"你的表不错。"王宁说,脸红着,"是老式的,是纪念品吧。"

"我到底是到纸厂去还是就在肥皂厂呢?"章真说,"看见这狡猾的人似乎还正直,我便决心就在肥皂厂了。我们民族有过去很高的山,有古人各代立下的功勋,有伟大的现代,我在学校绝食一日和官僚斗争,争取分发,而不列入等待与自己谋取出

路,我便到这肥皂厂来了,看见狡猾的这王宁,我心思悸动着,但是王宁似乎也有优点似的。"

"你的表。"王宁说。

"对了,我的表。"章真说,"是我的亡故了的祖父给我的,让我努力为事业奋斗,他自然没有说,他是有痛苦的沉默的老人,便故去了,生之恋,他故去的以前,曾谈到他曾回到故乡于他六十几岁时,而在飞机里摇晃,而在故乡的旧的蒲笼里找出了他少年时大学时买的表,这便是这表的来源了。我想到他,他的表,他买的也是旧表,表上面有哥伦布航行新大陆时过麦哲伦海峡的船的镂刻的。连着我想到他,他的表,我想到肥皂工业与造纸工业的优劣,我的就业的考虑。"

"你的表。"王宁坚持地说;他的内心有着反悔,想要把表认为是自己的,听了章真的话,他更增加了这个思想;他有着也爆烈的性情。

"我的表。"章真说。

"但是,或许是我的表。"王宁说,"我错了,以为是你的表;我今天早晨将我的妻妹的表拿出来了,我却有一定地忘记了。"他的脸色苍白地说;他勇敢,虽然这逆转的说话很困难,但发生逆转,也表现了力量。

"这是我的表呀。"

"不是的,我的表,我已经开始时说过了;因为我有人生的许多憧憬,头脑恍惚,想着是你的表也可以吧,反正旧了,而滴答滴答的声音并不美丽,我便头脑善良,而忘却了我的好人的纪念。这是哥伦布过海峡的船吗,这表背面不是吗?这哥伦布过海峡是什么名字的海峡,还有哪些证考?我一时便想不起来了,但这是有关于历史的,我一直没有想它也没有关系,这上面有字吗?"他说,便从章真手里拿过表来,表上的字是:"哥伦布过麦哲伦海峡","又有英文又有中文,那么你刚才说的不错了,是你的表了,但你又是看了一眼的,你看了一眼知道这些的;我的心动了,我便这样说。我的心里倾向于激荡的历史的,我便请问你,这海峡是在太平洋还是大西洋？我由于我的表现在触动了历史的兴趣了。因为一直过着有庸碌的生活，所以连自己的表也一直不太注意有关的知识。"他说，因为语言的逆转成功，而眼睛发热，有着潮湿。

"这是我的表呀。"章真说。

"这是章真的表，是明白的。"彭娥说，"我以为是的。你这人真会说话，叫我迷惑了。"

"我的表。"章真说。

"不是，我的表，"王宁说，"现在上午十时半了，我的表，现在我心中很适合赞美我的表了，现在是十时三十二分了，我的心中便适合了，完全是的，我的表。哥伦布过麦哲伦海峡，人类的伟大的壮举，乘风破浪，白浪滔天，水波劈拍有如闪电雷鸣，而大船震荡，而海峡礁石滩如阵，如鲸鱼，如虎狼，如刀斧，伟大的人类的壮举，我，王宁，今天也人类的壮举，心胸辽阔，而差一点遗失了我的表。我的表。"他狂热地说。

"我的表呀，我的人生的伤痛了，"章真说，脸红着，"我极激动，我的心炸裂了，我在想像你是一个有一定善良的人，只是有一种怪诞；你似乎善良刚才还要背着我两步，你怎么可以这样呢？"他说，因为他有不善于说话，而更脸红了。他的心里涌起很多话，是关于要斥骂王宁的欺骗地说到哥伦布航行过海峡的；他的心因这个而有着震荡，他便设想着，他现在也过海峡了，他瞬间前的对肥皂厂的肯定似乎又减弱了；他心里涌起了因想到哥伦布过海峡而有的汹涌的感悟，连着他的来到这里，他却想说一些话，但却没有说出来，他因而心中窘迫着。

"是章真的表了，虽然章真使我迷糊了一下，是不是有相同的表而认错了呢？"彭娥说，"你王宁的激昂的宣讲是使我糊涂，但也不糊涂，你是狡猾的人，可是刚才真有一定心中的迷糊的皮衣膜衣呀，那哥伦布的海峡使我心中有忙荡，我的忙荡是，我们厂此刻的情形也在波浪里——人类是经过多少波浪呀！波浪起来，砰磅轰响，即使哥伦布，过了海峡，波浪砰磅轰响，而船震动，人类便进行大的搏斗,而到新大陆美洲了。"女工组长说,因为激情发生,想象了紧张的航行便进入想象;因为善于想象而有着眼泪,发生心灵的震动和热情;因为在这热情里痴呆;因为同情着章真而排斥王宁——因为她富于想象而王宁几乎一瞬间前迷惑了她,所以她的声音宏大。她挺胸而气概高升。"由于你王宁的有一定的恶劣,由于章真的正直与善,由于这一切以及大柳树上的阳光早已十时左右灿烂,我便说,我们厂在突破巨浪了。"彭娥说,由于激动,便走向柳树,而猛力地跳跃,将手臂吊攀着树杆,而吊在树干上摇晃了两个动作。王宁,由于斗争的,凶恶的,剥削的心情;由于觉得气势旺盛而欺凌正直而似乎有简单的章真成功;由于热诚地恋着这只表;由于和彭娥斗争的要求;由于全部不善良的愿望,他便把表看看而放在衣袋里,说:"我的表。"而走向柳树,和彭娥女工组长同样地将手臂弯着吊在树干上,而摆动着两只脚,使身体摇晃着。

"我的表。"王宁又走回来说,"我便唱歌,我的表,当我要早晨起来的时候,每当要大便的时候,或者有重要事的时候,领钱的时候,我便看表。我煮稀饭的时候,我看表,"王宁说,因为自己的无耻而有愉快,脸色苍白,含着眼泪:"祖国的建设江山亿万里,理想崇高,我的心热,手心热,舌心热,我便看表。"他说,他而且大声唱了一句歌,喊叫说。

周围有后来到的工人们,不清楚这是谁的表。

"我的心炸裂了,你使我迸裂了。"大学研究员毕业的章真说,"我发生了反叛,这表我不要了,我不停留在这肥皂厂里了。但我既来到了,也就认为肥皂厂是我的生息之地了。"他说。他,窘迫于说话的章真,这时激动起来,发生了他的心中的高强的,崇高的感情,有着勇敢的气概,而有着巨大的心灵的震动;他是一个走出学校大门的珍贵出挑的研究生,在这时的国家的行进里,震动着他的伟大的,年青的心灵,他便坚持自己也是用手臂挂在树上摇晃的了,他便走向柳树边去,面庞因为生性有激烈而这次发白。因为内心的一定的怯懦而窘迫;因为同时心中又谦虚地假设自己将来是一个腐化分子；因为这善良的,心地纯洁的假设而激昂地脸苍白,而猛烈地跳跃,用手臂挂在柳树杆上了；他因为激情,而摇晃了三个动作,比王宁彭娥多一个动作。"当我心中想着往事,儿时的时候,"他走回来说,发生了激动的讲话的,突破语言窘迫的感情,"当我少年时代放炮竹的时候,插定竹的时候,我看我的父亲的表,我的父亲的表的声音连着我的祖母的手中的缠线板的劈拍的声音,我的表。我一直用功而宝贵时间。为什么不是我的表呢？我的祖父后来遗留了这只表。我真似乎后悔到肥皂厂来了,这里遇见了强盗。我激烈地抗议。"章真说,他的抗议非常猛烈,他的颈项因为内心的忠实又涨红了。人们便估计表是他的,他在叫着。

这时候王宁沉静,向着这里的窗户跪了下来。

"我向这场子里的清洁的上午的空气表达,空气,绿叶,青草,纯洁的人生呀,认真地,我的表。我的妻妹给我的,好些年华了,是我的妻的父亲的。草啊,土啊,空气啊,我的表。我经过灵魂的反省,我便说,我的灵魂受了震动,便要说不是我的表,而当着所有的男女工人,而和这表告别,将表让予这位章真了。表啊,哥伦布过麦哲伦海峡的表,告别了,我让予这位来我厂努力的看着工厂的景色而跪下的,心怀理想的技术员了。我,技师王宁,赠送给你我的亲爱的表。"

章真有一种颤抖,面容苍白,眼睛闪耀着,呈显着他的善良与正直；他的胸中的纯洁的善良的伟大的气概在这时特别明显。由于激烈的性格；由于憎恨王宁；由于决心在肥皂厂工作下去——与王宁斗争使他觉得他应在这里工作下去；由于觉得肥皂厂可以多学到化学；由于他的内心的慷慨,而站着,大声地说话。

"这表,不是我的,是你的了。"他说。他战栗着,说了简单的,——经过窘迫的激动的情绪与考虑。由于说话的需要,突破了他这时的血液状态,思维的汹涌造成的说话的困难——他因为思维的汹涌看着王宁,假设将来腐化了,变成了变节分子,——而战抖着;"这表,是我的,但是,是你的了,由于你的强豪,也可以说,由于你说的是异常地真实,你心中激动,心中有慷慨之情,也可以说是正直的。"他说,他进入了陷坑,但心中也由此发生了有着特别的,慷慨的,雄伟的,伟大的情绪。他注视着工厂一瞬间。"我激动得脸红到耳根或脸苍白,我大声喧嚷这是我的表,我再,赠送这表了,由于他,王宁技师的崇高的正义,今日在厂门前救我了。我再说,这表也不是我的,是他,王宁的。"他说,面部的肌肉紧张着:"我这么说不清楚,"他又说,"我便,简单地说,这表不是我的,是王宁技师的,我没有这表。"他说,他似乎是由于懦弱,因为在这时代,也有着社会的欺凌,王宁也正是这样的欺凌者,而大学的研究生来就业,初入社会,懦弱是有着的。但,章真这里却是因为善良的特别的心理,他有着勇壮与善良,有着学问与知识,从大学里得到良好的文凭,而对于肥皂厂有着信心,所以他这时有着的是崇高的,英雄的情绪。他仔细地想,他也有着几分懦弱,内心有着这一方面的战栗,但统治着他的,是这当代的豪杰的,高尚的情感。

"我的表。"面色苍白,凶恶,狞恶的王宁说。

彭娥持有异议,她的美丽的嘴唇战栗着。

"一切是这样的,他的表,王宁的表,不是我的,我刚才认错了。"章真说,便满意自己的高尚与此时的英雄精神,而假设自己,会在一定的时候忽然变为王宁一样的腐化的分子了,心中沉痛,因为他正直与善良;他便想在这时候多呈显正直与善良,和豪杰,而将表置弃给王宁了。他对她的有一分懦弱凝视了一个瞬间,仍旧觉得这件行为自己是从正直的,倾向于英雄主义,渴望着胸膛与心脏的伟大而来的,他便脸色有些苍白,而有些满足了。

他觉得自己是一个幻想着为伟大的人物的,青年的理想主义者,幻想伟大的分子,走上人生的道途,事实上心灵有着一定懦弱,但他心中否定了这个,他认为自己是有着巨大的理想的,因此,他就和他的表告别了,而看着轰响着的厂房,想着他将来会有在这工厂里的灿烂的贡献了。

"我的表。"王宁说,他狡猾地笑,觉得战胜了青年的,有着柔弱的,但也有刚强的知识分子了。因为工人们看着,他便战栗了一个动作。"这是十分清楚的我的妻妹的表。请你,"他含着眼泪对章真说,"对工人们说清楚。"

"但我存有疑问。"彭娥说。

"我说清楚。"理想主义者,崇高志向的章真,诚恳地说,"彭娥啊,假设是我的表,我说名人斯宾诺莎说,我要他干什么呢,或者名人伏尔泰说,我要他干什么呢?这是假设。我刚才是弄错了,我有同样的一个表,不过不是大的机器帆船的像,而是一个木船,"他说谎说,"这种假设是我的表有什么意义呢?我这里并不变成能说会道,而是心中的火燃烧。假设那样,有什么意义呢?分明是,诚恳地说,不是我的表,是刚强的王宁先生的。是这样,是他的,不是我的。"他说,脸孔变红又变白,由于胸中的强大的抱负,由于也是迫于说话。

"那我们都看着这一争执,似乎是你的呢!"女工张风珍说:"你带来的技术员可爱了,但这种事情,你也有不可爱的,还是可爱呢?还是不可爱呢?你为人有可爱。你是多么坚决,表不是你的。技术员,你看,我是长得丑,还是长得不丑呢?"

"问特别的人。"男工袁学玉说,"问特别的一个技术员了,关于女工的美丑。我叫袁学玉,粗暴,我和张风珍她在恋爱,人们挑拨,也有这王宁挑拨,说张风珍丑,我们便问一个特别的,少见的人了。表不是你的。表不是你的吗?"袁学玉说,因为愤激;因为粗暴;因为在恋爱;因为因新来的技术员的坦直正直而快乐;因为想这里的争论扩大而攻击王宁,便大声说,"你说,我的女友张风珍丑吗?她是不美,有旧烧伤的疤,但是她也俊秀是不是?"

张风珍是有着不美,还有烧伤的疤,但是她是有着强硬的技能的,性情明朗的,但是,人们的攻击仍旧使她心中有着阴影了。因为尊敬着这技术员;因为痛恨王宁;因为技术员透露了他的善良;因为觉得他会说出善良的,合适的话,作为人生的□定;因为她确实渴望有见识的人们给予人生的□定,她心痛着有这个要求,所以呈显着勇敢。恋爱着的袁学玉也有着这样的感情。技术员,也是厂里的核心人物,而章真这样的技术员,更是有力的核心,袁学玉想。

"我名张风珍。"张风珍说。

"长得丑。"王宁说。

"长得也是丑。"张风珍说,有着激动与痛苦。

"为什么说长得丑呢?"章真说,"我说,张风珍姐,这位姐姐,"技术员说,克服着他的说话窘迫的习惯,突然大怒了:"这位姐姐,假若长得不美,为什么要人们嘲笑呢?依我说,"章真说,由于同情长得丑的女工;由于正直;由于善良升高;由于他的对工厂的飞翔的幻想力;由于他的正直的人性的观点和心灵的感应,他便喊叫了。不会说话的章真又变为激情的说话者了。"我便看见张风珍姐的眼睛是美丽的,秀美的,明亮的,而她的下颚和耳朵也有着美丽,不是么?不是眼睛很明亮,而下颚有着俊美的线么?"

人们,受着王宁等的舆论的影响的,也忽然,由于章真的激情,诚恳,正直,而觉得张风珍俊美的了。张风珍的心跳跃,袁学玉的心脏也跳动。这是平常的事情,但这里的技术员忽然取得不平常的资格,袁学玉,有着冤痛,强壮,善良忠实的袁学玉便颤抖着,兴奋起来,而叫喊着"感谢技术员",而跳跃着粗鲁地,笨拙地奔上前去拥抱他的张风珍了。

"表是我的了。"王宁说。

"表是你的。"章真说。

女工长彭娥两天后从王宁的衣袋里偷窃了表,心情紧张着,而交给了章真。她说,她异常清楚,表是章真的。她说,她已汇报厂长。章真便拿了表,看了一看,而放进了衣袋里。肥皂厂的机器的运转,有巨大的轰动声,肥皂一块又一块地落在长条的运转带上,彭娥,愉快地笑着。彭娥说,从王宁那里偷来的,也就是激怒了他。这个厂,王宁和副厂长张孝慈两个人和一群人是恶人,她已汇报了女厂长,女厂长说可以从王宁那里将表偷来再说,"免得和他们纠缠。"因为对新来的技术员有着友谊;因为是领班,是活动的女工长,又性情正直,认为应该多从事帮助人;因为对于王宁与张孝慈的憎恨;因为对工厂和它的前程有着喜爱;因为北京市此时繁荣着,而肥皂厂也繁荣,而有着精力。她从王宁的衣袋里偷了表,便想着用什么办法打击王宁恶人。

"我多么愉快你这个章真,新来的技术员,你很奇怪,为什么承认表是王宁的呢?你是多么好啊,我这个女工也是多么良好啊,如何,你是极好的大学毕业生,我是多么好的女工,从王宁那里,偷了表来还你,"她讽刺地说,"你脸红和脸白,似乎还想不要,你没有说,表不是你的吗?你的心脏里现在已经有这话从心窍里升起来了,你快要说了,掷回表了,说,表不是你的,是哥伦布的——是还有什么人们的。你这知识分子,书生,但你也是当代人物,你干工作和办事情很有力,我们得到你这技术员愉快了。我打你这知识分子,我捶打你这学究书生,我用力捶你的背和肩,你是一个什么样的知识书生,不要自己的表。"彭娥,活跃着,说,捶打着章真的肩膀和背,说。她的这些动作有特别深邃的,心灵的意义。

"你过奖我了。"章真感情沉着地说,"表,我仍然不想要,暂时放在你那里了。表,不是我的。"

"稀奇的人。"

"我想改善工厂的情形。王宁和张孝慈副厂长在工厂里有权力,这情形在压着我了,我和这冲突,而心中紧张了。表,也可以暂时存在你这里,待我将来胜利了,再收回,而作为纪念。"章真说。因为内心的深刻的激动;因为他确实觉得表交给彭娥是良好的方式,用这来作为一种勉励;因为他的心这时因表而想到刚来工厂时的憧憬,便觉得这确实是一种良好方式;因为他是有激情的人物;因为他的理想高蹈,而更有兴趣于这种方式,因为他渴望着展开斗争,锻炼成他的铁手,而协助女厂长击败王宁与张孝慈,所以他沉着着,矜持着,有着膨胀,但沉默着。

"我想保护表了。"彭娥说。

但这时王宁技师来到这地点,他丢了表,他而且听见了这里的谈话,他便在这机器的旁侧喊吼了起来,大声喊吼说章真和彭娥阴谋他的表。肥皂厂的机器轰响,但王宁的"鸣冤","报案"的吼声第二、三声还是透露了出来,震动着机器,他异常大胆,他的第三声的喊声是带着痛苦的哭泣呜咽的。他扬起头来吼着。

彭娥也扬起头来,在这机器旁吼着。

"章真的表,"彭娥吼叫,说。"这表,由于这吼叫,我彭娥便说古时的故事和这工厂糟糠的故事,我是这工厂的糟糠的女工,古时的故事是亚当夏娃在什么颜色海里失落了表。我再吼叫。"彭娥又吼叫,她的第三声吼叫也是带着眼泪的。

但王宁将表抢走了。但彭娥又将表偷回来了。彭娥再将表给章真而章真勉强接了。

章真工作积极,从事肥皂配料的研究与改革。彭娥感慨着。他们在走廊里谈话。

"你这个技术员是多么好啊,而我,是多么好的老资格女工,你拒绝表,但你终于又收了,你是多么一种窘羞的,不爱说话的性格啊。"她讽刺地说:"我是多么好的女工啊。"她,彭娥,带着更强的讽刺,和显现欢喜的,有力的性格,说:"我为你的表而奋斗,替你两次偷回了表,而你是多么矜持,有你的知识分子的架子,而对你的表冷情,这是一种什么心理呢?我们工人,会陷入一种狭隘,你也是这种狭隘吗?你不冤故而不负气吗?你内心是有崇高的理想,因此你的崇高让你不要表了吗?"彭娥说,带着加强的讽刺的,亲切的表情。

章真久久不说话,似乎有一种窘迫,表使他不安,他有和王宁斗争的心情。因为他纯朴;因为他有着一种想飞高和飞远的欲望,想制胜他极厌恶的王宁而再收回表作为凯旋;因为他心中跳跃着崇高的感觉;因为他有着排斥琐事的性格;因为他有着一种懦弱,他勇敢地向理想行进,而排斥着表,所以他在彭娥的面前有一种窘迫。他觉得他来到肥皂厂,如同走进了群山,和山间有着小的路,他要从曲折的小路走出去到大路上;肥皂厂有王宁与副厂长张孝慈,情形有阴暗,他要从小路走出去;肥皂厂有众多的人,有着众多的人性的显现,他要从各种人性的建筑走过去,经过曲折的走廊,而到灿烂的境地,这些都表现在他的此时拒绝表的情绪里。他的心脏热烈地,平衡地,血液愉快地跳动着。他沉默着,彭娥讽刺他,大声喧嚷,他沉默在他自己的思想里面。

"彭娥赞美她自己,我也赞美我自己,我也十分地讽刺我自己,但我赞美我自己:我这个技术员是多么良性,良好啊,我决定制胜了再收回表来,我是多么地负责,爱我的工作,和恶势力斗争。我一早晨排斥了各种烦琐,而彭娥热心地争回来的表,我便草率地终于放在口袋里,虽然我第一次未接受,我这个羞报的,奋勇的,假设自己将来会无能而腐化的我自己的时间的主人是多么朴实而又内心繁华啊。表是时间的表征,我是自己的时间,每一分秒的主人,我这个技术员配方改良勇敢而紧张的肥皂出品,我便端了一盆水来迅速地洗我的故意增加弄脏的衣服,而和副厂长张孝慈及王宁辩论,我看这两人便又紧张地假设将来我会腐化,而变成微小者——我这个技术员是多么的好和善良啊,我真是纯洁,而我的心脏跳跃着起的颤律。"他想。

"你这个技术员是多么沉默不语而有着生产的改进的心思,看得出来是生产的改进的心思;"彭娥说,但她又带着讽刺,"你这个人是多么富于心思而心窍到九泉而不知道假设你会掉进坏人们的包围里,你奋勇直进,使我彭娥简直在嫉恨你了,我这个女工是多么好啊盯着你而想使你改进为活跃于社会的。我便搬动你的手,"彭娥说,搬动着章真的手臂,"使你活动如同一般人,愉快地活动,譬如说,做一种运动,你是多么收藏在你内心里呀。"她又搬动着章真的手臂,章真便笑,敷衍地和窘迫地往前伸了一伸手,而猛烈地发生了对于正直的彭娥的感情,在彭娥的面颊上用嘴吻了一个动作。"你这个技术员是多么地有着我了解的为事业的心,你这次要把表收藏好了。"彭娥说,而也在章真的面颊上吻了一个动作。"我这个女工是多么有力和良好啊,你这个技术员是多么良好和配方改良美佳啊。我是多么地庆幸而你是多么地笨啊,许多人攻击你而你改良处方。"她带着欢喜和讽刺大叫着,因为激情;因为讽刺自己的雄壮的魂魄,赞美自己与讽刺自己的情绪相混合;因为欢喜自己;因为又热烈地嘲笑自己,认为自己有许多的可笑的错误;因为醉心于和技术员的友谊,而大叫着。

副厂长张孝慈听见了这谈话和也看见了章真与彭娥两人的交谈:他们在面颊上互相亲吻。他的心中是提防着人们在揭发他。

"你们的谈话我听见了。你们在这走廊里,如此地亲密,而互相亲嘴了,虽然是面颊上。我的心,"张孝慈说,"便颤抖着,因而我发生了一种温情,觉得人的一切都是可亲的,我的心里出现了柔胰了,我的心跳跃,觉得,如同技术员章真的性格思想表明,祖国,祖土,是多么崇高,你们的自己认为是崇高的行为使我一下子觉得崇高,像是心中打开了天窗,我是多么地有着我的柔胰,而感到一阵阵的春雨,你们是如何地崇高与美丽啊,"他说,忽然地有一定的眼泪,"人生,我穷究哲学,原来是这么美啊,我这个张孝慈副厂长是多么好啊。"他说,便掏出手帕来,扲了一扲眼泪。他便走向章真,而在他的面颊上接吻,又要走向彭娥,被彭娥推开了,他便用手帕扲着眼泪和手。由于凶恶的心脏;由于万缕的柔情,由于觉得自己柔情似海;由于燃烧的血液于喜爱自己;由于深深的狡猾,企图用感情对人们遮掩他的贪污和破坏机器的恶行,而在自己的手掌上亲吻,而啜泣了。随后他阴沉着。"你章真技术员很有意志力,为人孤高而又有着辣手,你骄傲极了,我于是便保卫自己,像一个豺狼一样。"他说,佝偻着,阴沉地看着章真与彭娥。他有一种被袭击的死亡的感情,痛恨章真与彭娥不久前的互相在面颊上的高尚的亲吻,"我觉得我死了,是一个豺狼的尸体,而因为是抢劫人生的,所以激发着仇恨。我在若干年前是文雅而谦虚的,就是说,有文雅与谦虚的外表的伪装的，我在若干年前因为老婆和我鬨事，随别人而去而改变了，我随大江的浪涛变为有气魄的人，而在肥皂厂里和王宁一般粗野，而我是比王宁有柔腴的力量的，这大江的浪涛，我和王宁是凶狠的狼，我有柔腴，柔情，心灵美奥，我们笼括着工厂，有一班人，而厂长齐瑛等奈何不了我们，你章真，和彭娥，也奈何不了我们。我听见你们的谈话了。你们想变革工厂，邓小平提倡的改革，中央提倡的改革，但我是觉得迟钝着，沿着旧的路比较好的。旧的宝石是好的；车间里的蛮横，摔掉一点次品肥皂而我们卖次品处理品是好的，特别的福利是好的。"

这时候，技师王宁来到了。他看见章真从衣袋里拿出表来看了一看。

"这表，是我的，"王宁脸色苍白地说，"是我的妻妹给我的，我的岳翁家里有许多年这表的历史，为什么又跑到你这里来呢？"他说。因为心脏狠恶；因为决心要得到这表压制章真的理想倾向；因为反对工厂的改革，因为内心里有恶狠巡狩；因为同时渴望扑击彭娥，而严厉着，"我的表！"他说。

"我的表。"章真说。

"他章真的表。"彭娥说，"我从你那里拿来了，从抽屉里。"

"我的表。"王宁说，因为凶恶而伪造自己的辛酸的历史，譬如三岁时曾走失路，在街边哭，捡到了一个表，而交给了治安人员了；因为凶恶而更确信这是占理的，伪造表是他的表；因为觉得目前社会有倾向于进展而仇恨；因为觉得目前的社会又倾向于颓败而兴奋——他这样觉得；因为仇恨章真的显于外的正直与善良；因为仇恨彭娥，而狠恶着。他的狠恶是纯粹的狠恶。"我的表。"他说。

"我的表。"章真说。

"我的表。"王宁说。

"我看是王宁的，你是捡到了吧？"张孝慈说。

"我的表，"章真说，"我心痛了。可以是你的表吗？你张孝慈假若向我道歉，说你是侮辱我，我便不内心战栗了。"他说。

"那么你这是捡的了,我道歉了。"内心汹涌的张孝慈说。因为内心的歉意压迫着发生着;因为知道是技术员的表;因为也想起了少年时候的"拾金不昧"的故事;因为过去也是善良的少年;因为姐姐曾教他正直为人,而这时"感动";因为彭娥凶恶,而章真有技能刚强,而章真与彭娥瞬间前有高尚的面颊上的接吻,而为此战栗了一个瞬间,而狡猾与侮慢,内心有对章真与彭娥的大的仇恨,而产生了一种变幻的情绪,而跪下了。

"我的表。"王宁说。

"王宁的表。"张孝慈跪着说。

"我的。"章真说,面色苍白,"我的激情的。"

"我的。"

"王宁的。"张孝慈继续跪着说。

"我的也淡漠的。"章真说。由于内心的傲慢和孤高;由于这时发生的轻蔑的情绪。和雷鸣的英雄的理想,想着彻底□□了再□表;由于生活里的他的不现实的成份;由于这中间自发的有一分懦弱;由于觉得现实生活的喧嚣妨碍理想,他内心升起了他的高尚与纯洁;"那么,便是你们的表也可以的了,你的表。"他说,把表交出来了。

"混账说——我的表。有这么一种知识分子啊,"彭娥说,"我这个彭娥多么好啊,我这个彭娥是多么善良的女工长,而弄丢了这一只名表。的嗒的嗒的时间,我们工厂过海峡的。"她说,因为讽刺张孝慈,也跪下。

"你的表了,你彭娥的表了。"章真朦胧而怔忡,恍惚地说,因为说到过海峡,他便在梦幻中:"我将表送给你了,假设这表是我的,"他轻蔑地说,"而这表也确实是我的,是不错吧,我送给你了。"不善于说话的章真说,纯洁而呈显着善良与他的特种的伟大,在彭娥站起来的时候又在彭娥的面颊上亲吻了一个动作,而彭娥,由于感动;由于赞美章真;由于内心的纯洁;由于内心的震撼的力量;由于向王宁与张孝慈示威,也在章真的面颊上迅速地接了一个吻。

这时候张孝慈站了起来,并且哭着。

章真,因为内心的震动,因为理想的发作,焕发的心情,而第二次退让了表。他激情高涨,因为内心的瞥见小的曲折的山里出去的大路,瞥见曲折的走廊出去的灿烂的境地;因为让步了敌人而觉得自己似乎有懦弱,因为又觉得这是刚强,这些小的地方不必计较,而理想重要,而一个表是不值得什么的;因为他内心里有着高蹈的,英勇的,正直的理想与工厂的理想,因为觉得,忍受委屈,和凶恶的敌人妥协,并不是懦弱,而激情高涨。他又想着制胜了王宁而收回表。

"我的表。"王宁在走廊里这时又对着章真说。

章真便又从彭娥那里拿回来了表,而将表给了王宁了。

"你说,假设你是无能的话,你便说,你的表。"他说,显出凶恶。

"我是无能的。"王宁狞恶地说,"我的表。"

张孝慈站着而痉挛着。

"当火焰快猛然地燃烧而烟在颤动的时候,当看见巨大的海的时候,当心中跳跃着巨大的理想而与敌人作小部分妥协的时候,当轻蔑敌人也轻蔑自己的表的时候,当这妥协发生的时候,我有痛苦和骄傲。"章真,便将表给了王宁,而走到走廊的深处去了,在走廊里大声对自己说。

厂长齐瑛,找章真去到。女厂长手里有着彭娥给她的表。彭娥愤怒,从王宁盗了表,她是从王宁的衣袋里抢着便走的。王宁到来了,王宁勇猛地说这是他的表,并且蛮横地叫啸,而张孝慈副厂长来到,证明表是王宁的。女厂长显出烦恼。肥皂厂女厂长身材颀长,而端庄,强健,因为王宁和张孝慈的坚决;因为章真的犹豫;因为彭娥的激昂;因为心中惦念着工厂的进展的事务;因为对张孝慈王宁的痛恨,陷在烦恼里。章真有着他的对形势的看法,他想减少女厂长的困难,想减少事情的沉重性,同情着忙乱的女厂长;而说表不是他的。由于章真的情形,彭娥更脸色红胀,不满而喊叫说这表的情形她也弄不清楚了。她也实在不很清楚了,因为在厂门前的街上,当章真跌倒以前,王宁也是在那街上——因为章真的认真,她便怀疑起来,她便说她也许错了。女厂长齐瑛,既然表是章真的,便再做询问。章真发生了彻底的撤退,他心中有宏大的理想,便不要表了。女厂长,因为内心的感情,说她也有一个类似的性质的表,给亲戚拿去了。女厂长说,她研究表是章真的,她从章真来到工厂的一些事,证明章真是有辽阔的性格,理想的倾向,而勇于自我牺牲的;工厂里的贪污犯张孝慈王宁占着势,她,齐瑛有几分羞耻。但王宁和张孝慈啸叫凶猛,彭娥对章真不满,而说她也弄不清楚表是谁的了,章真诚恳地撤退,齐瑛便内心愤怒,也有几分动摇,主要的是内心的愤怒而将表判断给王宁了。因为他激动,有理想的倾向;因为她又强硬,要进行对贪污者王宁张孝慈的彻底的斗争,用表来考验他们,让他们到最后自己投降,因为她也爱着这表,爱着她的技术员章真,因而有和他一同撤退,共同高蹈的心理;因为她的战斗性高昂;因为她对章真亲切,她便走过来搂着章真的肩膀,摇晃摇晃他,而沉着,看看王宁,将表判断给王宁了。她在将表判断给王宁以前,有着面庞的轻微的战栗。

"我对于你王宁是不信任的,但我做主观唯心论的事情,将表判断给你了。"她说,"判断这表百分之八十是章真的,而彭娥退却是她的心理,因为怀疑我会潦草从事,我现在便潦草从事,判断给你王宁了,我随时侦察,侦察清楚了,等章真的心理退潮了,便再拿回来。"她说。"哎哟,我真痛苦哟,我的几千肥皂这时在机器上运转,我的心这时牵连在表上,我的心跳动,因为章真的撤退,而犯着错误,为了要使王宁改悔,而将有着著名的表判断给王宁了,我是如何地矛盾啊。我现在再参考彭娥的。"她说,便问彭娥,依她看来,表是谁的。

对厂长齐瑛的心理倾向于理想精神发生不满的彭娥便发生了她的反叛。

"表是王宁的。"她说。

"为什么又是王宁的呢?你一直说是章真的。"厂长说。

"王宁的。"反叛的彭娥说;"分明是他的,因为奇怪了,"她讽刺地笑,说,"人们都说是他的,所以是他盗贼的了。"彭娥便上前,因为觉得理解了厂长的精神倾向;因为激情;因为处在章真与厂长的理想倾向,损失利益的池沼里,也有了理想倾向;因为心脏的柔情;因为鄙视王宁,便上前,在厂长齐瑛的面颊上亲吻了一个动作。

王宁,便由于内心的快乐和震动,恶毒的,伤害人的要求,发生了现代的这些人有着的感动,辛酸,而哭泣了。张孝慈又喊叫着说,他看见王宁一直有着这表的。

"这不是有着什么紧要的事情,"齐瑛喊着,"我窥探着章真的情形,他也可能弄错了,那么表是王宁的,但是,不要笑:技师王宁,我判断给你了,你们都知道,我厂长是客服困难的时候用一种特别的动作,我这次克服困难舞蹈一下,"她说,举起两只手来在头颈上舞蹈了一个动作,"我是浑浊的人,昏蛋的官僚。"她讽刺地说,由于满足于自己的理想倾向又和这理想倾向冲突;由于赞美章真并觉得和他同行;由于想用自己心灵的力量制胜王宁;由于工厂在章真的改革里开始发达;由于透视到春雨和心中这时充满春雨;由于觉得祖国的美丽的都城与田园,她便站着,沉默着,而内心激动,开始用她的突然高昂的有美丽的歌声高唱了几句歌。她唱歌感动起来,又继续唱歌,她大学毕业时唱的歌。"美丽的春天及时的春霖,美丽的天映照我的倾慕的心,我的心倾向深潭里,那里有未来的,从高山上飞来,而在深水里浸泡的影。"她唱。她的理想倾向明显,这就是厂长齐瑛在这个表的事件上宣布的了。

"我仍然知道,"彭娥说,"信任,表是章真的。"

"表,也可以不是我的。"脸色快乐,有着理想跃动,激动于厂长齐瑛的歌唱的章真说。

王宁,便从自称为自己有"昏蛋倾向"的官,厂长齐瑛,和理想倾向的章真,得到了表。张孝慈和王宁很友谊,在王宁赠送他面包和香烟之后,便又来到厂长这里,对厂长说,他确定表是王宁的,厂长便请他写下他的话,并做"字据"。但他和王宁有冲突,因为他帮助了王宁,表便两人用,人们看见,有时候张孝慈用着这只表。

齐瑛厂长在匆忙中等待这事情的进展,她等待王宁的自己暴露与改悔,她觉得生活的长流里有很多迂回,王宁是可能改悔的。她又询问过章真。章真坚决地说表不是他的,章真又暴露说,表是他的,他因为想免除纠葛,所以采取如此的态度,说的时候脸涨红和发白。但是随后又说,这是他的假设,因为厂长问他,他激动了。章真便假设自己将来会是懦弱的人和腐化者。

"我说表是我的,便是我的错误了,表是我的,但工厂的情形沉重,我便不愿厂长困难。我因为恼恨,因为内心的希望,要改革工厂的难关,人们关心我,我便有伤心,不要表,"章真流泪,说,"我因为伤痛,和有时候的激情,而假设我将来会腐化了,似乎认了这表便将来腐化了,损害了中华人民共和国。我将来假设腐化了,贪污了很多的钱,破坏了很多肥皂与机器,如同王宁张孝慈。我的肥皂现在强硬一些了,褪脏的情形增加了,硬度,密度增加了,成分,用不多的钱增加成分,而销路增加了;我的肥皂是显着美丽;我假设我将来会腐化了,穿着漂亮的衣服,而打双条领带,而穿着胸插胸白挺着胸,而衣袋里是贪污的公款,"章真说,战栗着,因为假设为将来腐化,而流下泪来,呈显着他的有崇高的志愿与行为,"我感动于厂长和我共同地研究肥皂的化学成分,而做出贡献,制胜了王宁张孝慈。"

齐瑛再问到彭娥,依她看来,表到底是怎样一件事,彭娥激动着。

"我这个女工是多么可爱啊,技术员是多么可爱啊,他放弃了他的表,我确实知道表是他的,而他不要表而趋向理想。他也是一个麻烦人,这表便造成了麻烦,我因此有着不满他了。在他脚负伤时曾背他,而王宁也扶了他一下,王宁抢窃表也许有帮助过他的心理——这个表使厂长陷于困难,我彭娥便也表示慰问,我这个女工组长是多么好啊,"她说,由于一定地善良她讽刺厂长,便爬到厂长的办公桌上,叉腰站着,"技术员是如何崇高意志,而厂长是如何崇高意志,我则认为我是可爱的,我善心,正直,而有着我的雄伟的气概,我要完成肥皂厂的变革的使命。我因厂长和章真的努力而激动了,爬到桌上,表示我的巨大的心。"她说,又跳了下来,仔细地擦桌上的灰,她有许多的话,激动着,其余的话,她便是在地上走着说的了:"我的心充满壮志,我们便开始改革工厂,而团结在厂长的周围,而和王宁张孝慈两人奋斗了。"她说,"崇高的山,深的水,我的心脏震动,便刚才表示了我的志愿了,从天边有一缕烟起来,便预示着夏季的暴风雨,我的心里也□□着这种风雨,我是如何地爱你厂长与章真啊,"她便,又在齐瑛的面颊上亲吻了一个动作,而齐瑛也亲吻了她。她便下楼去,而走向王宁,从王宁的衣袋里抢了表。"我不抢回表我是卑鄙的混蛋了。"她说。含着一定的眼泪,但王宁,在一个凶恶的,邪恶的工人王顺的帮助下,又抢回了表。这表的性质,便在彭娥的心中沉重。

齐瑛偷听到王宁和张孝慈的谈话。

"国家进行大规模的建设,我们投身奋斗,抵抗这建设,实行我们的贪鄙的,旧中国的世界观。为了投身奋斗,我们假装我们爱国与投身奋斗:你看,天边有一只雄鹰在啼鸣,你听,在地平线上黎明有鸡鸣,"张孝慈说,"我这个副厂长假设我投身奋斗,我的心是如何地感动,而有着我的眼泪了。假设使我哭咽了,"他说,带着虚假地哭咽了两声,"但我想在机器油里掺砂,在肥皂原料里掺砂,我想动手,而让你叫我们的贼子工人王顺这些去活动。我现在又假设天边有一只雄鹰翱翔,我爱国而投身奋斗。"他说,又哭咽了一声。"伪装是必要的。"

"听了你的,我简直要爱国了;"王宁说,"你的这些动情,我深受感动,我也动情,而将来穿着我的胸白,胸插,两条领带,而心中欢乐。我也感动啊。"王宁说,便也有似乎是啜泣的声音。"这哥伦布过海峡的表,我们两人用,我们过海峡。"他说。

齐瑛便命令人们防范机器油与注意肥皂的原料搅拌。齐瑛便觉得围绕着表,有一场严重的斗争。齐瑛便去找第一机器间的主任徐菲。

齐瑛便在走廊里高声唱她的歌。因为决心斗争;因为有理想倾向;因为国家的生活第七个五年计划的进展,她的厂的改革现在有着章真的努力发生了进展;因为春雨似的激情,因为女工彭娥等人的努力感动着她,她心脏与胸膛愉快。

"美丽的春天的及时的春霖,美丽的云映照了我的倾慕的心,我的心倾向,深潭里,那里有未来的,从高山上飞来,而在深水里浸泡的影。"她唱。

齐瑛去找徐菲,和她一起走到走廊里。徐菲对于齐瑛发生了激情,她深爱与同情着齐瑛,和她是亲密的朋友,但是,因为奋激;因为这亲情;因为直爽和刚强;因为有善良和正直,因为一种高洁,她,厂里的美人,美貌者,快乐的徐菲,对齐瑛进行着讽刺。

齐瑛说,她要进行对整个厂的关于改革的动员,而支持章真,她说,彭娥在她的办公室激情发作,跳到办公桌上,讽刺地表示了工人的意见了,而张孝慈与王宁在对工厂进行破坏,她要防范和进攻。

"我看见整个厂的进展的状况了,张孝慈王宁夺权,散播腐化,我们更要进行斗争。"齐瑛说。

"工厂的改进的前程灿烂了,工厂的改进的前程暗澹了,"徐菲,由于她的心理,讽刺地说,"暗澹了,非常地暗澹,我一点也不渴望改善,我对于你厂长非常地不满,你是贪官,幽冤的官,你像贪官一样,简直就是的,不能移动王宁张孝慈,虽然这要看上级,但我以为你懦弱,我的懦弱的,灵魂清高而懦弱的厂长啊,我的英雄主义的,笨拙的,傻瓜的厂长啊!你为什么不能不理会上级移动王宁与张孝慈!虽然我这是心情紧张,我十分讽刺你,你是蠢的官,而让王宁张孝慈在车间炫耀他们抢来的名表。"徐菲说,"我因为觉得你要对王宁张孝慈进行反对而又进行将表先给了他们的理想主义精神倾向不满,我用亮的猫的眼睛看你三次!因为我对你有所恋,因为又觉得你有勇敢的性格。"

"怎样猫的眼睛看清呢?"

因为激动的性情;因为心中巨大的肥皂厂运转有力;因为觉得齐瑛有可亲而喜爱;因为憎恨着王宁与张孝慈;因为是活跃的性格;因为有着飞翔的理想与幻想;因为想唱歌和喊叫;便用手做筒管而从这筒管里看齐瑛,顾长而深沉的齐瑛便显得更英俊,活跃的徐菲便同时做猫的叫声,而扑击齐瑛。但她又沉默了。她说,她受了不少的张孝慈与王宁的欺凌,她这时的快乐因此是假的,她便喊叫,她觉得人不应虚伪,她觉得齐瑛厂长是"官僚"了。

"你是臭的官僚了,"她讽刺而善良地说,"你是恶的猫一样的官僚,你是昏蛋,如同我车间主任也一样,你将国家的生产,国家的工厂疏忽了,我心痛,必须骂你,而使你从工厂走人。"徐菲用浓厚的北京土话说,"你是可恶的不捉老鼠的猫了,而我,看见章真的奋斗,我在心中的战栗;但我说多了,"她说,眼睛有着潮湿,"你,齐瑛,是英勇的,巨大的厂长。"

齐瑛,忧戚着,沉默着,然后用一只手,理智地,在头上舞动了一次。

因为仇恨着王宁与张孝慈,因为心中沉重地有着痛苦;因为想要协助章真;因为被章真的努力和才能感动;因为要向章真学习新的肥皂配方;因为觉得肥皂厂将要远行,徐菲便非常严肃,而走进房间里去,向坐在那里的张孝慈质询,而发生凶恶的喊叫,詈骂了。

"你们两个人轮流用一只表,你们抢窃章真的表,你们的手中的表现在是我们厂的卡在喉咙中的特别的骨头,你们卑鄙,你们使厂长忧郁,你们是工徒与狗才!"

徐菲发生着激动,她便用一个记事簿打击张孝慈,而坐在桌上喊叫。张孝慈阴沉,对她抵抗了几个动作,她更猛烈,而将张孝慈驱逐出来了。

女厂长齐瑛,便也拦住张孝慈,而爆发了愤怒,她,因为工厂的情况;因为张孝慈副厂长的贪污;因为章真的表;因为激怒;因为理想的倾向感望撕打；但是，突然间，她，因为恍惚如同在梦幻中；因为觉得自己和张孝慈王宁是同事而讽刺自己；因为觉得——在恍惚和高蹈中觉得张孝慈可怕，是恐怖的，丑恶，邪恶的生物；因为心中的力量上涨而讽刺与恍惚也上涨；因为觉得自己是厂长，有伟大的功勋与是伟大者，却无力，又在清除张孝慈的事情上缺权力，而向后退，而心悸，而讽刺地噢地尖叫了一声，觉得自己被击中胸膛，而张孝慈是一匹恶的熊，而向后逃跑了。

"我要是走着经过许多岁月，可是在末尾我想要，像杨特同志一样，让一颗枪弹击中我的胸膛！"她头脑里想和低声说，背诵着苏联的旧时的她记不清姓名的作者的诗了。"我已是走着经过许多岁月！"她说。

发生了震动，肥满的张孝慈突然，因为厂长的尖锐与凌厉；因为齐瑛的高蹈与正直；因为徐菲的打击；因为自身是贪污者与破坏者；因为自身是盗了章真的表的——表，这时候成为一种象征了——而心脏紧慌，而逃跑了。

女厂长齐瑛和徐菲，又追着了张孝慈，从张孝慈的身上搜出了表，她，女厂长齐瑛，和徐菲，两人共同将张孝慈绊倒而从他身上搜出了表：表是齐瑛给了王宁的，她说，她遇到恶的狼，这狼不知道羞耻，她现在悔恨了。"我的心着火了，我的心燃烧了。"她说，而和张孝慈搏斗着，"我想考验饿狼，由他自己投降，是错误了；我非常苦恼了。"她便将表给了来到的章真，章真羞怯地笑了一笑，接过了表。但是这时来了王宁，王宁凶恶地说，他的表，女厂长便勃发了极度的愤怒，和王宁相格斗了，她，由于在上级那里王宁张孝慈还有着人力；由于她的郁积着的愤怒；由于王宁张孝慈在厂里的破坏；由于他们在抵御着章真的改革，技术员章真的新的肥皂方案，这样虽然不能成功；由于觉得粗鲁一些有心中的愉快，和王宁相格斗了。她挥动着拳头如同挥舞着棍棒一样，而且她举起附近的凳子而且他用脚踢。便有着徐菲，女工长彭娥，男工钱仁，副厂长高勉，以及章真，参加着打击王宁。厂长齐瑛的人力的阵容浩大，她，女厂长齐瑛便显现着宏力。她，由于心中的激情,停止了撕打,回头看着自己的阵容,而觉得一种战栗,这便是她为厂长的欢喜了,但是在她的欢喜中,她便说:"我违反了一定的规则了,厂长应该和平生财,而我是厂长,党员,却变成熊一样,和恶狼相打;我是草莽里出来的猛物,和你畜生相斗了,"她对着王宁叫喊着,"你们还有其他的犯罪,你们想欺凌章真,他的表,他的令我佩服的英勇性情,我如同山熊,虎,一样格斗了。"她叫,以至于又被王宁抓了一个动作,面庞有着一定的创皱。

看见女厂长动情地搏斗,看见王宁有着抓伤她,看见女厂长的愤怒与痛苦,看见王宁的凶横,章真便吼叫着说,表是他的,他又叫着说,表也可以不是他的,他有些懦弱,他放弃了,他说,他放弃这表等待王宁的改悔。他的声音宏亮。齐瑛,也高喊着,呈显着他的气势,说,她也有着一定的懦弱,表也可以是王宁的,她,由于心痛,也放弃这表,她说,还连着其他事情,等待王宁的改悔。她的声音也洪亮,于是便发生了齐瑛从章真拿了表又交给王宁的行为。他们两人,有同样的情形,都想由形势的演变,由自身的人格力量,拿回表来。

但王宁忽然说表是章真的了。他的凶恶在章真与齐瑛的气势和自己的一定的怯懦下收缩了,他忽然内心幸□,落得落在苦恼里了。他便发生了膨胀的,夸张的感情;他的假设开始在他的狡猾的情绪里发生,他便假设自己有改悔,而觉得自己是贪污犯,有着心中的深刻的凄凉。他便在他的颈项里挂上了金项链,即改悔,用这来装饰,他便脱衣服赤裸着上身,而走到楼梯下跪下,说这表不是他的;他的死去的祖母将很可怜,而他,是一个贪污犯了。他致敬人们的一定的懦弱使他得利。他战栗着,便将表又拿出来了。

王宁战栗着。

"表是你的。"齐瑛继而严厉地说。

"表是你的。"章真说,他因为瞬间前和王宁的相打,而发生着深刻的愤怒,渴望看见他,王宁的彻底的失败。

"表不是我的。"王宁说,"但是,"他说,忽然将表放进嘴里衔着,衔了一定的瞬间又吐出来,"表是我的了,由于衔在嘴里浸透了心,我的心中的良知呼吁着,表是我的了。"他说,还有两滴眼泪,而面庞战栗着。

到来了张孝慈和王宁一同叫喊,他们要求厂长齐瑛辞职。他们说厂长是一种专横的人,因为,显然,表是他,王宁的。楼梯上站着的人们散了,表的纠缠继续着,王宁和张孝慈叫喊着,他们有着精力,因为他们觉得他们将夺取到工厂。章真,因为想援助齐瑛;因齐瑛在这格斗里是显着激情正直的伟大的性格;因为心中的高蹈的理想的震动;因为觉得齐瑛是巨大的朋友而表是琐碎物件;因为发生了他的理想的,英雄的性格和对俗物王宁的轻蔑,便继续和齐瑛一同坚持这放弃表来斗争了。

齐瑛,被王宁和张孝慈叫喊请她辞职,而震动着,她这时觉得为这厂长是苦恼的。由于王宁张孝慈的凶恶;由于她的有着激烈;由于章真有着沉默的高蹈;由于工厂在前进中有着焕发而琐碎的表的事件引起心痛;由于一瞬间觉得掉下深渊,她便和章真假设为自己会变为不妥的人一样进入假设,假设自己不是厂长了,而是一个飘流的,被王宁张孝慈等欺凌的女人,降为制肥皂的女工,她便痛苦,而面庞战栗着。她这时候心中升起了对于中国出发走井冈山以来的道路的崇敬,而有着一定的眼泪。但是突然,她觉得惊异,讽刺,猛烈的仇恨的讽刺,发生恍惚,觉得自己是和恶的狼在一起,而战栗起来。由于欢乐的斗争的巨大的夸张的感情;由于她觉得她的格斗会重悬于历史;由于心中的空洞的力量,她的讽刺情绪益强;由于觉得是和畜生共处,由于忽然的强大的怪物,她便如同从梦境中醒来,她便心脏跳动,而又从王宁张孝慈两人的面前逃跑了。起初急步走着,后来便逃跑了。她发出讽刺的叫声而逃跑。

"啊呀,狼,熊,狼,豺狼,恶熊,恶的狗不是人,我,为何能与这些相处呀!为何我整日与他们混在一起呀,我觉醒了,人们,觉醒!人们,觉醒。"

章真,呆站着,惊异于女厂长的豪放的性格和明显的强力,和从这表现的她的伟大,便面庞战栗着。她突然地,由于内心的欢乐;由于更热烈地爱着工厂;由于羞怯自己的言论力缺乏,而想大声说话,说极多的话,而喊叫了起来;由于心脏的颤抖,如自己已说了很多的话,由于对于心中的飞翔的理想的感觉,而战栗着。他大声喊叫着,发出讽刺,发生战斗的新的愿望,而和厂长齐瑛一样地从王宁与张孝慈逃跑了。

"狼,豺狼!"他叫,他热战而紧张地逃跑,同时心中假设自己将来腐化了,激动着,廉洁着,再生着他的奋斗的、英雄的情绪;他假设自己将来衰退了,腐化了,恶劣了,变成毒物了,由于心中廉洁的而有着一定的眼泪,从王宁张孝慈逃跑。齐瑛有着讽刺的斗争感情,觉得王宁张孝慈是豺狼,逃跑着,一直到她的厂长的办公桌前,而章真觉得,豺狼在他的后面追踪着,他,由于热情于事业的想象力,真的觉得,他的身体,四肢发生风地奔跑着,而豺狼也四肢发生风地追赶着他,因此,带着对自己将来变腐化的不快的,警惕的假设,善良的廉洁的章真便到工厂的机器间里继续奔跑,奔跑了相当的长度,才减慢速度,快步走着。

经过了时间,章真建立了业绩。肥皂厂发展了,章真现在是肥皂厂的工程师了。这肥皂厂的洗衣粉,本来是出品不良的;现在变成了上等的货物,肥皂厂赢利了。两年的时间过去了,他的表的故事已经淡忘了。表在王宁手里,王宁便用着,似乎也忘记了这是他抢来的,他继续和张孝慈轮流戴着表,人们有时便会忆及其中的情况。

这是厂长齐瑛的不愉快的事情,她没有能劝章真收回表,也没有能等待成功:随着形势的发展,和由于她和章真的人生情感,王宁有改悔。对王宁的改悔的盼待成了可讽刺的;是女厂长和章真两人所可讽刺的故事。章真奋斗肥皂粉洗衣粉,他,由于工作成绩的良好;由于很多的艰苦的克服;由于晋级为工程师的快乐;由于忆及初来工厂时的激动的理想,想到这种理想已兑现一些,而他要努力,不许懈怠,他便时常廉洁地假设为自身将来可能腐化,变成卑鄙的人物;由于他的矜持的努力者,他便有时在工作着的机器或他的工作间里罚一个动作的站,而反省着自己的情形,想着假设自己将来变成坏人。人们在这进展着的时代是有着紧张,与精神震撼的,这时代的腐化物呈显为恶的腐化,而进取者趋向崇高。章真矜持,而辛勤地工作,时常到深夜及第二日的黎明,他,有着宗庙的虔敬的心情,似乎在攀登什么山峰。

"我假设为到了一定的年龄假设为腐朽,腐化了,变成错误的份子,是一个恶毒的人。"他的行为引起一定的注意,当有一次齐瑛问为什么有时挺直地面向墙壁站及背向墙壁站一定的时间的时候,他说。

"我很愉快工厂前进了,也感谢你,"齐瑛说,"但我很遗憾,由于我的唯心论在内,你没有取回那镂刻有哥伦布这航船的表。"她说,"我便也陪着你,在这刃台间里,靠墙站,而我背朝墙壁,罚站一下。我陪你一下,心里是愉快的。"她说,便站了一定的时间;"我们到现在都还不能除掉王宁与张孝慈,是我们的痛苦。"她诚恳地说,她的诚恳很深刻,她呈显着庄严,激动着章真的心,章真又在墙壁前罚站了一定的时间。

张风珍和袁学玉继续在恋爱,而由于张风珍觉得自己丑,不美,有着奇异的性格和阴暗,而不愿结婚而这恋爱有着一定的波折似的延长着。王宁干涉他们的恋爱,干涉他们吃饭时互相靠得很近。王宁冲击,他的表忽然遗失了,而张风珍有着一个怀表,他便徘徊,想要看清张风珍的表,终于他要求给他看,他便看清了这表的背面是没有哥伦布的船的,但王宁是随着时间前进而更邪恶的,他便说这表可能是他遗失的,他说,他一共有两个表。他很凶恶,说张风珍长得丑,不配有这种表,以致于使张风珍哭泣。王宁摇晃着在工厂里的广场上活动,他叫喊着攻击张风珍的哭泣,走远了又转来。

"你是一个有偷窃的嫌疑的女工,你的这表可能是我的,我的这话是一种假设,因为我遗失了我的有哥伦布船的表而有精神分裂症,我便疑心你是在偷窃的女工了。"他说。因为邪恶;因为想侮辱勤劳的张风珍;因为自己遗失了表,因为想纵火烧工厂似的心暴怒;因为这时有凄凉的心境,怀疑自己有精神分裂症,他有着恶人的猛烈,"多么地可能是我的表呀。"他的话刺激了张风珍,他还奇特地罚一定瞬间的跪,而进行斗争。他有着环境的压力而伪装精神分裂症,因为他和张孝慈的贪污在他的心里重赘着,他怀疑人们已经注意到了。他往阴暗面发展下去,他经常穿着工人的衣服,而藏着一柄小刀了。"你,张风珍女工,我的精神分裂症发作了。"他说。

"不在意你的丑恶!"张风珍说,"你穿着工人衣服,而驾着三轮的载肥皂粉的车在厂里的广场上驾来驾去,是想着欺凌人,你驾着车的目的是什么?你和张孝慈是不是有机会窃盗肥皂,我和你斗争。"

"我驾车是由于心中煎熬,想着我将来为副厂长成厂长,那时我行凶,我傲恃自己,我说的精神分裂症的话你听了,你和我到我驾的车上去谈谈,因为我觉得,我是技师,载运着全厂的工人,因为我觉得,在驾车的时候心脏飞驰,觉得时间飞驰,有许多灿烂理想,我会做诗以及有飞奔的言辞,你不信,你愚笨的女工,坐到我的车上想听我谈什么。"

张风珍便坐到三轮的小的车上,这车是绿色的,她坐进去而笑着,又有庄严的神情;王宁便驾车驶进广场,而驰到街上去又驰回来。

"美丽啊,我和你,愚笨的女工竞争语汇;美丽的驾车而行,你的表和我遗失的表有类仿,所以,由于我相信现代的印象发动的符号的学问,语言学,而让你坐我一次车,我们现在驰进宏大的历史了,将来的历史会记载着,我王宁受宠,建筑工厂,我是厂长,而你们和厂长齐瑛,和章真徐菲,一切将要淹没的。"

"那我便这里叫唤了,"张风珍说,开始叫喊着,"亲爱的同仁们,我们这里的厂长是齐瑛,工程师是章真。而不是一切都可以淹没的,据他王宁说,将来记事簿会变成厂长是他王宁,他和他们的坏人一起,还有张孝慈,而失去了我这个心脏在这车里跳动的女工,改成别的姓名了,据说是这样的。"

"我因为驾车,穿着工人的衣服,便体会到艰苦与粗鄙,你们是粗鄙的,你张风珍将来会只有小名,人们都改成小二子小三子,小二子有几百个,姓名都由我与张孝慈取消了,我那时用一根鞭子,打你们。"

"听说反动言论啊。"张风珍叫着,她,张风珍,由于笨拙;由于悔恨一时冲动乘了王宁的车;由于心中燃烧着的保守的倾向一瞬间似乎由于这一斗争而击破;由于感觉到□□应该明朗和多活动;由于在这车中感受到肥皂的运输或原料的运输而觉得太阳灿烂,而心中震荡着。突然的,有着疯狂的王宁的车辆遇到一块石块,而翻倒了——也似乎由于张风珍的摇晃。张风珍在翻倒的瞬间想着她的明朗的前程,这时还看了一瞬间的高远的天空,日光一直到天空的极高处,而心脏跳跃着。她,一直躲避着结婚,因为觉得自己丑;因为不愿给袁学玉负担;因为有着独身的沉闷的意向;因为心中有着阴暗面;因为有着她的愚笨,但现在她从车中翻倒在地上,静止着看着高远的天空,却心中发生了震动性的明朗。

袁学玉看见车翻了。袁学玉奔了过来,拉起了张风珍。

张风珍仇恨王宁攻击她是愚笨的女工,她心中激动,便发生对袁学玉的热烈的动作,将头靠在袁学玉的肩上,而用手搂着袁学玉的背。

"学玉,我爱你,我不受嘲笑,我和你结婚了。"

袁学玉便战栗着,是一个老成的人有的战栗,而脸色有些苍白,眼泪出现在袁学玉的眼睛里。

"何等的丑!丑!"王宁说。机会主义的,不信实的,伤害女工的王宁叫喊着。他拖着张风珍在广场上驾车行走,是想着对女工进行预谋的,他想着她的表。他几乎是故意地走过那石块,使车翻倒的。"我已算计到丑,这种爱情的不漂亮,所以我便心怀叵测,而使车翻倒一下,而你张风珍摔倒了,我快乐。"

"我听清楚了。"袁学玉说,"王宁技师呀,你是恶徒。"

"我反对你们的恋爱,我要破坏。"王宁说。

"你便反对成功了。"袁学玉说,他是粗糙的,朴实的,也觉得自己愚笨的工人,他这时候也发生了他的心中的震动,觉得要说很多的话。"我是行动者,行为的努力者,小小的行为的巨人,而言谈的矮子,如同章真工程师,我笨而痛苦了;我说,我的心因为风珍的跌倒而你机巧的人伤害我们而激情了,我便说很多的话,我说,车是绿色的,树是栽在土里的,我是站在土地上的,肥皂是洗衣和也洗瑕大地的,洗瑕大地,洗瑕勤劳者,洗瑕祖土的人民的——风珍,"他说,并且流泪;"我们结婚了。"

"我们结婚了。"张风珍说。

"这倒是意外地推进了恋情了,你们的恋情是无意义的,是卑劣的,是错误,"王宁,贪污分子,罪恶者,叫喊着,"肥皂,不是洗清榆树,大地,人民,是洗瑕你们臭工人的心的,你们臭工人不知道高洁,我心痛了。"王宁说,便用手猛烈地大了几个动作自己的面颊。

这时候工程师章真走了过来。

章真战栗着。他久久地面色发红,而发白,战栗着,而未说话;他沉默和矜持着,血液膨胀。他终于说话了。

"我假设我将来如腐朽分子,假设我现在就已经这样了,我腐朽了,而说剐取,卑鄙,欺人,是正当的,是人们必要的。"他由于廉洁的心怒吼着。他的声音意外地高远,使他如同一个炸药桶似的;他的沉静这时也失踪了。"我假设将来腐朽了,便是如同你王宁这样!便是你这般卑劣,这般可恶!"他,因为如同炸药桶,使喉咙被唾液拥塞着,而停止说话,而战栗着了。他便喘息着而有一定的眼泪。

"你说张风珍的表像你几年前从手上取下来而我捡到的表吧,那表是你的,不错,但我痞赖行动了。你兴旺了肥皂厂,你的珍贵的表做了牺牲,表现了你的高尚,你就感觉成功了吧。我看见女工张凤珍的表,就想到你那表。"

工程师章真战栗着,他觉得王宁过于欺侮他了。

"他说的是我的几次否定的表吧?他说的是我的表而我因为对他有恐惧与我想争取肥皂厂的前程而让步的表吧?"章真,沉默着,凝视着王宁,而讽刺地思索着,他因为内心的矜持而做着思索,因为不愿说话,这时有着理想的燃烧而坐着思索,"他说的是我丢了的我不痛心的表吧?他说的是这工厂扩展了情况,而在滴答滴答地走着,我忽然又思念着的我的表吧?"他继续讽刺而甜蜜地想,"当我的表走着,追赶着的时候,大海也运转着,北京的几千条大街也运转着,我的心也运转着。"他严肃地想,"我学习女工长彭娥的话,我这个技术员工程师是多么好呀!我这个善良,有胆怯,而英勇无双让人捡走了表的人是多么好呀,"他想着,沉默着;他因为性格如此,做长的沉默的凝视,而不说话,他痛苦地,欢喜地,甜蜜地,激情地思索着;"我这个人是多么善良呀!我这个大学研究生出身的工程师又是多么一种矜持的气息。自己思索着而对于俗物不开口,我是多么有意义呀。我是一棵奋起的樱桃树,我是一颗被雨洗着奋起的樱桃树,我觉得其他树都开花了结实了而我在春风里奋勇追放,其实我这是自觉,我已结实累累了,我做了事情,但我应谦虚,伟大者许多人做了许多巨大的事情。我这样的漫长地思索而不说话,我的心中便缤纷美丽,更想念一下我祖父留下的表,滴答,滴答,"他想,他像是有着许多思虑,又是十分单纯地说着,他像一个蠢呆的人一样说着,脸也有一定的愤恨地发红。

"我和袁学玉结婚了。"女工张凤珍说,"结婚了需要说一些话,看见你,我们厂的善良人,有崇高的心思的章真,我便说一些话,你恭贺我好吗?"

"我恭贺你。"章真说,因为激动,发痴而脸庞充血。

"我的表,有些像你的表,你的表遗失了,你是说过表就是你。滴答滴答地响着,也忆故旧;我这个女工的表也□□是王宁的呀!他叫嚷着,我这个女工的表是湖,是池塘,如我心中的思想,我的哥哥,我的家庭,津贴我钱买的。工程师章真,我想,"她脸红,说,"我想这表赠送你了,因为你是善良者,在人生的道途上说我这丑女是美与奇的,是眼睛发光的,你的话使我很激动,一直到现在。"张风珍便拿出自己的表来,自己罚了一个瞬间的站立,想着瞬间前跌倒时想到的高远的天空,而走向章真,将表给了他——放在他的衣袋里。章真便掏了出来,又还给了她。她便脸红,和他争执着。

"在我们厂里,我不容许发生这种虚伪的,高尚的行为,"附近的王宁叫喊着,"这是虚伪的,高尚的,我承认也有高尚,我都反对。"他叫喊着,而骑上了他的绿色的三轮车,驾着车在广场上悲痛地走了一圈。

张风珍,被章真感动着而赠送表,而章真,激动地推却着,他的理想精神被激了起来,他的血液膨胀着。

"我认为王宁仍旧有一定的道理,"副厂长张孝慈走过来说,"他有一定道理,虚伪的,高尚的都是不对的。"

章真精神激昂,因为和厂长一样,想教训与说服王宁与张孝慈;因为心中设想着王宁与张孝慈改悔,设想着,他们有一日觉悟了,而放弃所有的卑鄙;因为有着工厂的扩张的气势;因为有着深的幻想与善良,因为激情,他便认为王宁与张孝慈会终于被厂长与他击败,便沉默着。他想凭借形势的发展与自己的人格力量战胜王宁与张孝慈。

"我们那时击败你们,你们便要悟到在现代的社会里,还是正义必胜,我用我的谦虚的,崇高者思想击败你们,我的心跳动,看见未来的幻影,你们两人投降了,"他说着,沉默地思索着,面庞有着激动的神情,而不说话,"我这么想是真是的,我的心跳跃着,我来研究研究看,"他想。因为感动于正有巨大建设的时代;因为内心有奇特的紧张的努力的境界。因为对于事业的感动和对于王宁张孝慈的激烈的斗争;因为设想的未来的影像;因为内心的坚持的理想,觉得自己不应激动,而走到一棵树旁站下企图平衡,但看看田园没人有注意,又有着崇高的理想地跪下了一个动作。

这时袁学玉从旁侧过来,看着他。袁学玉,伸出手来扶着他的肩膀。因为被他感动了;因为他瞬间前不接受张风珍的表;因为工程师他的神情正直而庄严;因为心中发生着他袁学玉的响往,因为觉得心脏的紧张,觉得是看见了非常的事,而将章真搂抱了一个动作。

"我看见你的心了,"袁学玉用粗糙,震动,快乐而感动的大声说,"我看见你已使工厂的建设领导人的事业走正了,你引起我想像田地里的鹳鸟,据他们说田地里的鹳鸟也跪下一下,"袁学玉说,有着老实的,正直的,深刻的笑容,和一定的眼泪。"我和张风珍的关系,爱情,承蒙你的帮助了,我想你助我,你工程师驾三轮车,而我坐在你的车上,而张风珍也坐,两个人也坐得下,而你驾车,你,工程师章真啊,你便向他王宁和张孝慈示威了,我也喜爱我们的人。"他说,看看站在附近的王宁张孝慈。

袁学玉便推来了车辆,他又跳上车辆,驾驶了一段路,表示快乐。他,由于内心的感动;由于将结婚,想得到有崇高的理想而他觉得伟大的章真的祝福,而兴奋着。于是希望的祝福便进行了。

"你观察我是工厂的忠实的青年工人吧,我还可以有力量与有我的心窍吧。我有笨拙,你看,我和她张风珍,也还可以吧?"袁学玉激动着。因为人们说张风珍不美;因为她也实在不美;因为章真说张风珍有灿烂,明亮,"灵魂的高尚"的眼睛——这图象是他自己狂想,认为章真是说了的,——因为他在感激而觉得章真说得对,因为结婚的幸福,而大声在车辆里说。

"我说,给我们祝福了。"张风珍说,红着脸。

"我说,表示对我们的情意了,我说,工厂的第二伟人——第一伟人是厂长——给我们祝愿了。"

章真便准备驾车。这不大的容积的车辆,勉强地挤下了袁学玉和张风珍;车有一定的摇晃,两个人局促地挤在车里,而章真便准备驾车了,章真忽然想起,今日他还领到了钱,他便从衣袋里取钱。

"我赠送一百元给新婚的袁学玉和张风珍了,"他大声说,因为说话的猛烈,便血液膨胀,而心中备忘了其他的话,便成说话笨拙的了。这其他的话是祝贺的词,和关于高山流水,深谷鸟鸣,和"天长地久"的。他便脸红充血,他便说着。袁学玉与张风珍拒绝他的钱,顽强大叫而拒绝,说,不可以,但请章真说祝福的词。张风珍忽然说,她也接受这一百元,但是章真必须收下她的表,这表旧了,但也可以,章真便兴奋了。张风珍的情绪是倾向于得到有神圣情感的工程师的祝福,而章真也有深沉的感情,便说,他愿这样,得到表,而再加一百元。他说他只一个人,他这个月连奖金四百余元。他便又拿出一百元,而张风珍便羞赧,欢喜着章真说她也美,而拿出了表,拿了这两百元了。

"前进!"袁学玉说。

章真便驾车前进。车行很慢,他的力量不是很大,但是,他很平稳,而镇定。

"请说祝福的词。"袁学玉说。

"张风珍姐诚实,而稳重,而眼睛秀美,而背部也有优美的线。"章真大声说。说话有些笨拙的章真努力说着,他也便突破了内心的封锁,而说了较多的话。他驾车前进,在广场上绕圈而行,"我说话,而足够好听,如同四季常开的花永远开放,如同有藤的红色的花一样藤在事业上,你们的婚姻是美满的月亮,也是高山的流水,深谷的鸟鸣,当天空特别沉静的时候。"他边驾车而喘息,说。

"谢谢你了。"袁学玉说。

"端庄的,诚实性格的新娘,张风珍,你的性格好,而你的嘴有强的美的线,"说话笨拙的章真又说,"你的鼻子,也不是张孝慈和王宁攻击的过份开和鼻孔大,而是,和嘴的线连在一起,表示了勤劳的力量,有优美。"章真大声说,他的心里的感情颤动着。

"但她张风珍是丑了,"袁学玉凶恶地,有一定邪恶地说,"她是不如同张孝慈王宁那样攻击的,但也不是你章真所说的。她是一个不美的丑的女工,混蛋!"袁学玉有着甜蜜地说,便沉默下来,在车上用张风珍送给他的手帕挤着眼泪。

王宁对于张风珍的表到了章真的手里,表示着嫉恨,他对张风珍说:"你结婚得工厂的伟人章真的祝福了,但你用一只表换取了二百元的祝福费,章真和你不是仍旧贪利吗?"

"你是狗屎!"

"你是狗屎!"王宁说,"两匹,都是贪财利得的。"王宁说。

张风珍愤怒,而打了王宁一个动作的面颊,而想着章真的赞美,而哭了,而猛烈地,强烈地,大哭了,哭声震动着旷场。

章真这时和机器间主任徐菲发生着感情,他坠入恋爱的感情了。恋情来得很快,徐菲未婚,比章真年龄大一些岁。章真在机器间在徐菲的位置旁长久地相助,而有一次用刀切开一块肥皂看着。他在机器震动声里:因为内心发生的不安;因为发生了恋爱的感情,这一定的时间,觉得徐菲又对他笑了而他也对徐菲笑,发生了不安的似乎是危害生活的祸事了;因为他虽然有找寻妻子的想法,他的心情这时在于否定恋爱;因为觉得违反了什么原则;因为为内心的颤动,而有着一两个动作的恍惚。

"我觉得我的心违反了似乎是工作的原则了,我的生活的安身立命的安静命运被否定了,虽然我看到肥皂厂也想着婚姻。"他想,沉闷着,"但这是也是没有的。我有着迷恋,她是有了不起的女子。但是我继续否定这种感情。"他想。

章真到楼上的办公室去又走向来,他再下楼来,走过徐菲的身边,这时候副厂长,总工程师,党委员会书记高勉在和张孝慈冲突,他因为失踪了肥皂粉的方案和不满有些肥皂出品的质量与肥皂粉的质量;因为仇恨张孝慈王宁,他们都是被厂长记了过,但仍然做着他们的恶劣的活动。他们两人是工厂里的瞪着眼睛的,歪斜的脸;因为性格温情而浑身不能忍受恶劣;因为觉得战斗的快乐;因为是一个有冲击性的性格,便在机器间里,和张孝慈冲突了。他和张孝慈到了走廊里,章真也跟到走廊里。

高勉有着眼泪。他的心灵激动,他对张孝慈的仇恨异常,觉得张孝慈是可恶的敌人,工厂的大敌,不克服张孝慈,便不能够通过面前的困难。觉得张孝慈□□的称赞,高勉便精神膨胀,发生要以身殉职的激动的,高昂的感情,而有着眼泪。

"张孝慈,我认识巨大的障碍了,我与你作战,我宣布了便要战斗到底的。你是巨人,巨大者,巨熊,巨象,你和王宁是巨人,遮阳的巨人,我觉得殉难的巨大意志,和崇高意识,和你们蔽空的巨人战斗,我也蔽空,"高勉张开他的手臂,做着蔽空的姿势,热情地说,"我要夺回肥皂粉的方案。本厂的一切在你们的腐烂下,而厂长齐瑛非常痛苦,有章真助我,我觉得更多的人间的正义。我蔽空了。"他号叫着,再张开手臂,共计三次地退后又向前跳跃,冲击张孝慈,"我有山高水长的心灵的震动,我因为你张孝慈和王宁两人和你们一帮,而觉得工厂在□□里□里,我便要用全身心来搏击,用我的巨掌,我的四十年的人间生活的历,革命的旌旗的历,骂向你们,放射如火的雷霆,而天边升起的雷霆!中央的焦急,和齐瑛厂长的暗中的眼泪,也有章真,他们援助我,也有徐菲,这女子激烈,而章真是有着猛烈的我的干部,我们工厂便有着强烈的远景,章真的心恨不得将肥皂吃了,而徐菲的心也因肥皂粉而跳跃,发生了和章真的恋爱,也是你攻击的。我党委书记拥护这爱情,如同拥护袁学玉与张风珍的爱情,工厂的繁荣要想到后代子孙,所以我便遮阳地拥护爱情!我便拔出我的剑,磨砺我的胆,浏览着前面的壮伟的景象,觉得你们是可怖的巨人,旧的中国,和你们斗了。进攻,拿下你的前沿阵地,"他说,他便脱衣服,而且在脱不下的时候愤怒地将一颗领扣的线拉断,他展开他的上衣在胸前,"我举着盾牌,拿下你们的前沿阵地了,我击鼓而我的伴侣章真也击鼓前进,我击鼓而向前行;"他说,进逼着张孝慈,而这时,章真也进逼着,喊叫着,骂着混蛋,"你有本领你使出来!"他,高勉说,"我要占领你的高地,你的高地是车间的几十个邪恶的干部与工人,我击鼓前进了,咚!咚!咚!"他喊,强压他的热烈的昂奋里,要用全身心的力量,击败凶恶的敌人:"你的高地,在我,若干年间的风雨,锻炼为吃钢铁的,不值一哂,你是牛,我和你斗了。"他便甩动他的衣服,而张孝慈便忽然跳跃,他奔向侧,而张孝慈向正侧面,他奔向正面,而张孝慈向侧面,由于高勉的暴风雨的激情,全身心的沉醉于斗争,这走廊里便发生斗牛的局面了。张孝慈也大叫着。

"我便沉静,进入寂寥,心灵跃动。"在巨大的动作之后,高勉穿上他的衣服,而用温柔,多情,严肃的声音说"党如春雨,在各时候都有甘霖,党以灿烂的声音在告诉我们,如何地经营事业,而对恶劣者教诲,耐力加上严厉,我便,发生我的耐力,我告诉你张孝慈和王宁,你们是还可以及时回头的,你看,这不是,太阳每日升起,日出而作,日入而工厂也喷烟上云霄,你看,地球不是在转动,你看,大树不是在生长,受了泛物的论旨,我便说,你看,工人们的心中有火焰,每人心中有一盏灯,在劳动,你看,拿自己向中央报讯的信鸽已起飞!"他说,听着机器间的强烈的震动的声音,他认为震动平衡的机器声是退让鸽。

张孝慈看温和,温情,深情而惊异着,看他,高勉,全身心沉醉而震动着,惊异地看了一看他瞬间前把他当成牛,和他相斗,而甩开来的衣服,这衣服断了一颗纽扣,而整齐地穿在他身上。高勉还捡起了落在地上的纽扣。

"我心中愤恨,"章真说,"我和你斗争了,"他说,用手推着张孝慈,而脱去了他的上衣,他觉得一种迷惑,要继续斗争,因为他从高勉感觉到理想的高昂升空。章真渴望着斗争,他要实践他的肥皂粉的工作,他便猛烈地大叫了一声,而甩着衣服;"我要遮阳地,痛快地和你斗争了,肥皂粉的方案几页纸争来,夺取你的阵地,"他猛力冲锋,张孝慈再避让,而张孝慈,由于狡猾;由于觉得章真头脑有简单;由于瞬间前斗争过一个冲锋者,现在这个冲锋者他觉得轻蔑;由于特别的痛恨;由于讽刺的情绪,认为章真是仿效者,可笑者,便跪了下来,向章真叩拜了。

"祖爷大人,新成份的肥皂粉的创造者,崇高的为人,你总不如同副厂长党委员高勉吧?"

"为什么我不是遮阳？为什么我心中不暴烈了猛烈的火,向你这个巨大的敌人冲击!"章真说,他的热血膨胀,因为言辞的笨拙发生,他的一些巨大的语气便被吞噬了,他便跳跃而猛烈;顽强地甩着他的衣服,和站起来的张孝慈相斗了。他的冲击猛烈,他的脸发红如同红布又开始发白,他的语言笨拙,他高呼着:"为肥皂粉,为编定的方案,为出品上乘而战!"他挺着胸,冲击,而和高勉一样有殉职的感情。张孝慈退却之后向他猛冲了,张孝慈发怒,猛力,而和他撞在一起,他退到墙边,张孝慈也脱下衣服,扑击他,他,章真,这时觉得猛烈,暴烈,有牛与熊的感情,便用头撞击张孝慈;他笨拙,他还廉洁地想到假设他在看王宁之后会变成懦弱和腐化,用这来激励自己的正直的,崇高的力量,他原有些衰弱,这时便显顽强了。他便想像自己是牛,而发出牛嚎,他充满着殉职的感情,而冲击,便将张孝慈冲倒了。他和高勉缴获了张孝慈夺走而想破坏的,高勉正在向他追寻的,肥皂粉的,有他章真的笔迹的配方研究。

"我是牛,我就是牛,我就当牛而你扑我,看我胜不胜你!"他说,"我有遮阳的感情了,我冲击起来,而觉得整个的旧时代里的中国的扑击了,我竟至于觉得,我击倒了张孝慈,夺回了方案,如同击败敌人整个军,而救了我们的亿万儿孙,中国要光明。"他说。他说着沉默了。他的脸上有轻微的战栗,他的语言的笨拙开始,这样便发生了他的心中的甜蜜的语言,他的激动的致儿孙的话:"亲爱的儿孙啊,我们在上对古人前辈和下对你们的回忆,沉思里,几乎变成伟大人物了,虽然我还有很多缺点。亲爱的儿孙啊,我今日作为牛而斗争,便想到未来落在地上的春雨,亲爱的儿孙啊,我心中的火光此时巨大,遮阳,我有为了你们,为了理想而殉难的想法,亲爱者,时代的鼓声起来,钟声起来,呛呛,硔硔,那时候我也在你们中间前进着。"

章真的激动刺激了高勉,他,高勉还有一定的感情的激浪。因为内心的战栗;因为发生的热烈;因为有一种幻觉,觉得张孝慈非常巨大如同重的炮;因为夸张起来便觉得全厂都沦亡了,或者快要沦亡了,而厂长被重创,而工人被分裂,极其痛苦,全场在火焰中,而要依靠他奋勇抢救。他的夸张或幻觉使他觉得全厂一两千人在大火中,他的夸张使他再又流泪。

"我和你巨人决斗了,在会议室与一切地方决斗,我负创了,我的心流血,"高勉叫,但他这次并没有开会,休息了一定的,他便激昂地走到楼上的办公室去,在一个蓄藏间的门口,有看见徐菲与章真。

徐菲与章真互相握着手,而相对地站着,他们都有着甜蜜的神情。他们的恋情迅速地成熟,看见高勉,章真便很窘迫,而徐菲显得有苦难。女机器间主人因为她的爱情有一定的痛苦,和章真一样,在恋爱上有着犹豫,因为自身较章真年龄大,而不愿结婚,有着独身的形态;她有明朗豁达,而这时苦恼,特别是,让高勉看见了恋爱。章真也有着这恋爱不合情况的苦恼,他觉得他是事业家,而不满意这猛然发生的恋爱。他觉得这恋爱忽然地深沉了,自己有一定的愚蠢,但他心里又有着这时候发生的狂热。他想排斥这又轻率着靠近她。在工厂里远航的事业家。这时代的建设的理想的实行者,工厂的伟人,和机器间女主任徐菲,工厂的又一个伟人,伟大者,女伟人,这时窘迫着。高勉便站下。

"祝贺你们,我祝贺你们,这楼上的旧物蓄藏间很不错,而一切都好,你们的感情使我全身心都幸福涌满,我全身心有着这时的震动,举凡反对的我都粉碎它,为你们而战。怎么你们窘迫着呢?交谈呀,燃烧,琴瑟和鸣,奋起,站呀,举起来,高歌呀,升起,说恋情,"高勉说,而拥抱着两人;他的心里涌起着风暴,便如同一定时候前沉没于对张孝慈的仇恨里一样,沉没于对于章真和徐菲的热情里了。他看见他的前面有巨大的风车转动,这风车是爱情和背后的明朗的天空,吸引着他的心,他便向前冲击而发出他的歌唱了。"爱情呀,高声,甜蜜的心呀,颤抖;我的梦幻呀,突现,天下的正义者有情人呀!"他喊,他是为了章真的生活有一定的烦闷,而徐菲有一定的年龄大与独身的形态,而有着焦急的。

徐菲笑着。

"我觉得或许我年龄大了,我和章真有一种急进,或许我们过激了吧?不十分合适,我觉得我十分笨了,因这而窘迫;章真,这种情形,我们如何办呢?"徐菲,窘迫着。

"我有我的热烈与窘迫,我热烈,因为我的心紧张着,要靠近人生的平安的港埠,而我心中热的火燃烧,要靠近人生的终生的目的。"章真,并非说话,而是思索着,这样的思索,沉默着,对着高勉笑着,也看着徐菲。"我心中矛盾,我因为想办成工厂而想放弃我的恋情了,我觉得错误了,"他继续思索着,"而我这时又因为热情的恋爱又狂喜我的生涯了,我将在这肥皂厂终生了,铁饭碗了,扩展了,我爱她,徐菲。"他战栗着,沉默着,思索着,也发生着他的言论笨拙的状况。但他的思索也表现在脸上,他的爱情猛烈,排斥也猛烈,和徐菲处于同样的状况。他几乎有一种战抖。他便对高勉发生一种激情。他走向前,特别激情地,突然拥抱了高勉。"请你,高勉副厂长,告诉我该如何吧,请你,祝福我们吧。不,告诉我们吧。我因为想为成功肥皂厂的扩展而想不恋爱了,我想不恋爱了,而专心干事业,但我又多么爱着呀。"他说。

徐菲激动着,面庞有一些发白。因为内心也冲突着;因为高勉的激情;因为年龄比章真大,独身的,"繁衍下去"的感情又强烈;因为看见过许多结婚的不幸;因为高勉的激情引起震动,而激动着。

"我因为我的事业心,因为我的永恒的展现的追求心,和章真一样,"徐菲说,"也不想恋爱了,所以我便向嫉恨而退却了,"徐菲说,有着一种颤抖;"我心中憎恨这种情况了,我是老的姑娘了,老得是比你章真大好几岁,三十一了,你去吧,你发展未来,与祖国命运的沉思者,一部分苦行者,你廉洁而寡情者,你崇高者,"她喊,而有着眼睛的明亮,似乎有火焰。

"我拥抱你了。"章真说,悸动着,便拥抱了徐菲:"我们相爱而猛烈了,我们相亲爱,结婚,相亲爱。"他说,拥抱着徐菲,但他,由于内心的痉挛,又退却了,放松了拥抱。

徐菲战栗着。

"我是这样,这恋情是否合适呢?"他说,"所以,如同你所说,所以你退却也似乎可以了。"他很倔强地说,脸红着,又苍白着,徐菲也沉默着:"我是苦行者,寡淡而倾向崇高者,我是一个给自己的水火者,我是笨拙者。"她说。

他有着猛烈的悸动,又拥抱徐菲,又退下。徐菲也拥抱他,而也退下,而有着颤抖。

"我是一个恋情者,追逐者,人生的高歌者,"章真说,又上前拥抱徐菲。

"我也是一个恋情者,追逐者,高歌人生的花朵者,人生的热情的经历者,"徐菲说,拥抱章真。

但是他们两人又分离了。

"我是一个热情者。"徐菲说,又拥抱章真。

"但是一切无非是说,我心中仍旧有矛盾,我是一个或单个苦行者,人生的高峰的追逐者,"章真面红,羞怯,说,"我的高峰是极高的崇奉,但我说这话羞耻了。"他说。

"我也是人生的高峰的追逐者,我的高峰是极高峰。"徐菲说。她说,想象着她的理想与事业。

"我爱你,又排拒着。"章真说。

"我也一样,我爱你。"

他们又拥抱,又拆开了。

"你是一个混蛋,臭的蛋,你走人吧。"徐菲用她的重的北京腔的话带着善良而焦急的讽刺说,"你是木瓜,你是穿山甲一样的笨,你是臭的蛋!"

"但我拥抱你。"章真说。"我心中有着如同肥皂一样的情绪。"

"那么我们便分手了,"徐菲说,将很长的头发在颈项后面绑了起来,"我笨,我被你苦行者的突然猛烈的心绪激励,我现在反悔了。"

"那么便是这样了。"章真说,站着。他们中间发生了排斥,但互相的吸力仍旧强大地存在,他们便互相面对面地站着,很久地站着,互相注视着;这样便发生了他们以后的互相的凝视与注视,互相凝望对方的心灵。他们互相注视着,而互相笑了一笑,热恋的情形又转为初恋了。

"我说你们在你们的情形中有心灵的歌唱,我,光看书记也有心灵的歌唱,"高勉说,他张开手臂,而猛力地拥抱空气,而又将手往前推,似乎推空气。他,因为激情的性质是高举火炬;因为他的在幻想的理想倾向;因为热烈;因为渴望着纯洁的章真与热烈的,有力的徐菲结成婚姻;因为渴望着工厂的前程,而大声喊叫了。他皱着眉毛而发生了他的烈火的,举火炬的状态,他便,有着庄严的心情,又鼓舞徐菲与章真互相拥抱了。章真与徐菲互相拥抱,两人的脸互相避让着,但他们还又忽然互相接吻了一个动作。

"纯洁的爱情,勇敢的,美丽的呀。是我高勉有夸张吗?我是爱情的歌颂者,发生建设的歌颂者,伟大山河的歌颂者,天上的云与闪电的力的歌颂者,树上的绿叶与上午的太阳的灿烂和地面的阴影的歌颂者!古代的恐龙!古代的贝蛾,古代的恐龙的歌颂者!当洪荒的时候,雄的和雌的恐龙相爱,他们也有各种犹豫,而终于相爱;而更古时祖先里雄的与雌的相爱,他们也有一定的犹豫,而终于相爱,发生了欧洲历史。"高勉说。

这时候王宁走了过来,递给章真一个纸条,上面写着:"我,章真,两年多以前的一只表的归属,我已说过,不是我的,我说是我的是我弄错,表是王宁的。"王宁补充说,这只表现在失踪。但大约有可能找到——是愤慨而激烈的男工钱仁收藏了,钱仁间接地传出话来说,他要判断表是谁的。王宁显示着一种单纯的凶恶,他不似张孝慈一般有着有时温和,他凶恶而坚决。

章真,便签了字。高勉与徐菲却认为不必签字。而高勉奋力地阻挠着,但是章真,签了字。高勉便愤怒,他猛扑着将字条抢回来,而看了一看,撕掉了。

这时候章真想起了他的另一只表,从女工张风珍那里来的表,他换来他的衣袋:表失踪了。他上午工作忙,曾将衣服脱下来挂在蓄藏间空的钩子上一定的时间。他因失踪了而焦急,焦急得面孔膨胀,但是,肥皂厂的伟人,有理想倾向的英雄与好汉,不一定的时间便和平了,不计较张风珍的表的失踪了。他从他的头脑里排斥了有关这只表的思念,走进工作。他便想这表失却了算了。他的这只张风珍的表的失落,也使他心中有着一定的苦痛,但他将这苦痛排斥了。

"我进入恋情了,"他想,"我在肥皂厂攀登我的生活和事业的峰刃,我进入甜蜜的,有些英雄的恋情了,我的心美丽,所以,这一只表便不算什么。"他想。

王宁是看见章真的张风珍的表在章真的衣袋里的,他派了恶劣的工人王顺到蓄藏间附近来侦察,便在章真和徐菲谈话,爱情烧烈起来的时候,将表偷去了。

王宁是呈显着强豪,他是倔强的,凶悍的敌人,他是工厂的贪污犯,和张孝慈连合着造着假的字据;他心脏悸动,痛恨着工厂的改革,痛恨着章真;痛恨着女工张风珍和男工袁学玉,因此呈显他的凶恶,而命令刁滑的,也凶悍的工人王顺偷到表了。

章真将遗失了张风珍的表的情况告诉高勉,而高勉便阻挠住了王宁。

"先生,"高勉说;"请让我向你王宁说歌颂章真的话,他是工厂的逆向的情况的扭转者,也请你让我说歌颂章真与徐菲的爱情的话,因为你反对章真与徐菲的爱情,这爱情是多么美的风车啊,在晴朗的平原上转动,引我向前,而你王宁反对,而你王宁讥笑我这钢盔的堂吉诃德风车骑士了。请允许我与你作战。章真的前一只表是你偷的吧。"

王宁沉默着,他便呈现强硬,将上身的衣服脱去,而赤裸着上身了。因为敌对高勉,偷成了表;因为欲望破毁工厂的齐瑛厂长的秩序;因为觉得仇恨中央的辉煌的领袖□□□□□□□□□;

因为觉得自己是流氓,有阴沉与明朗的力量,有"幸□"的生涯满伤感;因为想起了少年时代有父母凶横打击的情节,而发生"伤感",而战栗着;是父母凶横的打击中成长了的人,便在这里和高勉搏斗了。他凶横地摇晃着身体,又因为觉得他是在社会上"百炼成钢"地锻炼了的。他的凶恶,刚强高涨。

"张风珍的表我王宁看见一下,觉得是旧的表;我因为是你党委书记所标指的恶毒者,而不是苦行者与修炼者,是享乐者,所以向着你,我不满意改革与那女工张风珍的表,阻击章真,所以我得了章真的张风珍的表了。但我这话是不实的,你问问看见,流氓我,老爷我,已经被记了过的,这时候的话,没有实在的。我是心灵震动,假设我改悔了,引起厂长齐瑛和她的钢盔骑士高勉的冲击而来宣布胜利了,我被政策压制改悔了,我便痛苦。"他讽刺地说,晃动着他的赤裸的上身,而在地上跪了下来,"章真跪崇高的愿望,我跪痛恶的愿望,我的心有火焰,我要——菩萨啊,我要祈求行凶的精神武器。"

"我向你进攻了。"高勉说。

"我回击了。"王宁说,站了起来,便又跪下,而哭泣了,变得强制性地有着"善良",便是,他的伪装的意志强制着他,他战栗。他便虚伪而丑陋地哭泣着。同他的心脏的力量,这赤裸着上身的技师在他的情感里奋斗,发生着虚伪的善良,而,因为努力;因为觉得这样可以内心甜美,更占领社会;因为和工厂齐瑛厂长们敌对;因为宝贵着他的又偷来的手表,觉得这打击了人们;因为刚强,渴望达到邪恶的伪装善良的目的,他便猛烈地哭泣,哭泣声占领这楼上的走廊。楼上是原料的蓄藏库,因为这工厂缺乏地下室。

"平燎里的战争啊。"高勉说,"在平燎里,大平野里,遇到了豺狼,豺狼哭着,这便引起心中的看见风车,即理想的激动,而我更祝福章真与徐菲的爱情了。"他说,因为痛恨,跳跃起来扑击,预备打击王宁,但是章真阻挠了他。章真,因为有奋斗者苦行者激情者的性格;因为觉得齐瑛和他都想用他的表克服王宁改悔;

因为看见王宁的制作"善良"的痛苦；因为觉得这也可以利用；因为是有突然暴发的情感的人，他便突然暴发了对王宁的深长的感情，这感情是愤怒，幻想的渴望，恍惚的渴望，自己的动情，沉默，和更凶一定的情况的愤怒，他便发生他的在恋爱的激动中的性命了，他酷爱工厂，他便向着赤裸着上身的跪着的王宁跪下，而充满激情。

"我是如何地改悔我的偷窃了表啊，这张风珍的表也是我嫉恨的，所以偷了。"王宁说，显出"善良"，"正直"，甚至有着强烈的正直，他的心脏制造着"正直"，"我的诚心的改悔，但我不拿出表来。"

"我是如何地仇恨你是自己诚心的不拿出表来啊，我看见在楼梯上上来了旧时的表，哥伦布船的表，有木偶人的脚，飞跑与报告时间，时间碎心地通过，追击城市与大平原，木偶人表奔跑，而生命消逝着而生命积累着，生命成长着，生命强硬着，人能不能达到永生呢？奇怪的问题。我向你跪下，我激动地希望你诚恳地暴露你的凶恶好不好？我祈求你这卑贱的，与我们为敌，与我为敌的王宁更凶恶好不好？你娘的狗屎，你妈的臭的狗屎，你妈的臭的屁，我对你大发雷霆了，我说话拙钝，便发生我的火焰了。"他说，然后便站了起来，站了一定的时间，而平静了，进入他的工作室里去了。王宁，也穿起了衣服，而追进了他的工作室。王宁是顽强的。

"这表是你的么？"王宁从衣袋里拿出张风珍的表来，说："这一切清楚，我用二百元跟她换的，但这表是你的，是你用二百元换的，我盗窃了。这表是你的。"他说。

"这表是你，王宁，用二百元换的。"章真说，有着严肃，而兴奋着；"我想说的是，这表是老子的，用感情与钱换的。我和厂长仍旧希望捉住你，因为这样的缘故，我便说，这表是你的。"他说，他的"捉住"的意思是包括着将他黑暗的王宁捕捉归案。

"这表是你的了。"王宁说，有一定的眼泪，因为并不懊恼；因为这时伪装着更有凶恶；因为心中的夺取工厂的激情；因为阴沉的内心渴望，因为贪欲，而痉挛了一个动作。

"你一共贪污多少？"章真问。

"没有多少，几千元。"王宁说，"你随便说的数目字便是。这表还是你的了，归还了。"

"这表，也是你的。"章真说。

"这表，归还了，是你的了，从良心说，是你的了。从事实是，也是你的。"王宁讽刺地说。

"这表是你的。"章真，因为他的苦行者，理想主义的倾向，和他的有残酷的要求，而说。

王宁便把张风珍的表揣进衣袋了。

钱仁，是青年工人，他两年前从肥皂箱里捡到了表，而忧愁着。他想将表交给章真，但是张孝慈来到，索取着，制肥皂的机器旋转着。钱仁对张孝慈大声说话，说表不是王宁的。钱仁是性格深思的青年工人，却又喜欢大声叫喊。他喊叫说他是喜欢叫喊的鸭子，反对王宁张孝慈。他叫喊说，表是章真的；他认为厂长被包围着，而这只表可以由他保护着，免得章真仍旧被人拿走。高勉找表，经过他，问着，他却没有答复，因为他觉得在表的周围有许多障碍。

钱仁现在，这一日找到了章真，章真正在和徐菲在楼梯上谈话，时间匆忙，章真徐菲看四周无人，便互相双手握着手了。钱仁躲在楼梯角落里，他看见章真徐菲两人用双手握着手而互相注视着，紧张着，这种注视有深的感情和恍惚，深的快乐和梦幻，深的甜蜜与互相的许诺，深的心脏的跳动；两人在他们的痴幻中，这种注视使钱仁感动。这种注视使钱仁看到的最纯洁的互相许诺了，两人充满着他们的理想；这种注视里有着深刻的力量。因为相恋是连着理想的；因为徐菲与章真都倔强；因为工厂运行有力，机器仿佛歌唱着："我在出品良好的肥皂与肥皂粉！"因为厂长齐瑛的工作良好，而高勉勤勉，章真徐菲有着快乐与神圣。钱仁便感动，有着羞怯，便觉得自己为了一个两年前人们已不大注意的表而这时来到，似乎是不健全了，他便在楼梯上叹息。

"这厂章真与徐菲,工程师与一车间主任,这时候心思圣与美,高尚,所以他不要一个俗的表了。他是不会要的,而且他是几次推却过。我这个时候,当着他们圣与美,与心灵高尚的时候,来给他们有什么意义呢。我便觉得我不注重大的事了。我等另一个时候再给他。厂长是一个高蹈的,她和章真一样将表断给王宁了,似乎是要试验王宁的改悔,在这情形里,我拿出表来干什么呢?在他章真这么神圣与圣与美的时候,我拿给他他当然退回。"他叹息着,痴呆着。

他又听见徐菲和章真谈话了。

"工厂事务忙,我们不互相注视着,呆看着了,虽然我的心想长久地注视,这休息的几分钟的时间里。"徐菲说,钱仁便偷看见了徐菲和章真的抢握着的手松开了,而徐菲,离开了她史上有着的倔强的,严肃的,甚至有时凶恶的表情,而脸上发生了渴情的,甜蜜的,专注的,安详的神情,——而发生变化了。她,徐菲,快乐地,仅仅踮起脚跟地跳了一跳,而垂着手,如同一个二十岁的少女,认真与察明人生地,专注地,明朗地,一定羞怯地看着章真了。这种变化发生有特别,钱仁拿着表呆看着。变为年轻的徐菲踮着脚跟的蹦跳又继续了一个动作。"现在让我用我忽然年青而纯朴的心,——我忽然转年青与纯朴了,就像十六岁,而对于人生起着崇高的向往,而来迎向你,章真,真子,你这工厂的建设者,苦行者,有崇高境界者,我觉得我理解你并且也理解自己,这便是人生的巨大的担负,我也从你的爱我的眼光看我自己,我也是行为者,实践者,我是如何地欢跃啊。"她说,又活跃地踮着脚跳了一个动作,"我便和你再沉默,但我的现在心灵的年轻欢跃,而和你再注视,作为永远的纪念。"她说,人生的热情真挚而澎湃,心中的火焰透明,她,徐菲,便呈显着她的特别与有力,呈显着她的神圣的感情与伟大,似乎又恢复年岁大些的样式,又带着少女的混合,而一只膝盖弯屈而跪下了。"当我失望于祖国的事业和我的爱情的时候,我向苍穹敬礼。"她说,又迅速地站起,然后,她便说,她希望他们以后常常地相遇,而互相注视,这种注视用瞬间花的这一分钟,这一秒钟的特别的感情来代表;这种感情似乎是天劈开了似的。她便走开几步,而心醉地注视着章真。

章真也注视着,他的面孔在涨红,而又发白,他是有猛烈情感的,而这时呆痴了;他是有实践,强烈的精神的男子,而这时迟钝了。他便跪下了一个动作。他不知道该如何地动作。他在激动中,他便甜蜜地注视着徐菲,在一瞬间,他便进入了他的神圣了。他的犹豫过去了,他站起来,他严肃地站着,注视着徐菲而笑着,而向徐菲走去;徐菲,由于觉得清洗大地的永恒的春天,而也笑着,向着他走去,他们交岔走过,由于理想;由于庄严的清洗大地的永恒;春的感情;由于英雄的心境;由于肥皂厂在转动;由于心灵的高蹈的神圣;而互相含笑地注视,走过去又走过来。后来,便站下了,互相,用他们的心灵再注视。

"工厂的事忙,我们不互相呆看着了。"徐菲说,"我像呆子一样看着你这个不易于燃烧也易于着火的工程师,你也像一个呆子一样看着我这个明晢的车间主任,我便中心走人而去看我的事情了。"

在复杂的膨胀的感情里,章真便语言笨拙,而思想着:"我也觉得我们的注视有深刻的意义,因为事业有崇高,而你的心灵崇高,我有兴奋的,看见曲折的走廊那边的灿烂的出口,向你致敬的情绪,"他思索着,而感情膨胀,没有说话。他的沉默使他窘迫,而他也激动,他便有着笨拙地向着徐菲也用一只膝盖又跪下了一个动作——他窘迫中想起了,他,瞬间前跪一个动作,似乎有着不够似的。他跪得比较久,而心中,由于努力,也觉得天空是劈开了似的,发生着辉煌的光明。由于激动;由于崇高的思想:因为觉得徐菲可敬;因为有着他的庄严的,尊敬徐菲的思想,他的恋情连接着膨胀起来的尊敬;因为内心的纯洁,而注视着徐菲,他的恋情便发生变化,而心中有着神圣地尊敬着高深的女性了,他便有一种轻微的战栗。

"我十分羞惭,笨。"工程师章真说,他笑着,变得严肃,便尊敬地注视着徐菲。

有着同样的激动的徐菲便注视着章真。

"我看着你,"章真说,"觉得满意,满足。"

"我也一样,"徐菲说,"我看着你。"

"我们再互相看着。"章真说,严肃,神圣,注视着徐菲。"我这样注视你,"他脸色有一定的苍白,说,"便觉得是捡回了一切了。"

"我也是。"徐菲说,在她的神圣的情绪里,而眼睛明亮,而注视着章真。她挺直了身体。

章真也挺直了身体。他们的互相庄严,神圣的注视进行着。

"我便遇到困难啦!"钱仁想。"在这时候,我的拿去表,他便一定说表是王宁的,还有张风珍的表,他也说成王宁的了,他是一个心中有大的蚌壳的人。"他说,因为章真和徐菲的恋情,心中欢乐而且同时更欢乐。

钱仁便到了厂长那里,厂长齐瑛正在和王宁呐喊。

"我信任这件事了,表既然给了你了,也可以说是你的了,而且你现在两个表了,张风珍的表据说也是你买下的了,机器间的各个主任你可以不管,我一定说表是你的了,我说表是你的,两个表是你的,一则章真表示不要,两个他都表示不是他,而是你的了,他有特别的阴暗与灿烂的心理,我也有这心理,那张风珍的表,我想没收了,我这个不等你改悔自觉,而前次的表,是你的再说,我并不负责替你找。但我现在心烦了,而再有我的陷坑的心理,说这张风珍的表也是你的。你的这表,张风珍的,也拿走吧。我由于冲动,反对章真,而从你的衣袋里拿了来。滚!"齐瑛又说,把表送给王宁,"你改悔不改悔呢,我和老乌鸦一样怪叫一声,我等待着你的改悔,因为我相信我的气势,我的性格人格,你是会改悔的,是否如此呢?"她说,因为有着巨大的气势;因为二千人的工厂在运转;因为严肃的神圣的心理;因为又相信着她可以使王宁改悔;因为觉得章真有崇高而决定适合他的崇高,她便又做决定。她激动得有一种激情的喘息,说,"我声明后便十分清楚地说,我等着你改悔,两个表是你的,你祖传的。"她说,王宁便收下了张风珍的表,而走掉了。

钱仁便觉得齐瑛有一定的空想,钱仁认为,王宁是凶恶的,他便不满意和犹豫。钱仁便走开,而到了高勉那里。

"奋战啊,我仍然要为这表而和你张孝慈奋战,虽然这是次要的事情,"高勉向张孝慈叫喊着说,"你们说这表是王宁的,我说可能,但我们厂里又发生了一个表,张风珍的表的归属,又在王宁那里了,又是王宁的表?章真,因为有崇高的志向,便说表是你们的了,厂长,因为有崇高的志向,便也一样说了,我于是也有崇高的,但损坏工厂的倾向,我也一样说了,我便损坏了。表是你们的了,我向表的主人章真致敬。"

"奋战啊!"有一定肥胖的,有着柔情似的,激动的张孝慈说,"我用丰富的同情心证明这表是尊敬的王宁的,而且后一个也是的,两个都是的,我因为激情,又开始想象许多年前的表,和造表的技师,而我便要为他们奋战。"他叫,因为爱着他的朋友王宁;因为觉得他的"正义"之气概是可以赞扬的;因为他想象着他的"正义"的气势觉得自己雄伟;因为他极仇恨高勉而惧怕着他和王宁的贪污案被揭发;因为他要有殉难似的感情,江湖的义气,和王宁团结,他便激动。因为王宁可以赠送他一只表,作为两人共同战胜正义与正直者的纪念;因为内心的邪恶;因为内心因这而有"英雄"的激情;因为他的内心战栗到极点想篡夺为厂长或共产党委员会书记;因为他自信,"多情",他便呈显嚣张的疯狂的状态。"奋战啊,义举啊,起义的十月的车轮列宁的红旗啊,我便登上我的座位,登座为王,而上衣袋里一个口袋放着一只表,我与你党委书记拼击啊!"他叫喊。

高勉也叫啸着。张孝慈是凶恶的,遍野的豺狼的啸吼中的巨大的豺狼了,他不服从"记过",他要推翻,钱仁便觉得这时候表的归属是渺小的了。这时候,厂长齐瑛来到高勉的房里,回击着张孝慈的凶恶,并看见张孝慈在地上躺下来打滚如同一只熊。厂长齐瑛,便进行她的搏斗,当张孝慈站起来的时候,她便也在地上的地毯上躺下,而翻滚了几个动作。她,因为异常的憎恨;因为痛苦;因为张孝慈卑鄙,战胜他困难,他又有上级的人事,这战斗巨大,她有痛苦生同时欢乐;因为她又战栗,有欢乐然而同时痛苦,英勇精神然而同时觉得艰难,觉得这是和上级的恶劣的人事搏斗,有伟大气概然而同时焦急,颤抖,自觉是英雄而自信而骄傲然而同时有着值得讽刺的痉挛的心情;因为她的英雄主义与理想倾向——身材颀长,端庄的厂长齐瑛,她便在地上,地毯上翻滚了几个动作。

"我流血了,我从眉毛上也流血了,"齐瑛叫喊着,"我的心,眼睛,耳朵,嘴,全让你张孝慈击流血了,全厂倒在血泊中。两个表呀,这是什么□□? 我是厂长,你们盗窃了数万元——当我和高勉检查着出纳王咪那里的抽屉,保险箱,办公费,出勤的开支,废料现品的收入,肥皂——我的儿子的成本的时候,我全身都流血了。"她说,由于痛苦和激情,称肥皂为她的"儿子"。

"心肝的语言呀,心肝的儿子呀,肥皂呀,肥皂粉呀。"张孝慈叫喊着,又在地毯上打滚;"我副厂长是如何地经营呀,而厂长是如何地巨大的挥霍呀,我凭死奋斗呀,我要取而代之,取而代替,肥皂呀,众儿女呀,拥护我呀,我张孝慈要坐上厂长的位置。"他喊。

他站起来,女厂长看着他,笑了痛苦的,愤怒的笑,由于心痛欲裂;由于心中的负疚;由于好胜心;由于觉得事业要超过伟大;由于心中的伟大的抱负再起来,觉得要经过激烈的斗争,她便又躺下,又在地毯上翻滚了。

"我齐瑛奋斗了;我齐瑛应苍穹和党的命令,意见,而经营大肥皂厂了,我齐瑛应征而征战了,我齐瑛,因为和你张孝慈王宁的格斗,而痛啊,痛啊,伤心啊,而哭了,我哭了,"她说,在地上痛苦地翻滚,而流出了有英雄的情绪的,愤怒的眼泪。"我拼了。"她喊。她的这一声叫喊有着巨大的燃烧性,震动性,威严性。因为她有威严;因为肥皂厂成绩良好;因为她的厂曾是获奖的厂;因为她是有镇压的力量,是凶恶者,是有牙齿和手中也有刺刃的,张孝慈便觉得事情爆发,而捉拿贪污的法院人们来了,他不但登不上权力的座位,而且将被逮捕了。张孝慈便跪下来,而有着畏怜以外有着狡猾,故意地呻吟着。

因为手中有权力,刺刃,因为到底压制了夺权而使自己流血的张孝慈,因为心中有理想继而发生着柔情和觉得自己高傲和有娇贵和有才能天才和有着正直,和瞥见了灿烂的苍穹和曾经似乎飞翔和将要和肥皂厂一同飞翔;因为内心的抱负和她的深情的性格;因为她的崇高的倾向,她便又倒在地毯上,翻滚了两个动作,而站了起来,掏手帕扴眼泪,而坚决,有力地挺胸站着,而呈现出威严。

由于这种情况,工人钱仁便决定暂不拿出表了。他便决定自己去给跟章真。

"你听我说,"钱仁,在机器的轰声里对章真说,"这表,如果是你的,你就拿回去了,我认为是你的。这表,有着一只船的表,是多么美呀!而你心中不恋恋吗?你没有念想它吗?"

"这表是旧时代,是旧的时代的象征,也是我的心也所系,啊,表!"章真说,因为有着激动;因为心中的甜蜜;因为钱仁的诚挚与善良;因为发生了恍惚;想要收回表;因为有烦扰,而仍然拒绝;因为心中有着他的正义的,自我牺牲的英雄的感情,而叹息着说:"美丽的表。"他拿过这表来抚摩了一定的瞬间,说:"但这表不是我的。"

钱仁激动。

"你们,你这知识分子真奇怪:是你的表。"钱仁愤懑地说:"知识分子呀,但是我这思想也未必对,如果是我,我也可能这样。"他又善良地说,笑了,"但是,知识分子呀,分明是清高的思想。但是,仍旧,假若是我,我也这样。"他又善良地说。"那么,表就不是你的了。真不奇怪。"钱仁这么说着的时候,徐菲来找章真了,钱仁便退到一台机器的后面。

徐菲思念着章真来找章真,她站下了,便凝结似地不动了,发生热烈的恋情,而章真也发生热烈的恋情,注视着她;这样又便发生了两人之间的有着深的情感的注视。徐菲没有借一件事来找章真,她激动地跑来,发生了她的温柔的,有一定的讽刺的笑的,庄严的,愈来愈庄严的注视,而心脏跳跃。章真也心脏跳跃,而庄严地,发生神圣的感情,进行着对他的恋人的注视,为事业的奋斗和理想的倾向也闪耀在这注视中。这种凝望,相恋的注视心摇晃的震动,两人不觉地在这特别的互相注视里庄严,而凝望着他们的人生大路。

"我站着,在这机器的轰声里,看着你。"徐菲激颤地说:"你的张风珍的表,使我想到旧的年代,被资本剥削的年代,头让汽笛声,响嗡嗡,工人抢饭盒厂被搜身了。你的注视,使我想到阮玲玉陈波儿的时代。"

发生了感情的神圣与羞怯,章真便显得有男子的美丽,而面庞有着苍白地,眼睛闪耀,看着徐菲。

"我也站着,看着你,在机器的轰声里。"他说,而有着深沉的温情的笑。他们两人互相看着。这肥皂厂的机器的巨大的声音运转,而相恋的章真,徐菲互相注视,他们的感情强烈。

"我看着你,觉得满足,满意。"徐菲说。

"我也一样。我看着你。"章真说。

"我们继续这样看着。"徐菲说,"我觉得严正,有力,神圣啊!"她说,挺直了身体,"我们互相注视,而有灵魂的勇敢,并不是人们阻挠了我们,而是我们的感情进展到爱情与事业相融合的境地了,我的心灵有一定的沉落,似乎我们和我们的理想有一定的不合适,有人进攻;而有人也便发生窘迫,但我现在,从此处而一直想到未来。"

"我也发生我的勇敢,于这机器的震动的相伴里,注视着你。"

钱仁想再上前说到表的疑问,但觉得这时不可能了,因为空气中流淌着一种深沉的庄严和沉静。徐菲与章真,因为有高勉的鼓舞而兴奋;因为有王宁张孝慈的破坏,伤害的言谈与阴谋而烦恼,沉思自己的感情,现在又勇敢,深情,加深了热烈。章真觉得他在这肥皂厂永恒了,这肥皂厂便是他的栖息之地与锻造他的生涯的地点了。他觉得英勇的沉重。徐菲从他的沉静中,思索中再出发,现在的感情的注视似乎比以前的,各次的互相注视更有着热烈。

"你看着我。"章真说,觉得他们两人是用灵魂互相注视。

"我看着你,"徐菲说,"在肥皂厂,被攻击了,便想走人,心思动摇,而现在安如磐石了。"她的声音有一定的颤抖。

"我注视你,"章真说,"你挺直的身材,英俊的理想。"他说。因为在恋情里心灵沉醉;由于觉得徐菲的美德,她有凶恶然而善良,正直和崇高;由于激情情况发生;因为身体的战栗;由于发生的战栗的理想,而前进了一步。"我注视你。"他说,脸红,血液膨胀,连他的颈项也变红了,他在他的爱情中前进,但他又停止了。

"我注视你。"徐菲说,心脏跳跃,也前进了一步,但是微笑了一个动作,变为沉静,而停止了。

"我注视你。"章真说,战栗着,前进着。

"对了。"徐菲说,战栗着前进,但前进了两步停止了。

他们两个人对面站着,互相感到自己的和对方的动作。

"停止了。"徐菲说,战栗了一个动作。

"停止了,由于上升的高蹈的我们的人生理想。"章真说。

章真紧张地战栗,他,由于心情的这种紧张;由于觉得整个肥皂厂在和他共同前进,而要进到灿烂的地方;由于心中的恋情高涨;由于觉得能完成无论什么事情;由于觉得自己是在春雨的平原里,而从机器的运转带上拿起一块肥皂来,在肥皂上接吻了一个动作,而又放回到运转带上去,而徐菲身体前倾,如同要拥抱他,而从他的衣服上用力地拉断了一颗纽扣的将断的线,而情绪有着爆炸地面颊战栗着。

这时候高勉来到。激动发生着,高勉便惊慌地退去。他已注意到他上次引起的一定的敏感,这次他注意着,躲藏着看了一定的时间,他也便看见工人钱仁在一定的角落里。他还看见出纳员王咪在一个角落里,出纳员有慎重的紧张的神情,她紧张地注意与惊奇章真与徐菲的婚姻,她除了同情以外,有着关于婚姻幸福及其细节的紧张的想象。高勉战栗着,心情感动。

"这里恋情产生着进展了,我便觉得一种幸福,"高勉想着,"我是如何地赞美,于这肥皂厂里,有一种神圣的感情啊。我看见两个人站着,后退一下又前进了一步。"他说,站在机器的间隔间。

"我祈祷着,"王咪紧张地说,"我的心里整个地祈祷着,他们的恋情成功呀。"但她又说:"我想像着,他们快要作特别不幸的动作,而否定他们的幸福了,我真害怕呀。"王咪便两首举着,预备于章真徐菲有热烈的进展的时候拍手,她的手有一种痉挛,她预备拍了,走出去欢笑了,然而又停止了,将手放下了。她又举了起来。

高勉,钱仁,王咪,三人都在角落里注视着。他们看见徐菲与章真面对面站着,静止着,两个人有着轻微的战栗。他们看见空气仿佛静止了。

"你注视我。"徐菲说,笑了一笑,"你注视我,你再注视我,我感觉到你的眼睛以外的事物。"

"你注视我,用我的心进入你心中的情感。"章真说,有一种战栗。

"我注视你,我觉得你是当代的人物,才能人物。"

"我注视你,我觉得你是当代的豪杰,才能人物。"

"我注视你,觉得我的心跳。"章真说,战栗着,"而我在瞬间便聪明。"

"我注视你,觉得你的心跳,而我也瞬间便聪明。"徐菲说,有着战栗。

"当我的感情是不犹豫的建设的感情。"章真说,战栗着。

"我也因此坚决。"徐菲说,战栗着。

章真便笑了一笑,战栗着,他们又互相静默地注视了若干秒钟,有着沉静,沉醉与紧张,有着战栗与痉挛;而他们的感情紧张的情况,便紧张到高峰了。

"再会。"徐菲说,痉挛了一个动作。

"再会,你好。"章真说,脸红发红,战栗着。

"再会,我走人。"徐菲说,用着农民的北京土话说,便预备走开了,但她忽然有着一种讽刺,忽然她又变得沉静,温柔,深刻,看得出来她的心脏的跳动,她显现着妩媚,站下了。她战栗着,和章真相对着紧张站立了几秒钟。章真战栗着。她忽然拿起墙边上的一个新扫帚,看着,而用手掰了一掰扫帚边,而强暴,宏亮,高声,沉醉地说:"这个扫帚真是好啊,哎,扫帚真好啊。"她说,"我扫扫你身上的灰。"她说,战栗着,在章真的衣服上扫了两个动作,她这时心中激动,热情,也似乎讽刺他们的情况,而在章真的身体上扫着。她扫到章真的肩上和头上了。她在章真的头上扫着,而忽然地,亲爱地,讽刺地说:"我扫掉你的头上的头发的灰尘了,许多人都看着我。"

"我将为你的扫帚。"章真说,庄严,脸红。

"我谢谢你男人说了。"徐菲也变得庄重地说。

王咪便走上前。

"我的扫帚,"她凶恶地叫着,便拿过扫帚来,摇了一摇,迅速地扫了两个动作的地:"我的地盘,我欺诈你们两个纯良的心各一分,我的扫帚,我的工厂的权力,我的扫帚,我学你变温情的,爱吵架的徐菲了,"她说,便在新扫帚的柄上接了一个吻,"我做了这个动作,便是工厂的主人了,如同假设齐瑛厂长变成恶的张孝慈一类的人,我是工厂的主人了。"她说,便丢下扫帚,因为有激情;因为因观察甜蜜的恋爱而有着眼泪;因为热爱着徐菲与章真;因为心中的激烈,因为想象着徐菲与章真的爱情可以战胜王宁与张孝慈,而激昂着,而向着来到徐菲与章真后面的王宁奔去,而脱下皮鞋,一只脚活泼地跳着,而用力地打着王宁。王宁穿着工人的衣服,有着凶恶,便奔上来了高勉,高勉大叫着,而拖着王宁,王咪到走廊里去了。

"我一定打着他王宁方才甘心!"王咪说,继续又脱下了穿上鞋,用鞋打着王宁。"他侮辱我,"她沉痛地喊,"他说了三次他的耳朵比我的耳朵好看,我的耳朵难看,我的耳朵不美丽吗?我因为高勉与章真徐菲的优势,我是强大的生产工具,占着释放了的生产关系的优势,我一定要打到方才甘心。"王咪继续沉痛地叫,便发生了高勉的感动,与激情;高勉按着王宁的手臂,又放松,让他动作困难,而王咪便打着了王宁。高勉便帮助着王咪为了章真与徐菲的爱情,和自身被伤害而做的冲击。

"要他王宁要一定说我耳朵好看,美丽。"王咪说,神圣,显现着心脏里的巨大的事物,吼叫着。

"我王宁不说。"

"我说,"章真说,心脏同样跳动,吼叫着,展开着他的心脏中的巨大的事物。"我说,王咪的一切好看,美丽端庄,崇高。"他喊叫,他这次便激情上升,而极善良,他觉得被崇高,端庄,美丽,努力的女性感动,而眼睛潮湿,而胸膛阔大,而自己辉煌,和觉得被侮辱的王咪痛苦,而在王咪的面前跪下了。他向王咪表示崇敬,因为觉得美丽的女性被侮辱了耳朵是痛苦的。王咪拉他起来,他便喊叫了:从他的猛烈的性情;"中国将前进和崇敬美丽的,有道德的,正义的女性,我愿为这而战,这次我章真为堂·吉诃德了——我是会顶着面具与钢盔的骑士,我向王宁进攻了,也为了我的两只表,一只旧的,一只张风珍的——进攻啊。"章真说,便扑向王宁。"我的耳朵好看。"他叫喊。

王宁举手,呈显着凶猛,发出吼叫,如同战场上的列兵;章真也发出喊叫,两个人的手架在一起了。由于高勉的阻止,两个人又停止了。王宁凶恶,喘息着,他的气势和章真的一样高,他觉得章真意外地狡猾。日常正直善良者意外的狡猾嘴可恶了,诌媚妇女,说赞美的话,因此他便凶恶,说浑账的话,向着得意的女子王咪,也向着徐菲和众人。

"操娘奶奶的屁的,操狗娘的尻的,崇高美丽呀,崇高□狗屎的,"他大叫,凶恶;他变得"正直",全部的理由都是他的,因为他捉住了正直诌媚妇女,因此激情爆发,觉得自己巨大了。他便又要纯粹。

"崇高的,美丽的,崇高的妇女!"章真喊。

"狗屎的,粪臭的,狗屎的崇高,狗屎的妇女。"王宁说。但他因为自己的气势不及章真,章真有人们相助,他便□□而流泪了。他便发生反攻。他便向王咪跪下了。"崇高的,崇高的,粪臭的,崇高的妇女——一丝一毫也不粪臭的妇女,崇高的。"他,由于□□,由于讽刺而愈觉得□□,觉得自己正确与巨大,而哭泣了;由于增加了假哭,他的声音很宏大。

钱仁的衣袋里的表,便没有能拿出去了,但他,心中很冲突着。他看着知识分子章真的激动,觉得章真有知识分子的浓烈的清高的气息,而批驳着,但他又被说服一些,觉得自己有些时候也是那样的,也会犹豫,甚至还要犹豫,也会清高的。这样想着,他便心脏也跳动,觉得干部,知识分子,有一种巨大了。他觉得他自己纯朴,认真,诚实,也有一定的巨大,他便冲击性地喊叫章真,将表还给章真。但章真看见了表便沉静,犹豫惧怕繁琐,而且是由于矫情,同时又升起了心中的崇高的心思,他仍然拒绝了。他说,这表,不是他的,是"狗种"王宁的。他由于还没有战胜王宁,便说表是王宁的。

"这,你这知识分子,未免太矫情了。"钱仁说。

"表是王宁的。"章真说。

"表是我的。"王宁的哭泣继续起来,由于章真的有凶恶的心理;由于凶恶;由于奇异章真所以一直这样;由于愤怒;由于要表示自己的傲慢与认为确认表是自己的不错误,而战栗着,他带着哭泣说。

"表,我不知道是谁的。"钱仁不满地说,便没有交出表,而终于将表交给王咪了。他在将表交给王咪的时候,因为感动于他所经历的生活,因为觉得表表示着人们奋斗的历史,而有着眼泪了。

徐菲和章真又在工厂的花园里相遇,这次他们的会见是由于王咪。王咪写条子给两人说两个人互相约谈话,两人便碰见了。王咪躲在树后面,表在她身上响着。

徐菲会见章真,他们两人又在注视着,笑着,又注视着。这时候恰好张孝慈王宁对两人进行挑拨,在两人面前传言另一个对于自己的攻击,因此他们的笑有着窘迫,王咪的条子又是写着她知道他们在互相邀谈话,想要助他们互相解释这些。

"我又看着你了,因为我想着你对我的崇高友谊,"徐菲讽刺地说,她,又认为章真是不会攻击和詈骂她的,所以又善良地笑,"我,走了两天生活的路,又看着你了,你没有骂我女狗熊,以及我是不自爱的荡妇吧。"

"我看着你,因为我想到你也不会詈骂我是可耻的男人。"章真说,"我的心骚动了,但我十分安静,镇静,来看你,所以像此前一般注视你。"他说。

"我像以前一样注视你,你看着我了。我看着你,因为我想着你对我的崇高的友谊,但这次你来看我,你的眼光说,我是一个孤傲的,有缺点,有错误的,"她发生怒气,说,"我是一个很笨的,你有崇高的意志,而我是昏蛋的。你的心这样说我。"

"我心中异常伤痛了。"章真说。

"我异常伤痛了,但我假设这一切不干扰我们,我们和以前一样,因为事实是,我们并没有互相冲突,我便注视你。"徐菲说,站下来,眼睛明亮,对章真进行着深情的注视。她努力注视,克服心中的创痛,而致于战栗着,表现了她的深情,而将章真拥抱了。她的坦白的性情很使章真感动,"我仍旧要回到我对你的注视。"她拥抱他之后,说,"我想恢复我们不受挑拨的快活,我有着这种愤怒的,高到宇宙的思想。"她说,于是她离开一步,而做着深情的对章真的注视;她战栗着,觉得自己依然深情,有力,而清洁,倾注向崇高。

两个人作着对谣言挑拨的奋斗。章真痛苦,因为徐菲的热情;因为徐菲的纯洁;因为徐菲的毅力;因为她的克服痛苦的力量的动人;因为她提到"高到宇宙的思想"有着震动性,章真便有内心的激昂。

"我发生窘迫,不会说话了,这女性的崇高,这发生的对敌的抵御,"他,章真,思索着,笑着,而不说话;因为内心的膨胀而有着笨拙,所以沉默着;"我思索着,沉默着,代替我的说话,我想她可以听到。我的心痛苦了,高到宇宙的思想是怎样的思想呢?"他想,因为对敌人的挑拨愤怒;因为内心的纯洁;因为对于徐菲的崇敬;因为自己说话笨拙的苦恼;因为一瞬间他的理想的力量膨胀,他便战抖着,想用什么行为来表现他的意志,他想着他应怎样,战栗着,而有着一种痉挛。他想拥抱徐菲,又想着跳到一定的高度攀住大的榆树的树枝,又想到向徐菲跪下,他都觉得不适合,而他心中有着对于自己的讽刺,对于环境的愤激以外这种讽刺强烈,混合着他的正直而善良的感情,他便向着空中叫啸了,他回手做号筒,叫啸了而发出的声音巨大。他仰面朝着天,号叫,然后,他便战栗着,内心有着战斗的欢喜,想起了他小学,初中时学会的,用手撑着地面横着跳的技能,而跳了起来,横着跳了;他还面孔发白又发红,用手侧立着,将他的脚从反面蹬在树干上。这种激情,是纯朴感情的策动,这种激情是通向宇宙的,这种激情又有痛苦的沉默,哑然的样式,但因为章真工程师是活跃而有着战斗的快乐的,所以他动着他的肢体——在向着空中骂叫之后,在骂叫表示了愤怒和战斗之后,表示着活跃的毅力。章真的肥皂厂的伟人这时似乎有所浑浊,——做这种姿势,但他的激情,脸上的纯洁的表情,表示了他的崇高。

徐菲的面庞战栗着,被激起了崇高的感情,被激起了欢喜,痉挛,和战栗,和内心的神圣的明朗。她是坚毅的,有感情的女子,她便不但不觉得章真可能——假设是浑浊,而感觉到章真的动作的内心的崇高了。她便在章真站了起来之后,跳了起来。她少年时代也会着这种倒转身与两手撑地面的倒立与扑与跳。她便两手撑着地面而倒立着,用脚向上蹬着大榆树了。她侧立了一个动作,几秒钟,便跳回来站着,显示着她的深情与心脏的巨大。

"忆我少女时,曾上树去,跳扑与腾挪,心思仰望宇宙。"她说。

章真便拥抱她而战栗着。
　　王咪便从树后面的草丛中出来了。徐菲便注视着章真,而章真也注视着徐菲,他们两人,又会着深的感情而注视着,恋情是感情的深刻的泉源。王咪拿出了表,章真看着,看了一看便退回了,他已决心不要这表了,决心着最后扑击成功王宁,假如不成功便不收回这表了。他便又说,表不是他的,是王宁的。他似乎有所怪诞的性情。王咪便不满意。因为对章真和徐菲有着敬意;因为表在自己手里而似乎有沉重;因为认为不必这样因和王宁斗争而牺牲表;因为觉得这种厂长的设想是使毒物王宁有占了利益的;因为内心发生的激情,王咪便发生愤怒,她便由于激情,由于对徐菲和章真的爱情的注视而发生的兴奋,发生严肃的,带有嘲笑的情绪,脱下外衣,而举起手翻扑着,在地面上横着翻越,翻了两个倒竖的动作。她也是会这些的。她又跳起来,在榆树的枝干上吊了一个动作。因为她活跃;因为她烦闷与不愉快表的被拒绝;因为她心中产生了愤懑;因为她甚至产生了对这件事的仇恨;因为她善良;因为她傲岸,她便在做了许多动作之后假设为产生情〔形〕恶劣,而斥骂章真和徐菲了。
　　"你们两个是昏蛋。你们是和厂长一样的有好高骛远,你们昏蛋是娘的狗头,是狗屎狗屁股,你们是不谈正道的邪恶者,你徐菲也是一个怪诞的,"她叫骂着,"表,为什么用来麻烦我呢?"
　　徐菲便接过了表,但仍然又交给了王咪。
　　"你混蛋的狗屎的章真,你这个有理想的狗屎的工程师,"王咪说,"我假设为是恶人,邪恶,因为我的娇嫩的心负伤了,我往上想着宇宙,往下想着地核底,我负伤了,极不满你们,这个丑恶的表。"她说,显出她的善良,激动,而有着一定的眼泪。人们坚持自己的性情和想法,王咪不主张这样和王宁斗争,她觉得受辱;她便暴发了她的感情,而将表放在地上了。章真便,由于性情的他的执着,而恳求王咪将表收留着。这时候来了王宁。王咪便,战栗着,将表给了王宁,王宁接受了,表现出快乐,王咪便又夺回。王宁,由于简单的凶恶;由于衣袋里正有着张风珍的表而骄傲着;由于想在这件事上胜利;由于心的恶毒;由于想打击对他有害的,发□着他和张孝慈的贪污的王咪,而从他的快乐的凶狠转向为更凶恶,而设想着办法。他,由于狠恶而假哭,他便想着他一直被欺,表是他的亲热物,而王咪欺他深切,他便从衣袋里拿出他的小刀来,痉挛着,喊叫着:"被侮辱了!被欺慢了!被工程师章真,徐菲主任以及刁怪的王咪欺侮了,因为心痛,想起了少年时代的苦辛,不活了。"他便,瞪着眼睛,想象着天体的高远,可以供灵魂飞翔,以及感动的苍白与群众□,回到远涧,可以供灵魂奔驰,而发生着"雄伟"的激情,做假的自杀了。他有这样的他的"高蹈",是"雄壮"的强硬的"英雄"。他便在颈项边上的空气中割了一刀。"哎哟,圣人菩萨与观音哟,我,人的儿子我王宁倒地了,在血泊中了,"他说,便做着摇晃的姿势,而像喝醉了似的,倒地了。

这件事情引起章真与徐菲的轻蔑,他们两人注视着,有着共同轻蔑敌人的情感与继续着的在眼睛里闪耀着的爱情,互相注视着,而,由于需要表示轻蔑,交叉着走动着,徐菲往着章真走来,靠身边走过去,而章真往着徐菲走来,而靠身边走过去。他们又走过来,看见在地上躺着,表演着濒死的沉痛的王宁,而战栗地,兴奋地互相接了一个吻。

王咪,这时候蹲下来注视着王宁。王咪,由于憎恨,由于厌恶瞬间前王宁的邪恶的样式,而极轻蔑着。

"你在这个时候,心灵痛苦,假想自己死亡,"王咪说,"喂,你心灵痛苦,假想自己死亡了吗?你因为表而伤情,而想起了少年时代,而不活了吗?那个时代你就开始杀人吃血了吗?喂,王宁英雄好汉,你表演你的心灵我感动极了。你说,你到底贪污和舞弊了多少钱?在哪几张单据里?人在说死的时候倾向于说真话,你便说,我们便记住了。喂!"王咪讽刺地说,"如何,老乡,王宁,如何你贪污的,你说出来,阎罗王好审解你,你不说,我便十分痛苦了。"她说,便激昂着,捡起了地上的王宁的小刀,而站起来,她也,挥舞着刀。她发生激情与特别的行为,她挥着刀舞蹈着,舞蹈往东,舞蹈往西,唱着:"我是出纳,经管大肥皂厂的巨款,他王宁和张孝慈和他们那贪污巨款,我心想痛,菩萨帮忙我,镇压贪污巨款,巨款是人民与党的血汗,巨款,是我革命者,的希望,的心痛的向往,巨款,是社会建设的,改革的,继续时代的长路去的船舶车辆,我,王咪的巨款。巨款。"王咪舞动着刀,而舞蹈着。她,大如壮士,歌唱而舞蹈着。当代的激情显现在她的身上。她,由于热爱国家;由于心醉于徐菲与章真的感情;由于仇恨王宁,要和王宁格斗;由于活跃和有幻想;由于有庄严之情与强大的,心醉的,向往着灿烂的巨型的太阳的感情,而舞蹈着。她的舞蹈进入一种痴幻,她设想这肥皂厂的花园里的树,和这夏季的花,和绿色的草,和将要落下的,在天空的乌云里运行着的夏季的雨,和强烈的特别的奋斗的青春的欢乐,和工厂的机器声,和人们的生活的欢喜,和她一同舞蹈着。夏季的雨快要来了,风吹着,而贪污分子邪恶者王宁躺着,而呻吟着,她因为这夏季要来的雨而有泪了,她激昂着。王咪持刀而舞蹈,奔波,跳跃,而舞蹈,心中感染着时代,痛苦然而同时欢乐,因紧张的舞蹈的感情和夏季的要来的雨而喘息着,而徐菲开始和她,王咪,共同舞蹈了。王咪跳跃,将王宁的刀给了徐菲,徐菲便也持刀舞蹈,奔跑,跳跃。因为欢乐;因为爱情;因为战胜着王宁;因为夏季的要来到的雨;因为强烈的爱情,对绿草,树,水池,花,将发生着激情,心中也感染着时代,痛苦然而同时欢乐,徐菲持刀舞蹈,而笑着注视站着的章真。

章真的情绪膨胀。他激烈地笑着。

"多么奇怪的生活的不平凡的感情,胸中的强烈的胸臆,而夏季的雨要来了,如同彭娥女工组长所说,她这个女工长是多么好,而我这个章真是多么好啊,善良,而王咪和徐菲舞蹈,现在刀又在王咪手里,我和徐菲的工作之间有几分钟的休息,我是多么好啊。"他沉思者,而笑着,后来,他也接过了王咪的刀,而开始舞蹈。

"爱情,事业,爱情,理想,事业,爱情。"他说着充满感情的这些字,而举着刀,舞蹈着。他舞蹈久久。雨来,他们便退入工厂厂房,在章真的心里,事业心上升,紧张的情绪起来了。王咪,又将表给章真。

"这表,我仍然不接受。"章真说,"由于心中此刻有理想,"他说,"所以我说,要斗争到底,这表,是我的,但此刻不是我的。"

王宁迅速地跑过他们身边,王咪便把刀交还给他了。

徐菲和章真又互相在走廊里相遇,而停下来,互相微笑,注视着,徐菲听工人王顺说,章真说他是"自制的老姑娘"。她和章真像平常一样微笑,她的心很宽阔,明朗,不相信人们的话,虽然受刺激有一定心痛着。她用她的全部的信任注视,正像是坚决相恋的,深情的恋人似的;她的爱情的注视还甚于平常时。她的注视增加着甜蜜。

"你他狗屎的男人是一个混蛋的男人,在工厂里表现自己,但是齐瑛的好助手,心中热心于爱国。"她讽刺地,甜蜜地说,"你是可恶的,我是张孝慈,王宁一伙的。"她说,但是声音更亲切与甜蜜。

"你并不骂我。"章真说,因为感到徐菲的深情,注视着徐菲。他的注视善良,有着事业的严肃与庄严的气概;他的注视还有着力量,他的心灵这时又追向宇宙。说外表恶劣的话并不妨碍徐菲的深切的恋情,甜蜜和深情透出来,徐菲的恋情是强烈的。

"你是一个笨蛋,可耻的,骂我是老姑娘,你十分可耻而笨,可恶而卑鄙,可笑而可叹,你是一个可恶的人。"徐菲用深切地甜蜜的声音说。"你再骂我一句。"她说。

"你是一个可恶的老姑娘。"章真说,内心甜蜜地震动着,他觉得特别的深情。因为饮着蜜酒与甘露;因为徐菲引起强大的恋情;因为觉得全身有力量;因为觉得生活辉煌;因为觉得这样还追向永远与永生,而有着一定的眼泪。

"再说一句。你是可恶的男人。"徐菲说。

"你是一个可恶的老姑娘,嫁不掉的,丑的,塌鼻子的。"甜蜜地看着徐菲的美貌,章真说。

徐菲战栗着。

"再说一句,你是可恶的男人。"

"你是一个可恶的老姑娘。"章真说,而继续有着眼泪,声音颤抖,他心中充满了甜蜜。接着他思索着:"我为什么心中有这样的勇敢,对于生活和肥皂的出品,和现在进行的药皂的出品的,设计的香皂的出品。"他沉默着,笨拙于说话的情形因为血液膨胀而发生了,他的头脑里闪耀着他的心灵的语言。"药皂和香皂试验了,车间主任她徐菲和厂长安装机器了。"他想,觉得他的心追向天体与宇宙。"你是一个可恶的老姑娘。"他说。

徐菲便眼睛中充满泪水了。他们两人便发生这一次的含泪的注视。徐菲上前两步,擦了眼泪,和章真再互相注视,章真也掏出手帕来擦眼泪。

这时候来了恶劣的,蛮横的工人王顺。因为仇恨肥皂厂的改善;因为仇恨另两种肥皂的安装机器;因为仇恨齐瑛严格地管制着废品;因为他愿望肥皂厂落到王宁张孝慈手里;因为仇恨高蹈的,有理想精神的厂长与章真,徐菲,王顺狠恶地攻击章真与徐菲。

"是不是两个人在恋情哪?我们来到有妨碍哪?没有说自制的老姑娘,也没有说男的像一个豺狼一样攻入工厂而把工厂搞乱哪?我的心痛着哪,心痛着哪,"王顺用单调的语音说着,"连说好些个哪便没有这和语言能哪,群众的语言是可恶的哪,我到来说这些,反对你们改革工厂,有能力的人可以拥护,我不技能。我听说你们相恋相爱,相依相爱,在走廊里很多处互相注目着,而笑又笑,我那天看见了,两个人是流泪的哪。而你们有关的表,张风珍的一个在王宁那里哪!我从他王宁得到了,用钱买到了,便宜,"他说,拿出表来,递给章真,又收了回来。"听说你们谈情爱有倒竖蜻蜓面打虎夜跳啦,"他说,便猛力地跳跃,而倒竖着用手立起来,他的表掉在地上了;他爬起来将表放在一边,而继续倒竖立;用猛力跳跃,发出强烈的震动声,而再一次地倒竖立。他激昂,愤怒,而脸红。"我们这厂有着震荡内心心灵的双膝跪下的声音,我便也跪下。"他,王顺说,跪下。"我,由于心中的火汞,而献上这只张风珍的表,我买来的,我献礼了。我看,我们这厂还有着眼泪,我便也有眼泪了,当我献表的时候。"他说,由于凶恶;由于觉得制胜的激情;由于一种假想,假想自己"献表",而发生特殊的感动;由于他嘲笑流泪,而感动着自己的刚强;由于憎恨眼泪,感动于自己的憎恨,而又突然地觉得眼泪美丽,自己所缺的事物美丽,可以使人感动,而震动了。他渴望流出眼泪。他痉挛着,但是眼泪不流出来,他的心里又发生着对瞬间前的觉得眼泪美丽的仇恨,他便站起来,用唾沫涂在眼眶里,而蹦跳了,他看见那一回王咪等的舞蹈。他便双手高举,奔往左又奔往右去,舞蹈着,唱着:"自制的老姑娘,自制的狼,你们都未说,是我说的。"

徐菲便和章真有痛苦。工人王顺激烈地攻击他们狠恶,王顺,由于仇恨知识;由于敌对改革;由于是王宁张孝慈的人员;由于心中的燃烧的痛苦;由于酷爱着狭隘,认为一切应在各自的狭隘中,而战栗着。他的扑击固执;章真,由于内心的震动;由于激昂起来,由于心中的对他的愤慨,由于他的理想倾向的燃烧;由于有着他的笨拙,和王顺冲突了。王顺,由于王宁的指示,破坏章真徐菲,边在地上躺倒,而翻滚着,作着喊叫,章真,便发生了激动,突然脱下上衣,而骑在王顺的身上,打击王顺了。

"你打不死我的。"王顺叫喊。

"我打死你的,你是可恶的贼子,贼子。"章真叫喊,"你是可恶极了的贼子!"

意外地发生撕打了,工程师章真和工人王顺的相打。章真意外地陷在激情,猛烈与血液的膨胀里了。王顺翻身起来,将他撞到了,骑在他身上,高呼"贼子!贼子知识分子!"他又翻转来,骑在王顺身上。他又倒下去了,他的血液膨胀,当他倒下去,而王顺骑在他身上的时候,他望见高远的天空,而想着:"我为什么和他相打呢?天空很高,天体很高,我为事业和心的终极的激情而相打了。"当王顺的拳击落在他身上的时候,他想着:"一切是为了现在要出品药肥皂,一切是天空中有大蜻蜓高飞,而要出品药肥皂,在天空中,天体上,有大的蜻蜓,很多的翅膀,高飞。"

"我打你了,工程师!"王顺说。

"我被你打了。"章真说,我要出品药皂!我要!在天空中,在天体上,有蜻蜓飞!我要出品药皂!他喊,便回击着,又翻身到王顺上面。

徐菲跳跃和喊叫,拉开了他们。

在工厂的花园里,发生了斗争。出纳王咪用一根树枝,王宁也用一根树枝,出纳王咪要王宁承认偷表,以及改悔,王宁相颉顽,他这一回穿着华美的衣服,和出纳相撕打着,如同比剑。王咪,热情高涨,心痛而哭泣,因为负了一定的伤,增加流泪,怜惜自己,但仍然相打,不屈地斗争,便有副厂长高勉和王宁相打了,也用一根树枝。张孝慈赶来,也折了一根树枝和高勉相打了,钱仁,袁学玉,张风珍,在旁边看着。

"我为这只表作冲击了,"高勉说,"作拼死似的,孤注一掷的,攀折刚下的树的枝意志的奋斗了,人生是有许多孤注一掷的,你王宁和张孝慈行凶,工厂的药皂便开不了工,我们比剑代开会,我穷究你们的问题,工厂里有许多假的收据,许多废品下落不明,有许多钱简直不知去向,我便大吼一声,心中极痛了。王咪伤心了,我也伤心,爱国儿志士,我心中震动着血液。苍穹无穷啊,我的菩萨!"他喊叫,这喊叫菩萨是工厂的流行语,他痉挛着,而像曳着炮的军官一样,像这炮已经炮弹上了膛一样,而向王宁冲击,"这只表不是什么大事,章真后来不要了,但这表如今象征着厂的斗争,你们盗表是连着篡权的,你们要发起政变而使我饮弹而那时夺着度过麦哲伦海峡到你们的新大陆的表的,表在王咪这里,但你不承认偷表,而说表是你的。我痛苦了,我看见了大的猛虎,我看见了顶球的海豹,我看见了玩火的歹徒,而不想着工厂里每个人心里一盏灿烂的灯火,你们想政变了,你们,歹徒!我的言词钝拙,如同章真,我进击了,我的凶狠的剑,一刺一个洞窟,使你王宁张孝慈身上无数的洞窟,我的力大无穷,我便要举鼎,举起高山,而猛烈了。"高勉啸吼了两声,发动他的冲锋,而被王宁的树枝击中了眼睛。他的眼睛异常地痛,便丢了树枝,向前奔去,抱住了王宁。真的发生了"孤注一掷"的斗争,他应该退出战斗,但他却抱住王宁,抱得很紧,如同要把敌人抱碎似的,发出了狮子似的吼叫。他抱住王宁捶击了三个动作,而和王宁一同倒在地上。

他使王宁发生了恐怖。王宁有胆怯的地方。王宁变转变,从仇恨转成"交谈"、"关心",感慨,要来给高勉揉眼睛;王宁叹息,便如同王咪一般伤心,发生了他的内心的震荡。穿着华美的衣服的王宁便发生了柔情。由于狡猾;由于带着他一直有的□□的柔情,而且这柔情增加;由于一定的感激;由于穿着华美的西装,有美丽的领带;由于这时的聪明;由于觉得礼仪的需要,便变得文雅,而揉着高勉的眼睛。高勉是向恶劣者冲击,但遇到了柔顺的有礼的,快乐的狐狸了,王宁便和高勉挽手,而张孝慈,也变成了柔顺的,快乐的狐狸,或者比王宁还柔顺些。他们两人,便扒着共产党支委员会书记高勉的肩膀,争着替他揉眼睛。他们拥抱了高勉。

"多么伤心,碰到了亲情的党委书,"王宁说,"我们之间的误会由于一只表,这只表在王咪那里,我仍然不放弃,但是你的眼睛使我心痛了,我连一万只表也放弃了,我的亲情的党委书,虽然我,由于意志,由于这是工厂命运的象征,不放弃表,而想要章真调职务。"他说,用力地,疯狂似地,拥抱着高勉。

"多么伤心,高勉书记是多么漂亮的人材,美男子,有强劲的风云,男子的风云。"张孝慈说,狂热地拥抱着高勉,"多么美与强的风云啊,我们厂,章真引起了风云,是否可以将他调到别的厂去呢?是否如此和有可以呢?我,"张孝慈说,充满着柔情,而颤抖着,拥抱高勉之后,扒在高勉的肩上;他也穿着华美的衣服,而结着一个领结。他在高勉的脸上吻了一个动作。"亲爱的祖国之情发生了。"张孝慈举手臂,又拥抱高勉说,"亲爱的祖国的改革开放进行着,人的心都痛了,由于受困的欲求,心中的不可抑制的欲求，和唯物主义的伟大的牺牲，灿烂的祖国，伟大的衣服，人们都穿上伟大的唯物主义的衣服，而心中感动，而社会上变没有坏人了。我们工厂里便没有。有么。"他说，"说这些，心中是多么沉静啊！"他说，又拥抱高勉。

"我再和王咪斗争了。"王宁温柔地说，又拥抱高勉。"我的表，"他捡起地上的一根树枝，变得狞恶，还耸了一耸鼻子，向王咪击去；"我的表，还给我的工厂过麦哲伦海峡亲爱的古典的表，家传的。"

"我进行斗争了。"高勉叫喊着，眼睛痛着，用树枝打击着继续想拥抱他的张孝慈。"我进行斗争了，我的表。"章真说。"但也可以不是我的表，我们斗争到最后了。"他说，面庞发红和发白。

厂长齐瑛来到。她的颀长的，端庄的身材，文雅的形态，有一种压力，她勇敢与好强，她也捡起地上的树枝，与王宁格斗。她当被打着一个动作的时候，跳起来，转动了一个动作，打着了王宁了。

"我的表！"齐瑛说。

钱仁，袁学玉，张风珍，喊着，章真工程师的表。

"你们是耻辱的，你张风珍是多么长得丑啊，你袁学玉这工人，是多么笨啊。"王宁叫着，"但我跟你们磕个头，"王宁说，跪下而叩拜着，"请你们站在我这一方，我这一方要得到过海峡的表，而占据工厂的权力的岗位。"

袁学玉，张风珍，钱仁，便捡地上的树枝和王宁的一帮相斗。工厂里这一棵枣树枯死了，这一日倾倒，所以有不少的树枝。人们发出吼声。王宁那一边，也有几个干部和工人，其中有王顺，和这边相斗。这边，钱仁等人的吼声鼓声，渐渐地更强大。厂长齐瑛开始受到刺激而啸叫了。因为厂长齐瑛的猛力；因为高勉的啸吼；因为王咪的呐喊；因为章真的英勇，因为人们呈显的英雄性质，花园战栗着。章真，表示不要表，是如何地英勇，是如何地觉得肥皂厂是他的家，他觉得他是在品德上成年，有着刚强的性情与进行伟大事业;章真是如何地愉快于厂长齐瑛与高勉,王咪,觉得他的胸中的快乐,他便发生高蹈,而如同高勉奋起啸吼,而如同一个诗人,如同一个歌手,如同一个足球运动员,如同一个比剑胜利者,如同一个舞蹈家了,他旋转而舞蹈,而斗争,但他并没有说话,他心中思索着。

"山高水长,我的香肥皂厂与我的药肥皂厂,我的肥皂粉,我的心中的剑,"他思索着,在他的头脑里有着闪耀的语言;他沉默地和敌人搏击着。"我的心中的剑如同我手中的神圣的火一样不会朽坏,我的心膨胀而到天体,我个性快乐,我将永生。我的品德成年了,当我工作的时候,我的成熟感使我快乐,我的肥皂厂的熟悉的机器与器械,我的仿佛骑在羊上面似的思想,羊奔跑往各条街,与汽车并排奔跑,奔跑往大旷野,我的肥皂粉和药皂精美,我的骑在羊上面奔往大旷野的思想,我也骑在马上与火牛上,当我感到颠簸而心中的箭往前的时候,我觉得我爱徐菲与厂,我的性格成熟了。我的历史祖国的情感,我的性格成熟了。"章真想。他便骑在倒地的枣树上停了一个瞬间。这时候王宁张孝慈靠近他,王宁和张孝慈在他面前跪下了。

"我请求你不要这样反对正常的社会,我跪求你不要这样一意孤行,我跪求你,离开我们厂好不好?"王宁说,他的眼泪没有流出来,他便有"仪态"的假哭,而吐了唾沫在手上,涂在眼睛里。

"我们跪求你不要这般一意孤行,我们也跪求厂长与副厂长高勉,我们跪求而性急,"张孝慈说,由于觉得王宁用唾沫当眼泪而心伤,异常尊敬,而冲动着,很激动,感谢自己,觉得他的心脏的力量强,他大哭,而泪下如注。他便脸红而得意,用手掌接着自己的眼泪,而递到王宁面前去,而用手指帮助王宁涂在王宁的眼睛里。"请你离开工厂好不好?"他对章真说。

章真便从树干上下来,想了一想。由于觉得自己成年;由于仇恨王宁张孝慈;由于看见他们的激动的丑恶状态;由于觉得自己要和天与地相亲切;由于胸中的强大的自觉性格成年而敬仰前人和思索后来人和敬仰天与地的感情,而在地上躺下了。他吹了一吹地上的灰,而在地上躺下了,在胸前抱着手臂。

厂长齐瑛,心中发生震动。由于这一切工厂权力的斗争;由于围绕着章真的表的斗争;由于心中也发生着与天与地相亲切的情感;由于受到章真的感染;由于心中的强烈的感情和对于事业的爱与理想倾向,而也躺在地上了。她觉得亲切于天体,亲切于祖先的地核,她也觉得她的性格在成长,而成长为顶天立地的,呈显着她的伟大。这时候发生奇特的,王宁和张孝慈在地上的躺下,哭叫,王宁仍然没有眼泪,而张孝慈的眼泪很多,张孝慈便把泪递给他,他用手捧着放在眼睛里。张孝慈和王宁,两个人便发生地痞的痉挛,在地上翻滚而哭泣了,一个扰燥地叫着,一个有大量的眼泪。两人又站起来向齐瑛攻击了。齐瑛,由于激情;由于觉得自己的理想的热切和欢乐;由于欢乐然而同时痛苦;犹豫然而同时勇敢;谨慎然而同时大胆,温情;温柔然而同时有着英雄;欢乐,痛苦,然而同时讽刺,强烈的讽刺——见到如此的张孝慈副厂长与王宁技师,而跳跃起来,大喊着:"狼来了,我说的是真实,狼来了;我又这样感觉了,不止一次了,和这些相处——狼来了,救我啊,救我,相救啊,烧起火来啊,狼怕火。"他快乐而满意地,惊慌然而有特别镇定地叫,而跳跃,如同少年姑娘,往肥皂厂的花园一端逃去了。

"狼来了,切实的,狼来了。"章真站起来,喊,由于发生的灿烂的理想的心理;由于欢乐然而同时有痛苦;由于勇敢然而有怯懦;由于有暴烈的性情;由于感情一瞬间膨胀与上升,而面庞充血,而像真的有狼一样逃跑,并感觉到这强烈的讽刺与自己的性格的成熟,他将不忘这两年的青年时代的艰苦斗争。他奔跑着向工厂花园的一角靠。

齐瑛厂长奔向工厂的花园的一端而跳跃,将手臂吊在一棵榆树上了,而章真也跑向一棵榆树,而迅速地用力地爬上树去了。齐瑛研究了一瞬间,也爬上了树。

在人们的气势下,王宁张孝慈便败了。齐瑛和章真又走了转来。

"王宁,你的表还是章真的表?"王咪说,在这里,在章真的气势的压力下,在章真的奋斗性格,和他的奋斗感情,巨大的感情的压力下,便承认表是章真的。他很痛苦地痉挛了一个动作,同时张孝慈也痉挛了一个动作;他便表白了他的卑污与痛苦的内心。"我败了,"他在痉挛之后说,"表是章真的。"

"哈。"王咪说。

"是的吗?"高勉说。

"是的。"

"改悔吗?"厂长说。

"不知道。"王宁说。

在这种情况下,章真便将表从王咪手中拿过来,他有着严肃的神情,呈显着他的可讽刺与有着心灵的奋斗,他把表又给了王宁。

"我已签字了,你的表。"他说。

"那当然的我的表,"王宁说,又痉挛了一个动作。

"你是负责的,我们的表。"张孝慈说。

"负责的。"英雄的章真说,"是你们的表。也可以这样说,因为是我的。但我,如同厂长一样,希望你改悔。"

"这改悔是奇怪的,我们的表。"张孝慈说。

"也可以是的。"章真说,因为激动,有一定的眼泪,而战栗着。因为想要更好地战胜敌人;因为深爱着事业与工厂,因为心中这时蔑视着这个表和仇恨敌人;因为感动于巨大的工厂的转动而幻想着战胜两个同样巨大,磐石一般的敌人;同时幻想强大,而继续有着自我牺牲精神与慷慨,他便可以想到表又让给王宁,"你看呢?"他问厂长。

"我看你的意思啊。"带着瞬间前认为是他们是狼,而从他们,张孝慈王宁逃跑的心情,齐瑛说。

这时,王宁,从他的瞬间前搏击的感情转变,而发生变化,他说他改悔了,而在厂长面前跪下。他,因为厂长齐瑛和章真的傲慢,视他们为狼,从而跑开,而有仇恨的心里,这种心理便转为狡猾的复仇的心情。而他这时又想到事情的另一面,厂长齐瑛与章真认为他们是狼,他便假设与亲切地觉得自己是狼,而他,因为是在人间,便恍惚地觉得狼是可恶的。他因为优势,认为不久可以篡夺到工厂的权力,而想表示自己的心灵,心灵是狼的心灵,但心灵是有在人间的情况的;即觉得狼是可恶的。他便想,在人间,应有"改悔"。这样,狼便踟蹰了,——他又想到"改悔"了可以满足厂长和章真的愿望,他知道他们等他彻底改悔的,他便更踟蹰了。他的复仇的心便转为"改悔"了。他所进行的当然便是诈骗,与复仇,但,因为是在人间,他便仇恨狼。"狼,我,改悔了。"他说,发生哭泣呜咽的声音,心灵做震动,发生进一步的"改悔"了。"狼,我,改悔,表是章真的,我,和张孝慈,而且不再想篡夺工厂的权力了。""我改悔了,狼,改悔了,我是在最初就冒认了表,我的习性是恶与夺取,夺取人们的物,包括权力,这样,我便想下毒药毒他工程师章真,而想夺他的位置了。我改悔了。"

发生了两人一致的行为。张孝慈也跪下,说,他也改悔了。他的心理也是仇恨,他因王宁的情况而感动,他较多幻想,也发生辛酸,他便想乘机会夺取权力。"我改悔了,内心战抖着,我快要哭泣满脸眼泪了,因为冒认表是多么可耻呀,而我心里的柔软的情况,不能容忍这种性质,"他便站起来,猛力地打了王宁一个动作的面颊,而又跪下,他颤抖着。"我居然想夺取厂长的位置,而想,一阵北风起来,而厂长辞职。"他说。"再打,再打。"王宁对他说,他,颤抖着,又打了王宁两下面颊。王宁战栗着,他张孝慈便叫喊,而哭泣:"狼,改悔了。居然想,这时候,厂长便写辞职书,说,因为不合时代潮流,而辞职,是可以吗?时代潮流是不发展生产力,而发展商品经济,社会主义了,改革生产不必要,而是要出售商品用的次货,而多赚钱。钱多么美呀!美呀!这难道不好吗?次品是多么好呀,好呀。狼和亲爱的狐狸,我说,我改悔了,我改悔了,表,是什么呢?表是工厂的权力的象征吧。我砸了。"他说,从王宁手里拿过表来,预备往地上砸去,但王咪迅速地抢去了表。

这样,表便成了肥皂厂的故事,连着王宁与张孝慈的夺权。王宁这一回到高勉那里去,他说他确实是捡到了表。但他又翻悔,说表是他自己的,他是技师,有声望,不会拿别人的表。他又说,因为章真和厂长齐瑛的动了感情,使他有一定的痛苦,他便只好说了相反的,将自己的表说成了是章真的。他说,表确实是他自己的。

"我的表是我喜爱的,但是人们却说不是我的,我便抵抗不了环境,向环境投降了。齐瑛厂长和章真说我是狼,我便做一定的改正了。但是,表确实是我自己的。"王宁说,他便大叫:"我是来抗议的。"他大叫说,抗议"不正常的侮辱",抗议不良的感情,抗议齐瑛与章真把他们当成狼,他便哭了。他胸前的肋骨抽搐着,他说,他看见过狗的肋骨抽搐,狗类似狼,所以他的肋骨抽搐也类似狼,他便在自己侮辱之后发生甜蜜而动人的哭泣。这次他有眼泪,张孝慈也来到,坐下来,他说他也缠在这表的情况里了。他和王宁两人的妥协,说明他们软弱了;他们便抗议,因为内心痛苦,因为表是王宁的。"我的祖业啊!"王宁哭。"你的祖业啊,你的祖的勤劳啊!"张孝慈哭,"美丽的祖业啊,这一切是值得抗议,因为表一直押在出纳王咪那里,厂长和章真等着我们狼改悔,而我们,狼,在痛苦。"

他们说他们愿放弃表了。他们又说表是他们的,他们愿献表了,将表献给厂长和章真,而表示他们的"狼"的心。他们便从王咪借来了表,而到厂长齐瑛面前,章真也恰好在那里,他们便轮流地向厂长与章真鞠躬。

"在我的心里,有一种痛苦,我中华自古礼仪之邦,而祖国——大鹏飞天的祖国,在党的领导下,是如何地灿烂,我假设拿了一个有一定意义也没有意义的表,有什么意义呢?难道我爱一只表吗?难道一切的价值是一只表吗?"王宁在屋子里徘徊,眼睛干燥,似乎要喷火,而张孝慈落泪。"我们便要抗议,把这个表的事情结束了。这个表。"王宁眼睛似乎喷火,说,"是我的祖先的,我可以签字不要了,我是多么伤心啊。"王宁和张孝慈便说献表,将表献给齐瑛与章真了。他们说,表是从王咪那里拿来的,按照齐瑛与章真的说法,也算物归原主,但不是,他们是献表。他们,狼和狐狸,献表。他们还两个人并排站着,唱了他们编的歌,用着纯良的、各人的性情的腔调,而唱得不整齐,但这是向他们有两个的激昂的高的腔调。他们唱:"献表!献表,改革工厂,删除用余的事,献表,表是时间的表示,表是美丽,有哥伦布航船过海峡,让工厂过海峡。"他们唱得很严肃,声音便升高了,音的区域,整个地升成几乎是高热部分了。"献表,过麦哲伦海峡,"他们,张孝慈又找了一个工会的喇叭来吹着,他们升起了斗争的热情,而吹着喇叭高声唱着,声音充满了厂长办公室。他们又鞠躬,又说,中华是自古礼仪之邦,他们献表。他们唱得口渴了,便猛然地饮水,再来唱。狼和狐狸有着狂热,"献表,献表!金光灿烂的表,表是时间,时间是命脉,"他们唱,他们的唱词也各人的词不一样,唱得很乱,但是,由于激昂有精神,有着一定的力量,而也显得有节奏。

"献表,献表!"王宁唱,"快乐的年华,美丽的岁月,工厂展图,肥皂厂有药皂与香皂的出品,时间是宇宙之本、之母,表是平安。"他唱。

"献表!献表!"张孝慈唱,"扩展的年华,改革、开放,章真工程师的功劳,肥皂厂出品药皂与香皂!一切的一切,时间的青春美妙,时间是宇宙之母,献表!献表!"

厂长齐瑛沉默着。章真便激动。

"时间是宇宙之母,时间是命脉,我为我的理想而斗争,应该到了我打击这狼与狐狸的时候了。时间是宇宙之母,如何地让我要冲锋呀!如何地激动我的心呀!"他想,心中便生气了强烈的潮流。他的心,仿佛挥舞吹响着而乘风飘扬起来的军旗,而战栗着。"我便激动了。我的心中有着爆炸响,有电与火高升到天体,我和他们决斗了。"章真思索着,由于血液的膨胀,而脸孔变红变白。但他,由于语言在内心膨胀与血液膨胀,说话不多,只说了"打倒你们！奸伪分子！你们想夺取工厂！"而发起了吼叫。他又叫："表是你们的，而我，是认识到，时间是宇宙之母！"

"归纳地说，"王宁便叫喊，"表是我们的。"

但出纳王咪，又将表从王宁和张孝慈收回了。

工会的委员袁学玉，钱仁等几个工人便进一步地讽刺王宁与张孝慈，他们取得共产党的书记高勉的同意了。他们用一个红色的围巾垫在一个篮子里，将表放在里面，建议由王咪拿着，而他们除举开了吹的号与敲的鼓，在广场上绕圈子了。号是军乐的号，而鼓是□筒的乐队的行进鼓，是厂长齐瑛买的。人们都来看表的故事的发展，这时候工厂在换班，广场上集着离开了夜班的多量的人们，工会的队伍包围了忙碌的表的主人章真和他的恋人徐菲。吹号与击鼓的队伍在广场上绕圈而行，工会的委员袁学玉与前任便向人们鞠躬，他们发表了声明，王宁与张孝慈虽经献表，他们是想查明表的主人，他们说，表，现在不能肯定是谁的，或，假设不能肯定是谁的，现在党和工会研究，进行一种试验，看各人的心理，与正式的表示，这也是一种国家往社会主义的发展去的人们的学问。

号在章真的面前狂吹着。吹号的青年工人踏着脚，震动颈项，所以是狂吹着，而行进的鼓，击响着。

"不是我的表。"章真说，他的脸有着发白，"这是我的表，确实的，但它已不是我的表了。"沉默了一定的瞬间他又说。

"这是他王宁的表。"徐菲说，"是可以这样说的，他们献表也表明了，表是他们似的。"她说，对着章真笑着，又严肃地，深情地，真挚地，渴望地，高举着她的人生地，凝望，注视了章真一定的时间，面庞有着轻微的战栗，如同在几次的恋情进展的时候。章真，也看着她，看了一定的时候，笑了一笑，因甜蜜的心而面庞有强烈的战栗。他因这只表而有一定的痛苦，他觉得心中又有痛苦然而同时欢乐，他的理想的倾向燃烧。

"我看着你，心中想着，"徐菲说，"我们两人，真有意思，是很有感情的。"她说，声音颤抖着。

"我看着你,心中也想着,真是这样,我们两人是很有感情的。"章真说,声音颤抖,他的耳边响着号声与鼓声,心情激动,涌起他的热烈的感情,脸庞到颈项都发红,眼睛里有眼泪;这红到颈项的激情又被抑制,他还注视着徐菲很久。这时王咪,钱仁等来到工厂的工会,做着仪式,进行"献表"。

"生活是甜蜜的。"章真说,有着面庞的战栗。

"甜蜜的。"徐菲说,声音热情地战栗着。

"甜蜜的。"王咪说,她端着盛着表的篮。

"我们现在看王宁张孝慈的说法了。"袁学玉喊叫着。

"我们送表,像有一些人说的一样,像一些戏剧节目一样,试验人的心。"钱仁说。章真和徐菲慷慨,而站在附近的高勉激动,钱仁便从篮里拿出表,走到人们中间,前进到王宁张孝慈面前。

"表!"走在钱仁旁边的袁学玉叫,"王宁技师,张孝慈副厂长,这表是你的,王宁的了。他章真是感慨呢,是真是的呢?表是你们的了。"

"表!"高勉说,"章真的感慨也是我们的感慨,我们在吹着和敲着,来到你王宁张孝慈身边了。你们的表,你王宁的表。"

厂长齐瑛也站过来。

"表。"她说。

王宁便鞠躬了。面色有些苍白的王宁,穿着整齐的西装,穿着特别白的,人们称之为"胸白"的衬衫的外垫物,而华美地系着领带。他是上午的时候知道人们有仪式的送表的。他便决心进行格斗,而夺取工厂的权力,他要跳跃为厂长,而请齐瑛退去。王宁是穿着红色的西装与绿的裤子。张孝慈也穿着西装,华美的黑色的;因为是黑的西装,而垫着胸前的黄色的衬领,称作"胸黄",而佩着红色的领带。他也是要在这一回的斗争里篡权的,他的衣袋里拿着工厂的图章。他们和齐瑛斗争。他们已经知道厂长与章真关于表的全部心理,清高的心理和"狂热的理想倾向",他们认为那些是悲观主义,他们认为工人与厂长,高勉,都有苍茫,□□□□□□,□□□□□□□□□□□□□□□□□□□,□□□□,□□□□,□□□□□□□□□□□□□。

王宁挺胸,他是华美的辉煌人物了。发生特别的事情是王宁的感动,袁学玉和长得不美的张风珍向他喊叫:"物,表,物归原主,按酬计酬,公平合理,物归原主,是中国的古风与现在的规矩,物归原主,假设是你的看你说。"

"假设是你的看你说。"王咪庄严地喊叫着。

或许,因为王咪的庄严和人们的严肃;因为这行动里的锋芒;因为他所谓悲观论者章真的高昂情绪的情形——在工厂是获得改革与创造的成功;因为他章真徐菲使工厂赢利,因为要抵抗这些;因为要振作起来登上自己的高山,王宁便觉得自己的心里出现了锋芒,如同少年时代的骑马比赛,驾驭第三,曾冲跳过的远马,而跳过障碍物一样。

王宁便说表是他的。

他便拿表了,而,被特别的情况吸引,热望启发他改悔的齐瑛与章真失败。王宁的拿表是战斗的方式。

他跪了下来,向着高勉,和工会的人们,王咪,和表,叩拜着,然后,他便发生了大的哭声;从他的胸中,冲出了热烈的大哭,他的悲痛从心的深处发生,因为他设想他那次驾驭从马上跌下来了;因为他设想表是他自己储蓄钱,艰难地买的,精神的表,物归原主了;因为他觉得恶毒,或他的"善良"一定要胜利;因为他觉得世界上全部好的物件都是他的,而从古时起被人窃走了;因为他觉得得物的甜蜜,因此物是他的;因为他觉得恶毒一定要胜利,在这一基础上,他便幻想而觉得自己似乎"善良"。他便哭泣他的祖传的表,是百年祖传的,有哥伦布的船的镂刻的表,据历史的记载,中间也有人参加那荷兰人哥伦布和英国人华盛顿船行美洲。他便因为世界性的感慨而哭了,跪了下来,叩拜着。哭着,让张孝慈将表举在他的面前,给他看,他便和表接吻。而张孝慈,因为感动;因为今天装扮成了华美的;因为和敌人格斗;因为有着他的柔情;因为他较王宁阴沉,王宁今天像举行仪式地哭,他便阴沉的,有着柔和和妩媚地颤抖着,抽搐着,不断地颤抖着,也是一种仪式的姿态;拿表给王宁看,又自己看,而觉得神圣,在表上接吻了一个动作。他不断地颤抖如是在空中的风中的□□,他是在空中险恶地颤抖而示威,和,主要的,进行他的仪式,他心思悲痛,想篡夺工厂了;他便在王宁跪哭与他的崇拜自己的成功和崇拜冒险和崇拜哥伦布航行的海洋的时候颤抖着如同舞蹈,而高呼:"中国共产党万岁!"

表的斗争连着工厂的权力的斗争,张孝慈便脱下他的衣服,而仅穿着背心与短裤,而王宁便脱下他的衣服,裸体了。

在这广场上,狐狸和狼发生着浑浊的霉烂的气息,这气息使人们窒息。他们使人们惊异,他们的浑浊霉烂的气息高升,而弥满于空气中。但他们的浑浊霉烂的气息使得工会的鼓声与喇叭,号的声音更响,钱仁等用这来抵抗他们。鼓声与号声激昂,而又有敲击着的锣声加进来。张孝慈也自己成裸体了,他们凶恶地凝视着他们今天穿的衣服,与"胸白","胸黄"。

"我们请厂长交出权力来了。"张孝慈说,"我们的人们不少,要改变改革。我们这是要挟了厂长齐瑛了,我们的赤裸的肉体,我们的心灵,我们的因此航行美洲的船的表而起的心思,说,图章我已经拿来了,请厂长在一张条子上签字便行了,随便一张纸条,"他说,蹲下来从他的西装里取出了一张纸。"我们理解厂长是悲观的,因为有我们,你能不悲观吗?因为上层也有我们的人。而是你雌鸡司晨,你对付不了我们,你不悲观而在一个角落里向隅而哭泣吗!"他说。

"我心中颤抖了。"王宁说,"我的祖传的表,我的祖传的位置,我要是厂长与副厂长。"他说。

他们的浑浊霉烂的气息上升着,暴露着,弥满着。

厂长齐瑛,面容有一种战栗,她有着战斗的气概起来。因为王宁张孝慈,狼和狐狸的气息浑浊,霉烂,因为她齐瑛心中的理想倾向;因为她突然心中升起了她的崇高意识与孤高;因为她有着志愿;因为她的毅力和对敌人的浑浊霉烂的轻蔑,她便,当着所有的人,蹲下来,臀部向着人们,面庞朝着较少的人们的方向,而率真地,天伦纯洁地,英雄地,脱下裤子来排泄屎了。

"我厂长违反公共秩序一次。"她说。"我抵抗浑浊了。"

人们肃静着,而相当的时候,齐瑛的纯洁而庄严的排泄屎的声音震动着。而章真,因为颉颃王宁与张孝慈;因为愿望保卫厂长;因为愤怒和内心战栗;因为敌视王宁张孝慈;因为自身的英雄感情,而脱衣成裸体了。而愤怒的工人钱仁和袁学玉,和女工张风珍,已成裸体了。女工张风珍在犹豫了一瞬间后脸红,猛然地脱下衣服,而徐菲,发生了她的凶恶,在人们中间也蹲了下来,排泄她的屎。

"我驱逐浑浊霉烂气了。"徐菲说,"你们狗屎的混账。"

表,便没有让王宁拿走,表在工会和王咪的手里。

章真和徐菲欢喜在见面的时候互相注视,章真觉得深情,有力,温柔,境界的崇高,而徐菲也觉得深情,与境界的崇高;刚强而有着力量的徐菲,有时候便温柔地笑一笑。他们的互相注视深沉了,章真走过,匆忙间停止,看着徐菲,而痴呆恍惚了一瞬间,而徐菲走过,急急地停止,而妩媚地,快乐地,纯洁地笑一笑;两个人在幸福中。有着辛辣的性格的徐菲变得沉静,安详。她在碰到章真的时候沉静,安详地笑,这便是如同少女一般的徐菲了,她又在另一个时候匆匆地,有些讽刺地,有着刚强的精力地笑和注视,这便是又恢复有一定沉淀的年华和经历着重要事情的徐菲了。他们有时故意地多走几次互相碰见,他们的强烈的恋爱如同初恋似的。因为工厂的事务扩张;因为工厂在和张孝慈与王宁帮斗争;因为两个人谋权,在机器间任意地开启与合闭机器,制造各种事情破坏工厂,阻拦厂长和高勉;因为这时候的工厂在沁血,痛苦的情况中,因为章真与徐菲两人都是激烈的奋斗者,所以爱情便如同初恋一般了。但徐菲突然变化了,她在和厂长,高勉,章真策划之后变成邪恶的,不理章真了,她在走廊里和机器间对章真发生凶恶的脸色,她高声说王宁张孝慈不一定不是对的,而厂长是错的,她在走廊里不再是恋情者,斥骂着,不和章真说话了;她一度化装得浓艳,而有着散发的香粉的气息,她,心思沉痛地和王宁张孝慈做友谊的态度,而在厂长室里喊叫着,说全部不成,而张孝慈王宁是对的。关于那变成了公款的表,她便说是她的,她的前辈的人们的,而拿来带在身上。

她激烈地变化了。由于她的英雄主义和强烈性;由于高勉很同意她如此,转为地下工作,秘密工作;由于她的脸色忽然地苍白,凶恶,由于她数很多钞票;由于她在厂的后门口贩卖废品的钱,作贪污的样式,她很凶地变化了。她和章真再在走廊里互相注视,她的注视转为凶恶的,她曾猛力地打章真一个动作的面颊。她聪明,敏捷,而在工厂里吵闹了。

"老娘从这时起心脏偏邪了,从这时理解到人生的真谛,而国家是要进入的改革的这一条逻辑,即社会主义的快乐和福利,而不进入你厂长与章真,高勉思维的路。老娘痛苦了。"擦着粉与涂着浓艳的红色的唇膏的徐菲在工厂里叫着,她进入地下工作,显示着她的气魄。她的转变迅速,姿态坚决,便取得效果了。她假装在机器间乱开关机器而取得张孝慈王宁的信任。徐菲,在变得如同少女的恋爱中,首先变成一种妖魔,和恶的豺狼。她和张孝慈王宁共同饮酒,而唱饮酒之歌,喝醉了,呈显着她的力弱,她便来到章真的面前,在一个角落里,表现了她的欢乐的痛苦。章真,对于她的这种情形,虽然预先知道,却有着不满,她说有成绩,她,内心虽然痛苦,却已经侦察到了张孝慈王宁的大量贪污的情况,以及他们和厂外的人们的关系。因为她的转变往恶人的动作坚决;因为她凶恶和锋利;因为她内心充满着为工厂利益的渴望和爱的精神;因为她有崇高的志向;因为她的灵魂有着极高的正义,她便成就了她的事业。

她便卸去了她头上插的花朵,用手帕擦去了她脸上的脂粉,脱下了绣着花朵的,有很多粉色条纹的外衣,而再注视章真,而和他安详地,温柔地,如同少女一般地纯朴地笑了一笑。她便有眼泪了。

"我在这情景里是很有痛苦的。"她说。

"我在这情景里也是痛苦的。"章真说。这几天徐菲如同敌人,她呈显峻急的罪恶状态,使章真似乎不理解她了,觉得她是原来就是似乎恶劣的,邪恶的。徐菲在工厂内外掀起一阵风暴,章真便觉得她似乎不能返回来了。在走廊里遇见的时候,章真,由于误会她的情况,做出烦恼的神情,而也由于心里的异化,避让到一边。章真,曾经在机器间用手蒙着脸当着人们假装流泪,他将眼睛擦红,但因为生活呈现得如此沉重,而徐菲身上呈现着敌人的样式,也便真的有痛苦;他的心温柔,想象着和平的生活,但现在徐菲表示着激烈的斗争了。为了振作章真,为了表示斗争,为了使王宁张孝慈迷恋,徐菲要求章真配合她,和她冲突,章真便脸红,矜持,追着她走着,而咳嗽,说了一句咒骂的话,她便站下,而凶恶地和他吵了。章真经过锻炼,也配合她成功了,在走廊里,他勇猛地打着她的头部分的后面的头发,而跳跃起来,但是这样对于他是比较难的,他便脸苍白而发红。但是,为了事业,他又打她的后颈,打着了长的美丽的头发。她觉得一种感动,虽然她笨拙,第三次他打她的后颈,打落了她头上插着的花,而看着她,因打落了花而觉得成功——远远地有张孝慈在看着。而觉得快乐。经过了锻炼,章真便从懦弱,痛苦,而变成英雄的样式,他穿着他的一套良好的衣服,在走廊里大摇大摆地走着,用手帕横端,表示新的生活,表示和她诀别;他威武地行走,挺胸,觉得一个有成就的工程师应该如此,而迎面碰见徐菲,而又打她的后颈,打着了她的头发;他心中这次有着快乐和骄傲,而走向远处的王宁与张孝慈,经过他们一直往楼上走去了。

王宁追着他。

"表在徐菲那里。"他说。

"知道,但表,应该是你的,即我失败的时候,是你的。"章真说。"我的表没有了,工厂使你们作领了。"

"你的话我不懂,但徐菲贪污了数千元了。"王宁说,

"可能的。"

"请允许我向你跪下,请你于这世界运转如崩解的时候允许我,一定的快活和我们一起。"他跪下,仰着头,说。

"去你娘的。"章真,笨拙的人,这时是灵活而有英雄气质的人,因为他的恋情人徐菲在水火中,在苦痛的地下工作中,他了解她的纯朴,他便,由于理想倾向于心中的苦痛的英雄气质,而向王宁跪下一只膝盖,说,"但是,由于我心中的愤怒,请你允许我说你是乌龟王八狗崽子如何?请允许我。"他站起来,如同巨人,自己觉得巨大,"我和你决斗了。我仇恨你,为了工厂的理想。"

王宁和张孝慈便迎着他走过,而挺着他们的胸,——他们也穿着华美的衣服。他们两人和章真相对走过,而摇晃着,日常有笨拙的章真,也因为他的贤良的恋人的地下工作,秘密,而显出豪迈,而迎着他们大步走着。

来到了徐菲。徐菲也走着,如同时装表演,挺着胸,在胸前报着手,她便挽着章真走着。

"我们去买蛋糕,烧饼,罐头,红烧肉,虾子,甜果,美丽的菠菜,和鸡和鱼,和酒和鸭子和团馒,有没有可以吃的其他呢?我有很多钱。我有很多门路。"她说。

章真便面色有惊动,苍白,发红。他便发生愤怒,而用力地打了徐菲的颈项,打着了她的头发。这算他配合他的恋情者的地下工作,他也真的觉得愤怒。他也许粗暴了。"英雄"章真便战栗着,面色发白,不满自己,而当王宁和张孝慈走开了之后,他便进到一间小房里,徐菲便拔去头上的花和脱下花的衣服。

"我觉得如同在烈火中,时代如同烈火,我的这样的情形,便会是祖国的敌人了。我的心中不缺乏春雨。我的心中有痛苦,但我觉得我是一个巨人,干了重要的工作,我有春雨,侦察到了敌人的情形,但我心中痛苦,我的心啊。"她说。

这一日以后,又几日,徐菲继续做地下工作,而她,这时,又来到这小的房里,脱下外衣,温柔地,安详地,纯朴地,如同少女一般地笑了一笑,战栗着而将头靠着章真的肩部。

"我已侦察到许多了,也捕捉到了他们的和私离的收据,和这些钱财。"她说,从衣袋里掏出一卷钞票。她显出柔情,快乐,她便活跃,而跳跃,而举着手舞蹈了一定的时间,她舞蹈往左,舞蹈往右,而显出要章真给他鼓舞的情绪,她变得异常年青的样式。这时王宁和张孝慈追来了,说她拿了他们的钱和一些字据,他们要收回;她的形态干练,但她也暴露了。他们便着手抢回去了,而撕去了他们伪造的收据与货件。这搏斗,徐菲不胜了。

"我跪求你不要揭发我们,我们不认的。"王宁说,跪下着。

"我也跪求你灭掉你的苦心,你徐菲说了,你是来侦察的,你有你的祖国与用心,那国家的情感,你在骄傲的时候说了。"张孝慈也跪下,说,"你是向女工长彭娥说的,我们听到了。"他说。

徐菲便心痛着。她觉得自己是巨大者,章真和她相配合,也觉得自己是巨大者,但现在他们有一定地破灭了。

"我在工厂里像一座山一样,是一个巨大者,巨人,现在我们失败了,"徐菲,"但我仍然是巨大者,巨人,我看见你走来,便也觉得你是巨人,倾向理想者,巨大者,我觉得我要恢复这样的感觉。"她说,带着他的希冀与幻想。因为这一次的破灭有一定的痛苦;因为忽然间自己溺于温情和幻想;因为心中发生了自己稚弱的想法;因为觉得要克服这;因为心中的从失望中再重生的甜蜜,她便提议和章真两人做操。章真有着一些窘迫,但也服从了她,和她在走廊里举手,踢脚,做操。章真觉得自己是成熟者了,觉得做操的活跃压抑自己,但他不久便觉得徐菲是正确的,他由于做操而有着火起的绽放的激情。之后,有着她的动机的徐菲喊叫着,"跑步!"章真和她便一同跑向机器间。徐菲的动机是使章真活跃。工厂的改革进行着,厂长齐瑛和共产党委员会高勉压制了王宁张孝慈,章真与徐菲的爱情发展着。表在徐菲这里又到了王咪那里了,厂长和章真仍然想达到最后击败王宁张孝慈,而使他们改悔的目的,在这些时间,人们不得不批评厂长齐瑛和章真的唯心论,王宁和张孝慈看来是不能改悔,无从改悔的,但是,因为人为使他们改悔,自己交出全部的犯罪,才是彻底的胜利;因为有着"错误"的"人道主义",觉得还要斗争;因为内心的渴望,很想使敌人彻底失败,连他们的精神成果也一并毁灭;因为觉得他们两个是狐狸和狼,而人们有强力,强大的英雄的精神,也可以和他们斗争到底;因为厂长齐瑛和章真,两人都有这种带幻想的风格,而相信着自己的有巨大的人格,所以这斗争便进行着。他们两人的占有巨大人格,有气魄,在改革与推进工厂,他们便发生了一种幻想,认为可以使狐狸与狼改悔;他们认为,他们的铁拳是能胜利的。高勉与他们两人的见解不很相同,认为应该查账与逮捕了,但是厂长和章真却想着自身的人格力量。厂长齐瑛也有着精细,便实施了工人钱仁与出纳王咪等对两人的日常监视。齐瑛便让章真将那只作为这一切斗争的表征在王咪那里的表又给了王宁了。王宁接了表便走着而不断地看表,表示胜利;他的获利的,夺权的心情明显,和张孝慈两人傲慢着。女工长彭娥也负责监视王宁与张孝慈,王宁与张孝慈,狼和狐狸,在厂里如同巨人一样得势了,他们觉得没有逮捕与查询他们,只有高勉的含蓄的问话,是得势了,但他们又不得势,因为各处都严格着,贪污的路给堵塞了。高勉对他们很严格,厂长齐瑛更严格,严厉,章真有很凶恶。厂长和章真都说:"你们应该改悔。"

章真和厂长两人见解相同,他们都有理想倾向,期待着狼和狐狸的改悔。彭娥女工组长不满意厂长与章真的倾向,不满意将表又给了王宁。她和王宁张孝慈斗争着,她的斗争,是厂长指示的,要用气势压制王宁张孝慈。女工长彭娥有着野蛮,她便到王宁张孝慈面前,喊叫他们交账目与改悔。她脱下衣服,只穿着衬衣与短裤,对王宁表示她的愤怒,他的赤诚的凶恶样式也呈显着她的高蹈,她的粗暴和多感情,也在活动里呈现着。

"我这个女工是多么好呀!我是多么忧郁,当章真工程师设计我们厂扩展情况,看着你王宁坏人,张孝慈坏人,我是多么的忧郁呀。与你们冲突。"

"这一切是多么令人懊恼呀!"王宁说,"你今天和那天人们吹了喇叭敲着鼓一样,使我非常感伤了,我在工厂里顶天立地,厂长和章真要我改悔,厂长还有像妈妈一样仁慈的谈话,又有像祖母一样严厉的训词,她期待我成为新人,在新走人生的道路,我有这种必要与可能吗?我反感了。"王宁说,因为激动;因为内省的甜蜜的感情;因为想表现自己;因为邪恶增胀起来;因为嘲笑厂长的意向,而呈现着凶恶。因为想欺侮彭娥而也脱了衣服,只穿着单衣了,"还有那工程师章真也训我,他已内定到副厂长的位置了,他也要我改悔,交出全部的作孽。他们能办到么?我在天与地面前赤裸,而表示我的忠心,忠心于祖国事业的我的见解,那变革一定的社会主义的路线,目前这样不民族特色,我的表我得到了,还要吊销给我和张孝慈的记过。"他说,战栗着;这时候张孝慈也在王宁旁边,他也异常愤慨,他也要与工人中间的厂长的忠心支撑者彭娥相斗,他也脱下了衣服,而只穿着衬衫。而且原来连衬衫也脱了,赤裸着上身,面对着女厂长了。

"你们改悔不改悔和交不交出你们的□□□机要,徐菲已经查询了你们了,你们灭了收据纸了,但是,厂长,和章真工程师,跃升副厂长,要求你们改悔。你们交账不交账?改悔不改悔!"彭娥,因为激情;因为发生着痛苦,也不满厂长的政策;因为仇恨两个恶毒的人;因为高涨的愤怒;因为他的气势,和王宁张孝慈两人想欺侮她,和对王宁张孝慈的蔑视,而脱成裸体了。她的粗大的身材在广场上呈显着。他们这时是在广场上,她脱成裸体而高呼着:"祖国万岁!肥皂厂万岁!厂长和章真的方案不万岁!要使这样的人改悔,我因为愤恨,因为觉得天地高大,而狼和狐狸逃不掉,进行和你们狼与狐狸的凶恶的斗争!"她的喊叫引来了一群工人,她的激情是愤慨的样式,她虽然是厂长的忠心的支持者,却反对着厂长了。"但我认为,厂长和章真的人格力量的决定,是也有一定的理由的,因为,这社会,她也会逼迫你们交账。不然现在就捕逮你们了。她相信,她的人格能感召,我也有一定的相信了,我的心,也信着这种一定的了。"她叫喊着,张孝慈与王宁,这时也脱成了,"我因为拥护厂长,也喊厂长的方案万岁!你们,王宁与张孝慈,改悔不改悔?"彭娥和张孝慈王宁的斗争于是发生。彭娥在自己的神圣感觉中,觉得王宁张孝慈脱衣进攻是对她的侮辱,她便也表示决心。王宁和张孝慈在强大的幻觉中,他们认为厂长和人们无力惩办他们,他们觉得自己有势力掌握着世界,他们又得到了章真的表,便觉得全工厂对他们让步了,因为幻觉强大,他们脱成,便乘着用多匹马拉着的车的战士了;他们觉得自己的裸体是美丽,洁白,强壮,威武的,便在广场上走着,漫步着。王宁走着如同军人操演,而张孝慈走着,漫步着,有着傲慢。太阳照耀,太阳,呈现着辉煌,王宁和张孝慈便发生懊悔自己的情绪,宛如觉得自己为了祖国,为了巨大的事业而献身;他们勇敢脱成,使他们生长献身的幻觉,而两人都有着眼泪。因为心中如同有鼓敲着;因为有如军旗飘扬;因为空气严肃而战抖,沉静;因为空气显得神圣;因为心中有着巨大的为王者的感觉,两个流氓,亡命者,贪污犯便走着,而有着眼泪,他们也许觉得以后会被逮捕,因而流泪。他们的裸体在这里便呈显着战斗的意义了。

"我穿着我的人皮多华美啊。"张孝慈说,"也可以说,我穿着大氅与斗篷,有盔甲,而我是王者。"

"我也是,"王宁说,"我爱我的人生。"

空气战栗着,心中的鼓响着,乐声走着,空气中也似乎有鼓声响着,乐声响着。裸体的彭娥便遇见大敌了。她忽然觉得她裸体正确,她的裸体辉煌,她和两个有一定保养良好,身心有着清白的□的男子斗争了。她也觉得军鼓敲着,乐声响着,她跨着大步。倘若说她没有羞怯,是不对的,但她在战斗,有着勇猛。彭娥的肉体整齐,而且有美丽。

"我是个女工,我这个女工是多么良善,正直,勇敢,适逢其时,我这个女工是多么良好,勤劳,而奉行女厂长的斗争到底,看两个贼子改悔不改悔的政策,女厂长认为可能改悔,她接受了有玄想的知识分子章真的意见,我现在,用我的裸体解释,也认为人走到极处,是可以要他们,狼与狐狸,改悔,交出账目的。请站住看看我的身体,我是如何地激昂,从我的激昂,我的肩,我的腰,我的大的奶,"彭娥大声说,"我的大的奶的战颤,会养育我的儿女,便知道我是一定如何地要战胜,厂长一定会战胜,狼与狐狸据说会改悔,这一切便是厂长的明智了。我和两个贼子竞争裸体了。"

"我的肉白,肩宽,腿长,腰细。"王宁说。

"我的肉白,肥,臀部翘起,胸肥,腰肥。"张孝慈说,"太阳使我发辉煌的光。"

"我的赤裸使我说一切,我的肌肉有力量在太阳下发颤,"彭娥说,"我便是觉得我的人生旺盛,将来育一个婴儿,我并不惧怕,挺我的胸,有着美丽,可是兄弟,妹妹,同志们,彭娥我,是高大的身材,也是我父母生下我来我焕发吧,我的肌肉颤动快活而有力!战胜卑鄙者吧?而不是两个逆贼的白肉胜过我吧?同志们!"她说。

在广场上继续走着继续妖娆他们的裸体的张孝慈与王宁他们处于激烈的境地了,他们觉得他们灿烂而有力,他们竞争着显得巨大的彭娥。

王宁和张孝慈走着,摇晃着,彭娥走着,激战着。

"朋友们,我们是多么愉快,"王宁说,"我的阳物,有力,膨胀,美。"

"我的也是。"张孝慈说,"我的阳物,是软绵绵的。"

"我的阴户,有力,"彭娥说,大声说,"有美,有着深的美的力量,能生育婴儿,是如此地美。"

"同志们,女子不如我们有势,有势。"王宁说。

"朋友们,"张孝慈说,"我心感动于我是一个男子,而一个女子,算什么呢?"他说,摇晃着。

"我的心,我的大的奶房将养育婴儿,我的肩宽,我的腰有力,我的肌肉有力。"彭娥说,"我的阴户,我的女势,我的□,我的屄,强大,伟大,而在太阳下战胜两个贼子。我现在视为厂长的政策,我反对的似乎有一定的道理了,我用我的裸体宣示,改悔!狐狸与狼,改悔!你们是有影响的,改悔,澄清工厂!"她喊,"但是,那政策仍旧没有道理,我憎恨你们,没有那么多的改悔!"

　　章真与徐菲在他们的恋情中,章真有着他的幸福,因为幸福的充满的状况,而有着他的动情;他和徐菲相遇,而注视着,觉得一种神圣。徐菲想说:"我多么想你。"但未说,而笑着,章真想说:"我的心,多么地依恋你"但未说,而沉思着,沉思着工厂的扩展与爱情的顺利,这时心中的巨大的感觉。他们两人这一次的相遇有着颤抖的兴奋,徐菲有着有气魄的样式,她的心里升起了新的宏大的爱情了;章真也有着神圣的感觉,他的心甜蜜。因为幸福的感情;因为在人生的道路上搏斗,嗦到的甜蜜;因为惊悸的心灵;因为崇高的,巨大的,神圣的感情;因为心灵的谦虚,章真便心中假设为自己将来会犯错误,和现在开始有错误,变为腐朽的,堕落的分子,而心中有一种战栗。

　　"我心中紧张了。"章真沉思着,"我想,将来,假设,我堕落了,而违反了我和徐菲的爱情,而心中恶劣,变成无为的,庸堕的,以致于灵魂腐朽的贪污分子,我想到这我现在心中便痛苦。那时候我的脸是黑的,心是灰色的,我的这辉煌的一切便于老年时失去了。"他沉思着,便非常地激动。他想象着自己不忠实于国家,不忠实于祖坟,而贪污许多钱财,而吃喝与享受,变成愚昧黑暗的可恶肮脏的,他便有着战栗,于是他便面色紧张,痛苦,而在散步中站在徐菲的面前,有些艰难地说:"我在假设。假设将来是错误的人。"他的假设引起徐菲的假设,于幸福中假设将来是飘零的人,在各处无依靠,而心中想着火焰似的纯洁的崇高的欲望。他们在相见的幸福中注视,而有这种假设的尖锐情绪,他们便觉得他们要在青春之年,要努力地工作,而反对全部的卑污与腐化。

　　"我战栗而注视,我将来假设堕落,所以我便战栗而注视,我现在的性格,道义的成长,我觉得我们要增加学习与工作了。"章真说,脸红着,血液膨胀到颈项。

　　这里发生着爱情的强烈的潮流。

　　"我也战栗而注视,我将来假设各事无成,而老年飘零,悲伤我的雁南飞,雁北飞,而悔恨我的青年时代的缺点,我们要努力了。"她说,有一定的颤抖。

章真便站下来,他们的情感汹涌于有奋斗的观念,他便想虔敬地站立一些时间来作为纪念,作为警惕;他羞赧于站立,而一面说着话一面做着虔敬的站立了。"雁北飞,雁南飞,但我们的祖国稳定。人的几十年生涯也稳定,只看你自己了。"他说,脸红,暗中虔敬地站立着,徐菲便不了解他,以为他在思索着什么。徐菲,心中也有着虔敬的,努力的感情,她也想站立一个动作,表示她的虔敬与誓言,她便也垂手,变严肃,发生妩媚的感情,惊心动魄于人生的奋斗,想着前面的辉煌的前程,而又想着应该努力,而假装注视什么地站立了一定的瞬间。

"我在想着我有什么物件忘记带在身边了。"章真说,"哦,我记起了,是我的心中想着再研究肥皂粉。"

"我在想着我们要和张孝慈王宁做一种斗争,要站到高台上去演讲。"徐菲说。

"我有意识,国家是我们这一辈人的。我总在想着什么。哦,我将来要多喝水,你也劝我。"章真说,继续站立着,想较久地在暗中站立作为这时爱情中内心的誓言的纪念。

"我也想着,"徐菲说,"我早晨梳头梳子丢到哪里去了。"她说,她并未想到梳子,正如同章真并未想到多喝水,她是想着增多时间作着她的虔敬的暗中站立。于是她又下垂手,站立了一个瞬间。

章真,因为感情膨胀而脸红到颈项,也垂着手站立,显出一些他的虔敬的状态。

他们在他们的幸福,思念,顾虑,誓言,隐藏与坦白中,他们看见彭娥与王宁,张孝慈,三个人的裸体了。许多工人在围绕着他们。工厂里发生着精神的惊动,光明与黑暗在斗争着。

"斗争!斗争章真的影响工厂路线的好大喜功!"张孝慈叫喊着,"升起战旗!"他喊,扭动着身体。

"升起我野心狼的战旗!"王宁吼叫着。

章真异常受到彭娥的裸体的感动。他血液膨胀,因为女工人们也有脱成裸体的,工厂里发生着精神的激战的斗争。深恋着他的工厂,有着心脏的强大的鼓动,有着突然间暴烈的性情的章真,因为拥护彭娥;因为要制胜与教育、教训王宁张孝慈;因为理想倾向想使王宁张孝慈改悔,因为有雄壮的气魄;因为在一定的时候,有羞怯的他也迸勇,他便脱成裸体了。他在复杂的风与太阳中暴露自己而快乐,心中有深的羞怯与强烈的快乐,将衣服卷好放在一边,而高呼着保卫工厂,而高呼着:"改悔你王宁张孝慈改悔你王宁张孝慈。"而追向前去了。

广场上大醉的人们发出激动的鼓掌声,欢迎工程师,肥皂厂的改革的伟人,参加奋斗。

"改悔吧!"章真大叫着,因为理想倾向;因为膨胀与血液膨胀;因为英雄心情与注意社会影响的心情;因为假设在争取老年不腐朽;因为激动,他便大叫,"改悔吧,将所有的项目,反对改革路线的,所有的贪鄙都交出来与我们在太阳下变天的狂风中吧,美丽要战胜丑,让美丽战胜吧。我和厂长希望你们改悔,你们及时地回头吧。须知道你们是难以逃跑的。"

"你们要正视路线!"张孝慈喊叫,"你们不适合社会主义的发展!"

"你章真真行,恋爱,男女,改革,发明,你学□呆笨,你又和徐菲跳舞。"王宁叫。

徐菲激动着。因为章真的英勇;因为这一场斗争的激昂性;因为有竞争的性格;因为被彭娥感动;因为王宁和张孝慈裸体正在欺慢妇女,她便迅速地也脱成裸体了。

徐菲喊叫了两声"打倒"来鼓舞自己。徐菲显出了庄严,她觉得在新鲜的空气中快乐。她觉得妇女的裸体在一场斗争中有意义,她觉得她这时便发生一种原始的力量,让章真看见她的裸体;她觉得她在她的男子,爱人面前现在呈显她的本性,呈显她的高升的性格,她的正义和痛恨卑污。她觉得她要支持彭娥。

徐菲有着欢喜和战栗,她前走了两步拉住章真,扶着章真,章真用手轻轻地扶着她了。在广场上,张孝慈王宁行凶,而她的身边走着有力的章真。章真神圣,向徐菲的裸体致敬,他严肃,脸红,到颈项发红,但两眼明亮,呈显着他的气势,自我牺牲的搏斗精神,他们便在这广场上和王宁张孝慈冲突了。

"我在我的裸体里发生着羞怯与勇敢的自觉的时候说了快乐,"章真说,"我因为我的年轻的理想而羞怯与勇敢!打倒王宁张孝慈!"

"请你们交出工厂的权力来!"张孝慈喊,"看不出来有着沉默的章真篡权!请你们表示你们的本性,你们不能用男女的裸体来□我们!"

"我说,"章真突破他的日常的沉默,坚定地大声说,"我在我的裸体产生着羞怯与勇敢的时候说了,我对徐菲说,徐菲,菲子,是我的妻,我的爱人,我的心爱的共同事业者,我们共同的旅程,共同的生活了,我因为幸福纯洁而假设我将来不良,而鼓舞今日的努力,因为我恨恶劣的人,我的心有神圣的光明!"他喊,举起手臂,发生他的高昂的精神,"我们将建设工厂,事业,祖国,我的善良的肉体呈显于太阳下,我的善良的心也呈显着巨大。"他喊。

"我是第一机器间主任!"徐菲喊,"我因为爱情而更爱着我的生活了,章真的表成为线索的这一场斗争,我们要彻底击败你们!"

"表在我们这里!"王宁叫,"据说我们将改悔!"

"我是第一车间主任,表要追索到最后,我的不太说话的章真啊,我的女人的身体显露,与你共同奋斗,成立了我们的盟约了,"她说,羞怯了一瞬间,"我当着野蛮的王宁张孝慈,我裸露我的身体我想重视,我裸露给你章真,也裸露给天与地,"她说,因为矜持和激昂;因为要克服王宁与张孝慈;因为对章真的情爱上升;因为突破了羞怯和紧张;因为发生了她的英雄主义,她便说,"我的肩,我的胸,我的奶房,和我的阴户,而呈显着光明。"她说,亲吻了一个动作的章真的面颊。"我表现我的本性了,我表现我的幸福了,我抓一下我的章真的阳具,而表示我的幸福,"她说,抓了一个动作的章真的阳具,"我又发生畏怯了,我被攻击而吃亏了,痛苦了,我伤情了,在这里做这种狮子的吼叫,在坏人面前暴露,我便更正了。"她说,迅速地从地上拿起她的衣服,迅速地穿了起来。

"我们男性的身体,雄伟,美丽,而在我们的国土上,工厂里,高视阔步。"王宁说,战栗着。

"我们女性的身体,"彭娥说,"也高视阔步,我努力斗争,而我的身体,我的大的奶房,我的阴户,要打击胜你们!"她说,她的情绪里有着对徐菲的拥护。

这时候人们找来了党委副书记高勉。因为焦急于工厂处于如此的状态;因为烦恼;因为觉得厂长与章真的和张孝慈王宁的彻底斗争,等待他们改悔的策略不安,因为愤怒和有性情的易冲动;因为赞美着彭娥与也赞美裸体的章真,而发出如同狮子一样的大声的吼叫,他用手做号筒,而向几个方向吼叫,命令张孝慈王宁穿上衣服。

"我觉得整个工厂黑暗了,等待你们改悔?翻然觉悟到你们的一切,交出贪污?我不能忍耐了。你们是祖国的大敌,我没有办法,实行我的政策了,对你们不客气,不等待你们改悔,这件事是以章真的表为线索的,我就以章真的哥伦布过海峡的船的表为代号,要彭娥你穿起衣服来,你们工人袁学玉与钱仁,用那边墙边上摆着的什么板子,打击张孝慈与王宁的屁眼,每人十下。"他说,他同时自己跑去拿木板了。"我这也不违反厂长的政策,她也代打的——看你们的自己改悔。"

跑出了徐菲和他一起,以及工人钱仁们,和穿上了衣服的章真,便推倒了王宁与张孝慈,而高勉用木板打着王宁张孝慈的臀部了。

徐菲和章真的恋情深刻。他们的恋情,由于这一次和王宁张孝慈的冲突而高涨着。他们继续觉得对方巨大。徐菲有着想象,做着假设,假设自己为褊狭的,这时候,互相深情的庄严的注

333

视中断;她假设对于章真有意见,而确实的似乎对于巨大的性格有意见;她假设如结婚以后,日常生活消磨,她便从这中间探索到肥皂厂的伟人,革新者的秘密了。而革新者,肥皂厂的伟人,也探索到自己的秘密了。徐菲在她的假设褊狭中叫喊着:"这事情是这样的啊,你和我假设生活了几年了,你这巨大者,发明家,伟人,连被盖都不会折啊。你看你的手中弄得这样脏,真是狗屎,臭的昏人。"她说,便妩媚地,深情地笑了一笑;她忽然地又说:"假设我和你在一起有好些年了,发现你这巨人,肥皂厂的伟人不知道自己换衣服,不会花钱,不会做许多事,还不会说话,你真是臭的狗头!"她的假设褊狭引起了一些忧郁,但是,肥皂厂的女英雄人物,她假设是足以抚慰和快乐的活跃来结束的。她给予亲吻和拥抱,欢喜着生活。章真这时探索自己,她假设他在年老的时候,变成了贪污的,腐化的分子。因为高蹈的情感;因为有着欢喜深思;因为负责着肥皂厂的情况;因为已升为副厂长;因为和张孝慈王宁的凶恶的格斗;因为深刻的廉洁,章真便假设他在晚年,若干年后不廉洁,他丢失了工厂的钱,情有可原谅与不可,因而贪污了。这时候,恰好王宁和张孝慈阴谋,将二百元挪至他,章真的衣袋里,他找到王咪,便去和王宁张孝慈冲突了。"为副厂长,不贪污吗?"张孝慈喊。他便痛苦愤怒了。他便来到厂长齐瑛和高勉那里,面色发红和苍白,有着邪恶的申请,坐下来说,"贪污一点,剥削一些,出品一些伪造的废品,欺侮人一些,有什么关系呢?"他说,"我已经贪污了。不要到老年,便已经腐化了。和狼一起生活,我便和狼一样嚎叫了,我这样嚎呀,贪污呀。我等待他们改悔,我已经腐化,而认为剥削工人和贪污表是良善,社会主义有这一条路。"他愤怒地喊。"我为什么不贪污?为什么能够不是狼和狐狸?为什么能超然正义?为什么不与你厂长同道,而思维着行走在美丽的山间小路上。"他,激昂的肥皂厂的英雄,便激动,呈显善良,而假设自己是贪污犯,而流泪了。

"我们和敌人斗争,有着艰苦,"齐瑛激动地说,"我们两人执意要王宁张孝慈改悔，我们现在翻悔，而听高勉的计划，将他的搜查与找到法院来捕逮了吧。如何？但我想也还是等待着他们的改悔，我们施用压力使他们自动地走到法院，而绳之以法，彻底地交待罪行。我这样便说到工厂的宽大的气象。我委托你去冲击他们。"厂长说，或者我们两一同去。她说，便和章真一同走过走廊，走进张孝慈的办公室。

"现在他章真是一个贪污犯了，因为你们两人影响了他。他也快失恋了，假设贪污的话。"厂长豪放地说。

"我痛苦了，因为和你们相处，"章真说，"我贪污了，腐化了，或者到一定的年龄腐化了，而你们侵蚀了我的心，我说话有顿挫，但思想不顿挫，我的想法是和你们不应该卑鄙，揭发你们的预谋，我抗议，而我便行动，从事我的扑击，我拉起你的衣领来，"他说，揪着张孝慈的衣领，看见王宁进来，他又揪着王宁的衣领，"我因为是这般的笨拙，我的爱人徐菲说的笨拙，而和你们斗争了，希望你们改悔。我急了，改悔不改悔？"他喊。"我的表拿来！"

厂长齐瑛也激动，她也揪住了两人的衣领；工厂的宏大目标的设计者与工作者，女伟大者，在她的心里闪跃着一个不切实的人道主义的梦幻，是张孝慈和王宁自动"交账"与改悔。她想象她的和人们的行为将感动他们。她现在变爆发了她的梦幻的感情，揪着王宁与张孝慈。

"改悔不改悔？自动改悔不改悔？"她喊，因为理想和梦幻闪跃；因为设想狼和狐狸有可以燃烧的人性；因为有巨大的气势；因为觉得现在，此刻，在她，齐瑛的冲击下，狼和狐狸便改悔了；因为灵魂的震撼，她叫啸着，忙碌着。

"我们怎样改悔呢？"王宁痛苦地说。

"我们如何迎接你厂长的诚心呢？"张孝慈说。

"从你们俩的说话，可以见到我的有神圣的爱国爱宗祖的心情，可以见到你们或有改悔的萌芽了，这萌芽萌发了，章真，教诲他们！"女厂长喊。

章真便发生叫喊和激烈的哭声。

"我觉得我假设被你们腐化了是不会的,但我这样假设了,我善良,我纯洁,我们人道主义的行索,请你们考虑吧。我是坚决要改变你们的,以我的纯洁,我心中的自以为的崇高,和厂长的她的理想。我们的人格力量。"

"改悔吧!改悔吧!"齐瑛说,"我说服你们了,我感召你们了,我因为你们是不改悔,不改变你们的破坏工厂,动手段了,接受高勉的见解了,但动手段也有上级有你们的人,我厂长在这一个疯狂的法庭上便设想我吞吃了许多饺子,而饺子里有你们放的毒药,而死了。"齐瑛——她便缓慢地说,"我吞吃,吞饮了许多场春雨,而觉得人生美丽,不知道在这里遇到这个节疤了,改悔!"她吼叫了起来。她曾设想这两人是狼而逃跑,但现在她做狼的叫啸,"我心痛了,改悔,我坚持我的路线,要你们改悔,自动,人道主义革命政策的光芒,耀眼灿烂的光芒,我和你们计较人格力量。"她叫。

"改悔啊,"章真说,"王宁,张孝慈,我这时候,假设被你们腐化了,是如何地痛苦——但是,改悔!"章真,副厂长,也做着狼的啸叫,他大叫而全身震颤。

王宁便脱衣只穿一件小的衬衫。他也做狼的嚎叫。

"改悔!"他喊叫,"王宁,改悔,如果你贪鄙了的话,如果你是为你的见解与张孝慈合作而想改变厂的路线到有所谓有艳美的享乐的社会主义的话!改悔!"他叫。

"改悔!"张孝慈叫喊。"欢迎你厂长齐瑛与章真副厂长等待我们改悔的策略。人格力量的策略。"他叫,摇晃着。

齐瑛便战栗,她的人格力量受到嘲笑使她痛苦,她便扶着章真站了一个瞬间,她便有着眩晕,继续扶着章真站着,然后,她便想,如何地使用她的力量与方法。她便在脑内徘徊,而沉默了一瞬间,而唱着她爱唱的春雨的歌。她又徘徊着,心中想着,她是自己尊严的,有着深刻的心灵的祖国女儿,她一定要完成事业。她便做一首诗。她的诗是歌颂骆驼在漫长的路上走着,而遇见清泉,而在清泉之后,梦见前边的高山,骆驼战栗着,但是举起了脚步。她想她的诗也有力,强劲,显示了她的人格;她是用她的灵魂的力量,她的刚强,温和,激越,与细密的柔情,唱歌与做诗的。"我不能感召你们改悔吗?"她挺直胸膛,大声说,"党的政策是镇压你们,党的政策也是使你们改悔。"

"春雨的歌十分的好,"张孝慈说,"我心中感动,而有一些感觉了。骆驼的诗,使我敏悟到人生要在碰到清泉之时想到高山。"

"高山是可恶的。"王宁说。

"在崇高的山上,有一块崇高的有磁力的岩石,跑来了狼和狐狸,他们到了岩石面前便改悔,甜蜜,"齐瑛说,"离开了岩石便又作恶了。"

"那你便知道我们不佩服你厂长。"张孝慈说。

"你们再听着,"齐瑛说,挺直着身体,而面容焕发,眼睛明亮。从她的动作看,她端庄,自信,而有着权力与实际,她又作诗了,在房子里踱步。"在平原的深处,有一个灿烂的树林,里面住着春风,住着春雨,春风出来早了,从树林它的诗从各色鸟雀首先黄鹂鸟也出来早了,从树林,于是她们又走回去;可是,又出来迟了,从树林,黄鹂鸟于是奋力地飞翔,春风和黄鹂鸟于是这一次,因为努力,不早不迟,因为急了一点啊,因为追赶是努力啊,所以有脸红。我的诗是这,我和你们两个贼子共同地脸红。"

厂长齐瑛,这肥皂厂的豪杰与深情者,显现了她的性格,她焦急地唱歌与做诗了。她站了一个瞬间,高呼着:"豺狼!"而出来了。她出来时也惊慌地走了几步,因为她发生幻觉,觉得豺狼恐怖,而在向她追逐。渴望着王宁张孝慈的改悔而揪着他们的衣领拍打了的章真随着她出来了,觉得王宁张孝慈是豺狼,有①

章真的表在王宁手里,王宁这次将表遗失了,表由狡猾,善良,活泼的工人年为偷窃了。年为认为要采取特别的行动来震

---

① 此处原稿为第163页最末一行最末一格,下页第164页原稿首行另起一段,文意不相衔接,有缺文。

动工厂,从王宁的衣袋里偷到了表;他想表现工人和工会的力量。然后再来献表,考验王宁张孝慈的立场,也考验章真和厂长的。年为和钱仁,王咪,于是进行活动。年为有热情与强烈的欲望,他要使整个工厂颤动,便吹奏喇叭和敲鼓,在脸上做了化装。并鼓舞钱仁,王咪也化了装,钱仁和年为一样,画浓重了眉毛,在脸上涂着颜色,而王咪画了很长的眉毛。王咪说,她很痛苦,因为工厂制胜不了王宁张孝慈,所以她画特别长的,惊异于人生的眉毛。她假设她被王宁等偷了两千元,便惊异于人生了,而画长眉毛。年为是整个脸化成了黑色,而钱仁涂成了红色。年为兴奋,说着讽刺的话——这几个人又来"献表"了。

"我是奇怪的生物,现在是黑色的面孔,是包拯的探乱难案,心颤抖,而忠义肝胆。"年为说,"我忠义肝胆,有银光闪闪的剑,便问,是我偷了表,还是王宁,还是章真偷表,这表是工厂的心病了。我偷了表,假设,我偷的,王咪伤心,假设掉了二千元,画惊异人生的长眉毛,我假设我偷的,我便现在良心发现,跪包拯,而自戈了。"他说,看着篮子里放着的石块,用这来代表在衣袋里的表,他活跃,有力,兴奋,便做包拯式的肝胆忠义的舞蹈,摇摆。他在地上欢乐而激情地跪了一个动作,有着幻想地进行舞蹈,舞蹈进行了相当长的时间,他便举手,叉腰,踢动脚,而做"自戈"的姿势。

"钱仁红脸如同关羽,心中忠义而不赘多言,而有心事,是桃园结义,而长眉的王咪赤心忠胆,长眉表征幻想的痛苦,幻觉了工厂的各不幸的事。"年为说,"我说了表是我的,我未说,我说了表是齐瑛厂长的——我凡是说了的话都未说,我又如何以忠义的包拯呢?我向你王宁张孝慈探查了,我的舞蹈是秦朝的兵马俑,是汉朝铸的钢人,是历史上的弓箭,我说的话句句是实,表是我偷的了,献表,表是你章真的。"他说。

章真说,表不是他的。他心理上有着战斗的情绪,同时厌恶,排斥表,机械地说表不是他的了。

"表是你王宁的。"高身材,勇敢,多语言,而眼睛有善良的狡猾快乐与诚恳的年为又说。"崇高的山,崇高的水,中华古族。吓,捡到了表,捡到了人的灵魂。"年为做丑角的号叫,说,"崇高的大海我年为背着大的表行走过去,崇高的山我年为背着表到山巅上去。工厂要开始新纪元,年为的时候开始了,献表。"他说,便端着篮子,一膝跪下在王宁面前。

因为年为激昂与目的不容分辨;因为内心里想着自己要十分美丽而颉颃化了妆的三人;因为强压的情绪;因为章真又否认了表,人们看来是要和他斗争到最后;因为年为有亲切又有凶恶;因为要表演自己的技能,王宁便在这往广场走的台阶面前跳了一跳,而跪下了。

"我拿这石块,表明表不是我的,如同大家的需要。"他拿起了篮子里的石块说:"我捡石块,又表明鸟为食亡,人为财死,表是我的,工厂的权力是我的。"他说,"我的心便屈服了,当我拿到祖传的表的时候,"他说,"我假设表示我的,我便觉得表是我祖传的了。十分感伤。"他说,叫喊了一声,而发生了一种严重性的痉挛。他表演他的生活的技能,但因为猛烈,而痉挛,站着而抽搐着,颤抖着。

"我认为表是王宁的了,他在委屈中。"张孝慈说,眼中闪耀着眼泪。

"表是谁的?工厂的权力是谁的?心灵的倾注是谁的?"年为舞蹈,他的黑脸纯洁,说。

"表是谁的?我假设丢了钱,请你们两人,狼和狐狸,假设捡到了钱。"王咪,动着她画的长的眉毛,舞蹈着手臂,说,她注视王宁,也惊异地痉挛了一个动作。

"表是谁的?工厂的权力是谁的?"画着红脸的钱仁,大声吼叫,而跳跃,说。

"表是谁的?这块砖头是谁的?"王宁说,痉挛着,似乎异常痛苦,"我便接吻,亲密这块砖头了。"他说,拿起了篮子里的砖块,放在衣袋里了。他舞蹈着,跳跃着,手和脚强烈地抽搐着:"表呀,我的心,表呀,我的灵魂,表呀工厂的权力。我不要表了,我就要这块砖了。"他说。

王宁张孝慈的恶行为多样式。他们强调这只表。王宁这次没有从年为拿到表。他认为是高勉在愚弄他,他便涂成红脸,张孝慈涂成黑脸,到高勉那里站了一定的时间,使高勉非常的忧郁了。恶劣的人入侵生活,散播灰暗的气氛,高勉便心跳,想到这个厂的阴暗面,以及自己可能错误,让王宁张孝慈又贪污成功了;他们涂了红脸黑脸是来讽刺他的。他们走开以后,高勉便怀疑增加,他的精神逼紧压近;他的怀疑增加,他便在狐狸和狼常踟蹰的地点巡逻着。他的衣袋里一次多了二十元,他侦察占踞于"表"的案情的,即王宁张孝慈放置的二十元以外,还有一块砖头。他去找章真,章真说他也苦恼着,但他说王宁张孝慈以后还是可能,由于人们与工厂的压力,而改悔的。章真和厂长一样强调这一点,他因为已经这样决定了,便强调着,高勉便说没有可能,他内心因此更苦恼,他便在章真的房里徘徊着,做了他的说话。

"一切冷冷的流水都不可切断,一切既燃的火焰都有未来人,我们的肥皂工业发展了,我心灵震荡,当我想到大量的家庭在洗涤他们的衣物!用我们的肥皂,也就是,用我们的心洗涤的时候,我有崇高的意识。上自盘古女娲,尧舜禹汤,下至未来的人们,看见我们的熊熊的火,我们也看见他们的熊熊的火,我们便走进一条美丽的灯与烛的昼夜,向出品灯与烛的人也做敬礼啊,世界被这样点缀着。我的血液沸腾,看见母亲在洗涤她的幼儿的尿布片了,看见护士用我们的香的药皂和药水一起洗涤婴儿了,看见少女在初学洗手巾了,看见一箱一箱的肥皂运出去,我便受着鼓舞,但是,狼和狐狸,王宁与张孝慈也和我们一同到达各处,有的肥皂软些,有的僵些,有的成分不平均,有的差些,党啊!宇宙啊,我是如何地痛苦。"高勉说,有着他的冲锋的热情,他激情高扬,面庞和身体的血液膨胀。他在章真的房间里徘徊久久,而有着猛烈地将头撞在窗框上,而战栗着——章真看见,高勉在窗框上撞了一个动作。他便觉得他和厂长□□着高勉了,按工厂需要的改革,是要摒除王宁张孝慈的,可是上级那里,狼和狐狸有人员,而他和厂长有着"期待"他们改悔的,危险的计划。他坚持这样的计划,心中动摇着仍旧如此,他便也在窗框上碰了一个动作的头,而搀着高勉一同来找王宁张孝慈了。

狼和狐狸,王宁张孝慈,正在算什么账。

"我,章真和高勉副厂长,来找你们谈判,请你们放弃夺权了。"章真说,"请你们放弃卑污了,请你们了解我们。以人性人格的真诚的盼待了。"他脸红,血液膨胀,因为不善于说话,他坐着,发生了颤抖。张孝慈也看着他,发生了颤抖。他便站起来,拿起了张孝慈每日早晨锻炼身体的剑,而觉得羞怯,脸红到颈项,而跳跃了一个动作。他便显出他的英雄的,赤诚的,敏捷而有力的姿态,舞动剑了。

"我舞剑而喘息地在你们面前说,我十分意气高涨,和你们的斗争,我因为善良与正直,要用我的人格感动你们,从我的剑的闪动,从我往左击剑,我显示我的有时过激,从我的往右击剑,我显示我的有时保守。我是平凡人,也是英雄,我心中涌起血液,在刀斧与剑下的我的不屈,我在你们的刀斧下,工厂在你们的刀斧下,我表现我的性格人格力量,赤诚,便想感化你们了。"他说,他因为王宁张孝慈两人继续僵硬,他便认为他的舞剑,他的努力地显露的赤诚,他的赤诚高涨,——可以有强烈的效果,他认为人可在这时候显露性情。他猛烈舞剑,但他却并不生效。厂长做诗,唱歌,不能生效,他,舞剑,诚恳地"渴望朋友",想使两个人改悔,也不发生效果。他便脸红,而掏出手帕来伤心流泪了。

高勉拿过了剑。因为心中的热烈起来;因为想援助章真;因为心中的理想的火燃烧与喜爱着剑;因为这时也似乎觉得王宁与张孝慈可能改悔;因为他也负有激昂精神,他便也舞动剑。

"风雨起来了,章真渴望,我心被动了,想往对你们进行施压,而章真善良了,他和厂长的政策是等待你们改悔,用人格压迫你们了,但你们心中不动。"他说,舞剑。

章真又拿过了剑。

"我正直了,我理想,"他舞剑,说,"我盼望,王宁狼张孝慈狐狸,亲自交代自己的罪行,而我们工厂完成工业了,我盼望。我刚才伤心了,我哭泣,我想用慈善赠在你们成功了,我有向往。"章真说。

章真的热切和猛烈使局面紧张。高勉也紧张着。张孝慈和王宁脸色灰白地站着,因为章真和高勉舞剑打击了他们,而战栗着。

"朋友啊,亲爱的朋友啊。"章真说:"改悔吧,交代吧,停止吧,停止贪污的罪行吧。我至诚地教诲你们!"

"你人格感召。"王宁说,"你的人格,是什么呢?"

"我正直,善良,而且,我有伟大。"章真说,战栗着,脸红着。

"如何伟大呢?"张孝慈说。

章真注视着两个人,而战栗着。他突然觉得自身平凡,灰暗,不伟大,和有着唯心论。但他强硬地又认为自己伟大,是英雄,他便痛苦地战栗,因为期待过高;因为英雄的心愿落在灰暗里;因为强迫地说自己伟大而羞涩;因为看来他的人格感召的活动失败;因为心脏这时有痛苦似乎被箭射中,他便站着,痴想着。突然他颤栗着跑出去了。他,因为痛苦,失败,将头在门边上撞了一个动作。

张孝慈突然发怒,打了王宁一个动作的面颊,王宁也打击了他一个动作。章真便又跑回来了。高勉这时叫喊起来。

"冲啊,我高勉也向你们冲啊,你们,狼和狐狸,当他章真的感召你们失败以后,我便向你们冲啊,你们是如同巨火的山岩,我如同出膛的流弹,发生了我的和章真,齐瑛一样的激情,不过我是打架的,"他说,拿起桌上的红墨水与黑墨水来,倒在手掌中间,而涂在张孝慈与王宁脸上,一个是红的,一个是黑的。"酬劳你们在我的衣袋里放的石子:表。"

张孝慈和王宁猖狂,他们,由于仇恨;由于想推翻女厂长;由于听说女厂长齐瑛与副厂长章真认为他们能在压力下改悔;由于傲慢;由于在表的事件上和工会,和彭娥,钱仁,袁学玉,张凤珍,年为不断冲突;由于年为不断地在他们的衣袋里放石子,由于表在年为手里不给他们,而非常地愤怒。年为这次涂着红脸与钱仁涂着黑脸,向王宁张孝慈吹奏着音乐,打击乐器也响着,很显热闹,向王宁和张孝慈"献表",送去了大块的石块。冲突发生,狐狸和狼,王宁和张孝慈,便再脱成裸体而斗争了。他们认为厂长和章真的人格力量和各种部署不能击败他们。他们便哭着而呈显着沉痛与骄傲,挺直着身体,而操步向前了。由于工会的工人的讽刺,跳跃和唱着歌,王宁和张孝慈也唱着一种歌;由于双方的激动高涨;由于狡猾;由于想污蔑人们;由于大胆;由于内心升起的火焰,他们便在工会的工人年为等唱着"表,石块!表,石块,我们的章真和厂长,制胜你!"的时候,唱着"祖国之爱,祖国的生态,洁白的心灵与纯洁的心灵,表是心脏,表是爱国,为表而斗争!"而哭泣。工人年为等嘲笑他们,他们便显得是威严地而哭泣,因为他们是上级;因为他们放矜持要为表而斗争,即获得厂的权力。在年为等工人的嘲笑中,他们裸体在广场上走,大声唱:"我爱工厂,我爱表,要向厂长斗争到表,即拿到工厂的权力的象征,缺一不可。"他们猖狂着,厂长齐瑛来到了。他们便高呼着"表和权力,和祖国",而一直走过机器间去。发生了特别的情况——张孝慈与王宁,狐狸与狼,便裸体在机器间游行。人们便质询着厂长为什么不干涉,工作受了一定的妨碍了,发生了两个人受刺激的,疯狂的情况。

"祖国万岁!表万岁!工厂的权力我们爱!我们两人据说是改悔,我们一切用表象征,厂长齐瑛要将表判给我们,连工厂的权力!我们贪鄙了,我们已经受厂长及章真副厂长的人格的感召,而改悔了。我们暴露在阳光下了,让人们看清我们的污点了,我们的裸体美丽呀,我们现在穿着波斯的新衣服,皇帝的新衣服;我们是异常地痛苦,我贪污数万!"王宁说,"而张孝慈数万!人生幻境,说这个之后说心灵的纯洁!"

"人生幻境。"张孝慈说。

"我们如同女工彭娥一样,说,"王宁说,"我这个王宁多么好呀,我这个王宁多么正直与善良呀!我的表:我的表计算我春夏秋冬在为工厂的事务而烦恼地度过,我这样用表,即心灵计算我的时间,我便也坦白表是我的了,我必须因为自己纯洁,在放弃了表之后,由厂长章真和高勉,宣称表是我的,同时工厂的权力是我的,我的心多么痉挛呀,我的情绪多么紧张呀!我们的记过应撤除,而我是永恒的少年,佩戴着我的表!"

"永恒的少年!"张孝慈叫。

两个刁滑的分子从事公开的叛乱又一次,但他们不能控制机器厂。但是他们有不少的人口,工人中间和干部中间,有顽强地仇恨厂长齐瑛与章真的,这些人便有着笑容,与安适地沉默。

"我如同和彭娥裸体斗一样,那次我们不胜。"王宁说,"我的身体匀称,而我的胸膛也强健,我的臀部肌肉有力,我的腰挺直,张孝慈肥胖了一点,而我也歌颂我的阳物,我的阳物端庄——我选择了最好的字。"

"我的肌肉肥满,"张孝慈说,"我的心满意我的肌肉,闪着光,我的胸也挺起,我的阳物也端庄——我也选择最好的词。向宇宙致敬,我们两个男孩儿裸体了,敬礼了。现在是美丽,裸体,即穿着王者的衣服,宇宙的衣服。"

王宁与张孝慈,裸体游行,有人喊"打倒","反对","狗屎",但有人喊好,喊王宁与张孝慈不错。厂长齐瑛便在困难的处境了。

齐瑛有着她的英雄的性情。她的斗争的机会来了。她要贯彻她的人格力量,今天便要教诲,感召王宁和张孝慈,狼和狐狸。她站上一张凳子,挥手要说话。她停顿了一个瞬间,而喊着:"我看见五条鱼,五个烟筒,五个羊,五只鸡,五个肥皂箱,我说了这些之后我便发动我的牺牲精神,而看见海洋了。我便到达海边。有人到达海边,便觉得一种考验与永生。现在的情形,是我看见更多的事物,和我的人格的力量。山的高,耸高的山,我望而却止,大的海洋,我歌颂鲸鱼。"她说,她便脱下上衣,仅穿着胸罩,而又脱下美丽的裙子,穿着短的裤。"我昨日和我丈夫行房操屄的,也向各人报告,便像党委书高勉一样,进入钢盔骑士的精神领域了。王宁张孝慈说裸体是皇帝的新衣,像波斯的生活,我便向宇宙致敬!我的奶房如同我们女工彭娥一样很大,我的阴户也美丽,"她说,脸红了一瞬间,静默着。然后,她做了几个深呼吸的动作,举起手臂,扩张她的毅力,齐瑛进入战斗了。她显示她的人格的力量,这是她便想象着,王宁张孝慈的改悔了,"我自我扩张了,我刚才战栗了一下,便亲热泥土,而脸红了,亲热蜜的云,而几乎像章真副厂长一样脸红到颈项,而想着身旁的理想与我的自制而充血下。我当着宇宙与空,我为理想。祖国,我的自制是向导,想人们,将来,说,祖国之女儿,齐瑛,不错——现在我的工厂和王宁张孝慈两个歹徒相斗了。投入斗争,"她说,"我有激烈的性情,理解人们,我的工厂,在受到王宁张孝慈的精神压抑的时候,有内心战栗,有我的内心的狂的风暴,祖国和党,将它的工厂交给它的女儿我齐瑛,肥皂厂,我,祖国的女儿,在争取时间,完成任务,我和我的副厂长朋友章真一样,我是一个要显示我的人格的力量的人,我是一个诗人,因为激情,因为有显示我的人格力量的必要,我便做一首诗:

> 厂长我的文件夹里吹出的风,
> 我的心的温暖的风
> 上级的风,
> 和王宁张孝慈两个的赤裸的丑恶吹出的风,
> 相碰在工厂里,成狼卷;
> 树木摇晃,机器颤抖,肥皂纯洁,
> 产生我的人格与祖国的人格的大风。
> 王宁张孝慈颤动他们的裸体,
> 我厂长也说被风鼓动的我的裸体。
> 说我的乳房,我的阴户——
> 我的纯洁的心灵

齐瑛觉得显示了她的人格力量。她的顾长的,端庄的身体挺立着,她说着她的诗,她意识着人们在看着她,她便内心有欢腾的力量,她便想着,"古人以来的力量,党和正义的祖国的力量,助我齐瑛做诗不败,再做别的,用我的人格力量压制两个歹徒,而在制胜之后把他们捆起来一次。"她便具有英雄精神地大笑了。笑从她的胸中出来,从她的灵魂出来,充满着力量,震动着,发生在呻吟着,啸叫着,跳跃着舞蹈着的机器声里,震动着啸叫着,哗笑着,吟唱着,苦恼着,挺进着,快乐着的机器。厂长齐瑛,觉得自己是在辉煌的时代,战胜着妖魔,她的有着特别的笑声发生出来。

她的笑声是有节拍的。她的笑的高声一停顿,笑的更高声便发生出来;她又转为甜蜜的笑的低声,再又冲击,成为讽刺敌人的笑的更高声。她笑接着的五声,然后又笑接着的七声;她笑三声,又元气充沛地笑不断地十余声。她的笑声高亢,然后又笑低的声音而激烈。她暴发地笑着长声,短声,五声,七声,她讽刺,宣战,强烈,她最后又喊叫了一声。她的人格力量宣战了。她如同一个魔鬼一般笑着。

"我的人格力量显示了,"齐瑛说。她的心灵震动,她觉得这显现了她的伟大。她处于纯洁而崇高的状态;她确实纯洁而崇高,她如同一个神祇一般笑着,有着神圣,有着圣母的色彩。

她便命令工会的人们,捆起了裸体的王宁与张孝慈。

然后,工厂的女伟大者,厂长齐瑛,便走近王宁张孝慈,解开了两人的捆着的绳索。她使用她的"人格力量"感召了。

"你们将绳之以法,你们现在,由于成一种感觉,感到人民,工人,干部的伟大力量,我,也是着伟大的力量的一分子,你们改悔了吗?"

由于厂长的纯洁和她的崇高;由于齐瑛的自信和她的确定的纯洁的感力;由于她有着不很实际,虽然就整个局势说也有它的实际;由于王宁张孝慈的凶恶;由于他们发生了惧怕和同时有了恶劣的讽刺的情绪,他们便有眼泪和笑;由于狡猾和被镇压而有眼泪,又由于讽刺而有笑声。厂长难以理解,他们的邪恶是很彻底的。

"厂长啊。"王宁说。

"齐瑛啊。"张孝慈说,"你是巨大,宽宏,纯正,无话可说的女厂长,但是,你为什么期待我们改悔呢?为什么来解我们的绳子呢?"

这下午的其他的故事是,人们把王宁和张孝慈推到广场上坐在地上,而用喇叭吹着,锣与鼓敲着,年为拿着表与一块石块,而绕着游行。人们喊着:"表啊,表啊,"人们询问章真,章真便不承认表是他的,人们攻击王宁张孝慈,也嘲笑章真和厂长的人格力量战胜王宁张孝慈的方案,嘲笑两人的正义必胜,或者,正确坚强,正义必如此地让于恶人而制胜,而也绕着章真跳着:"表啊,表啊。"

让章真的心战栗着,更不承认表是他的了。王宁和张孝慈则强硬地说,表是他们的,是王宁的。

厂长齐瑛的气势未过去。她来到广场上,说她要和王宁张孝慈斗争到底。在激情中,齐瑛便致山与海的词。

"山啊,崇高,海啊,汹涌而巨大,我的心啊,奔腾,我探索人生从少年时起,我探索真理,大到生与死与永生的向往,小到一粒图钉的项目,海啊,澎湃着便向着我,空中有响的风,工厂里响的风也向我吹,我们的生活,人生,将战胜卑污而前进,达到永生!"

齐瑛,是用着心灵的感情喊着她的词句的,有着一定的眼泪。

齐瑛,由于她的心灵的悸动;由于章真的倔强的,面孔红到颈项又苍白,凶恶的,露出牙齿的态度;由于她的倔强,不接受高勉与工人年为钱仁等的意见,也摒弃画了很长的眉毛讽刺这情形的王咪的意见,而从年为那里拿来了表,将表给了王宁。她说,"那么,表暂时是你的。"

王宁便感谢,张孝慈特别感谢,说,表是王宁祖传的。

347

"那么,表是你们的,那我等着你们有一天不承认表是你们的,等着你们改悔。"齐瑛说,继续她的山与海的致词。"山,如何地高,海,如何地巨大,而海中有鲸鱼,正如同山上,陆上有象,激发理想。人生巨大而祖国有熊熊的正义的炉火燃烧,烧了几千年了,在中国共产党的领导下,井冈山以来也几十年了,不惧怕你们恶人,而伟大的正义的力量,要压迫,感召你们改悔,重新做人。我的心脏,在听着巨大的力量的号召,我用人格的力量感召你们,便做这增多的谈话。一切贪污必须主动地交出来,一切恶罪必须拿到阳光下来,我感召你们,"她说,由于内心的纯洁的愿望;由于相信自身的策略可以;由于预想到狼与狐狸改悔后的光辉的情形;由于预想着这样的工厂的未来;由于也向上级澄清阻拦上级的恶人的力量,她便呈显了她的气势;她是有着蹒跚而行的样式了,但是,她有着纯正与诚恳。

章真,由于她的激情,期待着王宁张孝慈的改悔,也做了他的发言。

王宁和张孝慈,拿到了表,便发生感谢的感情,而,由于他们的活跃,便由王宁喊叫,两人一同唱歌来感谢厂长了。他们说,不妨碍他们设想,厂长快交出钥匙了。他们活跃,便遭到了齐瑛的严厉的,改变神情的待遇,齐瑛,显出她的窈窕,便从地上捡石子与泥土,砸着王宁与张孝慈。

"我已经把恶狼养大了!我们已经养大了恶狼了。"她说,继续挪着石子泥土,砸着,也砸着石子泥土;齐瑛,因为自身的善良,纯洁的心思;因为自身的高洁,而有着眼泪。但她和章真总之是对王宁张孝慈作下了不现实的退让了,虽然齐瑛吼叫着要王宁张孝慈改悔;齐瑛是自觉干练与有为的,她这时便非常痛苦。齐瑛和高勉,章真,查了王宁张孝慈的账目又一次,她,齐瑛,已经也记熟了王宁张孝慈的贪污的数字各在万元左右。她很仔细,现在,有缺点的,唯心论的女王她已明确地防范每一笔钱的支出,而且不准让王宁张孝慈两人经手钱,但是,她却不对两人动手。她和高勉,章真,已经查过了王宁张孝慈家中的钱,看守了他们的钱和银行支票,可是,她却不行动,她似乎吝惜,两人有一定的历史与能力。

　　她和章真便等待两人改悔。上级的人事情形虽然有一定的关系,但是,齐瑛和章真的自信,宽宏,和感召是特别有力的严厉,要为祖国做一件重要的事的心情,都有着根本的关系。由于有上级人事的支持,由于宽宏继续进行着,王宁和张孝慈便又猖狂。他们有疯狂心理,灭亡的,溃灭的心理,和内心的痛苦,便又和年为,钱仁冲突而脱成裸体了。钱仁,年为二人偷窃了王宁的表,由于愤激,便又吹着喇叭,向王宁张孝慈"献表",在篮子上放着一块巨大的红砖头。他们的喇叭吹得特别响,广场上有着灿烂,王宁和张孝慈,受着打击,便又脱成裸体了。这溃灭的心理这时明确,他们想夺权,可是厂长却很巩固,而人们嘲笑他们两人,他们便觉得全部接近于溃灭。他们的心凶恶,而脱成裸体往机器间走来了,他们在这之前的表的失踪,他们的作为命运的象征的表被年为又偷走了,使他们也很痛苦,他们勇敢而凶恶,悲切,伤痛,年为听见他们有伤痛的谈话,说着"一切悲观","生活伤痛",而在裸体进机器间的门的时候犹豫,互相看着,有着眼泪,便告诉章真,章真便让年为把表又给了王宁了。章真心中想的是看他们如何表现。钱仁大骂着他们是狗崽子,混蛋,也引起他们的战栗。看来章真和厂长的目的快达到了,张孝慈和王宁这次不险恶,而是颓衰了。他们两人简直想退回去,颤抖着,王宁手里捧着年为拿出来的表。

　　"这表是你们的吗?"钱仁愤怒,追踪着张孝慈王宁而吼叫着,"是吗?"

　　王宁和张孝慈,两个裸体的人,便犹豫,而往机器间外逃去了。他们逃到机器间的门口。

　　"都是由于你的懦弱,被齐瑛、高勉和章真击败了,心中流着血。"王宁说。

　　"都是由于太阳光灿烂,刺眼,而我这时候想到天上云多,可能有雷霆雨,而我的母亲死了一些年了,不能在我伤心的时候关照我。"

"天要落雨了,我的母亲也死了好些年了,经你说到,便想到,不能再畏难的时候关照我。"

"但我们仍旧进去吧!母亲万岁!"张孝慈说。

"母亲万岁!"王宁说。

他们两人便强硬,从怯懦转为勇敢,而走进机器间了。

"我们裸体是我们酷爱自然,我们的裸体都美丽,我的身上的肌肉有力量,我们提倡自然,而认为人不是社会的生物。"张孝慈对高勉说,"我心中振奋,一切是多么美啊。"

"混蛋!"高勉吼叫着。

"混蛋!"王宁吼叫着。"我们心中振奋,我们的阳具美丽,我们自然生的肉,人,不是社会的生物,人,是一种原始的,无社会的,白生生的物,人而且悲伤。"他说。

"人而且悲观,"张孝慈说,"一切的动机无非是阳具与阴户,性的潜意识,我的性的潜意识是我看见各物的性感,我便认为是社会的基础。我幼时看见母亲的裸体,我们振作着,便又来夺权了。"他说,有着两滴眼泪,"母亲万岁!美丽的阳具!人类社会是白生生的自然,而一切悲伤!连我的母亲也混蛋!"

"我的母亲也混蛋!"王宁说。

因为王宁和张孝慈和人们冲突;因为他们的嚣张;因为工厂的情况受着威胁;因为激情;因为痛恨;因为从表的情节看,表也震撼人心,王宁用双手捧着表,——这只表在一瞬间成为有特别的意义的,表征着人类的生活和奋斗,发现新大陆的航行家旧时通过海峡。表现着工厂这时通过海峡。高勉便充满激情,他猛力驱逐王宁张孝慈没有结果,他便也爬上了一张凳子——在张孝慈和王宁裸体爬上凳子的时候。他,因为奋斗的激昂;因为要吞噬敌人;因为有着任性;因为冲击性巨大;因为王宁张孝慈的党羽,他们的人口的呼啸,而脱衣为裸体了。

"各位,同志们,我们的肥皂厂,因为我的愤怒;因为我们是在艰苦创业中前进的;因为我心中的□□;因为我对前程的光明的历览;因为我一定要冲击,击败白生生的反社会的进犯,所以我裸体,而展现我的阳物了。我是祖国的儿子。"高勉猛烈地说,"我向女工们致歉了。"他说,"我作一种斗争表示自己,"他说,后来又很迅速地穿上衣服了。

"阳具,阳具,"王宁说,举着表,在凳子上裸体喊叫,"我们的非社会的,超原始的,生物的,白生生的阳具!表,是我们的时间。"

"阳具,思念混蛋的母亲生我!"张孝慈悲颓,愤怒地喊。

章真,因为张孝慈和王宁的暴乱;因为机器间的激动;因为从王宁手里的表想到巨大的船过海峡;因为觉得现在进展着工厂和人的生命的宝贵的时间;因为他的理想的倾向,他便受了王宁和张孝慈的刺激,而眩晕了。他便扶着徐菲一个动作,他的痛苦使他的颈项发红,痉挛着。由于焦虑;由于受了狼和狐狸的袭击;由于自己是负责的副厂长;由于猛烈的心情;由于他的理想的翅膀在机器间的扑击,闪动,他便晕倒了。

"我要做决死的斗争,我要死了,我被狼吃了,我和厂长没有对恶狼和狐狸的功劳,对他们采取美丽的唯心论,我假若死了希望要良好地,常思念我,也可以忘却我,不,思念我,"他说,觉得自己可能死去;他的脸色苍白而因为充满理想的缘故有着崇高。由于精神上的狭隘,高尚,高蹈,理想主义所造成的幻境,他便在心中上升着不能忍容这种恶狼的行为的冲击,而有着苍白了;因为他的理想的伟大;因为他望见伟大,所以他懦弱了。他便也想象现在他显示着他的人格力量可以说服恶狼了。他便颤抖,"菲子,徐菲,菲,假设我亡身了,我死了,请勿忘我。"他说。

徐菲也在她的感情中,幻想的热情中,或者,被激起了的激情中。章真说他要死了,徐菲将她扶着的章真交给从凳子上下来的高勉,便发生了她的英雄主义的巨大的激情,徐菲,由于热爱她的工厂与事业;由于和章真的恋情;由于她这时心中上升的对肥皂厂的感情;对机器与肥皂粉出品的情绪;由于她的自觉巨大和心脏的豪强,她便冲上前。她因为想克服王宁和张孝慈的裸体而发生气势,而脱衣为只穿着胸罩与短裤,而搬了一张凳子上前,而爬上去,大声地吼叫着。有着野蛮的机器间主任的吼声巨大,漫长,如同升起来的龙。徐菲心中,承受着她的章真的痛苦,而高声叫喊了。

"我来镇压你们了。"她叫,看了一看:她的章真并未倒下,而是自己站着了。"厂长的做法引起我的感动,她想用人格力量感召你们,我也这样想,但刚才我们的章真他晕倒了,他也未必能感召你们,他说啊死了。恶人,狼,王八你们王宁张孝慈,吃喝泥巴去!我再吼叫,而令人们将两匹狗捆绑了。"

但是,王宁和张孝慈有他们的人口。他们反对工厂如此紧张的强制性,要求松懈,他们站在王宁张孝慈方面。捧着表如同捧着水的,裸体的王宁,因为悲伤悲切,而哭泣了。徐菲的吼声很高,王宁的哭声也很高,而裸体的张孝慈,便发生颤栗,扶着王宁的肩膀,而头部摇晃着。

"我死了。刚才章真副厂长说他死了,这我倒是要死了,一切悲幸,我是绝望者,人世悲观,厂长查封与检查了我的家产与一切。"张孝慈说,"我便嗅到最恶的棺材附近,而死了,我的表。"他吼叫,因为悲切;因为计较着权力地位与物质;因为憎恶着王宁;因为觉得在这具有象征性的表的占领上,他已是领先者,未来的夺权行动的位置,应该首先是他的;因为觉得表有一些次是他保护的,而工人献表讽刺,他有一次哭得很响,动静大,他便战栗着,发生了阴险与恐怖的凶恶情绪,而打王宁的面颊,王宁也不留情地,残酷地打击他了。凶恶而阴暗,痛苦而且感伤,心中有着死亡的恐怖的张孝慈便看见黑暗的无人的旷野了,而和王宁相扑击,他们都看见黑暗的无人的有着骷髅的旷野,他们都恐怖。

"阳具,阳具,"张孝慈吼叫着,"我是男儿,我的阳具威风,我不惧怕母鸡司晨,厂长,齐瑛,她说她的阴户美丽,我悲幸,悲幸。"

这时候,徐菲高声朗诵着她想起来的她的诗。

我心中已揣度这样的年华,
在肥皂厂里轻烟在狼来了时迸发。
我的心轻轻发紧,
烟与火高升,
我忽然变成狼,
做狼的啸吼,用我的利抓追敌;
我展示我的心灵,
心灵便发出浓烟,
我的心灵美丽。
我的乳房,在胸罩里,
我的臀部和母狼的阴户,
在裤子里,
我不惧怕你们,
我的章真,在我们的高尚的激昂的光辉里。

"阳具,阳具。"张孝慈喊叫,"我要死亡了,我这时候晕倒了,我要和厂长和徐菲冲突,我晕倒了。"他便躺在地上,"我要打我的青少年时代的手淫了,我不在意你们。"

"我打死亡的手淫。"王宁脸色灰白地说。

一群人围着他们,其中有他们自己的人口。两个流氓便进行手淫。有的女工和男工又向他们掷泥块和烂的泥球。这时候章真,瞬间前才眩晕的,走了过来。他战栗,继续有着眩晕,而面色苍白。现在工厂里展开着有些凶狠的斗争,王宁和张孝慈两人躺扑在地上了,而用神明和号叫的声音哭泣了起来。

王宁又突然不哭,而喊叫着。

"美丽而崇高的肉体,离开污垢的社会,归于树林中去抱着树叶,回到山洞里去,新的境界,这样脱离社会环境,而超越一切,是超人。"

"超人,便是超于一切,心中有自己的美!"张孝慈说。"脱离社会,不受社会的任何结论,自然是美。王宁啊,你的肉体和我一样洁白,装饰,如同雪白的丝绸,——我全身自由,更是赤裸的纯洁的丝绸,我们是如何地超人的,假若有任何不安,那便是我们有优越感,而拿到分明是章真的表了。"

"我说这样说好,我们回拿到章真的表而疯狂了。但你张孝慈这么说是污蔑我,我的表是祖传的,我的心巨大起来接受了祖传的表。"

"你是一个贪污犯,贪污数万,你剥削工人的钱和剥削原料的钱,"张孝慈凶恶地说,在赞美自然,说"超人"之后,在王宁说表是他家祖传的之后,凶恶起来;"你这个人克扣极了,可恶极了,你还贪污医务所,钻进医务所去偷药,像狗一样爬,你又像狗一样爬,在工厂的原料堆里用的袋偷原料,而有一次偷成四十箱肥皂,而将它们埋在花园里地下。"

"你才是埋在花园里的地下,"王宁说,"你极卑鄙,贪污数万,你整箱的肥皂卖出去,你在次品堆里爬,你发疯地制造废品,刚才你也败了,你的手淫打不出来。"

"你是卑鄙之徒,偷了我的祖传的表。"张孝慈说,忽然认为表是他祖传的。

"你是卑鄙之徒,你的祖传的表,天啊,我的!"王宁说,"你还贪污拖把与扫帚,在厂长坚壁清野查我们之前。这以后,你又偷了零碎的肥皂。"

"你的表?你祖传的?岂不是我张孝慈家祖传的表,我张氏门阀是曾有人在日本去集中,参加那个哥伦布的航行美洲的,他们也就葬身在那里了,坟上栽了无花果树,又有人点第二批,林肯从欧洲去到我们家族的人从日本去汇齐。伤感啊。得刚才手淫也未打出来!"他说,便扑向王宁,于是两人便在机器间旁侧的走道里相打了。

"你请停止。"王宁说,"我是超人。你看,我的肉雪白,而我的线条优美,我是超人便对你说,"他极仇恨地说,"你贪污打扫厕所与扫粪的钱,是最下流了,你是大街上,不,树林里的牛屎,因为那里闭室。"

"你有淫书淫画,躺着看,而不给我看,我是超人,因为我看淫书淫画时想着高山与大海,想着我的祖先的过海峡的远航美洲,你是卑鄙的,我是超人。"

这时候,章真爬到凳子上站着,他,因为愤怒;因为痛恨两人;因为他的唯心论希望他们改悔;因为忽然又恍惚地想到这时正似乎可以教诲他们改悔——用内心的力量,人格力量;因为他的正直与易激动的善良,和教诲的目的,而脱成裸体了。

"超人,听我的话,我想你们或可以改悔了。我肯定你们是要失败的,你们已呈显失败的征兆。你们在说着阳物,想示威你们的丑恶,你们的阳物,你们的淫书淫画——但从你们互相揭发,我采取了一个看法,你们是不鼓励严正的立场的。你们也曾谈到祖国,和你们母亲之情,我综合起来说,我觉得或许我的言论与行为会感化你们,厂长会感召你们。假设你们凶恶,要比赛阳物,我也裸体,有牙齿,而出阳物了。你们改悔吧。我的阳物是纯洁的,我凭着心灵和我的性欲的纯洁的思想说,你们改悔吧。"章真说,克服着他的羞怯,"我的表,我不要了,表是你们的,你们从这表最后表示态度吧,愿你们渡过麦哲伦海峡。我是纯朴的。"章真说,因为觉得自己纯洁;因为宣扬了自己;因为觉得在肮脏的王宁张孝慈面前宣扬自己正确;因为敬仰自己;因为他确实纯洁,但他又由此而有着增加他的唯心论,相信自己的力量,以为王宁张孝慈必然改悔。

不会说话,羞于说话的章真,这时突然显露了他的冲激性的说话的才能。

"我因为斗争不过王宁与张孝慈而死亡了一次了。"他说,身体摇晃着,而几乎有着一种流氓的样式,"我是谁?我章真是什么人?我章真是肩上挂着令旗的旗幡的,我的心脏要展开,我的心脏巨大,我刚才看见了太阳又照出,另外还发现了几颗星球。我是谁,你们问问看我是谁?"他说,便做流氓的摇晃,而从凳子上跳下来,叫喊着。"我的心痛苦了,不战胜你们我痛苦了,如同我贪污了两万元,我十分痛苦了,我感召你!我如同少年,如同婴儿,这时也感激我的母亲,和见到过的宗族的恋人,我的心中甘草和芳草都灿烂,我站着,因为肥皂厂的生产,我不仅用灵魂感召你,也用我的皮肉,我的皮肉有我的美丽。"他说,战栗着,"我因为正直,有着奋斗,我的阳具才是美丽。"他说,便冲向王宁和张孝慈,和他们相打了,用着巨大的力量把王宁压向墙边。"我和厂长,想能够感召你们了。"

表便仍然在王宁那里了。章真的精神激昂。他看见他的人性性格。人格力量无效果,便痛苦着。这一回,张孝慈王宁来到楼上,看着电表,王宁便破坏电表,将电表的闸摇开,而使机器间停电——发生强烈的震颤。由于悲观的心理;由于似乎是花□结成的仇恨;由于想陷谋成功齐瑛与章真,造成他们的责任事故;由于恶劣;由于死亡的阴沉的观念,两个人异常恶毒:他们不受感化,齐瑛章真便要尝到后果及死亡了。工厂将产生巨大的事故了。总电表是锁着的,张孝慈偷到钥匙将它打开。王宁和张孝慈,不受感召,受着他们的腐化的侵蚀,而进入又一个阶段:死亡的,阴沉的,人生空无,恐怖无意义的看法的阶段。他们互相做着鼓舞。

"王宁啊,你说是不是呢?我想通了,人生无意义,我的妻离婚了,我的儿子不理我,我心里怀有着对于人生和正义的仇,我心中折腾着。如何是好呢?我想着死亡了,死了算了。"张孝慈说。

"张孝慈啊,人生没有意义。我的心里有骷髅的荒野,我在这中间跋涉。我和我的妻闹翻不止一次。我不想生活了。我想杀人,我想杀伤你。"王宁凶恶地说。

"我也想杀你。"张孝慈说,"我们贪鄙到的钱被缴获与管制了,我们被崇高的厂长与章真盼待着改悔,我心中的恨向着你,我想杀伤你。"

他们一人有一柄刀。他们又互相拥抱,亲吻,流泪,互相喊叫亲切的话,互相说是对方的"心肝",——在这种亲爱之后,又拿出刀互相试验着。他们落着苍白的脸了,事情峻急发展了,这一时代的这一社会,产生章真的人生的勇敢,也产生张孝慈和王宁的人生的悲切与灭亡了。他们现在不止是贪污犯,而是杀人犯,恐怖主义者。他们便互相身上各划破一定小的伤,作为人生的转变的纪念,而凶恶阔步行于工厂中。他们从脱裸体,行地痞的凶恶,发展到达这样的地步了。他们觉得人生恐怖,张孝慈和王宁,狐狸和狼,觉得他们眼前是骷髅的旷野,绝对的黑暗,而听到黑暗中有乱砾的,粗糙的,阴暗而恐怖的声音:这种声音震动着和吸引着他们的心。他们觉得人生恐怖,他们两人觉得自己是青面与獠牙,而行走在钉板上,行走弯板苦痛的晦暗中。他们从他们的人生陷落了,从行地痞的凶恶,贪污,脱裸体,陷落了。他们的灵魂流着脓与血,觉得自己的臭气,厌恶人生。他们觉得人生恐怖,发生了危险的情况,产生了两个绝望的痛苦的暴徒了。他们又各自在自己的身上划破一个伤口。

"亲爱的,同道的,共死亡这陷坑的,有甜蜜的死亡骷髅的,有蜜的,有刀刃的,我的王宁啊;我们将使他们工厂,肥皂厂,善人齐瑛章真,面临死亡之野了。"张孝慈说,又拥抱王宁。

"你说得不错,孝慈,我儿,我心中的激动,血液的膨胀,我需要一个儿子,收你为儿,我拥抱你了。"

"放狗屁。你是我儿,我的儿子,我青面獠牙的孝慈,收你为干儿了,在我的痛苦的旷野里,我的人生的唯心的安慰便是有一个你这样与我同样恶毒的儿子了。"张孝慈说。

"我便答应,承诺,是你的儿子,心痛,心乐,恐怖的人生。"王宁说。"你要回报我。"

"我便也答应,承诺,是你的儿子。"张孝慈说。

"儿啊。"王宁说,有着火热的眼睛。

"儿啊。"张孝慈说,有着一定的少量的眼泪。

"我们走到绝境了,在这人间地狱里,有许多骷髅挂在胸前,我的全家的骷髅,他们随我而亡;我们将在胸前挂上齐瑛,高勉,章真的骷髅!"王宁说。

"我吃一个苍蝇表示决心了,"张孝慈说,"我捉到了四个苍蝇,一人两个。死亡是快乐,而被枪毙是升入香的阒气中,我的心战栗,奇怪的,从一个聪明的少年,长大,而变成我这样的青面獠牙了。"他说,便吃苍蝇。

"我从一个聪明,单纯的少年长大。"王宁说,"从小磨我的牙齿,我说,我是如何地磨牙,而使火气与灯光都震动。我看见过我母亲洗澡,我有一种高度的性弗洛尹特,那德国人。"王宁说。

"我从一个聪明的,天才的少年长大,我看见过我的祖母,母亲,姨母洗澡,我的嘴皮如同磨刀,不出声音,而张嘴皮磨着,而心脏膨胀。我的性弗洛伊特与强,我觉得,我现在的性弗洛伊特高山了。"

"我心脏动,人生杀人有意义,我所以也留恋人生。我将杀你。"王宁说。

"我将杀你。"张孝慈说。

"在多骷髅的旷野,阒气的旷野,行走着骷髅,裸体,性自然,性蛮力的我王宁,我的性弗洛尹特使我要行凶了,我将用毒药毒死齐瑛,用刀杀死章真,杀死他们的善的,高尚的,清高的,迂回的理想,用毒药,毒死一切人性,人类的建设的理想。"王宁说。"我也杀你。"

"我被骷髅吸引,阒气的旷野,有排叉的人骨与心灵的永恒的痛苦,我便到药店去行骗,说我要毒死很多老鼠,而哭,而骗到许多毒药。"

"我便说人生厌倦,痛苦,而买到许多毒药。"

"我说人生痛苦,哭泣,买到甜心的毒药。你这不良的狗崽子王宁啊,你这如恶狗一般的王宁啊,你将杀死我。"张孝慈说,露出牙齿,"你是极黑的心肝。"

"你这恶的,毒的,狗屎牛屎的张孝慈啊,将会杀死我。"王宁说。

"你是狗崽子。"张孝慈说。他们又互相相打。"我的亲娘母亲啊。现在让我们喊虎将的话:我的母亲对我对么恩爱,我多么爱她啊,人生,告别了。"

"我们哭,和人生告别了。我也爱我的祖母。"王宁说,"我们便去死了,人生恐怖。"他说。"我们喊一二三,一同哭,念悼亲爱的人,所有的亲爱的人。"

他们一同哭,张孝慈的哭声比王宁更宏亮。

他们便来破坏工厂的电闸了。

楼上的电闸的变动,使整个工厂战栗着,有的部分□伤疤,工厂的机器停止了。两个毒物欢乐着,而这时候,从楼梯口奔进了章真,他是正来到楼上预备看楼上的蓄存的物件的。他在电表的震颤声中迅速地,奔向电闸门,而跳上凳子,王宁和张孝慈喊叫有危险,欲望搬开他的凳子,他抢夺着,他同时还有着显示他的激越的人格力量而教诲两人的英雄的意见,——在这个时候,他还剩有这样的意见;他便跳上凳子,而搬回电闸。这时的不幸的事情是,他触电了,震颤而跌下来,痉挛着。

"一切是多么适意啊,想要用人格教诲我们两个恶毒的可爱的米老鼠的章真潦倒了,在他的到骷髅野死亡的路上去了,一切是多么适意啊!"王宁说。

"多么适意啊,多么美满啊,多么我快乐啊。"张孝慈说。

章真痉挛着,而这时候厂长齐瑛上来,扑倒在他身上。

"我没有死。"章真困难地说,"我全身软瘫了。我没有死,我幸而来了,"他说,忆及瞬间前的情况,而想着他的心中的正直的,有着他此前我歌颂的纯洁的人性的,崇高的爱国精神,英雄精神与人类精神:"你们,张孝慈王宁毒物啊,我心颤抖,我的纯洁的,爱国的,与工厂共存亡的祖国这□□辽阔的精神,我的正义的力量,我的人格的力量,不曾与不能教诲你们吗?"

"我们谢你的教诲了。"张孝慈,面庞上有希望与失望,苍白的神情,说。

"不能教诲你们吗?"齐瑛厂长说,便拿起附近桌上的水瓶,"喝水,章真,这样就好了,你面色灰白,这样就好了,"齐瑛说,突然,由于激昂的斗争;由于没有发生特别巨大的不幸;由于工厂的机器继续在运转着;由于痛苦然而同时欢乐,勇敢而且同时更加勇敢;勇敢然而同时有对两个毒物的仇恨,觉得自己有错的怯懦;怯懦然而同时勇敢,快乐而且同时更快乐,便发生一种震动的状态,而哭泣了。"我的章真呀!我的钝于口齿而行为伟大的章真呀!我的常脸红的章真呀,我的副厂长总工程师呀!我的理想主义的朋友呀!我的人格力量的主张者与朋友呀!你与恶狼与狐狸搏斗!我的人格力量呀!我如何地要搏斗使我的人格力量制胜而使歹徒们改悔呀!我再仔细地想一想,想一想,采取不采取高勉党委书记的办法,而逮捕歹徒呀!我从少女时代起便立志,要为祖国做大事,我的大事呀,亿万块肥皂呀,但我,仍旧是我的作风,我的人格力量,我看你们歹徒,是不是你们刚才有阴谋?我看你们青面獠牙的王宁张孝慈改悔不改悔?"她向王宁张孝慈喊,"章真如果殉难了,你们改悔不改悔?"

"我仍旧人格力量,我纯正,我正直,"章真说,"看你们两人改悔不改悔?"

"我们改悔了。我们□□中的事故。"张孝慈狐狸,便眼中突然会想到自己未能胜利地破坏工厂而伤心,流着泪。他跪下了,有着虚假地,仇恨地,痛苦地颤抖着。

王宁也跪下了,磨着牙齿,而战栗着。

"章真的祖传的表在我这里,我献表。"王宁说,"但我说的是伪骗,表是我的祖传的,我家好些代传下来的。"他说。

张孝慈和王宁,发生罪恶的和悲观的膨胀性,便意图用毒药毒死章真。他们去与章真谈判人生的观念。

"请你章真同意。我们的人生观念,旷野里白骨,人均有死亡,便不如有时候不意之中死亡算了。"王宁说。

"死亡的悲哀呀。"张孝慈看,"如同雷轰下来,一切都塌了的悲哀呀,你对于死亡的看法呢?"

"触电的时候,你是什么感想呢?"王宁说。

"触电的时候,我心中想死了。我的痛苦的,悲凉的,未完成的事业,和我的爱情的徐菲,"章真说,他认真地说话,因为内心的人生与事业的执着;因为继续想用真理与人格力量教诲张孝慈与王宁;因为心中浸透了兴奋与战斗的热情;因为又发生幻觉,觉得王宁张孝慈是可以教诲的,虽然他也知道有许多人是不可教诲的,这是世界的阴暗面,但他仍旧相信王宁与张孝慈是可以教诲的,因为他的心理刚强,而伟大的观念在他的心里燃烧。他想利用他的触电来教诲两人。

"旷野里的白骨。"张孝慈说,因为死亡的恐怖的激情,便有着感动的眼泪,而站起来,舞蹈了一定的时间。

"白骨枯,而人死亡。"王宁说,□□□□□□□□□□□□□□□□□□□□□□□□□也站起来舞蹈了一定的时间。

"请回答。"张孝慈说。

章真沉思着,想着,他始终有一个任务,即或可以用力量感化这两个人。他这两天很努力于厂里的事务,曾在广场上扛木头,曾教工人唱歌,曾把走到里的空箱子纸箱叠整齐,曾在墙角里拔草,曾经为了节省钱而自己镶上新配的窗架的玻璃,他的动机里都是有着用他的人格力量感化这两个人的,当然,他在工厂里做各种事情,但他也为了他的教化两人的理想而多做了事情。他沉默着,当他助工人扛着整箱的肥皂上汽车的时候;当他又去搬动汽车运来的纸箱的时候,他曾想,这一单位的他的劳动,是为了感化王宁与张孝慈的。厂长齐瑛,也流着汗水,多做劳动,而发出吭唷吭唷的声音,他想,她也是为了这个目的的。他和厂长的意志都很坚决,他们似乎有一种幻境,认为王宁与张孝慈可以改悔,王宁与张孝慈的破坏工厂电闸的案情,由于他们的抵赖;由于他们托词说他们是想研究电闸,或修理电闸,由于他们两人流着眼泪,而敷衍过去了,虽然厂长和章真都很怀疑,但是他们又从两人的柔顺的,狡猾的陈词里认为两人也有些是那样,主要的,从两人的柔顺与狡猾里认为两人有改悔的条件。纯洁的,干练的,有着伟大的理想的齐瑛与章真便受欺侮了,章真这时有自觉和讽刺自己的心情,他在王宁和张孝慈请他回答他的人生观的时候,便也说起来,沉思着,举起两手舞蹈了几个动作。他的舞蹈又认真了,仿佛他学过舞蹈,仿佛他爱好与研究舞蹈,他认真地,想着,经过舞蹈,便能折叠更多的肥皂箱,折肥皂箱的动作可以如同舞蹈;他一方面也想,他的纯洁,认真,可以使两人改悔。既然已经付出代价,触电了,便可以利用这代价促两人改悔。

王宁与张孝慈,有着残酷的情绪,而激昂,因为奇特地觉得章真发觉着他们,用舞蹈在批驳他们,便站起来,举手,踢脚,和章真一同舞蹈,他们在室内跳跃了而发出短促的啸叫。章真,觉得他们的恶毒,但坚持自己的教诲的感情,而努力舞蹈,有着搏斗的心情。他们在室内舞蹈着。

"人有恐怖的死亡,而旷野的白骨已枯,而人不知道,不觉得年华逝去。"王宁说。

"人有好胜之心,总想制胜事业,建设国家,何必呢?"张孝慈流了一定的眼泪,说,舞蹈着。

"人有生命的追逐,事业的建树,我自从我的表变为你的——那一只表引我进入工厂的奋斗的深膛里,我便更理解人生了。"章真舞蹈着,"一代人的尽情的年华,过去了,便是后代人的年华,事业的英豪的锁链。"他舞蹈着,说。

王宁和张孝慈,发出一种无声的叫啸。他们张嘴,喷气,认为是他们的骷髅喷火,将要战胜生命,他们用手做号筒而发出喷气,称作默叫啸。

"你恐怖了。在山的高处有白骨,有各种屎,有老虎的屎,有人生的厌恶,我们□□你的一定的悲凉了。"王宁说。

"我有性弗洛尹特的情绪,当我忆及少年时,我曾偷看母亲与祖母洗澡,和女人洗澡,与看见狗交媾。"张孝慈舞蹈,说。

两个有着残毒的人叫啸着。他们就以残毒的活动为手段,在章真的茶杯里放了毒药了。章真晕倒,被齐瑛与徐菲和高勉努力,迅速地抢救,肥皂水有效,呕吐出来了。

"冲啊!"高勉在办公室里叫着,看见平原里王宁张孝慈宣传的白骨了,"我向风车冲击,我吼叫而向第二个风车冲击,我对两个恶狼力量有限,痛苦,只击倒一个,而我遇见生与死了。我便在心里战栗,而躺着等待命运。用人格力量征服他们啊!"

"你当然对了。"齐瑛说,"可是,又为什么不能压制,镇压,感召他们的改悔呢?"

"你看呢?"高勉向章真,说。

章真说,他仍然设想,利用这而教诲两人自动认罪,发生改变。他说,暂不逮捕两人,看两人的变化。他和齐瑛和高勉的意见不一致,高勉便忍耐了,拿了一把提琴在屋子里奏着。

章真身体衰弱,徐菲陪着他,在工厂的花园里走着。章真发生爱情的强烈的情况,在树后面拥抱他的徐菲,徐菲,由于激情;由于生活似乎在新的段落;由于工厂显出巨大的气势;由于厂长和工程师章真继续奇异地坚持对王宁张孝慈的方案,他们的对王宁张孝慈的态度似乎有一定的道理;由于爱情的高声,而热烈地拥抱章真了。徐菲在她的热烈和有着激情的气势中。

"我和你到这里来了,你被王宁张孝慈下毒药而未死到这里来了,继续我们的注视,我站在这短短的草的边上,你靠着树,我们互相注视一分钟,继续我们在我们肥皂厂的感情。我很喜欢你,我爱你。我当长久记忆和你,拘束又豪放的大学研究生出身的章真的相识,和你在走道里,各一些地方的互相感情的注视,我看见你的心里的你的哥伦布远航的表的震动,你看见我心里的火光,追求未来,正当青春的燎原大火。"徐菲说,"我现在假设我们已经是夫妇生活很有一些年了,而心中突然想到要鼓励你不庸堕,而表演我的善良的,善良的活跃了。你臭男人,你臭丈夫,你混账笨人,呆王八蛋,你臭男人!你做好任何一件事不呢,哪一个男人都比你行,人家的丈夫是多么良好,而唯独你很笨!"她便有些凶恶起来,脸上掠过愤怒的神情,这是因为她有激情,真的认为在将来的生活里,章真会是如同她所斥骂的,或她产生这样的斥骂的感情了。她在这一种激情之后便又显出她的正直与善良,温柔,她的心战栗着。"我要安慰你。你辛苦了,为了教化两个豺狼改悔而做了额外的事,和厂长齐瑛一样迂腐而崇高了。我现在看见两个豺狼来了,他们走在一起,我便想和他们斗争。他们曾想用裸体来欺凌我们。"她说,"你,真子,章真,在这我们厂的园子里,你脱裸体。"她说,"你在病后,中了毒药之后,可以近着太阳和新鲜的风,我也想看看你的阳物。"她大声说。

章真便脱衣服了。

"我心中充满了欢喜的感情而你徐菲更倾向我了。我的阳物很纯洁,因为我的心纯洁。"章真说,他故意地大声说。

徐菲便脱衣服,呈显她的裸露的身体。她站着,用大声说话——这花园里无人,王宁与张孝慈远远地站着。

"我看见和碰触你的阳物了。我们在战斗的情况里,所以不会错误而膨胀,我的奶房是美丽的,你站着,我的阴户也很美,很纯洁。我十分爱你了。你没有中毒药而使我今天伏在你身上哭泣,我们将有快乐的年华,你纯洁的男子与我纯洁的女子有为者。"徐菲说。

传来了战栗的低的啜泣声,悲观的,王宁与张孝慈看着这些,而哭泣了。

"我们发起我们的谈话,"王宁说,"我从心中唤起甜蜜,因为我们趋向于死亡,人生的绝灭,而我们又有着强烈的性弗洛尹特,那德国人告诉我们,人类的一切活动莫不以性为基础,现在章真副厂长和机器间主任证明这一真理了,章真的发明与对工厂的建树是我们的理论的证明,他在这里和他的女徐菲性弗洛尹特动因,他又来采取他的在工厂积极建树的资本了。我想杀人而白骨抛在旷野里,"他狠恶地说,"而白骨的性弗洛尹特燃烧着和震动着。"

"性弗洛尹特和死亡之神。"张孝慈说,"死亡之神的爪子与翅膀我们搏击他们,章真与徐菲,一路白骨,一切功劳成就都一路的白骨。章真发展工厂,我们两人痛苦,我呀,痛苦,快成白骨了,你也是,所以我用我的嘴唇,嘴皮磨着,而我杀人,要杀向心脏,我"他战栗着说,"心中有性弗洛尹特,我看见过我的祖母与母亲与侄女洗澡,与女仆阿姨洗澡,这便是人间的一切的秘密了。"

"我们向你们说话,"王宁对章真徐菲说,"你们的性弗洛尹特我们见到了,你们互相采取刺激素,采取心脏深处的弗尹,我便指出,指出你们接近我们豺狼的利益,死亡的豺狼,我嘴吸着。"王宁说,磨着他的牙齿。

章真和徐菲在阳光下裸体而停留着,章真看着徐菲,而觉得她的肉体辉煌,美丽,而徐菲看着在工厂里迭建功劳与奇功的章真,而觉得他的肉体辉煌美丽。

"我们从事抵抗与进攻,你说我。"徐菲悄悄地说。

"我看见你,菲,菲子,我的徐菲的美丽的臀部和腹部往下的阴户了。"章真说,因为冲击性和大声而发生了强烈的脸庞充血,脸庞红到颈项,但然后又有些苍白,"我看见你的柔情的肉体,对我的柔情的,而且,如同仙子一般美丽,如同神祇,我的美丽的女人,你的心呈现在你的肉体上,你是如何地崇高啊。亲切和亲爱的,你是如何地美丽啊。"

"你讲,将来我愿意永远地搂着你,你美丽。"徐菲说。

"将来我愿意永远地抱着你,你美丽。"章真说。

"你男人的胸,你的承担事业的肩,你的腿也美丽,是如何地美丽,好看啊,你的阳具,你的臀部,都使我性弗洛尹特而心醉。"徐菲大声地讽刺地说。

"你也使我发生性的弗洛尹特而心醉,"章真也讽刺地说。

"死亡之路不是生命之路,人生辛苦,我抗争了。"王宁说,"你们难道不是走向一切杀灭的死亡之路而是走向生的吗?死亡是发臭的,美女便化骷髅了,而性弗洛伊特便造成人类的各种活动了。"他说,"我愤愤了。"

"我愤怒了。"张孝慈说,"我们结仇了。我有一种狂暴的思想。"

"我也是,狂暴的思想,人们是自然的白凯凯的,白生生的,没有社会,我们是超人。"王宁说,"我想,我和你,孝慈,发起对章真徐菲的冲锋了。"

他们两人发生喊叫,叫啸,而从地上捡起了砖块与石子。但王宁突然用砖块与石子砸张孝慈,而发生死亡的战栗。他发生恐怖的,悲痛的,悲观的,死亡的战栗。他觉得全部都毁灭了。他觉得阴暗展翅而飞,而章真,徐菲的灿烂的状态对他们构成了一种巨大的,前所未有的压力,他觉得他的心脏便在黑色的深渊里了。他看见,那只镂刻有一只哥伦布华盛顿航行美洲船的表膨胀着,出翅膀而升空。他跳跃着砸向张孝慈,而喊叫起来。

"狼来了,血液流了,从血管里流出来了,如同喷水,狼来了,正义的狼来了,牙齿锐利,而抓得凶恶,抓我的胸了,狼来了,正义的齐瑛,章真,高勉,徐菲,彭娥的狼来了。章真的表来了,狼来了,全世界殒死了。"他叫,"我的眼前,这只表,"他从衣袋里取出表来看看又放进衣袋,"哥伦布过海峡的章真的,我的表,扩大也如同狼,它不是如同狼吗?表——狼来了。"他喊,"我从十几岁为坏人起,心中的火燃烧,在这巨大的中国的这块土地上,到了这个工厂里,我生存下来了,我行恶,凶险,我快乐而陶陶,渐渐入死亡的悲观与性弗洛尹特的膨胀,我便要做一件凶险的事,一件凶险的事,而灭亡了。"他又向徐菲章真叫唤,"我,英雄好汉,与你们斗争了,□,□□□□□□,□□,□□□□□□□□□□□□□□□□□□□□□,出我的牙齿,我展示牙齿,"他说,磨响他的牙齿——牙齿发出凶恶的响声,他的嘴中便出血,由于爆烈的愤怒,一颗牙齿损毁,落了下来,"我自磨牙齿,我克服痛,我吃□花,□花是人心,我之磨牙齿,"他说,磨着牙齿,他又流血,他的第二颗牙齿掉落了下来,"我啮咬我的生涯了。小时候挟书包上学,曾有一次得七十分,"他说,便倒在地上,而晕厥过去了。

张孝慈苍白着,在王宁倒下,晕厥的时候,战栗与痉挛着。

"死亡的骷髅与性弗洛尹特,我张孝慈肥胖,享受,反对邓小平陈云杨尚昆等人,我磨我的嘴皮,"他说,便凶恶地磨着嘴皮,碰响着牙齿。"我在我的同伴王宁此刻晕倒的时候也发生着头脑的眩晕,我少年时候学校得过一次七十,八十分,我如副厂长有我的伎俩,上级的人事,我心中愤愤,人是有死亡的,白骨铺路,为什么人要提倡奋斗?为什么不开动剥削社会?我的英豪主义!我的愤怒的人生,我上特高的台,我往下跳,而自杀,我的心向往,我也看见那只哥伦布过麦哲伦海峡的表如同一匹饿狼,我在特高的台上看见大神大哲,表告诉时间,我便死亡了。"他做跳跃的姿势,而晕倒了。

第二日,王宁和张孝慈便到厂长齐瑛那里,预备行刺齐瑛。他们各有一把锋利的短刀。他们的动作困难,脸色是青灰色,他们这是,因为很难发动他们的动作;因为被厂长齐瑛的威力束缚着;因为内心产生的痛苦;因为觉得似乎自己可以继续以前的夺权;贪污的生活;因为觉得自己穿过整齐的衣服,有"胸饰"的衬衣,而战栗着。他们不断地战栗着,痉挛着,短刀并不拿出来,也并不想象齐瑛负伤的尸体与白骨铺路,而是变得拘束,开始互相谈着平常的,互相有特别的礼貌,恭敬的,温和的谈话。他们变成有温和的,深的感情的朋友,有礼的中国人了。

"你王宁是顶有能力的了,别人不能办到的事,你王宁能办到,买不到的东西,在市场里,你伸手便买到了。"张孝慈说温和地,有礼貌地说,战栗着。

王宁轻蔑的,快乐地笑着。

"假设要在现在的市场上去争买刚到的菠菜,还是张孝慈,你顶能干了,你是最会焦急,而极是有礼,你便买到了。"王宁温和地说,他的青灰色的面庞,而且有了一定的红润;"你是聪明的,你在市场上最活跃了,有一回你跟你的儿子买了一个洋囡囡,那洋囡囡是多么美丽啊。"

"有一回你跟你的女儿买了一个玩具枪,那枪多么有意思啊,爆炸似的响。"张孝慈说,脸色也有一定的红润。

"我是买了那样的玩具枪。"王宁说,"我拿女儿当儿子。"

"我那次和你阔别了,假设我和你阔别许多年了,我便经过许多街,来看你,经过许多街,而来告诉你,我的违反计划生育而生的女儿学英文成功,她在使馆里,嫁给一个代办,有机会到外国去,"张孝慈说,"我说,阔别了,送来给你看看的。"

"假设阔别了,我也心中假设阔别,那时我也走过很多街,而看到你,我的儿子,假设经过一些年,那时我的儿子也在部处机关工作,而有很多津贴,我便想,我是有了有津贴的儿子的王宁,我便送来给老朋友张孝慈看看。"

"我也惦念你,心中无极地惦念,经过了许多年,你的头上也有很多的白发,我便也满头的白发,很是威严,走过我们祖国繁华的许多街,看那些店堂里挂着的羊肉,牛肉,我便很想买几斤来送给你,来看看几十年未见,人世温柔的老朋友,我便说,心中的四年呀,心中的滴血般的思念,送来给老朋友看看的。"他声音战栗着,甜蜜地说。

"在我们祖国,社会主义,那时是多么勤劳啊,满店堂的货物,那种粉肠有大批,各种,是我的儿子,在他谈着英文的高尚的书的时候,最喜欢吃的。"

"你,亲爱的朋友,心肝的,尊贵的,多年患难之交的朋友,我那时带着我的女儿,和孙女儿,戴花帽子的,一定是两个眼睛顶亮,一定的面色红润,而送来给老朋友看看了。"张孝慈温柔地说,眼睛里有眼泪,声音战栗着。

"心肝的,亲爱的,尊贵的朋友,我那时带着我的儿子,我们是尊贵的家族,中华人民共和国建国的家族,神圣家族,那时我们有很多箱衣服,有政府津贴与奖励的衣服,穿着,来看心肝的,患难的,最伟大的朋友!"由于激动;由于心中燃烧起火焰;由于发生了纯粹的笨拙的中国人的夸张的痛苦的自我赞美的感情;由于胸中有着一瞬间纯粹的家传之情;由于所谈的话引起感慨,他,王宁便高呼着:"伟大的朋友!伟大的祖国!伟大的领袖!"他举起手臂来,牵起来高呼着;他的衣袋里揣着杀人的刀在静静地盼着,他有着的卑劣的恶毒这时隐去了,而陶醉在他的"高尚"的感动里,不再想到旷野里的白骨与凶杀,而非常地有礼与热情了,仿佛是厂长齐瑛真的用人格感召了他们了。

张孝慈也站起来喊口号。发生了两人的激情,疯狂似地,用手做号筒,而在厂长的办公室里喊口号,他们站着,用巨大的声音夸张地叫喊,而声音充满甜蜜,他们这时候展示了他们的另一面,即他们从事了若干年的干部与有贪污谄媚的官吏。他们又坐下,互相谦让了一个动作,而异常有礼,而坐下而两人都有一定的身体抽搐,而颤动着身体,和腿。

他们持久地坐着,颤动着。他们的热情,由于畏惧生活;由于惧怕死亡和白骨的旷野;由于内心的空虚;由于他们只是人的外表,是一个空的壳;由于内心的疯狂的、残酷的,他们自己不能控制的感觉,而震动着,震颤而扑击着;他们的热情再起来。

"送来给你厂长看看了,我们今日是送来给厂长齐瑛看看了,你看,我们还营养不缺,身体健壮如同鸡与鸭与鹅似的。"王宁说,"如同狼似的,"他说,露了一个动作的牙齿,"我们想到,他张孝慈,我的亲密的老朋友,那时,年迈时,心中的快乐,度过了经过多少奋斗的人生呀,我想到,我那时孙儿长大了,要我抱,我买泡泡糖给他,那时,由于伟大祖国的工业,一定有极强的泡泡糖。"

"那时退休了以后的一些年,"张孝慈说,"我也送来给你那时满头白发的厂长看看,而心中欢喜,你厂长齐瑛高年健谈,仍旧一甩手,一甩手的演讲,而我想到,送来给你看看了,便不禁地热泪盈眶,而颤抖着。我便现在也激动了。现在也是要喊口号,喊廓寥,喊空比,喊空落,喊天宇,喊白云,喊伟大的诗,喊胸白,胸阔,强壮,祖国万岁!多伟大!厂长伟大!到极老年继续工作万岁!厂长和工程师章真的人格力量伟大,感召我们!伟大!无极的伟大!人格两,无限伟大!使我们得到感召了。"

"喊空比了。"王宁说,"我心中欢喜,而战栗,忆过去的事不觉得空乏,喊空比,我是魅力的野兽,心中的对于人类的成就的景仰:万岁!"他说,于是激烈地喊着,"一切伟大,各项伟大!"他喊。"伟大才厂长与副厂长章真的人格力量,使我们受到感召了。章真的表,我的表伟大!"

他们,王宁和张孝慈,坐下,又站起来,第三次地激情地欢呼万岁，而没有拿出他们的刀，没有"白骨铺路"，没有"悲观恶毒到残杀"，他们是悲观恶毒到了要残杀人们的境地，但他们觉得进入一种梦幻，而有着伤痛，他们颤抖着。

厂长齐瑛，设想着她的人格力量，她的纯洁，她的燃烧的心发生作用，她便也觉得这时是她的燃烧的心发生了教诲的作用，但她也觉得，她的人格力量并不发生任何作用。而人的虚伪与狡猾诈骗，甜蜜的伤情、欢乐和悲伤，活跃和诣媚，仍然也是由于她，齐瑛的性格，她的高蹈的形态的压力，但两个人分明是不可改悔的。她甚至也看出了两人似乎藏着短刀，因为他们的甜蜜中有着凶险，这全部是也由于短刀发生的兴奋。齐瑛，由于痛恨两人；由于这时被两人的"善良"形态转进一定的温和的情绪；由于想着自己的"人格力量"的失败；由于仍旧想坚持自己的人格力量，她如同在幻梦中一样；由于她的正直与纯洁，她的梦境扩大，她便设想她的魄力的胜利了。

"我已经在计到了你们是想着你们改悔的情况了。"她说，"我不受嘲笑了。"

王宁和张孝慈便互相看着，而战栗着，而内心的残酷起来，而拿出了刀。

"那么，我十分悲哀了。"厂长说，战栗着，便从自己的桌上拿起了一个算盘预备防御。"我在我的很多绝妙的梦幻里，梦幻你们受我的感召与章真副厂长的感召而改悔了，你们来向我投诚了。"她说，"然而现在的事情是恰恰相反的，我将要被你们杀伤了！来人，来人！"她便高喊，"我在这一瞬间，这最后的瞬间的话是，我的人格力量最后地感召你们！"她喊。因为激情；因为立身处世的正直与伟大的感召；因为国家的伟大；因为肥皂厂如同生长了翅膀似地在航行；因为觉得在大海中航行；因为觉得暴徒袭击指挥台，而有她的伟大的自觉。暴徒的刀，共两把，晃动在她的头上了，她便叫喊。"前进，我的航船前进，在大海中破浪前进，我便要流血了，我便要见到死亡了，我的最后的梦境，是我的人格力量仍旧最后地感召你们，你们这刻便要收回你们的刀，而改悔了,而觉悟了,我的人来呀!我流血了,我也许牺牲了!"她喊。"我的最后的瞬间见到贼子投降了,改悔了,你们卑劣的。"

齐瑛呈显了她的巨大和伟大。她这时面对着死亡,在一瞬间便会流血,但她不惧怕,而用着算盘抵抗。她站着静止而不动了,两个暴徒也静止不动。这短促的时间,是国家的时间,是中华人民共和国的时间,是世界运转的时间,她的为厂长若干年的威力呈显着,她的性格呈显着,她仍旧要用她的人格力量克服暴徒。

历史上也有这样的事,暴徒改悔了,——王宁和张孝慈,便突然收回刀子,战栗着,但他们未改悔,而是发生了异样的退却的状态,他们似乎碰见了铜铁的墙壁,碰见了特别强硬的钢铁。两个要用白骨铺路的强盗,豺狼,狼和狐狸,他们的残酷的力量在这里被击退了。他们的心脏炸裂似地痛苦,他们退却了下来。齐瑛的人格力量没有使两人改悔,是她的苦恼,她在唯心论里深沉,但工厂的女伟人现在升起了强烈的力量,将暴徒镇压了。

这时候厂长室闭客,却没有人来到。

"我们走了,退了,以后再说。我们要杀人,杀你厂长齐瑛,但是,怎么的,我们的刀子动不起来呢?奇怪,我便要行走到白骨的旷野,我们异常地绝望,碰见奇怪的了。"王宁说,痉挛了一个动作,又拿起刀子晃了一晃。"唉,我们将绝望,悲观,痛苦,而死亡,那么,若干年之后,便不会来送来给你张孝慈看一看了。我要杀人!我要杀你!我悲观绝顶,我要杀掉你!"他向张孝慈说。他恐怖地战栗着。

"我要杀掉你。"张孝慈说。

他们两人沉默着,又坐着痉挛,颤抖着,他们使厂长处在极危险里,凝望着齐瑛厂长。他们几乎要站起来再扑击了,然而,王宁,由于恐怖;由于一瞬间显现的国家与厂长的力量,自己在自己的手臂上刺了一刀,又去刺张孝慈。张孝慈被刺而倒下,由于恐怖,想到他和王宁的共同的悲观绝望,想到王宁会杀死他,由于仇恨渴望死亡,由于极度的悲痛;由于觉得人生的出路是极痛苦；由于回忆几年来为副厂长的失败；由于觉得全部生活的黑暗，而自己进入黑暗的深渊，他便发显他的力量，用刀去反扑王宁。但他的心里产生了生活激进的波涛，火焰，和甜蜜的感情。他这时举着刀，觉得自己将死，如同是会见了多年阔别的老朋友似的，有着生命的感情。

"我送来给你看看了。"他喊，"我和你阔别多年，子女都好，戴花帽子，送来给你看看了。"他说，在甜蜜的感情中刺了王宁一刀。

"我也是，"王宁，流着血，叫着，"我送来给你看看了，几年的，多年的，世纪的阔别，是如何地思念呀。子女均安好而在驻外使馆做事，我心中恋着从前的友情，人生友情亘古，送来给你看看了。"

"我也，牵着我的小孙子，此时已经一定大，送来给你看看了，或者是抱在手上，而不是牵着的。"张孝慈叫，呈现着他的生命的火焰与力量。他又刺着了王宁一刀，而战栗着，"街上，店铺一切都美丽，而糖果众多！糖果众多，齐瑛厂长女子现在是糖厂了，她的糖厂的出品。"他已经非常痛苦，面色苍白，几处流血，然而他的叫声颤抖着，仇恨的外表有着一种深深的谄媚与类似的甜蜜的感情。

"我也是，抱着我的外孙，他那时也学英语，来给你看看了。阔别多年，生活美满，共同前进，齐瑛的糖厂美丽，送来给你看看了！我和你拼击，白骨的旷野铺在中华国，我死亡了。"

"我和你拼击，"张孝慈喊叫，从血泊中又爬起来，"我不知怎样的非常惧怕厂长和她的喊来人，"他对齐瑛说，战栗着，"你们有一种魔法，你们，高勉，章真，徐菲，彭娥，是一种狼，正义的狼，立刻便要来人了。我渴望白骨，死亡于荒郊，我心里，人生的最后，有甜蜜的生之恋，与生之怕，我，"他流着眼泪对王宁说，"收你王宁为儿子，我收了，一定的，我心中甜蜜，我喊狗儿子。"

"嗯，"王宁说，"你喊我了，我是儿子。我也收你为心肝的，兼恋情的儿子，儿子，我喊你了，儿子张孝慈。"他说，流着血。

"嗯,我是你的儿子。"张孝慈回答,凶恶然而同时甜蜜,流着泪,"你是我之子,我的儿子。"

"嗯,"王宁说,"我回答你快乐,心中有甜蜜,是你的儿子了。白骨铺路,人生绝望,这中国有我们的温暖,我再说,"他的心脏跳跃,说,"我流血快死了,渴望死亡,我是你的儿子了。"

"王宁,儿,心肝,"张孝慈说,"我喊你。"

"孝慈,儿,心肝,亲情,"王宁说,"我喊你。"

"我现在喊空比,喊空落了,使空中震动!"王宁说,"伟大的厂长,伟大的人格力量齐瑛和章真!"他说,流着血,又向张孝慈刺了一刀,张孝慈痛苦地颤抖着。

"我喊空落,喊空比,"张孝慈说,"伟大的人格力量,伟大的人格力量正义的恶狼,我们中刀而流血了,不知为什么,齐瑛这糖果厂长喊人使我们恐惧,人来了,正义,来了。"

"但我的正义是强大的。"齐瑛凶暴地喊叫。

"送来给你看看了,年华经过了,苍老了,"感伤,痛苦,痉挛的王宁说,扑向张孝慈,"我爱你,我渴望死亡,"他说,发生狂暴,对着张孝慈的心脏杀了一刀,然后在地上翻滚,而喘息着,"经过许多年华,经过许多糖果,年糕,送来给你看看了。喊空比。"他痛苦地喊,"厂长伟大,章真伟大,徐菲伟大,高勉伟大,彭娥伟大,可伟大,我喊空比,"他,王宁喊叫,战栗着,痉挛着,站起来,向厂长扑来,然而眩晕,他看见张孝慈死了。他想杀死厂长,然而厂长这时高举着一张凳子,挺立着齐瑛的英雄的姿势使他忽然绝望而痛苦,觉得渴望死亡,悲观绝望;渴望死亡,甚于渴望杀死齐瑛,他便用刀子刺进自己心脏了。

"正义的狼来了,恶的正义的毒狼!"他喊,而倒下死亡了。痉挛了几个动作,死亡了。

齐瑛便看见两个暴徒痉挛着死了。齐瑛的人格力量,她的唯心论没有胜利,两个人到最后并没有改悔,但是他们奇异地死了。齐瑛便觉得异样,她便如同走到陌生的地点,迷失了路的少年,而哭泣了。齐瑛厂长突然嚎哭,大哭了,她的人格力量也算胜利,她觉得自己英雄伟大,在死亡面前勇敢,而经历了崇高的人生,她又觉得自己的人格力量"不伟大",没有做到使暴徒"改悔",因此她的哭泣是有快乐和痛苦,她看见暴徒意外地死亡,而觉察到暴徒的□□又卑鄙利益与财货的道路的黑暗。她战栗着。

"假设,我被他们两个人绑架,而让我退出厂长的位置,或是要肥皂厂停工,去折坏电闸,我便会心中恐惧,而假设我因为想保全自己的生命而怯懦,如同章真假设未来腐化,而痛苦,我便非常痛苦了。"她哭泣着,啜泣着,颤抖着说,"我的人格力量就是这样战胜了,由于这一生给的纪念,由于我们和歹徒的搏斗,我便要从王宁的身上搜搜看,"她说,于是从王宁衣袋里拿出了章真的表。她便和表亲密地接吻,纪念她和她的肥皂厂航行的历程。章真来到,看见两个暴徒的死亡和表,心惊着,血液膨胀,脸红到颈项,又转为苍白,也发生了哭泣。他哭泣他来到工厂的历程和这只表。章真将表赠送给工厂。齐瑛便将这表给予徐菲的机器间,于是,这表便安装了链条,挂在徐菲的机器间的墙上。肥皂厂在前进着,它已意外地通过了张孝慈和王宁海峡,两个人的情形也成为厂史的故事了。

女工张风珍的表,落在恶劣的工人王顺那里的,章真也付给王顺原来向王宁买的钱,而从王顺手里拿了回来,再赠送给张风珍。章真一定不要张风珍付钱,张风珍便将表也献给工厂;这表便挂在厂长室里。不美的女工张风珍和她的表,也便一同通过了王宁与张孝慈海峡。

1992 年 4 月

(据手稿抄印。25×20 规格、右下角标记"作家出版社"字样的稿纸,共 229 页,通篇为路翎本人手迹。)

图书在版编目(CIP)数据

路翎全集.第十一卷,晚年中短篇小说:1982—1992/路翎著;张业松主编.--上海:复旦大学出版社,2025.2.--ISBN 978-7-309-17733-6

Ⅰ.I217.2

中国国家版本馆CIP数据核字第2024VK4746号

路翎全集.第十一卷,晚年中短篇小说:1982—1992
路　翎　著
张业松　主编
责任编辑/方尚芩

复旦大学出版社有限公司出版发行
上海市国权路579号　邮编：200433
网址：fupnet@fudanpress.com　http://www.fudanpress.com
门市零售：86-21-65102580　团体订购：86-21-65104505
出版部电话：86-21-65642845
上海盛通时代印刷有限公司

开本890毫米×1240毫米　1/32　印张11.875　字数307千字
2025年2月第1版
2025年2月第1版第1次印刷

ISBN 978-7-309-17733-6/I·1434
定价：70.00元

如有印装质量问题，请向复旦大学出版社有限公司出版部调换。
版权所有　侵权必究